Ne vois-tu pas la mort venir ?

LAURIE BRETON

Ne vois-tu pas la mort venir ?

Roman

MIRA

Titre original :
FINAL EXIT
publié par MIRA®

Traduction de l'américain par ELISABETH LUC

Photos de couverture
Foulard : © MATHIAS CLAMER / GETTY IMAGES
Rue pavée : © PETER GRIDLEY / GETTY IMAGES

83/85 boulevard Vincent Auriol 75646 PARIS CEDEX 13.
ISBN 2-280-85579-8 — ISSN 1765-7792

A la mémoire de ma mère, Carolyn Smith Gage Runnells, qui a donné son prénom à mon héroïne et qui m'a appris ce que c'était qu'être forte pour une femme.

Prologue

Katie en avait parcouru des kilomètres, à bord de sa vieille Datsun rafistolée, mais c'était la première fois qu'elle quittait ses parents. Si l'idée de traverser le pays toute seule l'impressionnait un peu, elle lui procurait aussi une sensation de liberté exaltante. Katie voulait voler de ses propres ailes, et deux mille cinq cents kilomètres lui semblaient une distance convenable pour échapper à la tendresse par trop envahissante de ses parents.

Juste après Providence, l'indicateur de température se mit à grimper en flèche. D'abord désemparée, Katie décida, finalement, de poursuivre sa route.

« Plus qu'une heure », se dit-elle. Dans le rétroviseur, les lumières de Providence semblaient happées par la pénombre. Plus qu'une heure de route, et elle serait à Boston. A quoi bon s'arrêter dans un motel, alors qu'une chambre l'attendait à la résidence universitaire ? Sa vieille guimbarde n'allait tout de même pas la lâcher si près du but, au terme d'un si long voyage…

Cela faisait trois jours qu'elle sillonnait le pays, mais ces soixante-quinze derniers kilomètres, mornes, solitaires et légèrement inquiétants, lui semblaient plus pénibles que tout le reste du trajet. Entre Providence et Boston, il n'y avait pas grand-chose à voir, à part des arbres. Du coin de l'œil, la jeune fille surveillait l'indicateur de température, qui continuait à grimper.

Enfin, elle aperçut les lumières de Boston, et poussa un soupir de soulagement. Elle avait réussi ! Elle avait traversé la moitié du pays toute seule et sans encombre.

Arrivée en ville, elle ralentit pour emprunter la sortie de Storrow Drive. Hélas, au milieu de la bretelle, le moteur cala. Sur le tableau de bord, des signaux lumineux rouges et orange se mirent à clignoter frénétiquement. Katie arrêta la voiture, et tourna plusieurs fois la clé de contact. Rien. Impossible de redémarrer.

Que faire ?

Il était 23 heures, un mardi soir, et elle ne connaissait personne à Boston. Pourtant, elle continuait à ressentir un optimisme indéfectible. Sa situation aurait pu être pire. Elle aurait pu tomber en panne sur ce tronçon d'autoroute désert qui reliait Providence à Boston. Au moins était-elle arrivée en pays civilisé avant que son véhicule rende l'âme !

Au-dessus de sa tête, les imposantes tours de Boston scintillaient d'un éclat féerique. La jeune fille alluma les feux de détresse et descendit de voiture pour soulever le capot. A cette heure tardive, même sur cette voie express, il y avait peu de circulation. Munie de la lampe électrique à laquelle son père tenait tant, Katie inspecta le moteur, sans savoir exactement ce qu'elle cherchait. Elle n'avait jamais rien compris à la mécanique. Les formes, les lumières, les couleurs, voilà les domaines dans lesquels Katie Ann Perry excellait. Elle avait le don de les conjuguer pour créer un effet esthétique unique et susciter l'émotion. C'était, d'ailleurs, grâce à ses talents d'artiste qu'elle avait obtenu une place à l'Académie des beaux-arts du Commonwealth…

Une voiture s'arrêta derrière elle. C'était une berline sombre, un modèle récent. Le conducteur éteignit les phares, descendit, et s'approcha de Katie. Il était plutôt jeune. Il portait un jean et un pull à col roulé noir.

— Vous êtes en panne ?

Katie avait appris par son père qu'il fallait se méfier des inconnus, mais il était 11 heures du soir et elle était perdue.

— Ma voiture m'a lâchée, répondit-elle. Je n'arrive pas à la faire redémarrer.

L'inconnu se pencha sous le capot, et chercha d'où pouvait venir la panne.

Au bout d'un moment, il lança à Katie :

— Remontez, maintenant, et essayez !

La jeune fille s'installa au volant et actionna la clé de contact. En vain. Pas le moindre cliquetis.

— Encore !

Elle insista. Toujours rien.

L'inconnu s'approcha de sa portière en s'essuyant les mains sur son jean.

— J'ai l'impression qu'elle ne repartira pas ce soir, déclara-t-il. Si vous n'allez pas trop loin, je peux vous déposer.

Une fois encore, la jeune fille se rappela les recommandations de son père.

— Je ne sais pas…, répondit-elle.

L'homme lui adressa un sourire rassurant : de toute évidence, il comprenait ses réticences.

— Je suppose que vos parents vous ont recommandé de vous méfier des inconnus ? Ils avaient raison. Les rues ne sont pas très sûres pour une jeune fille comme vous.

Il marqua une pause. L'audacieuse Katie ne put réprimer un frisson en imaginant les dangers auxquels il venait de faire allusion.

— Je ne vais quand même pas repartir en vous laissant ici. S'il vous arrivait quoi que ce soit, je ne me le pardonnerais pas.

La jeune fille hésita encore un moment. Elle balaya du regard la rue déserte, puis se décida enfin.

— D'accord, dit-elle en récupérant son sac à main.

Elle verrouilla la Datsun qui contenait tout ce qu'elle possédait : vêtements, matériel de peinture, sans oublier ses CD de Madonna, Jewel et Shania Twain...

— Nous allons appeler une dépanneuse, dit l'inconnu, tandis qu'elle prenait place dans l'élégante berline. Sinon, vous devrez aller chercher votre bijou à la fourrière, et ça coûte une fortune.

Seule avec cet étranger, dans l'intimité de l'habitacle, Katie se sentit soudain mal à l'aise.

— Vous avez une voiture superbe, dit-elle en caressant le cuir du tableau de bord.

— Merci. Je suis un maniaque de la propreté. Je la bichonne. Je la lave deux fois par semaine et je passe l'aspirateur tous les samedis.

Katie sourit poliment, et se détourna de lui en regardant par la vitre.

— Alors, reprit-il avec chaleur. Où allez-vous ?

— A l'Académie des beaux-arts du Commonwealth, répondit-elle en se mordillant nerveusement les lèvres.

Elle se tourna de nouveau vers lui, mais, dans la pénombre, son profil était indistinct.

— Vous connaissez ?

Il jeta un coup d'œil dans le rétroviseur avant de tourner dans une rue.

— Bien sûr ! J'y suis allé plusieurs fois. Alors, comme ça, vous êtes étudiante aux Beaux-Arts ?

Katie eut soudain l'impression d'être entrée dans le monde des adultes.

— Je le serai à la rentrée de septembre.

— J'ai remarqué que votre voiture était immatriculée dans le Dakota du Nord. C'est la première fois que vous venez à Boston ?

— Oui, avoua-t-elle, un peu gênée à l'idée de passer pour une provinciale. En fait, je n'ai jamais quitté le Dakota.

— J'imagine que vos parents sont fiers de vous voir entrer à l'université...

— Ils regrettent que je parte aussi loin. D'autant plus que je ne connais personne, ici. Mais moi, je suis ravie. Je suis assez grande pour me débrouiller seule.

— Je m'en doute. Vous devez bien avoir dans les... vingt-cinq ans ?

— J'ai vraiment l'air aussi vieille ? demanda Katie avec stupeur.

— Absolument. Vous avez de l'allure, une certaine classe. Moi, je vous donne vingt-cinq, vingt-six ans.

— J'en ai dix-huit.

— Vous plaisantez ? répliqua-t-il, les yeux écarquillés.

Katie se mit à rire.

— Pas du tout, je vous le jure !

Flattée qu'il la croie plus mûre qu'elle ne l'était, elle se redressa sur son siège et jeta un coup d'œil par la vitre. Ils passèrent devant un bâtiment en brique, aux fenêtres condamnées, couvert de graffitis.

— Vous êtes certain que c'est par ici ? demanda la jeune fille, l'estomac noué. Ce quartier n'est pas très reluisant…

— Ne vous inquiétez pas, je prends un raccourci.

Ils longèrent un entrepôt désaffecté, entouré d'une clôture. Une benne à ordures rouillée débordait de détritus. Du coin de l'œil, la jeune fille vit un rat jaillir de l'ombre.

— Vous devriez peut-être me laisser descendre maintenant, balbutia-t-elle, hésitante.

— Dans un endroit pareil ? s'écria-t-il. Si je vous dépose ici, la police vous repêchera dans le port de Boston, dès demain matin.

Katie crispa les mains sur son sac qui contenait toute sa fortune. En dépit de son sourire, ce type avait quelque chose d'inquiétant. Pourvu qu'il ne la dépouille pas de son argent ! La prochaine fois, elle suivrait les recommandations de son père…

L'homme tourna au coin de la rue, puis s'arrêta au bord de l'eau. Au-delà des barbelés et des hautes herbes, Katie voyait scintiller les lumières de Boston.

— Qu'est-ce que vous faites ? demanda-t-elle.

Pour toute réponse, il se pencha vers la boîte à gants, et en sortit un foulard rouge vif.

La jeune fille se plaqua contre la portière, le plus loin possible du conducteur.

— Je crois que je vais descendre ici.

Dans la pénombre, le sourire de l'inconnu avait un aspect diabolique.

— Tu crois vraiment ? murmura-t-il.

Elle tendit la main vers la poignée de la portière, mais il n'y en avait pas. Son agresseur glissa le foulard autour de son cou et se mit à serrer. Katie fut aussitôt envahie par une poussée d'adrénaline. Mue par la terreur, elle porta les mains à sa gorge et lutta de toutes ses forces. Ses ongles s'enfoncèrent dans le fin tissu de la chemise de son agresseur. Il fallait qu'elle respire. Ses poumons brûlants lui réclamaient désespérément de l'oxygène. Un voile rouge apparut devant ses yeux. Hélas, face à cet homme d'une force extraordinaire, elle ne faisait pas le poids.

— Ne me résiste pas, mon ange, souffla-t-il d'une voix rauque. Ça fait si longtemps que je t'attends…

Elle brandit son poing fermé, et frappa l'homme à la tempe. Il jura, et lâcha le foulard pour mieux enserrer son cou à mains nues. Katie suffoqua et se sentit sombrer. Luttant désespérément pour ne pas perdre conscience, elle pensa à sa mère qui s'était sacrifiée pendant des années pour que sa fille puisse poursuivre des études à deux mille cinq cents kilomètres de chez elle. Elle pensa aussi à son père qui travaillait dur pour nourrir sa famille, à son frère aîné, Kenny, dont elle était si proche. Elle pensa à Misty, sa jument rouanne, sa toute première monture, et à son chien, Rory, qu'elle avait dû laisser à la maison.

« Maman, je t'en prie, pardonne-moi… »

En rouvrant les yeux, elle se retrouva face à la folie incarnée. Derrière son agresseur, au loin, les lumières de Boston lui paraissaient de plus en plus petites, de plus en plus floues à mesure que le manque d'oxygène l'épuisait. Bientôt, elle eut l'impression de se détacher de son propre corps, de s'envoler. Trop faible pour se battre, elle se mit à flotter sur un nuage d'argent, jusqu'à ce qu'il devienne noir à son tour.

C'est ainsi que Katie Ann Perry, dix-huit ans, venue à Boston pour vivre sa vie, dériva lentement vers une douce nuit sans fin…

1.

C'était décidé, ce serait son ultime mission.

Pour faire Quantico-Boston, Carolyn Monahan aurait perdu beaucoup moins de temps en prenant l'avion, mais elle adorait conduire. Sa Mitsubishi rouge dernier cri avalait les kilomètres à un rythme soutenu. Ces heures passées au volant étaient pour elle l'occasion de réfléchir au gâchis qu'était sa vie. En tête de ses préoccupations, il y avait sa démission du FBI, mais aussi sa rupture avec Richard.

C'était une très mauvaise idée d'entretenir une liaison avec son patron. Elle le savait, mais elle était quand même tombée sous le charme de Richard Armitage. Sans doute à cause de son regard bleu azur et de son sourire étincelant. Il lui avait promis de quitter sa femme et, bien entendu, elle avait attendu patiemment qu'il se décide. Jusqu'au jour où elle l'avait vu entrer dans un bar d'Alexandria au bras de Brandy Warner, qui n'avait que dix-neuf ans.

A trente-deux ans, Carolyn voyait sa vie comme une suite d'échecs. Un vrai désastre.

Richard l'avait implorée de ne pas quitter l'agence. Il lui avait rappelé tout ce qu'elle avait accompli, en sept ans. Ses supérieurs, dont le directeur, ne tarissaient pas d'éloges sur ses compétences professionnelles. En outre, démissionner à ce stade de sa carrière aurait été suicidaire…

Mais pas une fois il ne lui avait demandé de se montrer indulgente vis-à-vis de ses frasques et de rester avec lui.

Dès que cette ultime affaire serait bouclée, Carolyn serait donc libre de démarrer une nouvelle vie. Elle abaissa sa vitre et laissa le vent emmêler ses cheveux blonds, qu'elle portait longs parce que Richard trouvait ça plus sexy. A la radio, les Rolling Stones hurlaient leur révolte. Carolyn augmenta le volume et appuya sur l'accélérateur, chantant à tue-tête avec Mick Jagger. La voiture filait sur la 1-93 à plus de cent vingt kilomètres à l'heure.

Au loin se dressèrent enfin les tours de Boston. Cela faisait quatre ans que la jeune femme n'était pas revenue dans sa ville natale.

Rien n'avait changé. La métropole était toujours aussi grouillante et fébrile. Si Richard avait chargé Carolyn de cette mission, c'est parce qu'elle connaissait le terrain. Et si elle avait accepté, c'était pour fuir au plus vite Quantico, où elle croisait chaque jour son ex-amant.

Ce retour aux sources n'était pas facile. Même avant le drame, Carolyn était à couteaux tirés avec sa mère. Ensuite, leurs relations n'avaient cessé de se dégrader pour aboutir, finalement, à un statu quo. En quittant Boston, Carolyn avait cru pouvoir tirer un trait sur ses origines modestes. Et voilà qu'elle revenait au point de départ…

Elle quitta l'autoroute en direction du centre-ville. La circulation était infernale, et, après une série de feux rouges, Carolyn se faufila dans les rues étroites jalonnées de béton et de clôtures. Ce détour l'avait obligée à tourner en rond et lui avait fait perdre vingt bonnes minutes. Quand elle se gara enfin, près de l'hôtel de ville où la police occupait des bureaux pour toute la durée de l'enquête, il était presque 15 h 30. Elle roulait depuis l'aube, et se sentait fourbue. Elle s'étira, lissa son tailleur gris, saisit sa mallette et entra dans le bâtiment de l'hôtel de ville, l'un des édifices les plus laids de Boston. Là, elle se fit indiquer le QG de la police.

Les locaux grouillaient d'une activité fébrile, ponctuée de sonneries de téléphone et du cliquetis des claviers. Les murs étaient tapissés de graphiques, les bureaux jonchés de dossiers. Rejetant ses cheveux blonds en arrière, Carolyn présenta sa carte à la réceptionniste.

— Agent spécial Monahan, annonça-t-elle. Je viens voir le capitaine Shaughnessey. Il m'attend.

— Je crains que non, répondit la réceptionniste avec cet accent que Carolyn n'avait pas entendu depuis quatre ans et qui fit monter en elle une vague de nostalgie. Le capitaine est hospitalisé. Il a eu une crise cardiaque, hier soir. On peut dire qu'il revient de loin.

Voilà qui n'était pas de très bon augure…

— Je suis désolée pour lui, dit Carolyn. Qui est responsable de l'enquête ?

— C'est le lieutenant Rafferty.

Le sang de Carolyn ne fit qu'un tour. Non, ce n'était pas possible ! Boston était une grande ville. Le destin ne pouvait pas lui jouer un tour aussi cruel, pas après ses déboires avec Richard.

— Dites-moi, quel est le prénom du lieutenant ? demanda-t-elle, la gorge nouée.

— Conor, répondit la réceptionniste d'un air entendu, sans dissimuler son mépris. Vous le connaissez ?

Carolyn frémit et ferma les yeux. Ce ne pouvait être que le fruit du hasard. Une terrible coïncidence. Elle maudit Richard Armitage et tout le FBI de l'avoir fourrée dans un tel pétrin.

— Oui, je le connais, avoua-t-elle de mauvaise grâce.

— Tant mieux. Je peux donc me dispenser de faire les présentations. Vous le trouverez au bout du couloir, à gauche.

Pleine d'anxiété, Carolyn s'éloigna dans la direction indiquée, et s'arrêta sur le seuil du bureau.

Le lieutenant était au téléphone et lui tournait le dos, de sorte qu'elle ne distinguait pas son visage. Mais elle le connaissait sur le bout des doigts. Conor Rafferty. Qu'il aille au diable, ce satané Irlandais ! Avec ses cheveux d'un noir de jais, ses beaux yeux verts et son corps d'athlète, il lui avait fait perdre la tête, l'été de ses vingt-deux ans. Cela faisait dix ans qu'elle ne l'avait pas revu, mais le parfum de sa peau, sa saveur, ses caresses restaient gravés dans sa mémoire. En quittant Boston, c'était aussi Conor que Carolyn avait cherché à fuir.

Elle posa sa mallette sur le bureau. Sur un panneau

d'affichage étaient agrafées les photos des victimes. Elle les examina une à une, mettant un nom sur chaque visage : Anna Magnusson, Becky Shields, Lindsay Helms, Katie Ann Perry. Quatre victimes, quatre jeunes femmes superbes dont la vie s'était achevée brutalement, par une mort cruelle et gratuite. Elles se ressemblaient de façon étonnante. Le tueur, non encore identifié, les avait sélectionnées avec soin. Quatre ravissantes blondes aux yeux bleus, pas très grandes : moins d'un mètre soixante-cinq. Toutes étranglées et violées, retrouvées en sous-vêtements, avec une seule boucle d'oreille et un foulard de soie noué autour du cou.

C'était en pensant à Meg que Carolyn avait choisi son métier : elle avait ressenti un besoin irrépressible de comprendre pourquoi sa sœur était morte. Et, si elle avait persévéré dans cette voie, c'est parce que le visage des victimes demeurait imprimé à jamais dans sa mémoire. Elle était capable d'énumérer les moindres détails de chacun de ces crimes. Ils hantaient son sommeil, depuis le tout premier.

— Ce type est un cinglé doublé d'un salaud, déclara posément Rafferty, dans le dos de la jeune femme.

Carolyn ne l'avait même pas entendu raccrocher le téléphone. Elle se ressaisit, et afficha une mine impassible pour faire face à Conor.

Il avait mûri, en dix ans. Des pattes d'oie s'étaient creusées au coin de ses yeux verts, qui n'avaient rien perdu de leur chaleur. Le jeune loup avait fait place à un homme posé de trente-quatre ans. Pour son malheur, Carolyn dut admettre qu'il était toujours aussi séduisant.

— Félicitations ! lui dit-elle. Il paraît que tu es passé lieutenant.

— C'est Shaughnessey qui a eu l'idée de demander un coup de main aux fédéraux, répondit-il. Pour moi, vos histoires de psy, c'est du pipeau. Mais je n'ai pas eu mon mot à dire. Tu peux donc jouer les voyantes autant qu'il te plaira. Je te demanderai juste de ne pas traîner dans mes pattes. J'ai du travail : je recherche ce tueur.

— Jusqu'à présent, tu n'as pas eu beaucoup de succès, on dirait ? rétorqua la jeune femme avec un sourire crispé.

— J'ai reçu l'ordre de coopérer avec toi, Monahan, reprit Conor sèchement, alors dis-moi par où tu veux commencer.

Pas de propos futiles, aucune évocation de leurs tendres souvenirs… « A la bonne heure ! » songea Carolyn. Elle était venue pour travailler, pas pour se pencher sur son passé.

— D'abord, répondit-elle vivement, je souhaite dire deux mots au reste de l'équipe. Ce ne sera pas long. Ensuite…

Elle consulta sa montre.

— Ensuite, j'aimerais voir les lieux où les corps ont été retrouvés.

En quelques minutes, Conor réunit une douzaine de collaborateurs dans une petite salle. La gorge nouée, comme chaque fois qu'elle devait prendre la parole en public, Carolyn prit place sur l'estrade, et scruta l'assemblée. L'atmosphère était étouffante, chargée de méfiance et d'hostilité latente. Elle avait l'habitude. Les autorités locales n'appréciaient guère ce qu'elles considéraient comme une ingérence des fédéraux dans leurs enquêtes, même si ceux-ci ne se déplaçaient qu'à la demande de la police. Le fait qu'elle soit blonde et mince n'arrangeait rien. Comme toutes les femmes évoluant quotidiennement dans un univers masculin, elle avait dû se battre, dès le premier jour, pour faire valoir ses droits et se forger une réputation de courage et d'adresse au tir.

« Ne leur montre surtout pas que tu as peur ! » se répéta-t-elle. S'ils devinaient son appréhension, ils la mangeraient toute crue...

Rassemblant son courage, la jeune femme agrippa les bords du pupitre et se redressa fièrement, comme le lui avaient appris les religieuses, à l'école.

— Bonjour à tous ! lança-t-elle. Je suis l'agent spécial Carolyn Monahan, du FBI, mais vous pouvez m'appeler Monahan.

Les policiers affichaient une expression ennuyée, quand ils n'étaient pas franchement hostiles, voire condescendants.

— Je n'irai pas par quatre chemins, reprit Carolyn. Je ne suis pas venue brasser de l'air ni vous faire de l'ombre. Je ne chercherai pas à tirer la couverture à moi. Le lieutenant Rafferty demeure l'unique responsable de cette enquête. Pour ma part, je ne suis que consultante. Je ne suis pas payée pour débusquer votre tueur. Mon rôle est d'établir un profil de la personne susceptible de perpétrer des crimes de ce type. Ce sera à vous d'identifier les suspects éventuels et d'arrêter le coupable. Voilà, c'est tout, mesdames et messieurs. N'oubliez pas que nous travaillons tous dans le même but : veiller à ce qu'aucune autre femme ne subisse le même sort que nos quatre victimes. Maintenant que la responsabilité de chacun est clairement établie, nous allons travailler ensemble pour mettre ce monstre hors d'état de nuire. Merci.

Rafferty lui présenta ensuite les principaux membres de son équipe. Elle enregistra noms et visages, tout en se faisant une première impression. Lorna Abrams avait les cheveux courts et le regard perçant ; sa poignée de main était franche. Greg Lassiter était grand et mince. Sa chemise blanche et sa cravate mauve rehaussaient son teint café au lait. Le sourire de Ted Rizzoli ne se lisait pas dans son regard. Carolyn perçut en lui l'un des éléments les plus hostiles, et songea qu'elle devrait se méfier de lui.

Le lieutenant l'emmena ensuite dans un labyrinthe de couloirs éclairés à la lumière artificielle, qui lui rappelaient ceux de Quantico.

— Bravo ! Quel beau discours ! lui lança Rafferty. Tu es vraiment une dure à cuire, toi ! « Appelez-moi Monahan » !

— Je préfère jouer cartes sur table, dit-elle. L'expérience m'a appris qu'il valait mieux clarifier les objectifs dès le début d'une opération. Ainsi, je ne risque pas d'être prise au dépourvu.

— Tant mieux. Alors, je vais jouer cartes sur table,

moi aussi. Si Shaughnessey t'a fait venir ici, c'est parce que le temps presse. Il s'est écoulé environ trois mois entre les deux premiers homicides. Nous avons étouffé l'affaire le plus longtemps possible pour ne pas semer la panique parmi la population. Mais, après le deuxième meurtre, le tueur s'est emballé. Il a frappé deux fois en l'espace de quinze jours. En ville, on commence à raconter que ces crimes sont liés. On nous met la pression de tous les côtés. Comme on était dans l'impasse, on a fait appel à toi en dernier recours.

— C'est très flatteur ! dit Carolyn. Parle-moi des lieux où les corps ont été retrouvés.

— Jusqu'à présent, le tueur a abandonné toutes ses victimes dans des lieux publics assez fréquentés. On a retrouvé la première sur l'esplanade de l'hôtel de ville. Le maire a été très impressionné.

— Je m'en doute. Voilà qui a dû porter un coup à son image.

— La deuxième victime gisait au cimetière de Copp's Hill. La troisième à Charlestown, au pied du monument de Bunker Hill. La dernière en date a été retrouvée derrière la gare de Park Street, dans la fontaine du parc Common.

Ils étaient arrivés au bout du couloir, et s'arrêtèrent devant les ascenseurs.

— Ce type a un humour plutôt douteux, reprit Conor en appuyant sur le bouton d'appel. On dirait qu'il veut offrir un spectacle aux touristes.

— Des témoins ?

Conor fit la moue.

— A ton avis ?

— Personne n'a rien vu, conclut la jeune femme avec un soupir résigné.

— Tu mérites une médaille.

Dans l'ascenseur, Rafferty appuya sur le bouton du hall.

— En tout cas, dit Carolyn, notre homme semble frapper au hasard.

— Tu as raison. Aucun schéma particulier ne se dessine. Il n'y a pas de logique apparente. Ce type abandonne ses victimes n'importe où, selon son humeur du moment.

— J'imagine que vous exercez une surveillance vingt-quatre heures sur vingt-quatre.

— Bien sûr ! Au cas où le tueur aurait une soudaine envie de revenir sur les lieux de ses crimes.

Ils commencèrent par la fontaine du parc Common, à l'intersection de Park et Tremont. Des écureuils détalaient entre les arbres. Etudiants et touristes flânaient, profitant de cet après-midi de fin d'été. Ils ignoraient qu'un cadavre avait été retrouvé en ces lieux, à peine trente-six heures plus tôt.

La fontaine était toutefois entourée d'un cordon de police. Un policier en uniforme, arborant une coupe militaire et une moustache discrète, montait la garde. En reconnaissant Rafferty, il se mit nerveusement au garde-à-vous.

— Mon lieutenant.

— Agent Stern, dit Rafferty en lisant son badge. Voici

l'agent spécial Monahan, du FBI. Elle est consultante sur notre enquête.

— Madame, dit le jeune homme en rougissant légèrement.

— Vous voulez bien me décrire la scène du crime ?

— Oui, madame.

L'agent se tourna vers la fontaine et souleva le ruban jaune pour leur permettre de passer.

— C'est ici qu'on a retrouvé la victime, expliqua-t-il en désignant le bassin, désormais vide. Elle ne portait qu'une petite culotte, et un foulard de soie autour du cou. Le cadavre flottait sur le dos, les jambes écartées. La fontaine fonctionnait.

Carolyn avait vu les clichés, mais les explications du policier l'aidaient à visualiser les événements.

— Il met ses crimes en scène pour produire un effet maximal, dit-elle.

— Oui, approuva Conor. Il cherche à exprimer quelque chose.

Carolyn se redressa et scruta les alentours. Pour comprendre le tueur, elle avait besoin de voir ce qu'il avait vu, d'entendre ce qu'il avait entendu, de sentir les mêmes odeurs que lui. Il fallait qu'elle pense comme lui, qu'elle entre dans sa peau. C'était sa façon de travailler : pour capturer un monstre, il fallait en devenir un soi-même. Du moins en imagination.

Au sommet de Beacon Hill, le soleil couchant baignait le dôme du Massachusetts State House d'une douce lumière. De part et d'autre de l'édifice se dressaient l'église de Park Street et la cathédrale Saint-Paul, qui semblaient monter la garde. Hélas, elles n'avaient pas pu empêcher le tueur de perpétrer ses crimes.

Carolyn prit une profonde inspiration, inhalant des odeurs de monoxyde de carbone, de cacahuètes grillées, et de l'enivrant parfum de l'été. Fermant les yeux, elle entendit le bruit sourd de la circulation, le brouhaha des conversations dans plusieurs langues. Elle reconnut des inflexions japonaises, hindoues, françaises, arabes. A Alexandria, ses voisins étaient issus de tous les horizons. Si bien que quelques expressions colorées figuraient désormais à son vocabulaire.

— Il a dû la prendre en stop sur la voie d'accès, reprit-elle d'un air songeur. Il l'a emmenée dans un lieu sombre et isolé, où il a pu se livrer à son rituel. Quand il en a eu terminé, il a cherché un endroit où la déposer. A moins qu'il ne l'ait choisi au préalable. Le parc, en pleine nuit. Peu de circulation, pas de témoins. Il devait être plus d'1 heure du matin, après la fermeture de la station de métro. Il savait qu'elle rouvrirait à 5 h 30 et qu'il y aurait du passage : les gens qui iraient travailler. Cela fait partie de son plaisir. Il aime provoquer des émotions, manipuler le cœur et l'esprit des gens. Ça lui procure un sentiment de puissance, de maîtrise. Voilà le fond du problème.

En rouvrant les yeux, Carolyn fut légèrement éblouie.

— Qui a retrouvé la victime ? demanda-t-elle.

— Un étudiant, répondit Stern. Pendant son jogging matinal.

— Charmante façon de commencer la journée. J'aimerais lire sa déposition. Que dit le rapport d'autopsie ?

— On ne l'a pas encore reçu, déclara Rafferty, mais tout indique que le crime est similaire aux précédents. Mort par strangulation, victime transportée post-mortem, jusqu'à trois heures après le meurtre.

Que pouvait-il bien faire de ses victimes, durant ce laps de temps ? La réponse à cette question constituait peut-être la clé de l'énigme.

— Merci pour votre collaboration, dit Carolyn à l'agent Stern.

Ils mirent deux heures à examiner les quatre scènes de crime, deux heures dans l'enfer des embouteillages, à l'heure de pointe, deux heures à assimiler des données, à s'imprégner de l'atmosphère des lieux, à mettre des idées en ordre, jusqu'à ce que Carolyn ait établi un schéma mental. En fin de compte, elle n'était pas certaine d'être plus avancée. Pour comprendre le cheminement du tueur, elle devait étudier tous les aspects de l'affaire, même les plus obscurs. Il suffisait parfois d'un détail infime pour résoudre une énigme.

A leur retour à la base, l'hôtel de ville était toujours aussi laid, et la jeune femme souffrait d'un terrible mal de tête. Dans le bureau de Rafferty, elle s'écroula sur une chaise et se massa les tempes.

Il alla ouvrir un tiroir.

— Tiens ! dit-il en lui lançant un tube d'aspirine.

Elle l'attrapa au vol.

— Tu es un vrai scout ! remarqua-t-elle. Toujours prêt.

— Ça fait partie du métier.

— Etre toujours prêt ? demanda-t-elle en faisant glisser deux cachets dans sa paume.

— Les maux de tête. Il y a de l'eau au bout du couloir, à droite.

En regagnant le bureau, elle trouva Conor en train de parcourir le rapport d'autopsie qu'il venait de recevoir. Elle prit place sur la chaise et scruta les clichés des scènes de crime. Il lui était désormais plus facile de visualiser les lieux. Chaque victime était couchée dans une posture suggestive et gênante. Même après leur mort, le tueur leur avait pris le peu de dignité qu'il leur restait. Ce foulard de soie de couleur vive noué autour de leur cou était un message très clair. Voyant, presque festif, il indiquait le manque de respect du tueur pour ses victimes. Il se comportait comme s'il s'agissait d'un jeu, ce qui, dans son esprit, était sans doute le cas.

Conor lâcha le rapport d'autopsie avec un soupir.

— Rien de très surprenant, dit-il.

— Tu t'attendais à des révélations ?

— Pas vraiment.

Carolyn reporta son attention sur les photos, puis elle les posa sur le coin du bureau.

— Pas de suspects crédibles ? demanda-t-elle en se massant la nuque.

— Non. Les cinglés habituels, ceux qui avouent tous les meurtres. Chaque nouvelle affaire les fait sortir du bois.

Carolyn dévisagea Rafferty. Les rides qui striaient les coins de ses yeux semblaient plus prononcées. Elle se demanda à quand remontait sa dernière véritable nuit de sommeil.

— Tu habites chez ta mère, le temps de ton séjour ? demanda-t-il de but en blanc.

C'était la première fois qu'il s'aventurait sur un terrain personnel. Elle lui en voulut de transgresser leur accord tacite, et surtout de poser une telle question. Il savait parfaitement que Roberta lui reprochait la mort de sa sœur, Meg, et qu'elles ne pouvaient pas passer deux heures dans la même pièce sans se disputer.

Malgré elle, elle observa les mains du lieutenant, ces mains superbes qu'elle aurait reconnues les yeux fermés, grâce au souvenir de leur contact sur sa peau… Puis elle se força à reporter son attention sur son travail.

— Je vais dormir au Boylston House, dit-elle vivement en reprenant les photos. C'est plus pratique.

— Je m'en doute.

Elle releva brusquement la tête et le dévisagea d'un air soupçonneux, mais il s'était replongé dans la lecture du rapport d'autopsie. Qu'avait-il voulu dire ?

Troublée, elle ouvrit sa mallette et en sortit son dossier.

— Tu te rends compte qu'il est en train de se moquer de nous ? Il veut que nous sachions qu'il est bien plus intelligent que nous.

Rafferty recula un peu son siège.

— Il est également méticuleux, ce salaud ! Il viole ses victimes, sans doute après leur mort. Il prend le temps de les déshabiller, puis de leur remettre leur culotte avec soin.

— Le fait qu'il soit minutieux n'a rien de réconfortant.

— Et, comme si ça ne suffisait pas…

Il prit un journal posé sur son bureau, et le lança à la jeune femme.

— … regarde un peu ce qu'il nous réserve.

Elle saisit le journal à deux mains et le déplia. C'était la *Tribune* du matin, un quotidien à scandale qui faisait ses choux gras des affaires criminelles les plus sordides. A la une, un titre s'étalait en grosses lettres : « SELON LA POLICE, UN TUEUR EN SÉRIE RÔDE. »

— Aïe ! fit Carolyn avant de lire l'article.

> « Boston. Une source proche de l'enquête menée sur la mort de quatre femmes de la région, mais qui tient à garder l'anonymat, nous a confirmé que la police pensait à un tueur en série. Les quatre victimes auraient donc été assassinées par une seule et unique personne. Toujours selon notre source, la police se serait abstenue de révéler cette information afin d'éviter tout mouvement de panique au sein de la population. »

Carolyn vérifia le nom du journaliste qui avait signé l'article.

— Qui est ce Tommy Malone ?

— Ça fait plusieurs années qu'il travaille sur les faits divers. On peut dire que lui et moi, nous sommes des ennemis jurés. Sa plume est plus redoutable qu'une brigade d'intervention tout entière. Et quand je dis sa plume…

Carolyn tapota le journal du bout du doigt.

— On pourrait peut-être l'utiliser, ce type ? A ton avis, si on lui fournissait une information, il s'empresserait de la publier ?

— Malone dénoncerait sa propre mère pour écrire un article.

— C'est peut-être une bonne chose. Si tu veux capturer ce tueur, lance-lui un défi. Il a un ego démesuré. Il suffit de le provoquer à travers Malone et la *Tribune*.

Rafferty saisit sa tasse de café, la scruta avec attention, puis la reposa avec une grimace. Il réfléchissait intensément à la suggestion de Carolyn.

— Qu'est-ce que tu proposes ? lui demanda-t-il enfin.

— Invente une histoire. Une histoire très courte, du genre : « Le lieutenant Rafferty, responsable de l'enquête, annonce que la police, après avoir étudié plusieurs pistes, est sur le point d'arrêter le tueur. » Tu restes sobre. Tu fais en sorte que l'intéressé se sente méprisé, sous-estimé, facile à éliminer. Tu le rends fou de colère, au point de lui faire baisser sa garde. Et, à la première erreur…

Elle posa les photos, se pencha en arrière et regarda Conor droit dans les yeux.

— A la première erreur de sa part, il est à nous.

Rafferty ne dit rien. Il hocha la tête et décrocha le téléphone.

— Isabel, passez-moi Tommy Malone, de la *Tribune*.

2.

Gwen habitait une maison de brique dans le faubourg huppé de Newton. Conor était venu la chercher avec trois quarts d'heure de retard, ce qui lui avait valu un accueil glacial. Et voilà qu'à présent, il aggravait son cas en s'égarant sur la North Shore !

La jeune femme profita de la lueur d'un réverbère pour tenter de déchiffrer le nom d'une rue.

— Je suis sûre que tu t'es trompé de direction, au dernier carrefour, déclara-t-elle.

Conor n'était plus sûr de rien, et il se garda de tout commentaire. Dans sa robe du soir noire, avec ses cheveux relevés en un chignon très tendance, Gwen était la douceur et la féminité incarnées. Pourtant, il suffisait de la voir dans une salle d'audience pour découvrir ce qui se cachait sous ces apparences trompeuses : un esprit acéré comme une lame de rasoir et une ambition dévorante qui écrasait tout sur son passage.

— Attends ! s'exclama-t-elle. C'est ici. Hopewell Road. Tourne à droite !

Ils longèrent une clôture blanche sur plus de cinq cents mètres, puis la maison du procureur Cameron Matthias apparut enfin. C'était une vaste demeure blanche de style colonial, entourée d'une pelouse immense. Une longue grange du même blanc immaculé se dressait d'un côté de la propriété.

A l'approche des visiteurs, plusieurs chevaux arabes levèrent la tête. En véritable gentleman-farmer, Cameron Matthias payait grassement un régisseur qui s'occupait de ses chevaux et lui évitait de marcher dans la boue avec ses mocassins italiens.

L'entrée était flanquée de deux jockeys noirs en fer forgé brandissant une lanterne. De toute évidence, la notion de « politiquement correct » n'était pas de rigueur dans cette enclave rurale.

Conor suivit l'allée pavée, et s'arrêta devant l'entrée où les attendait un voiturier.

Près de la grange stationnaient déjà une Mercedes, deux Volvo, deux Lexus et une Range Rover flambant neuve. Conor tendit ses clés au jeune homme, qui lui témoigna autant de déférence que si sa vieille Ford avait été une limousine hors de prix.

En dépit de cette bonne volonté affichée, Conor se sentait un peu déplacé dans ce milieu qui n'était pas le sien. S'il endurait ces soirées mondaines, c'était uniquement parce que Gwen y tenait. Et Gwen était la première femme avec qui il avait réussi à rester plus de six mois. C'était la compagne idéale : belle, intelligente, sexy et aussi peu portée sur les armes à feu que lui. Il savait qu'elle voyait parfois d'autres hommes, elle n'ignorait pas qu'il fréquentait d'autres femmes. Leur couple fonctionnait parce qu'ils étaient bien ensemble et qu'ils refusaient, l'un et l'autre, de s'engager.

— Je sais que tu n'apprécies pas ce genre de soirée, dit-elle à son compagnon, tandis qu'il sonnait à la porte. Mais nous ne resterons pas plus d'une heure, c'est promis.

Au moment d'entrer, elle ajouta :

— Ensuite, nous dînerons tranquillement chez moi.

Face à cette marque de bonne volonté, Conor n'eut pas le cœur de protester.

Le scénario de la soirée était écrit d'avance. D'abord, ils salueraient leurs hôtes, puis ils feraient ensemble le tour de la salle. Ensuite, le couple se séparerait pour que Gwen puisse s'adonner au jeu des relations publiques. En général, Conor s'en accommodait sans problème. Il s'emparait d'une bouteille de bière qu'il vidait lentement, en parcourant la salle de long en large, jusqu'à ce que Gwen ait léché suffisamment de bottes.

Ce soir-là, pourtant, le policier était nerveux, agité. Il n'avait aucune envie d'être là, à écouter ces gens bavasser sans fin sur la campagne électorale du maire ou l'école privée de leurs enfants. Sa place était dans la rue, à traquer cette ordure qui étranglait des jeunes femmes. Et voilà qu'il se retrouvait dans un cocktail, à faire des courbettes au procureur Cameron Matthias, ainsi qu'à la moitié des juges du Massachusetts !

Sexagénaire corpulent et chaleureux, le procureur général du comté de Suffolk avait d'épais cheveux blancs, des yeux bleus perçants auxquels rien n'échappait, et la poignée de main ferme d'un boxeur. A son époque, il avait été un fin stratège et un brillant orateur. Désormais, il laissait la sale besogne à ses sous-fifres, dont Gwen faisait partie, et restait assis derrière son bureau en chêne à soigner son image et à entretenir ses relations politiques. On racontait que Matthias était candidat au poste de gouverneur, mais qu'il ne l'annoncerait officiellement que dans quelques mois.

— Gwen ! s'exclama-t-il. Je suis ravi que vous ayez pu venir !

Il l'embrassa sur la joue et adressa un clin d'œil à Rafferty.

— Cette petite est le meilleur procureur de la région ! affirma-t-il en la pressant contre lui.

Matthias était sans doute le seul homme au monde à pouvoir se comporter ainsi avec elle. Il faut dire qu'il était son patron, et qu'elle aurait besoin de références élogieuses, le jour où elle déciderait de quitter son poste actuel.

Affichant un sourire crispé, elle parvint à se dégager de l'emprise de Cameron, tandis qu'il écrasait la main de Conor dans sa grosse patte.

— Lieutenant, dit-il en se penchant vers lui, rien de nouveau sur l'étrangleur ?

Imitant l'expression grave du procureur général, le policier répondit :

— Nous exploitons toutes les pistes. Le FBI travaille avec nous, désormais. Nous l'aurons, soyez-en certain.

— J'ignorais que vous aviez fait appel au FBI ! lança Gwen.

— C'est une idée de Shaughnessey.

Le procureur fronça les sourcils.

— Au fait, vous avez de ses nouvelles ? Comment va-t-il ?

— J'ai parlé à sa femme, cet après-midi. Elle m'a dit qu'il se plaignait déjà de la nourriture qu'on lui servait à l'hôpital.

Matthias se mit à rire à gorge déployée.

— Je le reconnais bien là, ce vieux bougre ! dit-il. Nous sommes allés à l'école ensemble, vous savez ? Saint-Dom, à Chelsea. On était de vrais petits morveux, à l'époque !

Rafferty serra le bras de sa compagne, qui saisit l'allusion et adressa un sourire radieux à Eloise Matthias. Puis ils se mirent à circuler, à saluer les autres invités en échangeant les amabilités d'usage. Gwen évoluait en marge de ce milieu, dont elle rêvait de faire partie. Conor devait lui accorder au moins cette qualité : elle était très douée pour les relations publiques. A ses yeux, toutefois, ces mondanités étaient pour le moins pénibles, voire stupides.

Ils mirent presque une demi-heure à faire le tour de la salle. Puis Gwen le planta là pour aller discuter de quelque affaire urgente avec le sénateur Hynes. Muni de sa bouteille de bière, Conor sortit sur la terrasse. C'était une nuit d'été un peu moite. Une brise à peine perceptible faisait bruire les feuilles d'un immense frêne qui surplombait la maison. Dans le parc, on entendait le chant des grillons.

Conor s'installa dans un fauteuil de jardin qui sentait la peinture fraîche. Il posa sa bière sur le bras du fauteuil et étendit les jambes. Puis il appuya la tête sur le dossier et ferma les yeux.

Ses pensées se mirent à vagabonder.

Une journée ensoleillée, la brise dans les hautes herbes. Un homme et une femme marchant pieds nus sur la plage. Le contact brûlant des grains de sable sous ses pieds, l'air salé… La femme se tourne vers lui au ralenti, comme dans un film. Elle a les cheveux blonds et soyeux, les yeux bleus et un sourire éclatant.

Caro.

Sans crier gare, le désir lui noua le ventre. Il tendit la main vers la jeune femme, mais il n'avait pas le bras assez long et ne saisit que le vide. Elle recula, puis la journée d'été disparut, et le mal fondit sur lui, lui brûlant la nuque. Conor ne le voyait pas ; il ne pouvait l'identifier, mais il le sentait s'insinuer sous sa peau, l'étouffer, l'étrangler. Il cria son prénom, pour la prévenir, mais elle refusa de l'écouter. Se bouchant les oreilles, Carolyn reculait encore, ignorant ses avertissements. Il voulut se mettre à courir, voler à son secours, mais ses jambes refusaient de lui obéir. Ses pieds s'enfonçaient inexorablement dans le sable humide. Désespéré, il sentit ses entrailles gronder comme un océan en pleine tempête. Il entendait le mal rugir derrière lui, et s'attendait à le voir engloutir la jeune femme…

— Conor ?

Le policier se réveilla en sursaut, désorienté, le cœur battant à tout rompre. Il cligna des yeux. Le visage de Gwen lui apparut. Elle semblait fâchée.

— Ça fait dix minutes que je te cherche ! lança-t-elle, les bras croisés. Et toi, tu dormais tranquillement !

Une goutte de sueur coula dans le dos de Rafferty. Il se redressa, et passa une main dans ses cheveux. Seigneur ! Ça faisait longtemps qu'il n'avait pas fait un tel cauchemar ! Cette sale affaire allait lui faire péter les plombs. Pourquoi avait-il rêvé de Carolyn Monahan ? Cette histoire était finie depuis des années. Elle n'était plus pour lui qu'une collègue de travail. Si tant est que l'on puisse considérer un agent du FBI comme une collègue… C'était plutôt une empêcheuse de tourner en rond.

Il bredouilla de vagues excuses et se leva. Gwen l'observa d'un air intrigué.

— Tu travailles trop, lui dit-elle.

Puis elle ajouta plus doucement :

— Ce qu'il te faut, c'est un bon massage et une nuit de sommeil.

Ils prirent congé. Le policier récupéra sa Taurus et mit la climatisation au maximum.

— Ouf ! soupira Gwen en ôtant ses talons aiguilles. Je ne sais pas si j'aurais supporté encore longtemps ces instruments de torture.

Elle baissa la vitre pour laisser entrer l'air lourd.

— Tu as vu ce vieux dégoûtant ? s'exclama-t-elle d'un air outré. Il me colle et, en plus, il me traite de *petite*. S'il croit que je vais voter pour lui ! Avec ce primate au bureau du gouverneur, les droits des femmes vont régresser d'un siècle.

— Pas forcément ! S'il sent que tu guettes la première

occasion de prendre sa place, il se tiendra peut-être à carreau.

Gwen se massait les orteils en faisant la grimace.

— Il sait que je meurs d'envie d'instruire cette affaire d'étrangleur. Mais il m'a déjà informée qu'il voulait s'en charger lui-même. Cette vieille bique pense assurer un verdict de culpabilité. Au fait, pourquoi tu ne m'avais pas dit que tu travaillais avec le FBI ?

— Je n'en ai pas eu l'occasion. L'agent Monahan vient à peine d'arriver.

— Hum. Encore un de ces bureaucrates en costume mal coupé ! Je vois le genre.

— En fait, elle porte un élégant tailleur.

Gwen tourna la tête et observa Conor avec attention.

— C'est une femme ?

Il pensa aussitôt aux jambes superbes de Carolyn Monahan sous la jupe du tailleur.

— Absolument, dit-il.

— Je vois.

Gwen demeura inhabituellement silencieuse, tandis qu'ils s'engageaient sur l'autoroute.

— Cette voiture n'en peut plus : tu devrais en acheter une neuve, déclara-t-elle.

Conor répondit par un vague grognement. Il l'aimait, sa vieille Taurus. Elle avait passé six hivers rigoureux en Nouvelle-Angleterre, et avait toujours démarré sans discuter, alors que son voisin, qui pavoisait au volant de sa japonaise dernier cri, avait dû appeler une dépanneuse à plusieurs reprises.

— Conor ?

Il était agité de légers tics nerveux quand il était fatigué. Et, ce soir, Gwen avait le don de l'énerver. Quoique… ce n'était pas sa faute à elle s'il était de mauvaise humeur. En ralentissant avant un feu rouge, il chassa son ressentiment, et se promit d'être gentil.

— Quoi ?

— On devrait se marier.

Il faillit emboutir la Mazda qui venait de stopper devant lui. C'était une qualité qu'il appréciait, chez Gwen. Elle parlait toujours franchement, sans se soucier des conséquences. Du moins, avec lui.

— Pourquoi ? lui demanda-t-il. Je croyais que tu n'avais pas plus envie que moi de t'engager.

— Ecoute, Conor, j'ai trente-cinq ans. Mon horloge biologique commence à me rappeler à l'ordre. Je veux un enfant. On formerait une équipe formidable, tous les deux, non ? Le flic et le procureur. Tu capturerais les méchants et moi, je les jetterais en prison. Mon appartement est largement assez grand pour deux, et il n'est pas loin du centre-ville.

— Tu as pensé à tout !

— On serait bien, ensemble. On a le même but, dans la vie. On s'entend bien, y compris au lit. On est ensemble depuis assez longtemps pour savoir ce qu'on veut. Pour nous, la prochaine étape logique, c'est le mariage.

Il s'imagina au côté de Gwen pour le reste de sa vie : dormir avec elle toutes les nuits, se réveiller à côté d'elle tous les matins. Avoir des enfants avec elle. Vieillir avec elle. Pourquoi cette perspective ne lui semblait-elle pas séduisante ?

— En fait, dit-il, tu veux me passer la corde au cou.

— Tu n'es pas obligé de me répondre ce soir. Réfléchis. Tu finiras par admettre que j'ai raison.

Il s'arrêta sur le parking, derrière sa maison, sans éteindre le moteur. Gwen se pencha pour ramasser ses chaussures, puis releva la tête.

— Tu n'entres pas ?

— Pas ce soir : je suis crevé.

— Mais ça fait quinze jours !

Tenait-elle sur son agenda électronique un compte du nombre de fois où ils faisaient l'amour ? Le temps que cela durait, les positions, les paroles prononcées dans le feu de la passion... Une banque de données qui lui servirait ensuite de référence.

— La journée a été longue, dit-il. Je vais prendre une douche bien chaude et me coucher.

Elle fit la moue. Sur le visage d'une autre femme, il aurait peut-être trouvé ça sexy. Gwen lui parut simplement puérile.

— Il y a une douche, chez moi, lui fit-elle remarquer d'un ton boudeur. Et un lit.

— Je t'appelle dans quelques jours.

— Seigneur ! Je t'ai fait peur avec mes idées de mariage, c'est ça ? Pourtant, ce n'était pas mon intention, je t'assure.

— Je suis fatigué. Cette affaire d'étrangleur m'use les nerfs. Tu n'as rien à voir là-dedans.

Elle ouvrit la portière.

— Très bien, conclut-elle d'un ton sec. Je serai au tribunal, demain, pour le dossier Heffernan. Ensuite, j'ignore quand je serai disponible. Tu n'auras qu'à tenter ta chance. Tu peux aussi laisser un message sur ma boîte vocale.

Sur ces mots, elle claqua la portière un peu trop fort.

Conor la regarda remonter l'allée en briques, pieds nus, ses chaussures sous le bras. Elle sortit une clé de son sac et ouvrit la porte de l'immeuble. Ensuite, sans se retourner, elle laissa le battant se refermer derrière elle.

Dès qu'elle eut disparu à l'intérieur, Conor soupira. Les arguments de Gwen étaient valables. Depuis six mois, ils étaient restés à peu près fidèles l'un à l'autre. Et puis, il passait déjà pas mal de temps chez elle. Vivre ensemble ne ferait pas une grande différence. Alors, pourquoi rechignait-il à s'engager ?

Peut-être redoutait-il de servir de simple donneur de sperme ? Quand il songeait au mariage, il s'imaginait toujours entouré d'enfants. Mais Gwen en parlait de façon impersonnelle et froide. Elle voulait un enfant, et elle avait décidé de le faire avec lui, un point c'est tout. Elle ne s'était pas demandé s'il se sentait prêt à assumer ce rôle. Gwen obtenait toujours ce qu'elle voulait. Et c'était lui qu'elle voulait. Enfin, son patrimoine génétique.

Mais cela ne suffisait pas à expliquer ses doutes. Il y avait autre chose. En dépit de ses arguments logiques et réfléchis, il manquait un élément crucial auquel Gwen n'avait sans doute jamais pensé, à moins qu'elle l'ait jugé démodé ou trivial.

Pas une fois, elle n'avait parlé d'amour.

Dans la chaleur moite de la nuit, Carolyn goûtait le plaisir de prendre un bain, dans sa chambre d'hôtel, au cinquième étage du Boylston House. Fourbue, elle faisait rouler une bouteille glacée sur sa peau, tout en écoutant Stevie Ray jouer de la guitare. Le blues avait toujours eu sur elle un effet magique. Il pouvait tour à tour l'embraser ou la plonger dans une torpeur qui lui permettait d'oublier.

Richard et elle n'avaient jamais réussi à surmonter ce qu'il appelait son penchant ouvrier pour la bière et le blues. Lui, il écoutait Mozart et buvait des grands crus. D'après lui, c'étaient les filles qui avaient le plus de mal à échapper à leur milieu d'origine qui écoutaient du blues.

Il savait qu'il lui faisait de la peine en disant ça, mais c'était le moyen le plus efficace qu'il avait trouvé pour la remettre à sa place.

Sa place. Tout en avalant une gorgée de bière, elle observa distraitement son genou qui émergeait de l'eau savonneuse. Où était sa place ? Elle n'était plus à Quantico, parmi ses collègues qui faisaient circuler des ragots sur sa liaison avec Richard et sur leur séparation. Sa place n'était pas non plus à Boston, où elle ne parvenait pas à concilier la Carolyn qu'elle était devenue — celle qui portait des tailleurs coûteux et assistait à des concerts classiques — avec la Carolyn d'autrefois, qui mangeait du chou et du corned-beef tous les samedis soir, dans un appartement sordide des quartiers populaires.

Tandis que les notes languissantes produisaient sur elle leur effet magique, elle ne put s'empêcher de penser à Conor Rafferty. Elle ferma les yeux et s'enfonça dans la mousse, la tête appuyée sur le rebord de la baignoire. A l'âge de vingt-deux ans, jeune diplômée en psychologie, elle était tombée follement amoureuse de lui, au point que cet amour avait failli lui être fatal. Mais elle avait refusé de devenir la femme d'un flic, comme sa mère, et de mener une existence médiocre, d'avoir peur chaque fois que son mari franchissait le seuil de la maison pour aller travailler. A la mort de Meg, tout s'était écroulé, y compris ses relations avec Conor. En le quittant, elle avait définitivement tourné la page.

Ces dix ans écoulés auraient dû tout effacer. En dix ans, son corps aurait dû l'oublier. Mais il lui suffisait encore d'apercevoir Conor pour sentir sa gorge se nouer. Si elle avait su qu'il travaillait sur ce dossier, elle aurait refusé la mission. Un autre agent s'en serait chargé. Sully, par exemple, ou Michaelson. Elle serait restée à Quantico, et aurait évité Richard de son mieux.

Or, elle avait accepté. A présent, elle devait trouver un moyen de survivre sans perdre la raison.

Pour cela, il n'existait qu'un seul remède : le travail. Elle n'avait plus qu'à se jeter à corps perdu dans le travail. Chaque fois qu'elle vengeait la mort d'une jeune fille innocente, c'était Meg qu'elle vengeait. Chaque fois qu'elle faisait enfermer un monstre qui s'attaquait aux femmes sans défense, c'était le meurtrier de Meg qu'elle envoyait en prison.

Elle termina sa bière et posa la bouteille vide sur le sol. Puis elle prit sa serviette et sortit de l'eau. Une fois sèche, elle enfila un peignoir de soie que lui avait offert Richard.

Près de la fenêtre, la table était jonchée de ses instruments de travail : téléphone portable, mallette, ordinateur, dossiers, notes, photos.

Pendant que Rafferty était au téléphone avec le journaliste, elle avait parcouru le rapport d'autopsie. Elle le relut pour être certaine de n'avoir omis aucun détail : sexe féminin, 18 ans, race blanche, 1,60 m, 55 kg, fracture de l'hyoïde, hémorragie pétéchiale, strangulation à mains nues, agression sexuelle post-mortem. Comme les trois autres filles. Carolyn enregistra les informations en s'interdisant toute forme d'émotion. Elle savait depuis longtemps que c'était le seul moyen de ne pas devenir folle. Et puis, ce soir, de toute façon, elle n'avait pas le temps d'avoir des états d'âme. Le travail l'attendait. Elle alluma son ordinateur portable.

Quand le téléphone l'interrompit, elle était tellement absorbée dans ses pensées qu'elle n'entendit que la deuxième sonnerie. Tout en relisant sa dernière phrase, elle décrocha.

— Monahan, dit-elle distraitement.

— Bienvenue chez toi, Carolyn.

C'était un murmure rauque. La jeune femme sauvegarda son fichier.

— Qui est à l'appareil ?

— Je t'attendais..., souffla son interlocuteur.

Elle n'était pas d'humeur à plaisanter.

— C'est flatteur, mais vous ne m'avez toujours pas dit qui vous étiez.

— Je sais tout de toi. Et je sais tout de Meg. Je sais ce qui est arrivé à Meg.

Le cœur de Carolyn s'emballa. Prononcé par un inconnu, le prénom de sa sœur lui semblait impudique, sale.

— Et que savez-vous ?

Il se mit à rire.

— Je te reparlerai bientôt. Bonne nuit, Carolyn.

Dès qu'il eut raccroché, la jeune femme appela la réception.

— Ici l'agent Monahan, chambre 513, dit-elle. Vous venez de me passer un appel ?

— Désolé, mademoiselle. Vous n'avez reçu aucun appel, ce soir.

— Quelqu'un a dû me le passer. Je n'ai pas rêvé la conversation que je viens d'avoir !

— L'appel n'est pas passé par le standard, expliqua l'employé. Votre correspondant a composé le numéro direct.

— Direct ? répéta-t-elle. C'est donc possible ?

— Oui, mademoiselle.

— Mais comment cette personne a-t-elle pu obtenir mon numéro ?

Question stupide. En tant qu'agent fédéral, elle était bien placée pour savoir qu'il suffisait de chercher au bon endroit pour obtenir les informations dont on avait besoin.

— Ce n'est pas grave. Merci.

Cet appel allait la tourmenter toute la nuit. Il pouvait s'agir de n'importe qui. Quelqu'un qui lui en voulait. Qui en voulait au FBI en général. La mort de Meg avait été rendue publique. Rien ne prouvait que son correspondant n'ait pas, tout simplement, lu un journal vieux de dix ans… N'empêche, c'était quand même effrayant.

L'espace d'un instant, elle eut envie d'appeler Conor, puis elle se demanda d'où lui venait cette idée saugrenue. Conor Rafferty n'était pas son confident ; c'était juste un flic de la Criminelle. Et elle, elle était agent fédéral, ce qui n'avait rien à voir avec une pauvre créature en détresse. Quels que soient ses problèmes, elle devait les régler elle-même, comme elle l'avait toujours fait…

Bien sûr, mais cette histoire allait quand même la ronger toute la nuit.

3.

Conor prit son élan et frappa la balle de sa raquette de squash. Celle-ci heurta la paroi avec un bruit sourd et rebondit vers les joueurs. Le policier se précipita, mais Clancy se montra plus rapide que lui : il frappa avec une telle puissance que la balle revint en dessinant un arc. Conor sauta et la manqua de peu. Battu, il se pencha en avant, les mains sur les genoux, le souffle court.

— Nom d'un chien ! grommela-t-il.

Clancy ramassa la balle, les yeux pétillant de satisfaction. Ses traits d'Irlandais ne manquaient pas de charme.

— Tu es en petite forme, en ce moment, Rafferty. C'est ton boulot qui te tracasse ?

— Va te faire voir, Donovan ! Moi, au moins, je ne suis pas un planqué !

Clancy examina la balle, la fit rebondir plusieurs fois, puis la lança pour la frapper de sa raquette.

— J'avais l'impression qu'on évoluait plus ou moins dans le même milieu, tous les deux.

La balle revint vers eux. Rafferty prit une profonde inspiration et la projeta contre le mur.

— Ah oui ? Et qu'est-ce qui te fait croire ça ?

— On travaille tous les deux à la…

Clancy dut plonger pour rattraper la balle de justesse.

— … réhabilitation des pauvres pécheurs. Tu t'occupes de leur incarcération. Moi, je m'intéresse au salut de leur âme.

La balle revint vers le milieu du terrain. Rafferty recula vivement, mais elle était trop haute, et elle s'écrasa contre le mur situé derrière lui.

— J'ai gagné ! s'exclama Clancy. Tu me dois cinq dollars !

Conor ôta son bandeau et s'épongea le front.

— L'Eglise cautionne-t-elle ta manie de parier ? demanda-t-il, légèrement irrité.

Clancy fit rebondir la balle et la rattrapa avec adresse.

— Si ma grand-mère O'Herlihy pouvait s'adonner au loto tous les samedis soir avec la bénédiction du Seigneur, je ne vois pas pourquoi je ne te soutirerais pas quelques dollars deux fois par semaine. D'ailleurs, je verse tous mes gains à la maison Donovan. Encore quelques parties contre toi, Rafferty, et nos problèmes de financement ne seront plus que de l'histoire ancienne.

— Quand on était gosses, tu avais moins le sens de la compétition, grommela le policier.

— Quand on était gosses, tu n'étais pas si mauvais joueur, rétorqua Clancy.

Il prit une serviette blanche et s'épongea le visage.

— Alors, reprit-il, comment va Gwen ?

Rafferty s'essuya à son tour.

— Elle veut qu'on se marie.

— Quoi ? dit Clancy en se tournant vers lui.

— Tu as bien entendu. Elle veut un enfant. La fameuse horloge biologique.

— Et qu'est-ce que tu veux, toi ?

Conor lança à son ami un regard froid.

— C'est bien ce que je pensais, dit Clancy.

Ils quittèrent le court de squash et s'engagèrent dans un labyrinthe de couloirs en direction des vestiaires.

— Carolyn est en ville, dit Conor d'un ton qui se voulait nonchalant. Elle est consultante sur l'affaire de l'étrangleur.

— Voilà qui explique pourquoi tu as si mal joué.

Malgré lui, Conor imagina Carolyn Monahan ; il entendit sa voix rauque et grave à la Marlene Dietrich. Une voix si troublante…

— C'était il y a dix ans, grommela-t-il. C'est du passé.

— Puisque tu le dis ! admit Clancy en haussant les épaules.

Quand ils se furent douchés et rhabillés, Rafferty sortit de son portefeuille un billet de cinq dollars et le tendit à son ami.

— Tiens, tu l'as gagné.

Assis sur un banc de bois, Clancy nouait ses lacets. Il rajusta la jambe de son pantalon et se leva. Puis il empocha l'argent.

— Les paroissiens de Saint-Bart te remercient.

Au bout de toutes ces années, Conor était toujours étonné en songeant que Clancy était devenu prêtre.

C'était un tel vaurien, autrefois. Ce voyou avait causé bien des tracas à sa pauvre mère. Il avait multiplié les larcins, allant jusqu'à voler la voiture du principal sur le parking du lycée pour l'abandonner dans le canal de Fort Point.

Cette mésaventure lui avait valu une mise à pied, mais le jeu en valait la chandelle, car il était devenu un véritable héros. Et puis, à l'âge de vingt-quatre ans, après trois années mystérieuses passées en Extrême-Orient, Clancy Donovan avait eu la vocation.

Conor rangea son portefeuille.

— Tu devrais appeler Caro et lui faire visiter la maison Donovan, dit-il. Elle serait impressionnée de voir ce que tu fais.

— Je veux bien, si tu me dis où elle séjourne, répondit son ami, les yeux pétillants. Ça m'étonnerait qu'elle soit chez sa mère.

— Tu as raison. Elle est au Boylston House.

— Et, dans cette affaire d'étrangleur, reprit le prêtre plus sérieusement, tu avances ?

— Ça reste entre nous, d'accord ? dit Conor, la mine grave. Eh bien, non. Pas de témoins, pas de preuves, rien. Ce type est une véritable anguille. Si on ne le capture pas rapidement, il va continuer à tuer.

— Tu crois que Caro pourra vous être utile ?

Le policier revit le visage de Carolyn lorsqu'il l'avait accompagnée sur toutes les scènes de crime, la façon dont elle lui avait fait répéter tous les détails de chaque meurtre, pour les imprimer dans sa mémoire.

— En tout cas, on aura tout essayé, répondit-il.

— Et moi, je peux vous aider ? demanda le prêtre en hochant la tête.

— Il y a bien une chose que tu peux faire, répondit Conor en ramassant son sac de sport.

— Je t'écoute.

— Prie pour nous. Prie pour que nous mettions cette ordure hors d'état de nuire avant qu'il ne frappe de nouveau.

Lorsque Conor entra dans son bureau, les cheveux lissés en arrière, Carolyn était installée à sa place. Une tasse de café noir à la main, elle lisait l'article de Tommy Malone paru en première page de la *Tribune*. Elle avait passé une bonne partie de la nuit à travailler sur le profil du tueur, et le café était le stimulant légal le plus puissant qu'elle connaisse.

— Il est plutôt bon, ce Tommy Malone, déclara-t-elle en guise de bonjour.

Conor s'assit sur un coin du bureau.

— Il en veut, admit-il.

Il souleva un presse-papiers en cristal, et laissa ses doigts courir sur la surface lisse.

— Mais c'est aussi un vrai fouille-merde. Il vient sans cesse fourrer son nez dans les affaires de la brigade criminelle.

— En tout cas, il a fait du bon boulot, avec cet article. Reste à savoir s'il va attirer quelqu'un dans nos filets.

Elle plia le journal et tendit un dossier à Conor.

— Voici ton profil préliminaire, lieutenant.

— Déjà ? dit-il en haussant les sourcils d'un air surpris.

— Il ne s'agit encore que d'une esquisse fondée sur les faits dont je dispose actuellement. De nouveaux indices peuvent tout changer.

Conor posa le presse-papiers, puis il saisit le dossier et le parcourut.

— Tu sais, le café de chez Starbucks est bien meilleur que celui que tu es en train de boire, déclara-t-il.

— Je ne trouve pas, rétorqua-t-elle, les yeux plissés.

— Eh bien, moi, si.

— C'est une façon détournée de me demander de jouer les petites femmes soumises et d'aller te chercher un café ?

Il esquissa un sourire, puis se dérida franchement. Son expression s'adoucit.

— C'est juste en face, Monahan. Au Steaming Kettle. Un café noir, deux sucres. Va donc le chercher pendant que je lis ton profil.

A son retour, elle le trouva penché sur son bureau, une main enfouie dans ses cheveux bruns. Il avait les sourcils froncés, tant il était concentré sur sa lecture.

— Ton café, lieutenant, annonça-t-elle en posant un gobelet devant lui. Tu me dois un dollar cinquante.

— Merci, dit-il distraitement.

Elle devait bien admettre qu'il avait raison. Du moins, en ce qui concernait la qualité du café.

Elle fit les cent pas dans la pièce pendant qu'il terminait

sa lecture. Elle s'arrêta devant la fenêtre pour observer la circulation incessante sur Congress Street.

Enfin, il referma le dossier et s'éclaircit la gorge. La jeune femme se retourna, attendant ses commentaires.

— Très bien, dit-il en croisant les bras. J'ai lu ton profil. A présent, tu vas me l'expliquer.

Elle s'installa sur une chaise, en face de lui.

— Les victimes étant de race blanche, nous recherchons un homme blanc. Ce genre de tueur franchit rarement les barrières raciales. Entre vingt-cinq et trente-cinq ans, sans doute issu d'un milieu aisé. Le degré de sophistication de ses crimes suggère une certaine maturité, de l'expérience...

— Attends une minute. Revenons en arrière. Selon toi, il commet des crimes depuis déjà longtemps ?

— C'est plus que probable. Il a dû commencer par des viols, des cambriolages, des agressions... puis il est passé au meurtre. Chaque victime a été enlevée dans un lieu public. C'est l'œuvre d'un homme sûr de lui, qui a le goût du risque. Un homme vaniteux. Il est assez intelligent pour échapper à la police, et il le sait.

— Nous avons étudié tous les dossiers d'agressions sexuelles perpétrées à Boston au cours des cinq dernières années. Nous avons interrogé des dizaines de suspects. En vain.

— Continuez à chercher. Ce type a sans doute des antécédents, même s'il s'en est tiré à bon compte. Peut-être qu'il se trouve juste sous notre nez ? Peut-être même qu'il cherche à s'insinuer dans ton enquête ? Méfie-toi de quiconque montrera un intérêt inhabituel pour cette affaire.

— Cela représente environ cinq mille personnes. Il ne nous reste plus qu'à faire « amstramgram » pour retrouver le coupable.

Carolyn porta son gobelet à ses lèvres et but une gorgée de café.

— Au point où nous en sommes, c'est une méthode comme une autre.

— Voilà qui me rassure. Continue, s'il te plaît.

— Il vit ou travaille dans les environs. Il connaît bien la région. Il a un physique insignifiant : ce n'est pas le genre de type qui attire l'attention. D'après ce que nous avons pu déterminer, quatre jeunes filles sont montées dans sa voiture de leur plein gré. Cela prouve qu'il n'y a rien de particulier ou d'effrayant dans son apparence. Il doit même être avenant. Dans son travail, il a probablement affaire au public. La vente, peut-être. Il pourrait travailler chez McDonald's ou au guichet du musée des Beaux-Arts. Il ne cherche pas à se faire remarquer. Il se montre cordial envers ses collègues, mais pas ouvertement amical : ce serait trop risqué.

Elle avala une autre gorgée de café et se pencha en avant, de plus en plus passionnée par son sujet.

— Nous savons qu'il a une voiture, car les victimes ont été enlevées dans un endroit et déposées dans un autre. En trouvant la voiture, nous trouverons aussi des indices indiscutables.

— Formidable. Dans une ville d'un demi-million

d'habitants qui compte dix-sept millions de voitures, autant chercher une aiguille dans une botte de foin.

— A moins de restreindre les recherches. Notre homme roule certainement dans un modèle récent, d'une couleur neutre. Une voiture anonyme, peu susceptible d'être reconnue par d'éventuels témoins. Une Ford Taurus ou une Oldsmobile de milieu de gamme. Bleu foncé, bordeaux. Elle a pas mal de kilomètres au compteur parce qu'il passe du temps à traquer ses victimes, mais elle est impeccable, aussi bien à l'extérieur qu'à l'intérieur. Il entretient aussi le moteur très soigneusement. Il ne peut pas prendre le risque de tomber en panne avec une victime à bord.

— Tu vas sans doute me dire de quelle couleur sont ses caleçons !

— Tu m'écoutes, oui ou non ? répliqua Carolyn en se redressant. Parce que, si ça ne t'intéresse pas…

Il se passa les mains dans les cheveux.

— Excuse-moi, dit-il. Continue.

La jeune femme se leva et se mit à arpenter la pièce.

— Il n'a sans doute aucune relation suivie avec une femme. Ou alors, il connaît de sérieux problèmes dans ce domaine.

Elle s'assit sur le coin du bureau et croisa les bras.

— L'agression sexuelle post-mortem indique qu'il éprouve des difficultés à avoir des relations sexuelles normales. Pour y parvenir, il doit avoir besoin de maîtriser totalement sa victime. Peut-être a-t-il subi une agression ou des violences domestiques, dans son enfance ? Peut-être que son père était absent du foyer, ce qui l'aurait privé de toute discipline ? Sa mère a pu lui imposer un comportement sexuel déviant, en ramenant de nombreux amants à la maison, en enchaînant les aventures sans lendemain, voire en se prostituant.

Conor posa les yeux sur le dossier.

— Supposons que tu saches de quoi tu parles — et je ne dis pas que j'en suis convaincu —, en quoi tout cela va-t-il nous aider ? Tu ne me fournis pas la moindre piste.

— Aucun profileur ne te livrera le nom du coupable sur un plateau. Notre travail constitue un outil, pas une boule de cristal. Tu vas devoir identifier toi-même tes suspects, battre le pavé, interroger un tas de gens. Le profil du tueur peut simplement te permettre d'éliminer certains suspects et de t'intéresser à d'autres.

Une voix les fit soudain sursauter.

— Excusez-moi, lieutenant, dit Isabel avec son léger accent hispanique. Quelqu'un souhaite vous voir.

Derrière Isabel se tenait une femme entre deux âges, élégante, aux yeux rougis et aux paupières gonflées, accompagnée d'un jeune homme d'une vingtaine d'années, à la mine grave. Une de ses grosses mains était posée sur l'épaule de la femme. Carolyn trouva ce geste protecteur assez touchant.

— Lieutenant Rafferty, dit Conor en se levant. Que puis-je faire pour vous ?

La femme observa Carolyn, puis reporta son regard sur le policier.

— Je suis Ada Perry, la mère de Katie. Et voici mon fils, Kenny. Nous sommes venus chercher Katie pour la ramener à la maison. Mais personne ne semble savoir quand nous pourrons récupérer son… corps.

Ses yeux s'embuèrent de larmes. Carolyn et Conor échangèrent un regard.

— Madame Perry, dit la jeune femme, entrez, je vous en prie. Je suis l'agent Monahan, du FBI.

Tandis qu'elle entraînait la mère éplorée vers une chaise, Conor alla fermer doucement la porte.

Carolyn détestait cet aspect de son travail. Si elle ne pouvait rien faire pour les victimes, elle devait gérer l'entourage. Les proches étaient ceux qui souffraient le plus, qui devaient se reconstruire. Elle était bien placée pour le savoir : elle était passée par là. Chaque fois qu'elle parlait à un proche sous le coup d'un chagrin récent, elle sentait sa propre blessure se rouvrir, comme si elle n'allait jamais se refermer.

Elle s'agenouilla et prit la main calleuse d'Ada dans la sienne. Elle aurait pu être sa mère. Elles avaient la même taille, le même teint ; elles avaient même des goûts similaires en matière de vêtements.

— Je regrette sincèrement, dit-elle. Je sais combien cette épreuve est douloureuse.

Mme Perry sortit un mouchoir de son sac à main, et s'essuya les yeux.

— Katie était tellement adorable… Elle ne nous a jamais donné le moindre souci. Je n'arrive pas à croire…

Elle s'interrompit et fondit en larmes, avant de reprendre entre deux sanglots :

— Mon mari est resté à la maison. Il fallait bien que quelqu'un s'occupe des bêtes… Les voisins se sont cotisés pour nous payer le voyage, à Kenny et à moi. Mais nous ne pouvons pas organiser les funérailles tant que…

Elle se tut, secoua la tête, et détourna le regard.

— Nous voulons simplement savoir ce qui est arrivé à ma sœur, intervint soudain Kenny. C'est tout.

Conor croisa les bras.

— Il semble qu'elle soit tombée en panne sur une voie d'accès, expliqua-t-il posément. Le coupable…

Il s'éclaircit la gorge.

— Nous pensons que cet homme lui a proposé de monter dans sa voiture.

Mme Perry leva les yeux, l'air incrédule.

— Mais son père lui a répété mille fois de ne jamais monter en voiture avec un inconnu ! Katie n'aurait pas fait une chose pareille !

— Il était très tard, reprit le policier. Elle était toute seule dans une ville inconnue. Cet homme s'est présenté et lui a proposé de l'emmener. Elle a sans doute considéré que c'était la meilleure solution. Nous n'avons relevé aucune trace de lutte, ce qui nous amène à croire qu'elle est montée en voiture de son plein gré.

— Mais pourquoi ? Pourquoi elle ? Pourquoi mon enfant ?

Face à la souffrance manifeste de cette mère, Carolyn se sentit nouée jusqu'aux entrailles. Elle ne détenait pas la réponse à sa question, en tout cas aucune réponse acceptable.

— Katie correspond au profil, déclara Conor.

— Je ne comprends pas, dit Mme Perry, désemparée.

— Votre fille n'est pas la seule victime, madame. Cet homme a déjà tué, et il recommencera si nous ne l'arrêtons pas rapidement. Katie est sa quatrième victime en six mois, et elles possèdent toutes les mêmes caractéristiques.

— Seigneur ! murmura Mme Perry.

— Un tueur en série ? demanda Kenny. C'est bien ça ?

Conor et Carolyn échangèrent un regard furtif.

— En effet, répondit le policier.

— Autrement dit, si les flics ne s'étaient pas montrés aussi incompétents, ma sœur serait toujours en vie ?

— Kenny !

— C'est la vérité, maman.

Le jeune homme se mit à faire les cent pas dans le bureau. Il donna un coup de pied dans une corbeille à papier, et se retourna vivement vers Conor.

— C'est votre faute si ma sœur est morte !

Il frappa violemment la porte de son poing, faisant un trou de plusieurs centimètres dans le panneau de contreplaqué.

— Nom d'un chien, c'est pas possible ! s'exclama-t-il.

Il appuya le front sur la porte et se mit à pleurer. Ses sanglots brisaient le cœur de Carolyn.

Ce n'était pas la première fois qu'elle assistait à une scène de ce genre. Kenny Perry cherchait un responsable à son malheur. Faute de pouvoir s'en prendre au tueur, il se tournait contre celui qui lui avait annoncé la terrible nouvelle. Conor le laissa se défouler, puis il reprit :

— Nous avons créé une unité spéciale qui travaille jour et nuit sur cette affaire, en collaboration avec le FBI. D'où la présence de l'agent Monahan, qui est une spécialiste des tueurs en série.

Tous les yeux se tournèrent vers Carolyn, et la jeune femme serra la main de Mme Perry dans la sienne.

— Nous faisons tout notre possible, assura-t-elle. Je vous promets que nous l'arrêterons.

— Je vais appeler le bureau du légiste, déclara Conor. Je réussirai peut-être à avoir des nouvelles.

Durant toute la conversation téléphonique, Ada Perry pleura à chaudes larmes, tandis que Kenny arpentait nerveusement le couloir. Prise d'une migraine qui lui était désormais familière, Carolyn se massa la nuque. Enfin, Conor raccrocha.

— Ils vous rendront le corps de votre fille cet après-midi, madame Perry. Vous pouvez organiser son transfert.

— Je ne retournerai pas dans le Dakota, annonça Kenny sur le seuil du bureau. Je vais rester ici jusqu'à ce que vous ayez retrouvé le monstre qui a tué ma sœur. Je veux le voir en face.

Il avait soif de vengeance, et voulait que justice soit faite. Bien des fois, Carolyn avait imaginé l'assassin de Meg, en se demandant comment elle réagirait si elle se retrouvait en face de lui.

— Comme vous voudrez, monsieur Perry, dit Conor. Nous ne pouvons pas vous empêcher de rester à Boston. Néanmoins, vous devriez réfléchir. Votre mère a besoin de vous, en ce moment.

Kenny fit la moue, mais ne répondit pas. Ada Perry se leva.

— Allez, viens, Kenny, dit-elle. Nous avons déjà fait perdre beaucoup de temps au lieutenant.

Conor les accompagna jusqu'à l'ascenseur. Pendant ce temps, dans le bureau, Carolyn resta assise, la tête entre les mains, en proie à une terrible migraine. Elle entendit les pas de Conor s'arrêter sur le seuil.

— Ça va ? lui demanda-t-il.

— En pleine forme.

— Tu as souvent des maux de tête ?

— Ça va, je te dis ! Laisse-moi juste une minute.

Il s'agenouilla devant elle et lui prit le menton pour l'obliger à croiser son regard. Puis il affirma en détachant bien chaque mot :

— Tu n'es pas responsable de la mort de Meg.

Elle le regarda fixement, en se demandant comment il avait réussi à la bouleverser à ce point.

— Ne me touche pas ! murmura-t-elle.

— Ce qui est arrivé à Meg est le fruit du hasard. Personne n'aurait pu empêcher ce drame. Hélas, elle s'est trouvée au mauvais endroit au mauvais moment…

— A cause de moi ! coupa-t-elle en repoussant brusquement la main de Conor. Parce que je n'étais pas là où je devais être, ce soir-là.

— Nom d'un chien, Carolyn ! Tu ne peux pas refaire l'histoire ! Arrête de te torturer à cause d'un événement qui remonte à dix ans et que tu n'aurais pas pu éviter, de toute façon.

— Mais si, j'aurais pu l'éviter ! Ma sœur serait encore

en vie si j'étais venue la chercher après le travail, ce soir-là, comme prévu.

L'espace d'un instant, elle crut déceler une lueur étrange dans les yeux verts de Conor. Une étincelle de culpabilité semblable à la sienne. Mais elle disparut si vite que la jeune femme crut avoir rêvé.

— J'étais trop occupée à faire des galipettes avec toi, dit-elle amèrement, pour m'inquiéter du fait que ma sœur devait rentrer à la maison toute seule.

Le visage de Conor se figea.

— Arrête ! dit-il.

— Je dois vivre avec ça tous les jours, Rafferty !

Furieuse, elle se leva et écarta une mèche de cheveux de sa joue.

— Et ça va durer jusqu'à ma mort.

Sur ces mots, elle s'éloigna, tandis que Conor restait à genoux sur la moquette.

4.

Dès que la Mitsubishi eut franchi le pont de Congress Street, sur le canal de Fort Point, Carolyn eut l'impression de pénétrer dans un tout autre univers. Les jeunes loups en costume cravate, portable à l'oreille, firent place à des vieillards au visage ridé et aux vêtements trop amples, traînant sur le pas de leur porte, totalement désœuvrés. Loin des boutiques de mode et des bars à vin qui foisonnaient dans le quartier des affaires, le sud de la ville se distinguait plutôt par des devantures de magasins désaffectés couvertes d'affichettes appelant à voter pour Joe Morrissey.

Devant une clôture fermée par une chaîne, le gardien d'un terrain vague, un homme musclé vêtu d'un T-shirt noir aux manches découpées, une cigarette au coin des lèvres, regarda passer la jeune femme.

Quelques rues plus loin, elle bifurqua et gravit une colline. Elle avait grandi dans les ruelles du sud de Boston, et elle connaissait ce quartier comme sa poche. Même si elle n'avait pas reconnu les lieux, ses entrailles nouées lui auraient indiqué qu'elle était de retour au bercail.

A mesure qu'elle montait, entrepôts, usines et entreprises de transport disparurent au profit de pizzérias et de bars à bière. Puis apparurent les immeubles, écoles et églises de son enfance.

Dans le quartier, la plupart des maisons de bois comptaient trois étages. Très rapprochées, elles étaient construites au bord du trottoir, de sorte que les pelouses étaient rares. Trouver un endroit où se garer relevait de l'exploit. Ce jour-là, toutefois, Carolyn eut de la chance : elle repéra une place juste en face de la maison de ses parents.

Sur le trottoir, elle se perdit un instant dans le souvenir de trois gosses qui faisaient de la planche à roulettes et jouaient à saute-mouton dans cette rue. Elle eut soudain la nostalgie de leur innocence d'enfants, qui avait disparu à jamais. Meg était morte. Mike, lui, vivait toujours dans le quartier. Il travaillait sur un chantier. Il avait une femme et trois enfants. Quant à elle, elle s'était réfugiée à Quantico, et s'était jetée dans les bras de Richard Armitage.

Chassant ces idées sombres, elle se redressa et traversa la rue d'un pas décidé. La maison de ses parents était haute et étroite. Elle semblait négligée.

Carolyn gravit les marches du perron et ouvrit la porte. L'entrée sentait le chou et les ordures. Le papier peint, avec son motif de raisin d'un violet criard, était toujours aussi laid. La vieille Mme O'Hannon, qui avait vécu quarante ans dans l'appartement du premier étage, était décédée en février. Un jeune couple avait emménagé à sa place. Sur le palier, Carolyn entendit les pleurs d'un nourrisson derrière la porte close.

En atteignant le deuxième étage, la main sur la rampe, elle demeura quelques instants immobile devant la porte de l'appartement où elle avait grandi. Derrière le panneau de bois, elle entendait le ronronnement de la télévision. Son père devait être dans son fauteuil, en train de regarder le journal, une bière à la main, en se lamentant sur les mauvaises nouvelles du monde. Sa mère devait s'affairer dans la cuisine, un tablier délavé sur son corps décharné, les lèvres pincées à l'idée que les vices de son mari le conduiraient tout droit en enfer.

En dépit de la familiarité des lieux, la jeune femme ne se sentait plus chez elle depuis longtemps, dans cette maison. Prenant une longue inspiration, elle frappa à la porte. Elle entendit des pas. Sa mère lui ouvrit.

Roberta Monahan portait toujours ses cheveux grisonnants coupés au carré, comme lorsqu'elle était au lycée. Son tablier était usé jusqu'à la trame, et son pantalon en polyester pendait sur ses hanches. Ses yeux d'un bleu pâle exprimaient la résignation, comme si elle avait renoncé à tous les plaisirs de la vie.

— Salut, maman, dit Carolyn.

Sa mère la toisa longuement. La jeune femme se tenait bien droite. Elle avait troqué son tailleur de marque et ses chaussures de luxe contre un jean, un T-shirt blanc et des baskets.

« Je t'en prie, maman, implora-t-elle en silence. Pour une fois, sois contente de me voir ! »

— C'est pas trop tôt ! lança Roberta. Tu vas m'aider à préparer les légumes.

Sans un sourire, elle tourna les talons pour regagner

sa cuisine. Résignée, Carolyn lui emboîta le pas. Dès que la porte se fut refermée, elle ressentit l'impression d'étouffement qui la submergeait à chacune de ses visites. Les murs sombres fondirent sur elle, et les roses affadies de la moquette prirent une apparence sinistre. Son père était installé à sa place habituelle, les yeux rivés sur le petit écran. Il répondit à son salut d'un vague signe de tête. Au-dessus du canapé, à côté d'une image pieuse du Christ, trônait le portrait de Meg. Meg Monahan, qui aurait à jamais dix-huit ans. La famille connaissait-elle autant de problèmes avant sa mort ? Carolyn n'aurait su le dire.

Roberta vérifia la cuisson de ses pommes de terre à l'aide d'une fourchette.

— Egoutte les carottes et les petits pois ! ordonna-t-elle à la jeune femme. Après, tu les mettras dans un plat et tu les apporteras à table.

Sa mère s'évertuait à la traiter comme une enfant de douze ans. Et Carolyn savait que ça ne changerait jamais. Elle se contenta donc d'ajouter une noix de beurre aux légumes avant de les poser sur la table. Quatre couverts étaient dressés. Avant qu'elle puisse demander à sa mère qui était le quatrième convive, quelqu'un frappa à la porte.

— Ça doit être le père Donovan, dit Roberta. Je l'ai croisé au marché, cet après-midi. Quand il a su que tu venais, ce soir, il a tenu à se joindre à nous.

— Clancy vient dîner ?

Carolyn posa vivement le torchon sur lequel elle s'essuyait les mains et se précipita hors de la cuisine. Elle passa devant la télévision, puis devant le sanctuaire à la gloire du Christ et de sainte Meg, pour aller ouvrir la porte.

— Clancy Donovan ! s'exclama-t-elle. Comme je suis heureuse de te voir !

Ses yeux dorés comme un bon whisky irlandais pétillaient d'une lueur espiègle. Ses cheveux châtains étaient en désordre et bien trop longs pour un prêtre.

— Salut, Caro ! lança-t-il en l'étreignant avec chaleur.

Roberta intervint aussitôt.

— Pour l'amour du ciel, ma fille, lâche-le donc avant que Dieu ne te punisse pour ce comportement déplacé envers un prêtre !

Carolyn recula. Clancy lui adressa un clin d'œil complice. Le désespoir de la jeune femme ne lui avait pas échappé.

— Nous avons fait du tricycle ensemble, madame Monahan, rappela-t-il à Roberta. Je suis certain que l'Eglise ne voit aucun inconvénient à ce que j'embrasse votre fille.

Carolyn lui lança un regard plein de gratitude. Etait-il venu dîner uniquement pour la voir ou avait-il voulu lui épargner le calvaire d'un repas en tête à tête avec ses parents ? Peu lui importait. Clancy était un ami très cher, et elle se réjouissait de sa présence.

Roberta avait sorti la jolie vaisselle de la grand-mère Sullivan : des assiettes en porcelaine ornées d'un liseré doré et d'un motif fleuri. Quand elle était petite, Carolyn demandait régulièrement à sa mère de l'utiliser, mais elles étaient réservées aux grandes occasions : Noël, Pâques, mariages et enterrements. Ce soir, il s'agissait sans doute d'honorer Clancy.

Les parents de la jeune femme s'installèrent face à face, comme à leur habitude. Roberta avait installé le prêtre à sa droite, sur l'ancienne chaise de Mike, et Carolyn à côté de son père. Près d'elle, la chaise de sa sœur demeura vide, comme c'était le cas depuis dix ans. Existait-il au monde un être assez téméraire pour oser s'asseoir à cette place sacrée ?

Prise d'une sorte d'impulsion perverse, Carolyn poussa ses couverts vers la droite et s'installa sur la chaise vide. Clancy sourit. Roberta pâlit. Elle était furieuse, mais pas question de laver le linge sale en présence du prêtre. Carolyn allait en prendre pour son grade, dès que leur invité aurait le dos tourné. Pour l'heure, elle était à l'abri des foudres de sa mère.

A la demande de Roberta, Clancy prononça le bénédicité, puis ils entamèrent le rôti de porc. Carolyn n'en prit qu'une fine tranche. Chez elle, à Alexandria, elle consommait rarement de la viande. Elle frémit en songeant à toutes ces graisses animales qui allaient obstruer ses artères.

— Tu ne manges pas ? lança Roberta sur un ton de reproche. Tu chipotes. Regarde un peu ta fille, Gerry. Pas étonnant qu'elle soit toute maigrichonne. Elle a un appétit de moineau.

Gerry leva les yeux de son assiette.

— Moi, je la trouve très bien, déclara-t-il avant de se remettre à manger.

— Madame Monahan, intervint Clancy, tous mes compliments. Il y avait longtemps que je n'avais pas mangé un rôti aussi délicieux. Ayez pitié d'un modeste prêtre incapable de faire la cuisine ! Pourrais-je emporter quelques restes pour demain ?

Roberta rougit légèrement.

— Mais bien sûr, mon père. Je vous préparerai une assiette.

« Pas une assiette de la grand-mère Sullivan ! » songea Carolyn qui s'en voulut aussitôt de sa méchanceté.

— Cette histoire de meurtres, grommela Gerry en beurrant un petit pain maison, c'est pour ça que tu es en ville ?

— Gerry ! lança Roberta. Tu sais bien que je déteste avoir ce genre de conversation à table !

Elle n'avait jamais supporté que son mari parle de son travail de policier, contrairement à Carolyn qui était fascinée par les histoires de flic que lui racontait son père.

L'année de la mort de Meg, une blessure avait obligé Gerald Monahan à prendre une retraite anticipée, et cet événement avait complètement bouleversé sa vie : il avait très mal vécu cette inactivité forcée.

— En effet, papa, répondit Carolyn. Ils m'ont appelée pour que je les aide à mettre ce monstre hors d'état de nuire.

Roberta pinça les lèvres d'un air réprobateur.

— Qui dirige l'enquête ? demanda Gerald.

Carolyn posa sa fourchette.

— Conor Rafferty, répondit-elle.

— C’est un bon flic, déclara Gerry qui était pourtant avare de compliments.

Roberta fronça les sourcils.

— Ce type a brisé le cœur de toutes les femmes du Massachusetts ! lança-t-elle. Et lui, personne ne l’empêche de sévir. Même si bon nombre de malheureuses ont voulu le remettre dans le droit chemin, d’après ce que je sais. L’autre jour, je bavardais justement avec sa mère, chez le boucher. Elle commence à désespérer de devenir un jour grand-mère.

— Rien ne presse, dit Carolyn d’un ton qui se voulait enjoué. D’ailleurs, Josie et Frank ont tous les deux des enfants. Elle est déjà grand-mère.

— Tu aurais dû lui mettre le grappin dessus quand tu en avais l’occasion ! rétorqua Roberta. Quand je pense que vous deviez vous marier… D’après Fiona, depuis que tu l’as laissé tomber, il multiplie les aventures sans lendemain.

Carolyn se crispa.

— Arrête, Roberta! grommela Gerald.

— Mais je m’inquiète ! Elle a besoin d’un homme qui s’occupe d’elle. Un bon garçon qui ne fréquente pas les bars et qui rapporte sa paie à la maison. Et, plus elle vieillit, plus ses chances s’amenuisent…

Carolyn ne savait plus très bien si elle éprouvait envers sa mère de la colère ou de la pitié. Elle eut envie de la secouer, de lui dire qu’elle ne partageait pas ses idéaux, que la vie avait bien autre chose à offrir. Mais à quoi bon ? Roberta Monahan avait des idées bien arrêtées, et rien de ce que sa fille pourrait lui dire ne la ferait changer d'avis.

— Jusqu'à présent, maman, j'ai parfaitement réussi à m'occuper de moi-même.

Clancy versa de la sauce sur sa purée, et déclara :

— Alors, comment vont Mike et Mandy ? Ça fait des mois que je ne les ai pas vus.

Autant s'adresser à un mur.

— C'est ce que tu appelles t'occuper de toi-même ? Trente-deux ans et pas le moindre projet d'installation. Quand une femme n'est toujours pas mariée à trente-deux ans, les gens commencent à se poser des questions. Ils se demandent si elle n'est pas de ces féministes qui préfèrent les femmes.

Clancy faillit s'étouffer de rire.

— Pardon, dit-il en se cachant derrière sa serviette.

— Pour l'amour du ciel, Roberta, arrête un peu ! implora Gerald. Ta fille s'installera quand le moment sera venu pour elle de s'installer. Ça n'a rien d'anormal.

Mais Roberta n'était pas disposée à baisser les bras.

— Ta cousine Maureen a trois enfants, dit-elle à Carolyn. Elle en attend même un quatrième. Et elle n'a que vingt-six ans ! Dieu veut qu'il en soit ainsi. N'est-ce pas, mon père ? Le foyer, la famille, voilà ce qui compte. Maureen l'a très bien compris, elle. Elle ne passe pas son temps parmi les pervers et les criminels. Et sa mère n'a pas à baisser les yeux devant les voisins !

— Roberta, ça suffit ! cria Gerald.

Sa femme demeura bouche bée.

— Puis-je reprendre des pommes de terre ? demanda Clancy.

La pluie, qui s'était mise à tomber au cours du repas, ne contribuait pas à égayer l'atmosphère. Les maisons semblaient aussi mornes et lasses que Roberta. Carolyn sortit ses clés de voiture et se tourna vers le prêtre.

— Je te raccompagne, lui dit-elle. Je suis garée juste en face.

Ils coururent se mettre à l'abri dans l'habitacle. Carolyn s'installa sur le siège en cuir souple, puis ferma les yeux un instant, tout en prenant de lentes inspirations.

— Je l'ai fait exprès, déclara-t-elle enfin.

— Quoi donc ? demanda Clancy en se battant avec sa ceinture de sécurité.

— De m'asseoir à la place de Meg.

Elle rouvrit les yeux.

— Je l'ai fait délibérément, pour provoquer ma mère. J'irai droit en enfer, n'est-ce pas ?

Il enclencha enfin sa ceinture de sécurité.

— A ma connaissance, il n'existe pas de commandement interdisant de recourir à la provocation, déclara-t-il d'un ton bienveillant.

— D'accord, mais je devrais honorer mes parents, objecta-t-elle avec un sourire crispé.

— Ce n'est pas toujours aussi simple qu'on le voudrait, admit le prêtre.

Carolyn posa les mains sur le volant et regarda fixement devant elle.

— Nous n'arrivons pas à communiquer, reprit-elle.

Le fantôme de Meg se dresse toujours entre nous. Ça fait dix ans qu'elle est morte, mais… c'était elle que ma mère préférait.

Elle se rappela trop tard que Clancy Donovan avait été amoureux de Meg, avant de décider d'entrer dans les ordres. Pendant un moment, il avait même été le suspect numéro un dans le meurtre de la jeune femme. Puis la police avait conclu qu'il n'existait pas la moindre preuve contre lui.

— Désolée, dit Carolyn.

— Il n'y a pas de mal. Tu sais, tes parents gèrent la mort de Meg comme ils peuvent.

— Je sais, dit la jeune femme avec amertume. Je comprends que ma mère ait déclaré la guerre au monde entier et que mon père se soit retiré dans son univers. Quant à Mike, il ne m'adresse plus la parole depuis dix ans. Et moi…

Elle s'interrompit et se massa la nuque.

— Et moi, je viens de rompre avec mon patron. Il était marié, mais je sortais quand même avec lui. Tiens, voilà un commandement que j'ai enfreint, mon père. Seigneur, quelle famille de détraqués !

— Je te trouve très courageuse, déclara Clancy.

— C'est vrai. Il faut beaucoup de courage pour coucher avec le mari d'une autre.

— Tu as fait preuve de courage dans ta façon d'affronter la mort de ta sœur. Tu consacres ta vie à mettre des assassins en prison pour éviter que de telles horreurs se reproduisent. Et moi, qu'est-ce que j'ai fait ? Je me suis enfui.

La tristesse de ses paroles étonna Carolyn.

— Tu es prêtre, répondit-elle. Tu t'occupes des gens. Je n'appelle pas ça une fuite.

— Au risque de t'étonner, bon nombre de gens considèrent que devenir prêtre est une façon de fuir une réalité qu'on est incapable d'affronter. Il m'arrive de partager leur avis, je te l'avoue.

Des gouttes de pluie martelaient le toit de la voiture. Ne sachant que dire, Carolyn démarra. Seul le bruit des essuie-glaces rompait le silence. Puis Clancy reprit la parole :

— Je joue au squash avec Conor deux fois par semaine.

— Ah bon ? dit-elle en crispant les doigts sur le volant.

— Depuis que tu es de retour, il joue de plus en plus mal.

Elle voulut se convaincre que les battements effrénés de son cœur n'avaient rien à voir avec Conor Rafferty.

— Pourquoi me dis-tu ça ? demanda-t-elle d'un ton caustique.

— Parce que c'est mon ami, répondit Clancy en observant le profil de la jeune femme. Parce que vous êtes tous les deux mes amis. Tu peux me déposer ici.

— Ici ?

— Le presbytère se trouve juste à côté. Tu sais…

Il ouvrit la portière et la maintint ouverte pour que l'habitacle soit éclairé.

— Quand l'un de mes amis est sur le point de commettre une erreur, je ne peux pas m'empêcher de le mettre en garde.

— Je ne vois pas de quoi tu veux parler.

Clancy descendit de voiture.

— Il habite toujours M Street, au-dessus de chez ses parents.

— Attends ! lança Carolyn au moment où il allait claquer la portière. Attends une minute ! Tu veux dire que Rafferty vit encore dans ce quartier pourri ?

— Oui. Au premier étage. Bonne nuit.

Sans lui laisser le temps de le questionner davantage, il ferma la portière et disparut dans la nuit.

Carolyn n'eut aucun mal à retrouver M Street. Roulant au pas, elle s'arrêta devant la vieille maison de bois, construite sur trois niveaux, avec son perron et son porche. Contrairement à celle de ses parents, la maison des Rafferty était fraîchement repeinte, et sa façade était garnie de géraniums. Bercée par le ronronnement du moteur et le va-et-vient des essuie-glaces, Carolyn s'attarda dans la pénombre, les yeux attirés par l'unique lampe allumée derrière une fenêtre du premier étage.

Une ombre passa derrière le store baissé. La jeune femme tressaillit. Puis elle jura à mi-voix. Quelle mouche l'avait donc piquée ? Voilà qu'elle était en train d'espionner Rafferty comme une groupie cherchant à apercevoir l'objet de son amour ! Mortifiée par son propre comportement, elle démarra en trombe.

Elle cherchait encore une explication à son attitude quand la partie de son cerveau qui demeurait froide en toutes circonstances remarqua une voiture qui venait de démarrer, moins de cent mètres derrière elle. D'après le modèle des phares, il devait s'agir d'un véhicule récent, de taille moyenne. Le faisceau de lumière se reflétait sur le bitume détrempé. Carolyn dut ajuster son rétroviseur pour éviter d'être éblouie. Par curiosité, elle tourna à droite au carrefour suivant, et guetta la réaction du conducteur.

Il fit de même.

La jeune femme vérifia alors la présence de son calibre 38 dans son sac. Cette arme, plus ancienne et plus grosse que le Glock 9 mm réglementaire, était un cadeau de son père. Le jour où elle avait terminé ses études à l'école de police, Gerald Monahan lui avait remis l'arme qui avait été la sienne pendant vingt ans. Elle en était très fière, tout comme elle était fière d'avoir repris le flambeau familial.

Carolyn glissa les doigts sur le métal lisse, et se sentit, comme toujours, rassurée par son contact familier. Sans se presser, elle tourna à gauche et surveilla son poursuivant.

Quelques instants plus tard, elle vit les phares réapparaître dans son rétroviseur.

Qui pouvait bien la suivre ? A malin, malin et demi. Elle se mit à sillonner les rues étroites du sud de Boston, à faire des allées et venues sans se presser. Dans le rétroviseur, les phares restaient à distance raisonnable, de sorte qu'elle ne distinguait pas le conducteur.

Elle caressa de nouveau son 38, se rappelant ce qu'elle avait appris à l'école de police. Il ne fallait tirer que pour tuer. Depuis son premier cours de tir, cette idée était imprimée dans son esprit. Ne dégainer que lorsqu'on avait pris la décision de sacrifier une vie humaine. Quand un agent du FBI faisait feu, c'était pour sauver une vie : la sienne ou celle d'un autre.

Elle ignorait l'identité de son poursuivant, mais il était évident qu'il cherchait à la déstabiliser avec son jeu du chat et de la souris. Il voulait la rendre folle, et elle devait bien reconnaître qu'elle commençait à s'énerver sérieusement.

Soudain, elle prit une décision et freina d'un coup sec. Le véhicule s'immobilisa. Ce salaud avait envie de jouer ? Très bien. Elle allait le satisfaire. Le cœur battant, elle saisit son arme et ouvrit la portière pour affronter son poursuivant.

Si Richard l'apprenait, elle se retrouverait vite au placard, à Des Moines…

Pendant dix secondes, elle demeura sous la pluie, aveuglée par les phares de la voiture, bien campée sur ses jambes, les mains crispées sur son 38, le canon pointé vers le pare-brise, tel Clint Eastwood dans le rôle de l'inspecteur Harry.

Son poursuivant passa alors en marche arrière. Au carrefour, il fit demi-tour et redémarra dans la pénombre, faisant crisser ses pneus sur le bitume humide.

Carolyn baissa son 38 et s'appuya un instant à sa voiture, le temps de se ressaisir. Il y avait eu d'abord cet appel téléphonique, puis une poursuite en voiture… Elle allait devoir en parler à Rafferty.

Et il y avait fort à parier qu'il ne serait pas content du tout.

Une fois calmée, elle reprit le volant, et verrouilla les portières. Au loin luisait l'enseigne bleue du bar de Hugh Rafferty. Depuis la mort de Meg, Carolyn n'y avait plus remis les pieds. L'endroit lui rappelait trop de mauvais souvenirs… Décidément, cette mission n'allait pas être de tout repos. Mais c'était peut-être aussi bien : il était grand temps pour elle d'aller au-devant de ses démons.

Carolyn se gara devant le bar et scruta les alentours. La rue était déserte, les réverbères nimbés de brume. Apparemment, son poursuivant avait laissé tomber. Contrairement à ce qu'elle s'imaginait, il avait réussi à lui faire peur : ses mains tremblaient. Elle descendit de voiture et vérifia une nouvelle fois que tout allait bien. Puis elle se dirigea vers le bar, la main sur son arme.

Dès qu'elle eut poussé la porte, elle fut assaillie par des voix fortes et des rires avinés. Dans l'atmosphère enfumée, il flottait une odeur de bière et de friture rance. Le bar de Rafferty n'avait rien de raffiné ou de branché : pas de plantes vertes ni de piano. Les murs de brique étaient nus, et les tables, auréolées de traces de verres, étaient couvertes de graffitis laissés par des générations d'amoureux. Dans un coin, un vieux juke-box jouait en sourdine.

Au milieu de la salle, sous un ventilateur qui s'efforçait vainement de recycler l'air vicié, quatre membres du gratin bostonien jouaient au poker dans un nuage de fumée de cigare. Fille de policier, Carolyn avait beaucoup fréquenté les flics, et elle les reconnaissait d'instinct. Or, ces quatre types bedonnants faisaient partie de la *maison*, c'était évident. Tout, dans leur attitude, les trahissait. D'ailleurs, le bar de Rafferty était un repaire de flics, et cela depuis toujours.

Carolyn se détendit peu à peu. Elle se dirigea vers le zinc et se percha sur un tabouret. La télévision diffusait le match des Sox à Toronto. Lorsqu'ils marquèrent, deux hommes imposants, en salopette blanche de peintre en bâtiment, frappèrent le bar avec leur chope de bière.

Pour la première fois depuis son arrivée à Boston, Carolyn se sentit chez elle.

Le barman leva les yeux vers elle et lui sourit. Il posa la bière qu'il était en train de servir, et vint à sa rencontre.

— Caro ! dit-il. C'est notre petite Caro ! Tu as bien grandi.

— Salut, Hugh ! lança la jeune femme en lui rendant son sourire.

Il la serra dans ses bras musclés. A soixante ans, Hugh Rafferty n'avait rien perdu de sa vigueur ni de son charme. Il était certainement en mesure d'affronter n'importe quel blanc-bec suffisamment imprudent pour le contrarier.

Il s'écarta enfin pour mieux l'observer.

— Je me rappelle l'époque où ton père t'amenait ici. Tu étais haute comme trois pommes.

— Oui. Il devait me soulever pour m'asseoir sur le tabouret.

— Tu nous manques, tu sais ?

Une douce chaleur envahit le cœur de la jeune femme.

— Toi aussi, tu m'as manqué. Comment va Fiona ?

— Toujours aussi autoritaire. Pas moyen de me faire respecter.

Puis il reprit d'un air sérieux :

— Alors, tu es là à cause de ces meurtres ?

— Oui.

— C'est une honte, vraiment.

Ils pensaient tous les deux à Meg, et endossaient une part de culpabilité dans ce qui lui était arrivé.

— Il ne s'en tirera pas à bon compte, assura Carolyn. On va le mettre hors d'état de nuire.

— Vous l'aurez, dit Hugh. Conor est tellement absorbé par cette affaire qu'on ne le voit pratiquement plus. Et, quand il vient chez nous, c'est comme s'il était ailleurs. Je crois que cette affaire le ronge.

— Il n'est pas ravi de me voir ici, dit Carolyn. Comment lui en vouloir, après ce qui s'est passé entre nous ?

Hugh prit les mains de la jeune femme dans ses grosses pattes.

— Sache, en tout cas, que Fiona et moi, nous t'aimons toujours comme notre propre fille.

Carolyn sentit les larmes lui monter aux yeux.

— Merci, Hugh. Moi aussi, je vous aime toujours autant, tous les deux.

Il lui tapota l'épaule.

— Alors, qu'est-ce que je t'offre, ma belle ? Fiona a préparé un délicieux rôti de bœuf, ce matin. Bien tendre et cuit à point. Il fond dans la bouche. Un bon sandwich, ça te dit ? Tu as besoin de te remplumer un peu.

— Le rôti de bœuf de Fiona…, dit-elle en fermant les yeux avec délices. Il m'arrive d'en rêver, la nuit.

Elle rouvrit les yeux et sourit.

— Je viens de dîner chez mes parents. Sinon, j'aurais accepté avec plaisir. Mais je boirais bien une Molson bien fraîche.

— Va pour une Molson.

Elle sirota sa bière en s'efforçant de ne pas songer à ce terrible été où Meg était morte. Mais une trappe s'était ouverte sur son passé, et les souvenirs la submergeaient, tel un raz-de-marée.

Cet été-là, elle était serveuse chez Rafferty, et Conor, le fils cadet de Hugh et Fiona, venait de terminer l'école de police. Elle le connaissait depuis toujours, mais elle ne voyait en lui que le frère aîné de Josie…

Tout avait changé un mercredi soir de juin, lorsqu'il était entré dans le bar. Il était beau comme un dieu dans son uniforme impeccable de nouvelle recrue de la police. Elle lui avait servi une bière et un sandwich à la dinde. Et puis, comme la soirée était calme, elle s'était installée à sa table pour bavarder un peu, histoire de passer le temps.

Entre eux, le désir physique avait été instantané, si bien que, quatre heures plus tard, après la fermeture, il l'avait raccompagnée chez elle et l'avait embrassée dans l'entrée, devant sa porte. Elle était tombée follement amoureuse de lui. Ils étaient vite devenus inséparables.

Jusqu'à la mort de Meg. La douce Meg qui, à l'âge

de dix-huit ans, avait déjà un avenir tout tracé. Superbe et pleine de vitalité, elle envisageait de devenir avocate. Comme Carolyn, elle travaillait de temps en temps comme serveuse chez Rafferty, pour financer ses études. Elle sortait avec Clancy Donovan, depuis qu'il était rentré de son voyage en Orient, et ils formaient un couple très uni. Elle avait même accepté sa demande en mariage. Meg voulait avoir une ribambelle d'enfants. La perspective de jongler entre vie de famille et vie professionnelle ne l'effrayait pas le moins du monde. Meg Monahan possédait assez d'énergie et de tempérament pour réaliser l'impossible.

C'est alors que l'impensable s'était produit. Par une chaude soirée du mois d'août, Meg avait quitté son travail et n'était jamais arrivée chez elle. On avait retrouvé son corps le lendemain matin, dans une ruelle, non loin du bar. Elle avait été violée et étranglée. Et le monstre qui l'avait assassinée courait encore.

Ensuite, la vie avait basculé pour tout le monde. Carolyn se sentait responsable de la mort de sa sœur. Ses relations avec Conor s'étaient peu à peu dégradées. D'après elle, la mort de Meg aurait pu être évitée s'ils s'étaient montrés plus vigilants, tous les deux. Et elle ne pouvait plus envisager son avenir avec lui.

A partir de ce moment-là, elle s'était fixé une mission. En septembre, elle avait quitté Conor et Boston pour entamer des études de criminologie à l'université de Denver, à plus de trois mille kilomètres de là. Conor était resté, et avait gravi les échelons de la police. Quant à Clancy, il s'était réfugié dans la religion.

Chacun à sa manière, ils avaient essayé de s'échapper. Hélas, aucun d'entre eux n'avait réussi à fuir totalement le fantôme de Meg Monahan.

Carolyn regardait tristement le fond de sa bouteille de bière.

— A toi, Meggie, murmura-t-elle en portant le goulot à ses lèvres.

— Carolyn Monahan.

La jeune femme mit un certain temps à émerger de ses pensées. Posant sa bouteille, elle se tourna vers l'homme qui venait de prononcer son nom. Il avait le type irlandais, des cheveux un peu trop longs, des yeux bleus pétillants d'intelligence, et portait une veste en tweed sur une chemise blanche au col ouvert. Il lui rappelait quelqu'un, mais elle ne parvenait pas à l'identifier.

— Maintenant que nous savons qui je suis, vous allez peut-être me dire qui vous êtes ! lança-t-elle.

— Tommy Malone, répondit-il en lui tendant la main. De la *Tribune* de Boston.

Elle fit pivoter son tabouret et lui serra la main.

— Tiens, tiens, dit-elle, le fouineur de Rafferty !

Malone lui adressa un sourire juvénile.

— Je constate que ma réputation me précède.

— Comment avez-vous su qui j'étais ? Vous avez un don de voyance ?

Songeant au mystérieux automobiliste qui l'avait poursuivie, elle observa l'homme de plus près. Se trouvait-il déjà dans le bar quand elle était entrée ?

— A moins que vous m'ayez suivie ? reprit-elle.

Une lueur étrange apparut dans ses yeux bleus, et son air juvénile disparut brusquement.

— Quelqu'un vous a suivie ? demanda-t-il vivement.

« Erreur numéro un, songea Carolyn. Ne jamais laisser un piranha renifler l'odeur du sang. »

— Aucune importance, répondit-elle.

— Racontez-moi plutôt ce qui s'est passé, et je vous dirai ce que j'en pense.

— J'apprécie votre sollicitude, mais je suis capable de me débrouiller seule. Vous n'avez toujours pas répondu à ma question. Comment m'avez-vous reconnue ?

— Il n'y a rien d'étrange là-dedans, dit-il d'un ton aimable. J'ai fréquenté le lycée du quartier.

— Vraiment ? dit-elle en le scrutant avec attention.

S'il disait la vérité, voilà qui expliquait cette impression de déjà-vu.

— Nous sommes allés au lycée ensemble ?

— Vous étiez deux classes au-dessus de moi. Pendant un moment, j'ai même eu le béguin pour vous. Mais vous étiez une grande : vous faisiez partie des intouchables. Moi, en revanche…

Il haussa les épaules avec désinvolture.

— J'étais un binoclard grassouillet et couvert d'acné.

Comment cet homme charmant avait-il pu correspondre à une telle description ?

— Félicitations ! lui dit-elle en levant sa bouteille. De toute évidence, vous avez surmonté vos complexes d'adolescent pour devenir un homme normal.

— Merci pour le compliment. Ecoutez, j'ai une table, dans le coin, là-bas. Vous voulez vous joindre à moi ?

— Vous allez tout faire pour me soutirer des informations sur l'affaire en cours, n'est-ce pas ?

Il sourit comme un enfant pris en faute.

— C'est mon boulot.

— Eh bien, moi, mon boulot, c'est de me taire. Si vous voulez des informations, adressez-vous plutôt à Rafferty. C'est son dossier. Je ne suis là qu'en renfort.

— Le lieutenant Rafferty et moi formons un couple explosif. Sans doute parce qu'il me prend pour un fouille-merde et que moi, je le considère comme un imbécile coincé.

— Et pourtant, vous voilà en train de boire une bière dans un bar qui, coïncidence étrange, appartient à son père. Comment expliquez-vous ça ?

— C'est simple. Je vous attendais.

— Moi ? Mais comment avez-vous pu deviner que je viendrais ici, alors que je l'ignorais moi-même, il y a encore quelques minutes ?

Il s'accouda au bar.

— Je sais que vous avez travaillé ici pour financer vos études. Je me doutais que vous reviendriez, un jour ou l'autre. J'ai eu de la chance : je n'ai pas attendu trop longtemps.

— Vous ne lâchez jamais prise, n'est-ce pas ? Comment se fait-il que vous en sachiez autant sur mon compte ?

— C'est mon rôle de tout savoir sur une affaire, expliqua-t-il en prenant une poignée de cacahuètes. Je sais aussi que la police n'a aucune piste sérieuse.

— Vraiment ? Qu'est-ce qui vous fait croire ça ?

— Jamais Rafferty n'aurait fait appel à moi s'il ne s'était pas retrouvé dos au mur.

— Je vois. Et qu'attendez-vous de moi, au juste ?

— Rien de bien compliqué. Juste l'exclusivité.

— Vous avez frappé à la mauvaise porte, Malone. Je ne discuterai pas de l'affaire avec vous.

— Très bien. Alors, parlons de votre travail. De ce que vous faites, de la façon dont vous aidez les flics à capturer les méchants. Vous êtes une vraie célébrité, vous savez ? Je suis votre carrière avec intérêt.

— Pas possible !

— Nous pourrions peut-être publier une sorte de portrait : l'itinéraire d'une fille défavorisée qui a réussi sa vie.

— Je vous remercie, répondit-elle, mais la fille défavorisée n'a vraiment pas besoin de ça.

Elle glissa un billet de cinq dollars sous la bouteille de bière, et prit son sac.

— Bonsoir, monsieur Malone ! lança-t-elle en descendant de son tabouret. Ce fut très instructif.

La circulation était fluide et, malgré la pluie, Carolyn ne mit que dix minutes à gagner le centre-ville. Elle surveilla son rétroviseur, mais personne ne la suivait.

Arrivée à son hôtel, la jeune femme donna un pourboire au voiturier et monta dans sa chambre. La fatigue commençait à se faire sentir, et elle avait envie d'un bon bain moussant.

En ouvrant la porte, elle aperçut une enveloppe blanche,

sur le seuil, avec son nom inscrit en lettres capitales. Elle sortit son arme, alluma la lumière et fouilla rapidement la pièce. Il n'y avait personne, rien n'avait bougé. Elle vérifia la serrure : elle était intacte. Quelqu'un avait dû glisser l'enveloppe sous la porte.

Elle s'enferma à l'intérieur, rangea son arme et ouvrit sa mallette. Elle disposait de tout le nécessaire pour relever les indices : gants, pince, loupe, canif. Elle souleva l'enveloppe à l'aide de sa pince, et la tendit vers la lumière : apparemment, elle contenait une photographie.

De la lame du canif, elle l'ouvrit, et se trouva devant un Polaroid représentant une femme jeune, mince, blonde et totalement nue. Ses yeux exprimaient la surprise. En bas, à l'encre violette, étaient inscrits ces mots :

« Dites à Rafferty qu'il ne pourra pas m'arrêter. »

— Merde, murmura Carolyn. Merde…

5.

Conor venait de s'endormir quand le téléphone sonna. Il prit quelques secondes pour émerger de sa torpeur et redevenir un flic opérationnel. A tâtons, il chercha le combiné, puis le coinça contre son oreille.

— Rafferty..., grommela-t-il.

— Réveille-toi, lieutenant ! J'ai ici quelque chose qu'il faut absolument que tu voies.

Il consulta son réveil en clignant des yeux : il était plus de 11 heures.

— Carolyn ? bredouilla-t-il, l'esprit encore embrumé. Qu'est-ce qui se passe ?

— Je préfère ne pas en parler au téléphone. Tu peux venir au Boylston House ?

Percevant dans sa voix une nervosité inhabituelle, Conor se leva d'un bond. Comme il était entièrement nu, il chercha ses vêtements dans la pénombre.

— Tu vas bien ? demanda-t-il à la jeune femme en enfilant vivement un T-shirt.

— J'ai connu des jours meilleurs, mais je m'en remettrai.

Tout en bouclant son ceinturon, Conor évalua le temps qu'il lui fallait pour rejoindre Carolyn, compte tenu de la faible circulation à cette heure tardive, un soir de semaine.

— Je serai là dans vingt minutes, annonça-t-il.

Il ne lui en fallut que dix. Il arrêta la Taurus devant l'hôtel, gyrophare allumé, et la laissa là, sous le regard réprobateur du voiturier.

Carolyn l'attendait sur le seuil de sa chambre. Sans préambule, elle lui désigna la photo posée sur la table. Rafferty examina le cliché avec attention, en prenant soin de ne pas y laisser d'empreintes.

— Nom d'un chien ! dit-il.

— Quelqu'un l'a glissée sous ma porte. On dirait que notre homme est fier de son coup !

— Tu as alerté le service de sécurité de l'hôtel ?

— Ils t'attendent. Il vaut mieux que ce soit tes hommes qui mènent les interrogatoires.

— Nom d'un chien ! répéta-t-il. Qu'est-ce que je vais bien pouvoir leur raconter ? Qu'il y a eu un nouveau meurtre mais qu'on ignore qui a été tué ?

— Il y a autre chose, dit Carolyn.

— Quoi donc ?

Elle lui relata l'appel téléphonique, la poursuite en voiture, son coup d'éclat à la Clint Eastwood, en plein milieu de Dorchester Street.

Quand elle eut terminé, il se contenta de la dévisager.

— Tu comptais attendre longtemps avant de me faire part de ces informations ? lui demanda-t-il enfin. Je me permets de te rappeler que c'est toujours moi le responsable de cette enquête.

— Je viens de tout te dire, lieutenant, répliqua-t-elle, légèrement crispée.

— Nom d'un chien, Monahan, voilà pourquoi je déteste que le FBI vienne fourrer son nez dans mes enquêtes ! Vous ne faites que me poser des problèmes ! Tu devrais retourner à Washington et me laisser m'occuper de ce dossier tout seul.

— C'est trop tard, de toute façon. Pour une raison que j'ignore, ce type fait une fixation sur moi. Je dois aller jusqu'au bout. Si je pars maintenant, tu le perdras.

Rafferty voulut protester, mais se ravisa. Elle avait raison.

— Formidable ! lança-t-il.

Il sortit son portable et appela Lorna Abrams au quartier général.

— Viens tout de suite au Boylston House avec Rizzoli, et vite !

Lorna venait de travailler douze heures d'affilée, mais elle ne contesta pas ses ordres. Elle ne les contestait jamais. Quand il se retrouvait dans une situation délicate, il pouvait toujours compter sur elle.

— J'arrive, répondit-elle, mais Rizzoli est rentré chez lui il y a deux heures. Tu veux que je le réveille ?

— J'ai bien été tiré du lit, moi, alors pourquoi pas lui ? Pendant que tu y es, appelle l'identité judiciaire pour qu'ils m'envoient quelqu'un. Et dis-leur de rester discrets. Je ne voudrais pas que l'agent Monahan se fasse virer de son hôtel parce que ses collègues se sont montrés trop bruyants.

Il pria Carolyn de rester dans sa chambre, et descendit

interroger les agents de sécurité. Peu de temps après, Ed Bragg, de l'identité judiciaire, arriva à l'hôtel, suivi de Lorna Abrams. Il fit monter Bragg au cinquième étage et mit Lorna au courant des derniers éléments.

— Où est Rizzoli ? demanda-t-il.

— Je ne sais pas.

— Comment ça ? Tu peux m'expliquer ?

— Je ne l'ai pas trouvé. J'ai appelé chez lui : pas de réponse. J'ai essayé son bip. Il ne m'a pas rappelée. Alors, j'ai contacté Greg. Il est en route.

Conor était pleinement conscient de l'importance que cette enquête pouvait avoir sur sa carrière : elle la briserait ou lui ferait faire un gigantesque bond en avant. Et il lui arrivait parfois d'avoir envie de baisser les bras, tant la pression était forte.

Il présenta Lorna à Ephraim Cleaver, le responsable de la sécurité de l'équipe de nuit, puis il appela Carolyn.

— A quelle heure es-tu sortie, ce soir ? lui demanda-t-il.

— Un peu avant 7 heures. Et je suis rentrée vers 11 heures.

— Je vais avoir besoin des enregistrements vidéo, dit Conor à Cleaver. Entre 6 h 30 et 11 heures.

Puis il s'adressa de nouveau à la jeune femme.

— Retrouve-moi en bas dans dix minutes. J'aimerais que tu visionnes les bandes avec moi.

Tandis que Lorna et Greg interrogeaient les employés qui étaient de service ce soir-là, Carolyn et Conor s'enfermèrent dans le bureau de la sécurité pour étudier les enregistrements. Bâti à la fin du XIXe siècle, le Boylston House était l'un des hôtels les plus anciens de Boston. Hélas, son système de surveillance était obsolète et totalement inefficace. L'unique caméra, installée derrière la réception, en circuit fermé, enregistrait les allées et venues des clients, des employés et du public en général.

Après presque cinq heures d'observation fastidieuse, Conor et Carolyn se sentaient épuisés, et ils n'avaient rien trouvé. Ils avaient scruté le visage de chaque homme d'affaires, de chaque touriste, sans rien relever de suspect.

Conor éteignit le téléviseur et se tourna vers sa partenaire. Avec son jean et son T-shirt, elle ressemblait davantage à une adolescente qu'à un agent du FBI. Elle avait les cheveux en désordre et les yeux cernés. Elle bâilla, recula sur son siège pivotant, et s'étira.

Conor lui sourit.

— Un petit déjeuner, ça te dit ?

— Ça dépend, répondit-elle en l'observant sous ses paupières lourdes. Je suis toujours ta bête noire ?

— Non, plus maintenant, répondit-il, mais prends garde à ce que tu fais.

Ils commandèrent un petit déjeuner à la cafétéria de l'hôtel. Des œufs au bacon pour lui et du melon avec du pain complet pour elle. Conor tripotait nerveusement l'anse de sa tasse de café.

— Je suppose que tu n'envisages pas de changer d'hôtel ? demanda-t-il à tout hasard.

— Tu es fou ? Il sait où je suis et qui je suis. En

jouant finement, on parviendra peut-être à le faire mordre à l'hameçon.

— S'il t'étrangle sous mon nez, j'avoue que ça me contrariera.

— Tu veux dire par là que je suis incapable de gérer seule la situation ?

— Arrête un peu, Caro, s'il te plaît ! Ce type tue des femmes. Il les choisit jeunes, blondes et jolies. Tout à fait comme toi. C'est tout.

Elle s'empourpra, posa les mains à plat sur la table et se pencha vers lui.

— Je suis un agent du FBI, un agent expérimenté, déclara-t-elle avec passion. Au cours des trois dernières années, j'ai travaillé sur plus de vingt dossiers de tueurs en série. J'étais la meilleure au tir, dans ma promotion, et je suis ceinture noire de karaté. Comment oses-tu minimiser mes compétences ?

— Je me moque comme d'une guigne de tes états de service, répondit Conor, trop fatigué pour lutter. C'est plutôt ton cou qui m'intéresse.

— Ta sollicitude me touche, Rafferty, mais elle est déplacée. Mon cou ne risque rien. De toute façon, tu n'es pas responsable de ma sécurité.

C'était vrai. Et il était furieux contre lui-même parce qu'il devait bien reconnaître qu'il était prêt à tout envoyer promener si cette affaire mettait Carolyn en danger. Lui qui avait toujours fait passer le devoir avant les sentiments... Mais aujourd'hui, c'était ainsi : il ne pouvait nier que la présence de l'agent Monahan l'empêchait de se concentrer sur son travail, et même de prendre les bonnes décisions.

Pendant un long moment, il dévora à belles dents son petit déjeuner, tandis que la jeune femme ne faisait que chipoter.

— J'ai eu beaucoup de mal à supporter la douleur d'Ada Perry, lui confia-t-elle soudain. Toutes ces victimes ont une mère, un père et…

Elle posa sur lui un regard morne.

— Et souvent une sœur, conclut-elle d'une voix étranglée.

Elle s'interrompit brutalement, et lâcha sa cuillère en argent pour se frotter les yeux.

— Seigneur, dit-elle, je crois que je suis en train de lâcher prise.

— Tu manques de sommeil, lui dit Conor avec compassion. Tu verras, tu te sentiras mieux quand tu auras dormi.

— Rafferty, ce type est quelque part, en liberté, et je ne peux rien faire pour empêcher ça !

Conor se tut. Il ne la comprenait que trop bien.

— Je vais me coucher, annonça-t-elle en s'essuyant doucement les lèvres avec sa serviette. Appelle-moi, si…

Elle fouilla dans son sac et en sortit un billet de cinq dollars froissé, puis elle rejeta ses cheveux en arrière.

— Appelle-moi quand…

— Je t'appellerai. Et range ton argent. Je t'invite.

— D'accord. Tu me devais un café, de toute façon.

Il ne put s'empêcher de sourire en la regardant s'éloigner. Il admira, au passage, sa silhouette svelte et ses petites rondeurs si bien placées.

Sur le seuil, elle s'arrêta et se tourna vers lui.

— Tu devrais dormir un peu, toi aussi ! lança-t-elle avant de disparaître.

Un message urgent attendait la jeune femme à la réception : rappeler Richard Armitage au 703-555-3812. De toute urgence.

— Il ne manquait plus que ça ! marmonna-t-elle en fixant les mots jusqu'à ce qu'ils se brouillent.

Elle froissa le message et le jeta dans une corbeille à papier, près de l'ascenseur. Elle n'appellerait Richard que lorsqu'elle serait disposée à le faire. Il n'avait plus aucune emprise sur elle, ni dans le domaine intime ni sur le plan professionnel. Pendant sept ans, elle avait respecté les règles du jeu à la lettre ; elle avait sauvé la face dans les circonstances les plus pénibles.

Cette fois, c'était différent. Ce dossier la touchait personnellement. Elle ne pouvait l'expliquer à Richard Armitage. Elle n'était même pas certaine de pouvoir se l'expliquer elle-même. Peut-être était-ce le fait de se trouver à Boston, en terrain connu, et de devoir subir les critiques incessantes de sa mère ? Peut-être était-ce à cause des similitudes qui existaient entre cette affaire et le meurtre de Meg ? A moins que ce ne fût, tout simplement, la proximité de Conor Rafferty ? Quoi qu'il en soit, elle ne quitterait pas Boston avant que l'affaire soit bouclée.

Dans sa chambre, elle s'enferma à double tour et s'écroula sur son lit, tout habillée. Au bout de quelques secondes, elle sombra dans un sommeil hanté par des visages de femmes qui la suppliaient de les aider. Quand la sonnerie du téléphone retentit, elle eut toutes les peines du monde à émerger.

A l'autre bout du fil, Conor lui lança avec énergie :

— Il est temps de se lever, jolie Belle au bois dormant !

Assise au bord du lit, Carolyn repoussa ses cheveux en arrière.

— Bon sang ! bredouilla-t-elle. Quelle heure est-il ?

— 7 h 30. On a une cliente, agent Monahan.

— Où ça ? demanda la jeune femme, soudain tendue.

— Derrière une benne à ordures, dans une ruelle, près de LaGrange Street. Je suis en route.

LaGrange Street se trouvait tout près de Washington et Tremont, à proximité de Chinatown, au cœur du quartier chaud de la ville.

— J'arrive ! Je serai là-bas dans dix minutes, un quart d'heure maximum.

— Inutile de te presser, Monahan. Elle est morte.

Il raccrocha, laissant Carolyn seule au bout du fil. Elle raccrocha à son tour et se dirigea vers la salle de bains d'un pas chancelant.

Dix minutes plus tard, son Glock dans son holster, ses cheveux mouillés réunis en chignon, elle se mit en route.

Ignorant la file de taxis alignés devant l'hôtel, elle décida de marcher. Elle irait plus vite à pied qu'en voiture, compte tenu de la circulation dense de ce jour de semaine.

Cela faisait des années qu'elle n'était pas retournée dans ce quartier. Elle eut la surprise de constater qu'il avait beaucoup changé. A l'angle de Washington et Avery, où se dressait, naguère, l'hôtel Avery, il y avait un nouveau complexe immobilier. Le célèbre Naked I avait été rasé, et les établissements louches avaient fait place à des restaurants chinois et vietnamiens. Chinatown était en train d'engloutir le quartier chaud.

LaGrange Street était fermée par un agent en uniforme qui semblait s'ennuyer ferme. Quand Carolyn lui montra sa carte, il souleva le cordon de sécurité pour la laisser passer. Une équipe de l'identité criminelle était assise près d'une camionnette dont la radio crépitait. Il y avait aussi plusieurs voitures de police et une vieille Ford Taurus surmontée d'un gyrophare. Etait-ce celle de Conor ?

Carolyn se faufila entre les voitures et salua d'un signe de tête le technicien de l'identité judiciaire, un dénommé Ed, celui-là même qui avait placé le Polaroid dans un sac en plastique, la veille.

Une jeune femme était allongée derrière une benne à ordures rouillée. On l'avait jetée là, parmi les gobelets en carton et les emballages de hamburgers. Le photographe faisait crépiter son flash, tandis qu'un assistant du légiste, les mains dans les poches, discutait du match de la veille avec les membres de l'équipe de secours d'urgence. Rafferty était au téléphone, tête baissée, se bouchant l'autre oreille pour mieux entendre. Il n'était pas rasé, et portait encore son jean et ses mocassins sans chaussettes. De toute évidence, il n'était pas rentré chez lui.

Carolyn s'approcha de la victime et s'agenouilla pour l'examiner. Elle était couchée sur le flanc, un bras écarté, une jambe repliée. Ses cheveux étaient entremêlés de feuilles mortes et de détritus. A en juger par son état, elle devait être morte depuis dix ou onze heures. Carolyn fit un rapide calcul : compte tenu de l'heure à laquelle elle avait reçu le Polaroid… oui, ça correspondait.

Se redressant, Carolyn contourna le photographe et gagna le bout de l'impasse qui semblait servir essentiellement de parking et d'entrée de service aux boutiques voisines.

Là, elle fit volte-face, et retourna vers la rue. A sa droite se dressait une boutique condamnée, à sa gauche un bâtiment en brique, doté d'une porte métallique. Au-dessus, une enseigne au néon annonçait le « Golden Pussycat ». Sur la porte, en lettres noires : « Strictement interdit aux moins de 21 ans ». De là où elle se trouvait, Carolyn voyait les deux extrémités de la rue. La circulation était dense sur Tremont. Les voitures filaient à vive allure, ne s'arrêtant qu'au feu rouge, à l'angle de Stuart. Sur Washington, elles roulaient dans le sens inverse, et moins vite, sans toutefois se soucier de LaGrange Street ni de la frénésie inhabituelle qui y régnait.

En regagnant la ruelle, Carolyn vit Conor venir vers

elle. Il la toisa, puis baissa les yeux sur ses chaussures à cinq cents dollars, et finit par la regarder droit dans les yeux.

— Tu as bonne mine pour quelqu'un qui a dormi deux heures, lui dit-il d'un ton cassant.

— Et toi, tu as la mine de quelqu'un qui n'a pas dormi du tout, rétorqua-t-elle.

Et pourtant, même mal rasé, les traits tirés, après deux jours sans sommeil, il était assez séduisant pour la bouleverser littéralement. Elle prit une profonde inspiration.

— Ce crime est différent des autres, dit-elle.

— Tu n'étais pas présente sur les autres scènes.

— Non, mais j'ai vu les clichés. J'ai lu les rapports. Je me suis glissée dans la peau de ce type, Rafferty. Ce crime est différent.

Il se frotta une joue, l'air épuisé.

— Si tu me dis que ce n'est pas notre homme qui a fait le coup, je ne réponds plus de rien.

— C'est bien lui, ça ne fait aucun doute. Mais il est très rare qu'un prédateur sexuel change de signature au milieu d'une série de crimes.

— Ce qui signifie ?

— Toutes les autres victimes ont été déposées dans des lieux très fréquentés. Tu l'as dit toi-même : ce type voulait épater les touristes. C'est un vantard. Il tient à ce qu'on retrouve rapidement ses victimes et que ces découvertes soient rendues publiques. Pour lui, c'est comme une récompense après un dur labeur. C'est ce qui le fait vibrer. Or, celle-ci…

Elle observa les alentours, un quartier mal famé qui ne cessait de se dégrader.

— LaGrange Street n'est pas exactement l'esplanade de l'hôtel de ville. Par ici, tout se déroule la nuit. Il n'était pas pressé que l'on retrouve sa victime. Et elle n'est pas dans la même posture que les autres. Ni foulard, ni culotte, ni boucle d'oreille. Cette jeune femme a juste été jetée là comme un sac-poubelle.

— D'après toi, qu'est-ce que ça signifie ?

Carolyn réfléchit longuement.

— Je crois qu'il ne l'a pas prise au hasard. Il l'a choisie.

Conor plissa les yeux, et regarda l'agent Monahan intensément.

— Tu crois qu'il la connaissait ?

— C'est possible. Peut-être aussi qu'il était en colère contre elle. Cela expliquerait pourquoi il l'a tuée comme il tue les autres. Si seulement je savais ce qu'il a fait de ses vêtements. Tes hommes ont fouillé la benne ?

— Pas encore. Ils attendent qu'on ait emporté le corps.

— Bien. Je suggère que tu fasses aussi fouiller tout le quartier dans un rayon de quatre ou cinq rues alentour. Poubelles, bennes, ruelles. Interrogez les gens. Quelqu'un aura peut-être trouvé des vêtements de femme. Pour l'instant, on n'a retrouvé les vêtements d'aucune des victimes. Le tueur les conserve peut-être comme des trophées. S'il les a jetés, nous saurons que ce crime est plus personnel, qu'il n'a pas tué juste pour obtenir une satisfaction sexuelle, mais parce qu'il était très énervé contre sa victime, pour une raison quelconque.

— Mais, si c'est une affaire personnelle, cette fois, pourquoi a-t-il pris la peine de t'envoyer cette photo ?

— Il joue au chat et à la souris. C'est une joute intellectuelle, comme les échecs. Parfois, je suis le chat ; parfois, la souris. Il veut prouver au monde entier qu'il est le plus fort.

— Et c'est toi qu'il a choisie comme adversaire principal.

Elle se retourna pour jeter un dernier coup d'œil à la scène du crime.

— A toi de jouer, lieutenant, si tu veux une médaille.

A son retour à l'hôtel de ville, Conor trouva plusieurs journalistes postés dans le vestibule. Ils fondirent sur lui en implorant des informations.

— Pas de commentaire, maugréa-t-il en se frayant un chemin dans la foule.

— Le public a le droit de savoir ! lança une voix qui couvrait les autres. Les femmes doivent pouvoir se protéger !

Conor eut l'impression que cette voix tonitruante résonnait à ses oreilles.

Jessica Ames, du *Herald*, était réputée pour sa pugnacité. Et Conor estimait qu'elle avait raison. Il fit volte-face pour s'adresser directement à elle, ignorant tous les autres.

— Dites à vos lectrices de faire preuve de bon sens.

De fermer leur porte à clé, de ne pas sortir seules, la nuit, de ne pas monter en voiture avec un inconnu. De ne jamais se fier aux apparences, d'être plus méfiantes que jamais.

— Et le crime d'hier soir ? demanda une jeune journaliste d'origine asiatique. Pouvez-vous nous confirmer qu'il est lié aux autres ? Qui est la victime ? Que comptez-vous faire pour arrêter le coupable ?

— Pour l'instant, toute déclaration serait prématurée. Quand nous aurons du nouveau, vous serez les premiers informés.

Sans un mot de plus, il s'éloigna en direction des ascenseurs.

Vingt minutes plus tard, il était en train de se servir un verre d'eau à la fontaine quand Ted Rizzoli apparut, la mine défaite, comme s'il se remettait avec difficulté d'une soirée trop arrosée. Il croisa Conor sans dire un mot, et jeta ses clés de voiture sur une pile de dossiers. Puis il alla se servir une tasse de café. Lorna Abrams leva les yeux de son ordinateur, et soutint le regard de Conor. Il se contenta de hausser les épaules.

— Dis donc, Ted, dit-elle en pivotant sur son fauteuil. Où étais-tu, hier soir ?

Rizzoli remua son café et en but une gorgée.

— Je suis sorti. Ça te pose un problème ?

Lorna se tut.

— Rizzoli, intervint Conor en s'écartant de la fontaine.

— Ouais ? répondit le policier sans le regarder.

— Dans mon bureau. Tout de suite.

C'était un aspect de son travail qu'il détestait pardessus tout : réprimander un collègue alors qu'il savait, au plus profond de son âme, qu'ils effectuaient tous un travail ingrat. Dans le cas de Rizzoli, il devrait faire preuve de tact. Sa promotion au grade de lieutenant avait contrarié Ted, qui comptait cinq années d'ancienneté de plus que lui. Depuis sa mutation de la brigade des mœurs à la Criminelle, six mois plus tôt, leurs relations étaient tendues. Conor ne pouvait laisser la situation s'envenimer sans réagir. Cela faisait des semaines que Rizzoli était invivable. Il était déjà allé bien trop loin.

— Assieds-toi, ordonna-t-il en refermant la porte.

Tandis que Rizzoli se laissait tomber sur une chaise, Conor prit une feuille de papier et se mit à fabriquer un avion.

— Tu veux me dire ce qui te met dans cet état ? dit-il en pliant sa feuille avec soin.

— Non, pas vraiment.

Conor leva les yeux. Rizzoli semblait hostile.

— Tu ne vas pas très bien, hein ?

— Ecoute…

Rizzoli se leva et se mit à arpenter le bureau.

— J'ai un tas d'ennuis, en ce moment, c'est tout.

— Je comprends. Mais toi, tu dois comprendre qu'il est hors de question d'apporter ses ennuis au bureau. Tu es flic, Rizzoli. Tu dois être opérationnel à cent pour cent. Des vies humaines en dépendent.

Face au silence obstiné de Rizzoli, Rafferty poussa un soupir et abandonna son avion en papier.

— Ecoute, Ted, quand Shaughnessey m'a désigné pour le remplacer à la tête de son équipe, il m'a donné carte blanche dans le choix de mes hommes. Si je vous ai pris, Abrams et toi, c'est parce que vous êtes de bons flics. Seulement, ces derniers temps, tu as vraiment l'air de te moquer de tout. C'est peut-être parce que tu es au bout du rouleau, parce que tu travailles trop. Ça arrive à tout le monde. Mais Abrams est ton équipière, et tu n'es pas réglo. Si tu préfères quitter l'équipe, tu n'as qu'un mot à dire. Je peux te mettre sur des missions plus tranquilles et trouver un autre équipier à Lorna. Mais, si tu t'obstines à te taire, je ne pourrai rien faire pour t'aider.

Rizzoli se tenait devant le panneau d'affichage, sa tasse de café à la main, le dos bien droit.

— Jeannie m'a quitté, avoua-t-il d'un ton neutre. Pour de bon, cette fois. Il y a trois semaines, elle a pris les enfants et elle est partie s'installer chez sa sœur, en Californie.

Tout s'expliquait. Son attitude désinvolte, les sorties nocturnes, la gueule de bois. Le couple, qui battait de l'aile depuis plusieurs mois, s'était déjà séparé à plusieurs reprises. Ted devait souffrir le martyre. Il avait perdu sa femme, mais aussi ses deux filles qui étaient la prunelle de ses yeux.

— Je suis désolé pour toi, Ted, franchement, déclara Conor.

Rizzoli se contenta de hausser les épaules sans croiser son regard.

— Tu devrais peut-être t'arrêter un peu, le temps de reprendre du poil de la bête ? suggéra le lieutenant.

— Je préfère bosser, répondit Rizzoli en levant enfin les yeux vers lui. Sinon, je vais devenir dingue.

— Très bien. Mais essaie d'être un peu moins agressif avec tes collègues. Et parles-en avec Lorna.

— D'accord.

Au moment de quitter le bureau, Ted se ravisa, la main sur la poignée de la porte.

— Lieutenant ?

— Oui ?

— Merci.

Après son départ, Conor poussa un long soupir. Les dernières vingt-quatre heures l'avaient épuisé. Les bandes vidéo de l'hôtel n'avaient rien révélé, pas plus que les interrogatoires menés par Abrams et Lassiter. Aucun des employés du Boylston House n'avait remarqué quoi que ce soit d'anormal. Le coupable avait pu emprunter l'entrée de service située à l'arrière du bâtiment, qui n'était pas verrouillée. En admettant qu'il ait déposé l'enveloppe lui-même, ce qui n'était pas certain. L'identité criminelle n'avait trouvé aucune empreinte sur l'enveloppe. Et voilà que Conor se retrouvait avec un cadavre non identifié sur les bras, et une horde de journalistes assoiffés de scoops, qui réclamaient à cor et à cri une déclaration officielle.

Dans la matinée, il avait reçu un coup de fil du préfet de police, Randall Bradford, qui s'était déclaré très contrarié par les derniers développements de l'affaire, et lui avait déclaré clairement que la conclusion de l'enquête reposait entièrement sur ses épaules.

Le policier avait profité de cet entretien téléphonique pour évoquer une éventuelle mise sur écoute de la ligne de Carolyn Monahan au Boylston House. Il n'avait pas obtenu de réponse directe. Le Boylston House faisait partie d'un groupe dirigé par de riches investisseurs sous la houlette de Francis Valeriani, un homme d'affaires réputé pour ses liens avec la pègre. Si Bradford avait envie de voir l'affaire se conclure rapidement, en revanche, il ne voulait en aucun cas se faire des ennemis dans le milieu.

La politique. Il fallait qu'elle se mêle de tout ! A Boston, on disait que la politique était encore plus nauséabonde que le port de la ville par mauvais temps.

Conor, qui avait grandi dans le quartier sud, avait, bien des fois, entendu Hugh et ses amis se plaindre de la corruption ordinaire. Qu'il le veuille ou non, le préfet de police occupait un poste politique. Pas besoin d'avoir le cerveau d'Einstein pour deviner pourquoi un préfet n'avait aucune envie de se mettre à dos un homme aussi influent que Valeriani.

Certes, Conor n'avait jamais entendu la moindre rumeur de corruption au sujet de Bradford, qui s'était toujours comporté dignement. Mais il savait que, quelle que soit la direction qu'allait prendre cette enquête, il finirait par se heurter à un mur. Et cela pour des raisons purement politiques. Cette situation le démoralisait, et l'incitait à s'interroger de plus en plus souvent sur son avenir au sein de cette brigade d'élite.

Quelqu'un frappa à la porte.

— Oui ? dit-il en se redressant dans son fauteuil.

Lorna entra et ferma la porte derrière elle.

— Tu sais, dit-elle en s'appuyant contre le panneau de bois, en dépit de ce que tu sembles croire, tu n'es pas l'unique responsable de cette enquête. On est tous là pour te seconder.

Rafferty se détendit et posa les coudes sur son bureau. Lorna et lui se connaissaient depuis l'école de police.

— Va expliquer ça à Bradford ! répliqua-t-il.

— Conor, tu es crevé. Tu devrais rentrer chez toi et dormir un peu.

— Et toi, tu as dormi combien de temps ? lui demanda-t-il en l'observant de plus près.

— Plus longtemps que toi, en tout cas. Allez, file !

— C'est impossible, répondit-il en s'appuyant sur le dossier de son fauteuil. On n'a toujours pas identifié la victime de ce matin, et le préfet prévoit de faire une conférence de presse dès que ses conseillers auront décidé de ce qu'il faut dire aux médias. Pendant ce temps-là, un cinglé est en liberté ; il sème des cadavres sur son passage, tout en me faisant des pieds de nez. Si je quitte le navire maintenant, je vais me faire incendier par Bradford.

Lorna croisa les bras et le foudroya du regard.

— Tu as raison. Plus que trente ans avant la retraite.

— Merci. On peut dire que tu sais frapper là où ça fait mal.

— Un petit détail, quand même. Tu devrais te

changer. Si tu arrives à la conférence de presse avec ce jean et ce T-shirt plus que froissé, tu risques de mettre à mal le peu de confiance que nous accordent nos concitoyens.

Conor baissa les yeux, et poussa un long soupir en constatant qu'il portait encore sa tenue de la veille.

— Un beau garçon comme toi, si c'est pas malheureux ! reprit Lorna. Allez, va prendre une douche et rase-toi. Tu te sentiras mieux, après, tu verras. Rizzoli et moi, on garde la boutique.

Elle s'appelait Tonia Lavoie, et elle était danseuse de charme au Golden Pussycat. Ils l'avaient facilement identifiée grâce à ses empreintes digitales. La jeune femme avait été arrêtée trois ou quatre fois pour prostitution et détention de stupéfiants. Pour toute famille, elle avait un petit ami nommé Eric Dudley, avec qui elle partageait un appartement sur Columbus Avenue, dans le South End.

Douché, rasé et reposé — il s'était accordé un petit somme d'une demi-heure et un café de chez Starbucks —, Conor alla trouver Carolyn dans son bureau. Elle était penchée sur une pile de documents.

— On vient d'identifier la victime, déclara-t-il. J'allais justement partir interroger son petit ami. Tu viens avec moi ?

La jeune femme lâcha son stylo et glissa quelques dossiers dans sa mallette.

— Je ne manquerais cela pour rien au monde.

Le South End était un ancien faubourg insalubre, en

cours de réhabilitation. Hélas, le logement du couple n'avait pas encore été rénové. Il s'agissait d'un vieil immeuble en brique, comme il en existait des milliers à Boston. La bordure des fenêtres était verdâtre, la porte d'entrée avait disparu, et plusieurs fenêtres du rez-de-chaussée étaient murées.

— C'est ravissant ! lança Carolyn, tandis qu'ils gravissaient les marches du perron.

Dans l'entrée, le papier peint tombait en lambeaux. Un sac d'ordures avait été éventré, et son contenu malodorant était disséminé dans le couloir sombre. A en juger par l'odeur nauséabonde, cela faisait un certain temps qu'il gisait là. Carolyn et Conor s'arrêtèrent pour lire les noms inscrits sur les boîtes aux lettres. L'appartement d'Eric Dudley et de Tonia Lavoie se trouvait au deuxième étage.

— Couvre-moi ! dit Conor sur le ton de la plaisanterie en scrutant l'escalier sordide. J'y vais !

— Ton humour est désolant, rétorqua la jeune femme.

Il la suivit dans l'escalier sombre. Sur le palier, un chat détala à leur approche. Carolyn trébucha sur une marche branlante. Conor la rattrapa par le bras.

— Attention où tu mets les pieds !

— Ne t'en fais pas pour moi, lieutenant.

Il observa les créations frivoles qui lui servaient de souliers. Comment diable faisait-elle pour marcher sans se rompre le cou ? Ces chaussures étaient ridicules et incongrues. Pourquoi ne portait-elle pas des mocassins robustes à semelle épaisse ? Quel autre agent du FBI osait travailler en escarpins rouge vif à talons hauts ?

— Excuse-moi, dit-il. Il se trouve que j'ai une mauvaise habitude dont je n'arrive pas à me défaire. Ça s'appelle la galanterie.

Ils entendaient une musique rythmée et puissante, dont les pulsations évoquaient des gifles retentissantes. Plus ils montaient, plus l'air devenait étouffant et nauséabond, et plus la musique était assourdissante. Sur le palier, ils aperçurent une faible lueur derrière une fenêtre donnant sur une ruelle. Deux portes anonymes s'ouvraient sur un couloir étroit. Carolyn et Conor échangèrent un regard. D'un commun accord, ils se dirigèrent vers l'appartement d'où provenait la musique.

Le policier frappa à la porte, mais le vacarme ne s'atténua pas pour autant. Il se tourna vers Carolyn qui haussa les épaules. De son poing, il se mit alors à marteler le panneau de bois. La musique se tut enfin, et la porte s'ouvrit.

L'homme qui se tenait sur le seuil était bâti comme une armoire à glace. Sur son épais cou de taureau saillaient de grosses veines. Son débardeur gris était trempé de sueur. Il avait les cheveux blond platine, coupés ras, un anneau d'or dans une narine et un autre dans un sourcil. Une croix gammée bleu vif était tatouée sur l'un de ses énormes biceps. Ses mains étaient massives, assez puissantes pour étrangler une femme de cinquante kilos sans le moindre effort, remarqua le policier.

— Eric Dudley ?

— Ouais, fit-il. Qu'est-ce que vous voulez ?

Il ne recula pas d'un centimètre.

— Lieutenant Rafferty, de la police de Boston, annonça Conor en lui montrant son insigne. Et voici l'agent Monahan, du FBI. Nous aimerions vous parler.

— Le FBI ? Mais j'ai rien fait, moi, bordel !

— On peut entrer ? demanda Carolyn.

Sans un mot, il se retourna.

Ils le suivirent à l'intérieur.

Des vêtements sales traînaient un peu partout. L'endroit aurait eu besoin d'un bon coup d'aspirateur, mais Conor s'attendait à pire, vu l'état du bâtiment.

L'appartement regorgeait d'appareils coûteux, tout à fait incongrus : chaîne stéréo dernier cri, téléviseur à écran plat, ordinateur de pointe. Dudley se dirigea vers un banc de musculation, et prit une serviette pour s'éponger le front et les épaules. De toute évidence, il était en plein entraînement.

— Vous soulevez des haltères ? demanda Conor.

— J'arrive à cent vingt-cinq, répondit Dudley. Alors, qu'est-ce que vous me voulez ?

— Je crois savoir que vous vivez ici avec Tonia Lavoie ?

— Merde ! dit Dudley. Dans quel pétrin elle est encore allée se fourrer, celle-là ? Elle s'est fait arrêter, c'est ça ? La dernière fois, je l'ai prévenue que je ne paierais plus jamais sa caution. Quelle conne !

— Monsieur Dudley, intervint Carolyn, vous devriez peut-être vous asseoir.

Il se laissa tomber sur le banc de musculation, l'air

impassible, tandis que Conor effectuait la besogne ingrate de tous les policiers.

— Morte ? répéta Dudley. Tonia est morte ?

— Je suis désolé, répondit Conor en observant l'homme avec attention.

Dudley passa une main dans ses cheveux.

— Merde, murmura-t-il. C'est pas vrai...

Il cligna des yeux.

— Attendez une minute, reprit-il avant de s'éloigner vers la cuisine.

Les mains posées sur le comptoir, il se pencha en avant. Conor croisa le regard de Carolyn. Le large dos de Dudley tressauta plusieurs fois, puis l'homme se redressa et revint dans le salon.

— Morte, répéta-t-il, comme s'il ne parvenait pas à y croire.

Conor s'attendait qu'il lui demande ce qui était arrivé à la jeune femme, mais ce ne fut pas le cas. Le policier se pencha en avant, les bras sur les genoux.

— Monsieur Dudley, je comprends que ce soit très pénible pour vous, mais nous aimerions vous poser quelques questions...

— Des questions ? répéta Dudley en plissant les yeux. Quel genre de questions ?

— Où vous trouviez-vous, hier soir, entre 18 h 30 et 23 heures ?

— Moi ? Vous faites fausse route ! Ce n'est pas moi qui lui ai filé cette merde. J'ignore où elle l'a eue, mais ce n'est pas moi. Je fais de la musculation. Jamais je ne me mettrais ce poison dans le corps. Je n'arrêtais pas de lui répéter que ça finirait par la tuer, mais elle refusait de m'écouter. Elle était accro.

Conor s'éclaircit la gorge, et Carolyn se tourna vers Eric.

— Monsieur Dudley, déclara-t-elle du même ton rassurant et grave qu'elle avait employé avec la mère de Katie Ann Perry, Tonia n'est pas morte d'une overdose.

Elle fixa sur lui ses yeux bleus, ces yeux qui parvenaient à prendre un homme dans ses filets sans qu'il s'en rende compte.

— Elle a été tuée. Etranglée, puis abandonnée dans une ruelle, près du Golden Pussycat.

Dudley en demeura bouche bée.

— Nom de Dieu…

— Vous comprenez pourquoi nous avons besoin de votre aide, Eric. Je peux vous appeler Eric ?

— Heu… Oui, bien sûr.

— Eric, reprit-elle avec empathie, à quelle heure Tonia rentrait-elle du travail, en général ?

— Vers 2 heures, 2 heures et demie. Pourquoi ?

Rafferty jeta un coup d'œil vers la pendule de la cuisine, bien en vue au-dessus de l'évier.

— Il est 11 h 30, monsieur Dudley. Presque midi. Votre petite amie n'est pas rentrée, hier soir. Vous ne vous êtes pas demandé où elle était passée ?

— J'ai l'habitude, grommela Dudley. Parfois, elle disparaît pendant plusieurs jours. En général, elle se retrouve en cellule de dégrisement. Elle m'appelle et je paie sa caution pour la faire sortir.

Rafferty décida de changer de tactique.
— Où travaillez-vous, monsieur Dudley ?
— Dans une petite salle de sports, sur Huntingdon, dans le quartier nord-est. Pourquoi ?
— Je peux savoir ce que vous faites, là-bas ?
— Je suis directeur. Ecoutez, je ne vois pas ce que tout cela a à voir avec Tonia.
Conor balaya la pièce des yeux.
— Vous possédez du matériel coûteux. Cet emploi doit vous rapporter beaucoup.
Dudley rougit, ce qui ne l'avantageait pas.
— Où voulez-vous en venir ?
— Quel genre de voiture avez-vous ? lui demanda Carolyn avec douceur.
Eric les regarda tour à tour, puis revint à la jeune femme.
— Qu'est-ce que vous voulez ? C'est l'Inquisition, ma parole !
— La dame vous a posé une question, Dudley. Répondez.
Eric ouvrit la bouche, mais pas un son n'en sortit.
— J'ai une Hyundai, avoua-t-il enfin. Qu'est-ce que ça change ?
— Nous cherchons à connaître un peu mieux Tonia et son environnement. Afin de comprendre ce qui a bien pu se passer.
Dudley ouvrit une nouvelle fois la bouche, puis comprit.
— Je vois. Vous croyez que c'est moi qui l'ai tuée !
— Nous voulons simplement vous poser quelques

questions, reprit Conor. C'est la procédure habituelle dans une enquête pour homicide. Nous interrogeons l'entourage de la victime : mari, petit ami... amant ?

Il laissa délibérément sa phrase en suspens.

Dudley crispa les poings, puis les rouvrit.

— Vous croyez que je ne sais pas comment ça se passe ? Comment vous faites pour embobiner un type jusqu'à lui faire dire ce que vous voulez qu'il dise ? Eh bien, avec moi, ça ne marchera pas, vous m'entendez ? Je connais mes droits, et je ne prononcerai pas une parole de plus en l'absence de mon avocat !

Sur ces mots, il se leva. Il dominait Carolyn et Conor de toute sa hauteur.

— Vous connaissez le chemin, conclut-il sèchement.

Ils partirent sans insister.

Sur le trottoir, Conor spira profondément pour se remettre de l'atmosphère étouffante de l'appartement.

— C'était très instructif, dit Carolyn, quand ils furent dans la voiture.

— Peut-être encore plus que tu ne le crois, répondit Conor en mettant le moteur en marche. Quelles sont tes impressions ?

— Disons que je n'aimerais pas le croiser dans une ruelle sombre, le soir. Sauf s'il était de mon côté, bien sûr.

Elle se tut. Elle pensait sans doute à Tonia Lavoie, qui avait croisé quelqu'un, dans cette ruelle, et qui n'était plus là pour en parler.

— Il a mauvais caractère, dit Conor en abordant Columbus Avenue, qui était en pleins travaux.

Circuler dans Boston était devenu un cauchemar.

— Il a tout de suite mordu à l'hameçon.

— Des muscles et un caractère emporté, voilà un mélange qui peut se révéler très dangereux.

— Ouais.

— Sur le plan physique, en tout cas, il est capable d'avoir fait le coup, affirma Carolyn.

Voyant que la circulation n'allait pas en s'améliorant, Conor tourna vivement à droite dans une rue étroite.

— Mais ? dit-il.

Carolyn se massa distraitement la nuque.

— D'abord, sa voiture ne correspond pas, répondit-elle.

— Tu as regardé ses mains, Monahan ? Elles sont énormes.

— J'ai remarqué.

— Donc, selon toi, il disait la vérité ?

— Difficile d'en avoir la certitude. Il a paru vraiment surpris en apprenant la mort de Tonia.

— C'est peut-être un excellent comédien, suggéra Conor en doublant une voiture garée en double file.

— Peut-être.

— A propos, pour une fédérale, tu es assez douée au petit jeu du gentil flic et du méchant flic. Où as-tu appris à faire ça ?

— D'après toi ? Je n'ai pas passé mon temps à dormir, à l'école de police.

— Tu es profileuse, Monahan. Je croyais que tu te contentais d'un travail cérébral.

— J'ai travaillé sur le terrain pendant trois ans, à Detroit, avant de devenir profileuse. Depuis quatre ans, j'interroge des types auprès desquels Eric Dudley fait figure d'enfant de chœur.

Elle pencha la tête en arrière.

— Toi non plus, tu n'as pas été mauvais, à ce petit jeu, pour un simple flic.

— Prends garde à ce que tu dis !

Son téléphone portable se mit à sonner. Tenant le volant d'une main, il répondit.

— Oui ?

— Conor ? dit Lorna Abrams. Où es-tu, nom d'un chien ? La conférence de presse commence dans une demi-heure. On est harcelés par les journalistes. Le préfet et sa cour font les cent pas dans ton bureau depuis vingt minutes. Ils veulent faire le point avec toi avant que ça commence.

— Merde ! lança le policier.

— Si tu ne te pointes pas dans cinq minutes, tu vas te faire remonter les bretelles. Où est passée notre illustre profileuse ? Ils la réclament, elle aussi.

— Elle est avec moi. Je viens de tourner dans Charles Avenue. Je vais prendre un raccourci. J'arrive dans cinq minutes. D'ici là, fais-les patienter.

— Ça fait vingt minutes que je les *fais patienter*, comme tu dis !

— Pendant que tu y es, renseigne-toi sur un certain Eric Dudley. Il habite sur Columbus et travaille dans un club de sport sur Huntingdon. Je veux savoir tout ce qu'on a sur lui. J'ai l'impression qu'il a des antécédents.

Il mit quatre minutes à regagner son bureau : un véritable record. L'hôtel de ville était entouré de véhicules de presse, de camionnettes arborant les logos des différentes chaînes de télévision. Près de l'entrée, une jeune journaliste parlait dans un micro, la mine grave, face à une caméra. Carolyn et Conor durent enjamber de nombreux câbles électriques pour entrer dans les lieux.

Lorna les attendait sur le palier du troisième étage.

— Dieu merci, vous voilà ! s'exclama-t-elle en emboîtant le pas à Conor. Lassiter est avec le préfet : il lui fait un rapport sur la catastrophe d'hier soir, au Boylston.

— Formidable ! On va passer pour des incompétents. Rien sur Dudley ?

— Isabel travaille dessus. Ta cravate est de travers.

Lorna s'arrêta devant la porte close de son bureau. De ses doigts agiles, elle remit vite la cravate en place.

— Voilà, dit-elle. A toi de jouer, lieutenant.

Il ouvrit la porte et se tourna vers Carolyn.

— Après vous, agent Monahan.

Installé derrière le bureau de Rafferty, Bradford observait d'un air méfiant le café qu'un policier venait de lui servir. Grand et noueux, il avait des cheveux blond filasse striés de gris. Il avait amené deux membres de sa cour pour qu'ils puissent assister au carnage. A sa droite, le capitaine James Brooks, sans qui, disait-on,

Bradford ne prenait jamais la moindre décision. A sa gauche, adossé au mur, arborant une cravate jaune et un coûteux costume trois-pièces bleu marine, se tenait Jeff Cranston, le premier conseiller du maire.

Conor fit rapidement les présentations, et Bradford en vint aussitôt au fait.

— M. le maire et moi avons décidé que la méthode la plus raisonnable, au point où nous en sommes, est de faire appel à la coopération du public.

— Pardon ? lança Conor, bouche bée. Vous voulez faire quoi ?

— J'en ai longuement discuté avec Reardon, ce matin, reprit le préfet de police. Malgré l'aide du FBI... — il désigna Carolyn d'un signe de tête —, l'enquête ne fait aucun progrès.

— Avec tout le respect que je vous dois, monsieur, répondit Rafferty, je pense que la méthode que vous suggérez serait une erreur dont les conséquences pourraient être terribles. De toute façon, il faut accorder un peu de temps à l'agent Monahan. Elle ne travaille sur ce dossier que depuis peu.

Cranston s'avança d'un pas.

— Il faut pourtant faire quelque chose, lieutenant, déclara-t-il d'un ton dédaigneux. Des femmes se font tuer. Nous passons pour des imbéciles et des incompétents.

« Et c'est mauvais pour la campagne de réélection du maire », songea Conor sans toutefois l'exprimer à voix haute.

— Puis-je vous rappeler, messieurs, ce qui s'est passé

lors d'une affaire similaire, à Boston, il y a une quarantaine d'années ? reprit-il. Les médias ont fait appel au public, et la psychose s'est installée. On croyait voir des assassins partout, on appelait la police pour un rien. Des femmes trompées dénonçaient leur mari par vengeance, des petites vieilles passaient leur temps à espionner les faits et gestes de leurs voisins. Tout le monde soupçonnait tout le monde, et l'atmosphère de la ville était devenue irrespirable.

— Où voulez-vous en venir, lieutenant ? demanda Bradford.

— Il a fallu exploiter toutes les pistes, même les plus farfelues. La police a perdu un temps fou, sans parvenir au moindre résultat concret. L'Etrangleur de Boston n'a jamais été arrêté. A ce jour, nous ne sommes toujours pas certains que l'homme qui a tout avoué était le véritable coupable. Il ne faut surtout pas qu'un tel fiasco se reproduise aujourd'hui.

— En revanche, intervint Carolyn, Ted Bundy a été arrêté après que la police eut distribué un portrait-robot aux médias.

Conor la foudroya du regard, mais elle croisa les bras et ne céda pas.

— Ecoutez, reprit Conor. Des gens attendent impatiemment des nouvelles, dehors : les représentants de six quotidiens, d'une poignée d'hebdomadaires, d'une demi-douzaine de stations de radio et de toutes les chaînes de télévision. Si nous faisons ce que vous suggérez, ce sera la foire d'empoigne, et nous ne saurons plus où donner de la tête au milieu des centaines d'informations qui nous parviendront.

Bradford observa le policier d'un air pensif, en tapotant le bureau du bout des doigts.

— Agent Monahan, déclara-t-il enfin, vous avez déjà eu affaire à ce genre de dossier. Qu'avez-vous à répondre aux préoccupations du lieutenant Rafferty ?

— Je partage les préoccupations du lieutenant, répondit Carolyn. Si vous faites appel au public, vous allez devoir nous fournir de la main-d'œuvre supplémentaire pour traiter l'afflux d'informations que votre solution ne manquera pas de générer.

Bradford tapotait toujours le bureau du bout des doigts.

— Combien êtes-vous, en ce moment, à travailler sur cette affaire, lieutenant ?

— Six inspecteurs, trois employés administratifs et moi-même, répondit Conor.

Il se tourna vers Carolyn qui soutint son regard sans sourciller.

— Sans oublier l'agent Monahan, ajouta-t-il.

— Très bien. Nous allons vous affecter six inspecteurs issus d'autres services.

— Il nous faut des inspecteurs de la Criminelle ! protesta Conor. Ce sont les seuls qui soient formés pour ce travail.

— Alors, ils viendront de la Criminelle.

— Je ne suis pas certain que la brigade puisse fonctionner à plein régime s'il lui manque des inspecteurs. Il y a eu une agression au couteau, ce matin, dans les

Fens. Hier soir, dans le quartier est, un type a découpé sa femme en morceaux, à l'aide d'un couteau de cuisine, avant de l'enterrer dans le jardin. Il y a aussi les deux fusillades de Dorchester. Les assassins ne vont pas arrêter brusquement de sévir pour nous permettre de concentrer nos efforts sur ce dossier.

— La question est réglée, répondit Bradford. Telle est la position officielle de la police. Trouvez un moyen de vous en sortir, lieutenant, ou bien nous confierons l'affaire à quelqu'un d'autre.

6.

Certains hommes laissent éclater leur rage lorsqu'ils sont en colère. Ils s'en prennent alors à quiconque se trouve sur leur passage, de sorte que personne n'ignore à quel point ils sont énervés. Chez Conor Rafferty, au contraire, le silence était proportionnel à la colère, même si son corps s'exprimait de façon éloquente. La mâchoire crispée et les épaules en arrière, il se dirigea vers son bureau. Dans le couloir, personne n'osa croiser son regard.

Carolyn le suivait de si près que, lorsqu'il referma la porte derrière lui, elle faillit la prendre en plein visage.

Elle le regarda fouiller les piles de dossiers qui jonchaient son bureau. Quand il eut trouvé ce qu'il cherchait, il décrocha le téléphone et appuya sur une touche.

— Isabel ? lança-t-il d'un ton brusque. Qu'est-ce qu'on a sur Dudley ?

Le téléphone coincé entre l'oreille et l'épaule, il se pencha en avant et fouilla une seconde fois dans une liasse de feuillets.

— Je ne vois rien, dit-il. Il n'est pas là.

Carolyn se pencha à son tour sur le bureau, et tira

quelques feuilles de la pile. Conor la regarda, l'ait stupéfait.

— Laissez tomber ! dit-il à Isabel.

Puis il raccrocha brutalement, et voulut prendre le document des mains de la jeune femme. Mais elle refusa de le lui donner.

— Je suis redevenue ta bête noire, hein ?

— Donne-moi ça, Monahan !

— Ecoute, Rafferty, sa décision était prise. J'aurais pu dire n'importe quoi, ça n'aurait rien changé.

Les yeux verts du lieutenant étaient durs et froids.

— Carolyn, donne-moi ce foutu rapport.

— Je t'ai rendu service, reprit-elle. Grâce à moi, ton effectif va augmenter de six personnes.

— Pour effectuer quatre fois plus de travail ! Tu n'es pas très douée en calcul.

— Si je n'avais rien dit, tu te serais retrouvé avec quatre fois plus de travail et le même effectif qu'avant !

— De toute façon, la Criminelle ne peut pas se permettre de tourner avec six hommes en moins. Alors, ils vont nous envoyer des flics attachés à d'autres services, qui ne serviront absolument à rien.

— Ce n'est pas ma faute ! lui rappela la jeune femme. Je n'ai dit que la vérité. Il existe une chance, même mince, que ça marche.

— Mince ? Doux euphémisme !

— Il y a bien quelqu'un qui connaît ce type, quelqu'un qui sait quelque chose, des témoins potentiels qui ne se rendent peut-être même pas compte qu'ils détiennent des renseignements cruciaux. Si nous arrivions à obtenir des tuyaux, nous pourrions boucler l'enquête, et je retournerais en Virginie.

— Retourne en Virginie quand tu voudras ! Ne te gêne pas ! De toute façon, je ne veux pas de toi ici.

— Ecoute, Rafferty, si tu crois que tu vas réussir à m'intimider, tu te mets le doigt dans l'œil. Je reste, et je me moque éperdument que tu sois en colère contre moi.

— Je ne suis pas en colère contre toi.

— Alors, pourquoi tu te comportes comme un crétin ?

Il ôta sa veste et l'accrocha au portemanteau. Sous son holster, sa chemise blanche était froissée. Il s'installa à son bureau.

— Le préfet de police vient de me passer un savon en public, reprit-il d'un ton las. Ensuite, j'ai dû endurer cette mascarade de conférence de presse, et faire semblant de croire à chaque mot que m'ont fait prononcer les conseillers. Les cadavres s'amoncellent, l'enquête part en vrille et, en l'espace de — il consulta sa montre — trente heures, je n'ai dormi que trois quarts d'heure à peine. Tu veux savoir pourquoi je me conduis comme un crétin ? Eh bien, tu le sais, maintenant. Et ça n'a rien à voir avec toi.

Ses paroles produisirent l'effet escompté. La jeune femme se sentit rougir.

— Je suis désolée, dit-elle en lui tendant enfin le document. Nous sommes tous fatigués. Et tu portes toute la responsabilité de l'enquête sur le dos.

— Merci, dit-il.

Tandis qu'il parcourait le rapport, elle demeura immobile, ne sachant que faire.

— Quoi ? lui lança-t-il d'un ton irrité. Pourquoi tu restes là ?

— Je n'ai pas de bureau, au cas où tu l'aurais oublié.

Il posa son dossier et soupira.

— Je vais voir si Isabel peut te trouver un coin.

— Merci, répondit-elle d'un ton glacial.

Quelqu'un frappa doucement à la porte.

— Oui ? lança Rafferty.

Un visage familier apparut dans l'entrebâillement. Le père Clancy Donovan posa les yeux sur Conor, puis sur Carolyn, avant de revenir vers le policier.

— Salut ! Je vous dérange ?

— Non, répondit Conor d'un ton un peu sec. L'agent Monahan était sur le point de partir.

— Tant mieux, dit le prêtre. C'est elle que je cherchais.

— Vas-y, ordonna le policier à la jeune femme. On se verra plus tard.

Elle prit sa mallette et se tourna vers le prêtre.

— Que puis-je pour toi, Clancy ?

— Si tu as une heure à m'accorder… je pensais t'emmener faire un tour en voiture. Je voudrais te montrer quelque chose.

— Hé, Monahan, avant que tu ne partes…

Elle se tourna vivement vers Conor.

— Quoi, encore ?

Les yeux verts du lieutenant s'adoucirent. Sa mauvaise humeur s'était dissipée.

— J'ai menti.

Elle repoussa une mèche de cheveux de son visage, et la glissa dans son chignon.

— A quel propos ?

— Quand je t'ai dit que je ne voulais pas de toi, ici. Je mentais.

Carolyn sentit aussitôt une douce chaleur naître au creux de son ventre, qui se propagea rapidement dans tout son corps, jusqu'au bout de ses doigts et de ses orteils. Consciente de son trouble, elle préféra s'enfuir avant que Conor ne remarque ses joues empourprées.

— Je crois que j'ai encore fait une gaffe, confia-t-elle à Clancy.

Ils s'arrêtèrent devant les ascenseurs.

— Comment ça ? lui demanda le prêtre.

— Avec Conor. Il est tellement susceptible ! Avec lui, c'est la douche écossaise en permanence.

Les portes de l'ascenseur s'ouvrirent devant eux.

— Je crois que cette enquête lui tape sur le système, dit Clancy en suivant la jeune femme. Et puis, il y a ta présence.

L'ascenseur entama sa descente.

— Ma présence ? Qu'est-ce que je viens faire là-dedans ?

— Vous êtes toujours attirés l'un par l'autre, c'est évident. Et j'ai l'impression que cette situation le rend fou.

Elle se sentit rougir de nouveau.

— Mais non, voyons, c'est ridicule !

— Allons, Caro, ce n'est pas bien de mentir à un prêtre.

— Décidément, ma mère et toi, vous vous êtes donné le mot pour m'éviter de brûler en enfer ! Très bien, mon père, tu veux la vérité ? Eh bien, tu vas l'avoir. Chaque fois que je pose les yeux sur lui, j'ai l'impression de recevoir un coup de poing dans le ventre. Est-ce le genre de vérité que tu recherches ?

Ils atteignirent enfin le hall.

— Il ne t'est jamais venu à l'esprit que Conor ressent peut-être la même chose, chaque fois qu'il pose les yeux sur toi ?

— Non.

— Tu devrais y regarder d'un peu plus près.

— J'y réfléchirai. Promis. Où allons-nous ?

— A Braintree. Mais il ne faudra pas traîner. J'ai une réunion prénuptiale à 2 heures.

— Dans ce cas, prenons ma voiture.

Clancy posa sur la Mitsubishi un long regard admiratif et même légèrement envieux qui amusa Carolyn.

— Tu veux conduire ? lui proposa-t-elle.

— Non, répondit-il. Je ne pourrais pas. Vraiment.

Cependant, il continua à contempler la petite voiture de sport rouge avec convoitise, comme un homme admirerait une femme superbe mais inaccessible.

— Mais si ! affirma la jeune femme en lui cédant sa place. Elle est à toi. Tu vas voir : elle est étonnante. Je te demande juste de ne pas dépasser les cent quarante, si c'est possible.

Clancy se glissa derrière le volant, ajusta sa ceinture de sécurité, régla le rétroviseur, puis actionna plusieurs fois le levier de vitesses.

— Ça fait bien longtemps que je n'ai pas conduit un tel engin, avoua-t-il.

— Tes réflexes vont revenir vite, lui assura Carolyn. C'est comme le sexe : ça ne s'oublie jamais.

Elle se rendit compte trop tard de ce qu'elle venait de dire et à qui elle s'adressait. Mortifiée, elle ferma les yeux.

— Je suis désolée. J'ai parfois du mal à me rappeler que tu es prêtre.

— Ce n'est pas grave, Caro. J'ai déjà entendu prononcer ce mot, tu sais. Je suis resté célibataire, mais j'ai gardé des souvenirs très attendris de mon passé.

— Tu n'as pas peur que Dieu te punisse d'avoir des pensées aussi impures ?

Il fit prudemment marche arrière, et passa la première.

— Je préfère me dire qu'il a le sens de l'humour. Accroche-toi.

Il démarra dans un crissement de pneus.

Dès qu'elle eut retrouvé son équilibre, Carolyn s'agrippa à la poignée. Une fois sur la voie rapide, Clancy appuya sur l'accélérateur. Il roulait vite et de façon agressive, se faufilant entre les voitures avec l'insouciance d'un automobiliste bostonien. Les mains crispées sur les accoudoirs, Carolyn se garda de tout commentaire, en espérant que Dieu veillait sur son serviteur.

Ils arrivèrent à destination sans encombre, et Carolyn

fut soulagée de pouvoir mettre pied à terre. Ils étaient garés devant un petit bungalow, dans une rue calme et résidentielle. Près de la porte d'entrée, une plaque portait le nom d'Erin J. Donovan.

— Ma passion cachée, confessa Clancy. Entre, je vais te faire visiter.

Ils furent accueillis par un petit chien à poils longs qui se mit à japper joyeusement, tout en restant à distance raisonnable des visiteurs.

— Salut, Pepper ! lança Clancy en lui grattant la tête.

Le chien se tut aussitôt et remua vivement la queue. Dans le salon, une adolescente fluette était allongée sur le canapé. Elle s'intéressait davantage au vernis qu'elle était en train de poser sur les ongles de ses orteils qu'à l'émission qui passait à la télévision. A leur entrée, son visage s'illumina.

— Père Donovan ! s'exclama-t-elle. Vous êtes venu !

— Je t'avais dit que je passerais dans la journée. Comment se déroulent tes cours de rattrapage ?

La jeune fille leva les yeux au ciel.

— Une vraie galère ! Mais je n'ai pas le choix si je veux avoir mon diplôme, l'année prochaine.

— J'aimerais te présenter une amie, reprit Clancy : Carolyn Monahan. Elle est agent du FBI. Caro, je te présente Melody.

La jeune fille écarquilla les yeux.

— Vous êtes vraiment agent du FBI ?

— Absolument, confirma Carolyn.

— C'est cool. Vous devriez donner une conférence, au lycée.

— Pourquoi pas ?

— Où sont les autres ? demanda Clancy.

— LaVonna est dans la cuisine, répondit Melody, Terry au travail. Freddy et Helen sont là-haut.

— J'aime bien tes ongles, dit le prêtre. La couleur est super.

Carolyn le suivit dans la cuisine. Une grande femme noire vêtue d'un débardeur et d'un short était penchée sur l'évier, une ventouse à la main.

— Enfin ! s'exclama-t-elle, exaspérée. Il était temps qu'un homme franchisse le seuil de cette maison. L'évier est bouché depuis ce matin !

Elle toisa froidement Carolyn, puis décida de l'ignorer.

— J'espère que vous vous en sortirez mieux que moi, mon père !

— Je veux bien essayer, dit-il en remontant ses manches de chemise. LaVonna, je vous présente une amie : Carolyn Monahan. Nous nous connaissons depuis l'enfance.

La femme s'adoucit un peu, et adressa un signe de tête à la nouvelle venue.

— Salut !

— Ravie de vous rencontrer, déclara Carolyn.

— Vous en avez de jolies chaussures, ma belle, dit LaVonna. Vous les avez achetées par ici ?

— Non. Ce sont des Manolo Blahnik.

Face à l'air perplexe de LaVonna, elle crut bon d'ajouter :

— Ce sont des chaussures de créateur. Je les ai achetées lors de mon dernier séjour à New York.

— Hum... J'en ai eu une paire un peu comme ça, mais elles venaient d'une solderie, sur Washington Street.

Clancy s'affaira avec la ventouse. Il y eut un bruit de succion, puis l'eau se mit à gargouiller.

— Je crois que ça y est, déclara-t-il en ouvrant le robinet. Tout est rentré dans l'ordre.

— Merci. Cette maison est en train de tomber en ruine.

Clancy rangea la ventouse dans le placard situé sous l'évier, puis se lava les mains.

— Vous avez d'autres problèmes ? demanda-t-il à LaVonna.

— A part Terry ? Pas plus que d'habitude.

— Ne me dites pas qu'elle a replongé !

— Je n'ai pas de preuve, mais j'ai en vu assez, dans ma vie, pour m'en rendre compte.

Clancy soupira.

— J'ai pourtant veillé à ce qu'elle comprenne parfaitement les règles, la dernière fois. Encore un écart et elle devra partir.

— Je vous dis simplement ce que j'ai vu de mes yeux, et ce n'est pas beau.

— Je lui parlerai. Viens, Caro, je vais te présenter les autres filles.

Carolyn le suivit dans un escalier un peu raide. A l'étage, toutes les portes étaient ouvertes. La jeune femme découvrit des chambres nettes, bien rangées, avec des lits faits. Dans l'une d'elles était accroché un poster de Ricky Martin. Dans une autre, un ours en peluche blanc était posé sur l'oreiller. Ils s'arrêtèrent sur le seuil de la pièce située au bout du couloir. Sur l'un des lits jumeaux, une jeune fille pliait du linge. Une rousse pulpeuse était allongée sur l'autre lit, et lisait un livre de poche.

— Salut, les filles ! lança Clancy.

— Bonjour, mon père, répondit la rousse en fermant son livre. Quoi de neuf, sur le front ?

— Oh, tu sais ce que c'est, répondit-il en haussant les épaules. Ça va, ça vient.

— Comme vous dites. Qui est votre amie ?

— Elle s'appelle Carolyn Monahan. Caro, voici Freddie.

— Frederika, corrigea la jeune fille. Mais tout le monde m'appelle Freddie.

— Quant à cette jeune personne si effacée…

Clancy ébouriffa les cheveux de l'autre pensionnaire.

— … c'est Helen.

— Je suis ravie de vous rencontrer, toutes les deux, dit Carolyn.

— J'ai réussi mon examen de fin d'études, annonça timidement Helen. Le résultat est arrivé hier.

— Bravo ! Je t'avais bien dit que tu y arriverais. N'est-ce pas, Freddie ?

Ils bavardèrent pendant un quart d'heure, puis Clancy consulta sa montre.

— J'aimerais rester plus longtemps, dit-il, mais nous devons filer. Je ne voudrais pas être en retard à mon rendez-vous.

Melody les raccompagna, et retint le chien, le temps qu'ils remontent en voiture.

Clancy lança les clés à Carolyn.

— Tu peux conduire, maintenant, dit-il. J'ai eu mon quart d'heure de folie. De quoi tenir un bon moment.

Pour la première fois depuis des années, la jeune femme roula lentement.

— Alors, dit Clancy en abaissant un peu le dossier de son siège, qu'est-ce que tu en penses ?

— J'ai l'impression, mon père, que tu as de nombreuses admiratrices. Tu as l'intention de me raconter leur histoire ou bien suis-je censée deviner ?

— Je vais te raconter. Comment as-tu trouvé Melody ?

— Elle est adorable. Très mignonne.

— Elle est séropositive.

— Seigneur ! Quel âge a-t-elle ?

— Quinze ans. Elle a chopé ça avec un type, dans la rue. C'est une prostituée. Ce sont toutes des prostituées. Du moins, elles l'étaient, avant que je les enlève de la rue pour leur accorder une seconde chance.

— La maison Erin J. Donovan. Je comprends, maintenant, dit Carolyn.

— Elles étaient toutes disposées à tourner la page. Je leur ai simplement donné la possibilité de le faire.

— Et c'est l'Eglise qui finance ce programme ?

— Pour moitié. Les filles doivent suivre des études ou avoir un emploi. Celles qui travaillent contribuent à hauteur de la moitié de leurs revenus. Le reste sort de ma poche.

— Quel est le taux de récidive ?

— Il est étonnamment bas. Le programme semble fonctionner. Je regrette qu'on ne puisse pas faire davantage. Nous avons, en permanence, entre cinq et dix pensionnaires, faute de place pour en accueillir davantage. Les filles vont et viennent. La plupart restent jusqu'à ce qu'elles aient retrouvé un équilibre et qu'elles soient en mesure de subvenir à leurs besoins. Certaines restent plus longtemps. Mais il y a tant de mineures, sur le trottoir… C'est effrayant.

— Elles n'ont pas de parents ?

— Ils sont trop occupés pour se soucier d'elles. Ou alors, ils ont échoué tant de fois qu'ils ont baissé les bras. Certaines des filles sont majeures, et leurs parents n'ont plus leur mot à dire. D'autres, comme Melody, sont des prostituées de la seconde génération. Leurs mères faisaient le trottoir avant elles.

Carolyn revit en pensée Erin Donovan, la mère de Clancy, qui avait arpenté les quais du quartier sud pour habiller et nourrir son fils, dans les périodes difficiles, avant de mourir du sida, cinq ans plus tôt.

— Seigneur, murmura-t-elle en ravalant ses larmes.

— Comme tu dis.

— Tu sais, tu es vraiment quelqu'un de bien. Si seulement il y avait davantage d'hommes comme toi.

*
* *

Eric Dudley avait tout pour plaire : il était particulièrement laid, et avait un casier judiciaire long comme le bras. Un casier que Conor était en train de passer au peigne fin quand le téléphone se mit à sonner.

— Lieutenant Rafferty, annonça-t-il distraitement.

— Alors, frangin, comment ça va ?

Conor posa son dossier et se massa la nuque.

— Frankie ! dit-il en cherchant à maîtriser son irritation. Quoi de neuf ?

— Je voulais simplement te rappeler l'anniversaire de Josie, demain après-midi. Maman avait peur que tu oublies.

— Demain ? Oui, bien sûr. Mais je ne savais pas qu'il y avait une fête.

— Allons, Conor ! Maman t'en a parlé en large et en travers. Tu as vraiment la tête ailleurs, ces temps-ci.

— Je mène une enquête, Frankie. Je suis occupé. Je ne peux pas me souvenir de tout… D'ailleurs, je n'ai pas parlé à maman depuis…

— Des semaines, je sais. Elle n'arrête pas de s'en plaindre.

Cette journée, qui avait si mal commencé, tenait, décidément, ses promesses.

— Ecoute, je ne sais pas si je pourrai venir. Je suis en pleine galère.

— Je veux bien te croire, mais, demain, c'est dimanche. Di-man-che ! Le jour du Seigneur.

— Je tâcherai de m'en souvenir, dit Conor.

— N'oublie pas que maman sait faire payer aux gens le moindre faux pas. Et tu n'as pas vraiment la cote, en ce moment.

Conor soupira : il s'avouait vaincu.

— A quelle heure ? demanda-t-il.

— A midi, chez Josie. Et débrouille-toi pour avoir faim !

Conor raccrocha en se demandant à quel moment il avait perdu tout contrôle de son existence.

En levant les yeux, il découvrit sur le seuil une Carolyn imperturbable, sa mallette dans une main, un sac en papier blanc dans l'autre. Il voulut lui assener une réflexion cinglante, mais tout ce qu'il trouva à dire fut :

— Je te préfère avec les cheveux détachés.

La jeune femme haussa les sourcils d'un air incrédule.

— Pardon, lieutenant ?

Il se demanda alors s'il avait réellement perdu la tête.

— Rien, rien, dit-il. Qu'est-ce que tu caches dans ton sac ?

— Un cadeau pour fêter notre armistice. Je viens de me rendre compte que je n'avais rien mangé depuis ce matin, alors j'ai acheté deux sandwichs. Si tu es très gentil avec moi, je t'en donnerai un.

Absorbé par son travail, Conor avait ignoré son estomac qui criait famine.

— Tu es une fée. Allons manger dans la salle de réunion. Je voudrais voir quelques détails avec toi.

La pièce était plongée dans l'obscurité. Conor alluma

les lampes au néon, et ils s'installèrent côte à côte à la table de bois étincelante. Carolyn sortit de son sac un sandwich enveloppé de papier d'aluminium.

— Tiens.

— Merci, dit-il en s'empressant de le déballer. Alors, qu'as-tu pensé de la maison Erin J. Donovan ?

Il mordit goulûment dans son sandwich. Carolyn déballa lentement le sien.

— Comment savais-tu qu'il m'emmènerait là-bas ?

— C'est moi qui le lui ai conseillé.

— Ah ? En tout cas, Clancy est un type vraiment formidable, et très ouvert, pour un prêtre.

— Il a dû se battre avec sa hiérarchie plus souvent qu'à son tour, expliqua Conor, la bouche pleine. Ses pratiques ne sont pas très conventionnelles, surtout pour les vieux paroissiens qui se souviennent encore de l'époque où le père O'Rourke régnait en tyran sur sa paroisse.

— Le père O'Rourke ! répéta la jeune femme. Ça faisait des années que je n'avais pas pensé à lui. Il me faisait une peur bleue.

— Sa méthode, c'était l'intimidation.

— Et elle fonctionnait à merveille avec moi, assura Carolyn en savourant son sandwich. Donovan m'a dit qu'il finançait en partie son association. Il va un peu loin, non ?

— Il est vraiment concerné par cette cause.

— A moins qu'il ne cherche à réécrire l'histoire ?

Conor émit un grognement sceptique, et termina son

sandwich. Carolyn n’avait avalé que quelques bouchées du sien.

— Si tu ne comptes pas le finir…

— Tiens, dit-elle en lui en tendant une moitié.

— Tu es sûre ?

— Mange, Rafferty. Ensuite, tu me raconteras ce que tu as appris sur Dudley.

Quand il fut enfin rassasié, il s’essuya les mains, puis froissa les emballages et les déposa dans le sac en papier.

— Pendant que tu te baladais avec notre ami, je n’ai pas chômé. J’ai passé quelques coups de fil et j’ai déniché deux ou trois informations intéressantes sur Dudley.

— Lesquelles ?

— Il a été arrêté pas moins de neuf fois au cours des quatre dernières années, en général pour violences domestiques et menaces. J’ai des témoins qui l’ont entendu dire qu’il allait tuer Tonia Lavoie. Elle s’est retrouvée aux urgences trois fois, au cours des six derniers mois. Une épaule déboîtée, un doigt fracturé… La troisième fois, elle avait la lèvre fendue.

— Il a été arrêté ?

— Arrêté, mis au frais pendant quelques heures, puis relâché. Tu sais comment ça se passe, avec les violences domestiques. Difficile d’avoir un dossier solide, surtout quand la victime refuse de porter plainte.

— Tonia Lavoie n’a pas porté plainte ?

— Elle a toujours refusé. J’ai aussi parlé à une fille avec qui elle travaillait, au Golden Pussycat. Apparemment,

Dudley n'était pas vraiment emballé par le métier qu'elle avait choisi.

— Ça peut se comprendre.

— Certes. Seulement, avec ça, il a un mobile.

— D'accord. Admettons que Dudley ait tué Tonia. Simple hypothèse. Mais pour les autres ? Quel est son mobile ?

— Je croyais que les tueurs en série n'avaient pas de mobile. C'est toi, la spécialiste en la matière. A toi de me le dire.

— Ce n'est pas tout à fait vrai. Il y a toujours un mobile. Ça peut être l'envie, la jalousie, la haine, la colère… Les êtres humains ont un tas de raisons de s'entretuer, mais il existe toujours un mobile, même dans un homicide à caractère sexuel. S'il est obscur à nos yeux, le tueur le trouve tout à fait valable.

— Ça peut être le fait de ne pouvoir prendre son pied autrement qu'en étranglant une superbe blonde ?

— Exactement, répondit Carolyn avec un sourire. Je ne l'aurais pas mieux exprimé moi-même.

— Alors, pourquoi ne vois-tu pas Dudley dans le rôle du tueur ?

— Si tu étais une fille de dix-huit ans, originaire d'un trou perdu du Dakota du Nord, qui n'a jamais passé une nuit hors de chez papa maman, et que ta voiture tombait en panne sur une bretelle d'accès au centre de Boston, serais-tu montée en voiture avec un type comme Eric Dudley ?

Conor ouvrit la bouche pour répondre, mais il ne fit que pousser un soupir.

— Merde..., grommela-t-il, pensif.

— Je ne dis pas qu'il faut le rayer de la liste des suspects, mais je ne pense pas qu'il faille concentrer nos efforts sur lui. Nous risquerions de passer à côté d'un indice essentiel, uniquement faute de l'avoir cherché.

En fin d'après-midi, toute l'équipe se réunit dans la salle de conférences. Les traits tirés, les nerfs à fleur de peau, ils manquaient tous de sommeil. En dépit de la climatisation, l'atmosphère était pesante dans la pièce surpeuplée. Un parfum de déodorant masquait à peine une odeur âcre de transpiration.

Carolyn observa les mines fatiguées, autour de la table rectangulaire. Avec ses cernes violacés, Lorna avait tout d'un zombie. Les joues de Rizzoli étaient assombries par une barbe naissante. Face aux regards pleins de convoitise de ses collègues, Aubrey Hailstock serra contre son cœur son gobelet de café. Même Greg Lassiter, le play-boy de l'équipe, portait une chemise froissée et avait laissé tomber la cravate.

Rafferty referma doucement la porte derrière lui. Il avait les cheveux hirsutes, comme s'il n'avait cessé d'y passer les doigts.

— Un de nos agents en uniforme vient de retrouver ce que nous pensons être les vêtements de Tonia Lavoie, dans une poubelle, à trois rues de la scène du crime. On les a envoyés au labo pour analyse, mais il semble presque certain que ce sont bien ses affaires : jupe, chemisier, dessous et chaussures, le tout roulé en boule.

Il se tourna vers Carolyn, qui soutint son regard.

— Tu avais raison, sur ce coup-là, admit-il.

— Alors, où en sommes-nous ? demanda Lassiter.

— Pour ceux qui auraient raté la petite comédie de ce matin, voici les instructions qui viennent d'en haut. Nous allons avoir six inspecteurs supplémentaires pour gérer les appels arrivant sur des lignes qui seront mises en service lundi matin. La compagnie de téléphone va nous attribuer un numéro gratuit pour que les honnêtes citoyens puissent appeler et nous donner des tuyaux…

— C'est pas vrai…, grommela Mendez.

— C'est aussi mon avis, avoua Conor, les lèvres pincées. Mais mon opinion importe peu, ces derniers temps. Le maire et le préfet sont formels. Ils veulent que ça bouge, et ils me mettent la pression. Alors, je vous en prie, rendez-moi service : souriez, et faites comme si vous trouviez cette idée géniale.

L'inspecteur Kayla Smith chassa une mouche qui avait réussi à entrer dans le bureau.

— Peut-on faire le point sur le dernier meurtre ?

— Absolument. Tonia Lavoie, vingt-huit ans, tuée, hier soir, par un inconnu, et abandonnée derrière une benne à ordures, au milieu d'une ruelle, près de son lieu de travail. Aucun indice sur l'agresseur, mais l'agent Monahan a une théorie intéressante que j'aimerais qu'elle vous expose. Monahan ?

Carolyn s'éclaircit la gorge.

— Ce meurtre est différent des autres. La victime n'est pas mise en scène. Il n'y a ni foulard, ni culotte, ni boucle d'oreille. Elle gisait, nue, dans un lieu peu fréquenté. Le tueur espérait peut-être que le corps ne serait pas retrouvé tout de suite. Ma théorie repose sur deux éléments. Tout d'abord, ce meurtre semble avoir été motivé par la colère et non par le sexe. Au lieu d'emporter les vêtements de sa victime comme trophées, l'assassin les a jetés dans une poubelle. Ensuite, le cadavre se trouvait juste devant le Golden Pussycat, où travaillait la jeune femme. Selon moi, elle connaissait son agresseur, et elle a été tuée sur place.

L'inspecteur Smith leva les yeux des notes qu'elle était en train de prendre, et haussa les sourcils d'un air surpris.

— Vous croyez qu'elle connaissait son agresseur ?

— Réfléchissez. Tonia Lavoie croise une connaissance, à l'intérieur de la boîte ou en dehors. Elle monte dans sa voiture, en pleine confiance, sans se poser la moindre question. Il fait nuit, il est tard, le quartier est désert. L'homme l'étrangle devant la boîte de nuit, la déshabille et l'abandonne dans la ruelle. Puis il s'éloigne tranquillement. Quelques rues plus loin, il jette les vêtements dans une poubelle.

— Qu'est-ce qui vous incite à croire qu'il l'a tuée sur place ? demanda Lassiter.

— Nous savons qu'elle travaillait, hier soir. Il n'aurait rimé à rien de l'emmener ailleurs pour la tuer, puis de la ramener ensuite devant la boîte, au risque de se faire remarquer. Notre tueur n'est pas un imbécile. Et, s'il avait voulu prendre ce genre de risque, il nous l'aurait fait savoir. Il aurait laissé le corps à la vue de tous, comme une déclaration.

Kayla hocha la tête.

— Ça se tient, admit-elle.

— Je vois aussi un changement dans la signature, ce qui est inhabituel, reprit Carolyn. Jusqu'à présent, le tueur était plutôt méticuleux. Avec ce meurtre, il commence à faire preuve d'une certaine désorganisation. Cela indique qu'il commence probablement à se dissocier.

— Si vous pouviez nous épargner le jargon des psys et vous exprimer normalement, on comprendrait peut-être ce que vous nous racontez ! lança Rizzoli.

Carolyn rougit légèrement.

— Désolée, dit-elle. J'ai l'habitude de m'adresser à des personnes qui connaissent cette terminologie. La signature c'est ce que le meurtrier apporte sur la scène de crime et qui lui appartient. C'est sa raison d'être, ce qui le fait vibrer. Il n'y a pas deux signatures identiques, ce qui nous permet de savoir si une série de crimes a été perpétrée par un seul meurtrier ou par plusieurs.

— Comme le mode opératoire ? demanda Lorna.

— Ce n'est pas tout à fait la même chose, répondit Carolyn. Le mode opératoire, c'est la façon de procéder. La signature, c'est la raison d'agir.

— Alors, quelle est la signature de notre homme ? dit Lorna en opinant. Qu'est-ce qui le fait vibrer ?

— Il veut nous choquer. Toutefois, comme je l'ai signalé, il n'a pas mis le cadavre en scène, cette fois. Il n'a pas non plus ajouté ses petites touches personnelles. Il l'a simplement tuée avant de filer. C'est pourquoi je soupçonne que ce meurtre n'était pas planifié. C'est un acte impulsif. Tonia Lavoie a dû dire quelque chose qui l'a bouleversé, alors il l'a tuée.

Tous les regards étaient rivés sur Carolyn. Les policiers attendaient la suite. Certains hochaient la tête d'un air approbateur, d'autres semblaient sceptiques.

— Nous classons les tueurs en série à caractère sexuel en deux catégories, reprit Carolyn. Le criminel organisé est généralement intelligent. C'est un beau parleur ; il se sert de son charme pour piéger sa victime. Il prévoit le moindre détail, et transporte souvent tout son attirail avec lui. Après son forfait, il prend soin de nettoyer les lieux, et de tout mettre en scène pour produire un effet maximal.

Elle recula sur son siège et croisa les jambes.

— Le criminel désorganisé, au contraire, peut s'habiller ou se comporter bizarrement. Il a du mal à parler aux autres. Il est, en général, peu séduisant, et possède un quotient intellectuel inférieur à celui du criminel organisé. C'est le genre d'homme que les femmes ne remarquent pas, qu'elles trouveraient même repoussant. Comme il n'a ni le contact aisé ni les capacités intellectuelles du criminel organisé, il prend ses victimes par surprise. Il se jette sur elles. C'est sa seule chance de réussir, ce qui donne une sorte de frénésie sauvage à ses actes. La scène du crime est désordonnée, et il ne prend pas le temps de nettoyer les lieux. La propreté ne fait pas partie de son rituel.

Rizzoli, qui était assis à côté de la jeune femme, se mit à bâiller.

— Où voulez-vous en venir ? lui demanda-t-il.

— Je trouve que notre homme montre des signes de comportement mixte. Son dernier meurtre semble précipité. Il ne voulait rien prouver à personne ; il ne cherchait pas à choquer. Il voulait simplement se débarrasser de Tonia. Quand un tueur adopte un comportement contradictoire, c'est qu'il commence à se laisser aller. C'est souvent à ce moment-là qu'il se fait prendre.

— C'est bien une théorie de psy, ça ! lança Rizzoli. Mais j'aimerais bien savoir ce qu'on fait, à part échafauder des théories, pour mettre cette ordure hors d'état de nuire.

Carolyn eut l'impression de recevoir une gifle. Comme elle se tournait vers Conor, elle décela de la colère dans son regard.

— Pour l'amour du ciel, Ted ! s'exclama Lorna. Tu pourrais être un peu plus aimable !

— Je suis crevé, répliqua Rizzoli en s'affaissant sur son siège. Si ça ne te dérange pas trop, Abrams, j'aimerais bien rentrer chez moi, ce soir.

— On est tous crevés, lui fit remarquer Lorna. Ce n'est pas une raison pour être grossier. Le respect au travail, ça existe et tu viens de franchir les limites. L'agent Monahan fait juste son boulot.

— Qu'est-ce qui se passe ? C'est la solidarité féminine, ou quoi ? Sous prétexte que vous êtes des femmes, il faut vous écouter pérorer ?

— Ça suffit ! lança Conor d'un ton sans réplique. Vous me ferez le plaisir de vous chamailler en dehors des heures de service. Pour l'heure, j'aimerais entendre ce que chacun de vous a de nouveau. Mendez, tu t'es intéressé aux amis et parents de Lindsay Helms. A toi de commencer.

La réunion traîna en longueur. Chaque inspecteur fit un compte rendu de son travail. Carolyn les écouta, cherchant à se concentrer, mais l'épuisement eut vite raison de sa volonté. A l'issue de la réunion, elle rangea ses dossiers dans sa mallette, échangea un regard furtif avec Conor, puis se dirigea vers les ascenseurs.

Lorna Abrams la rejoignit.

— Ça va, Monahan ?

— J'ai la peau dure. Ça fait partie de mon métier.

— Rizzoli est une vraie tête de mule.

Les portes de l'ascenseur s'ouvrirent.

— J'ai déjà croisé des flics dans son genre, assura Carolyn. Arrogants et misogynes : de vrais machos. Je suis capable de les gérer.

— Vous imaginez ce que c'est que d'être sa coéquipière ? dit Lorna lorsqu'elles atteignirent le rez-de-chaussée. Ce n'est pas drôle tous les jours.

Elles sortirent dans la chaleur de cette fin d'après-midi, et furent aussitôt saisies d'une douce torpeur.

— Moi qui me plaignais de la Virginie ! dit Carolyn. J'avais oublié à quel point il pouvait faire chaud, au mois d'août, à Boston.

— Un temps pourri, renchérit Lorna. Une période de l'année où les gens s'entretuent pour un rien.

— Je suis trop crevée pour m'en soucier. Je vais prendre un bon bain frais et avaler quelques Molson. Et vous ?

— Hélas, répondit Lorna sur l'esplanade de l'hôtel

de ville, j'ai un match de juniors, et je ne peux pas le rater. Mais je penserai à vous pendant que je serai en train de crier et de transpirer.

— Les juniors, répéta Carolyn d'un ton nostalgique.

Elle n'avait jamais regretté de ne pas avoir d'enfants. Pourtant, Lorna dégageait quelque chose qui la touchait au plus profond d'elle-même.

— Votre fils joue au football ?

— Ma fille. Les temps ont changé, depuis notre enfance.

Devant la station de métro, Lorna s'arrêta.

— Ecoutez, ne vous laissez pas malmener par Ted. C'est difficile à croire, mais c'est un bon flic. Il a simplement une attitude pénible qui nuit à son image.

Carolyn haussa les sourcils.

— Vous êtes en train de me dire que sous une façade d'ours mal léché se cache un gros nounours ?

— J'ai juste dit que c'était un bon flic, répondit Lorna en souriant. Rien de plus. Bon, je me dépêche. Sinon, je vais être en retard pour le match. Salut !

Carolyn la regarda disparaître dans la foule. Puis elle regagna son hôtel pour passer un énième samedi soir solitaire.

7.

Josie vivait avec son fils dans un modeste ranch, sur un terrain minuscule, à Revere. Conor se gara derrière le 4x4 de son frère Frank, sous un sycomore qui aurait eu grand besoin d'être élagué. La pelouse n'avait pas été tondue depuis des lustres. Quant à la peinture de la maison, elle s'écaillait. Conor se promit de venir faire quelques travaux, dès qu'il aurait un peu de temps. Ed Porter, le mari de Josie, avait toujours entretenu avec amour le jardin et la maison. Hélas, le couple était séparé depuis deux ans. Josie était désormais seule à faire face aux nombreuses tâches liées au fonctionnement d'un ranch.

Ce n'était pas sans regret que Conor avait vu sa sœur se séparer de son mari. Ed était un peu fanfaron, mais il adorait sa femme et son fils. Conor n'avait jamais demandé à Josie comment ils en étaient arrivés là. Après tout, c'était à elle de décider si elle voulait lui faire des confidences. Ed voyait son fils deux fois par mois et versait une pension à Josie dès qu'il pouvait économiser quelques dollars. Néanmoins, elle avait souvent du mal à joindre les deux bouts, malgré le soutien de ses frères.

Se fiant à la musique et au brouhaha des conversations, Conor contourna la maison. Vêtu d'un tablier de cuisine, Frank faisait griller des steaks sur le barbecue. Il retourna une côte de bœuf, tandis que Sheila, sa femme, s'affairait à mettre le couvert. Quelqu'un avait installé les haut-parleurs de la chaîne stéréo sur le rebord de la fenêtre, et Bruce Springsteen hurlait au point d'assourdir les voisins.

Dans la piscine, Jake, cinq ans, s'amusait à éclabousser Brandy, sa cousine de huit ans. Teddie Jo et Belinda, les jumeaux, les observaient à distance, avec le mépris des adolescents.

Des scènes de la vie familiale comme celle-ci, Conor n'en avait pas vu depuis bien longtemps. Il avait presque oublié qu'il existait un autre monde en dehors de la police, un monde où le danger ne rôdait pas à chaque coin de rue, où l'on n'était pas sans cesse confronté à la mort, au devoir de venger les victimes... Jusqu'à cet instant, il n'avait pas mesuré à quel point cette enquête l'absorbait.

Sa mère fut la première à remarquer sa présence.

— Conor ! s'exclama-t-elle en quittant son fauteuil de jardin.

Elle traversa la pelouse avec ce port de reine qui lui avait toujours valu l'admiration des hommes. Toute sa vie, Conor avait comparé les autres femmes à sa mère...

— Salut, maman ! dit-il en l'embrassant.

— Ça faisait des semaines qu'on ne t'avait pas vu ! lança-t-elle sur un ton de léger reproche. La police ne t'accorde donc aucun jour de congé ?

Il n'avait jamais réussi à lui faire comprendre que

son métier était un peu particulier, qu'il ne pouvait pas décider de ses horaires. Par chance, elle ignorait à peu près tout du côté sombre de sa profession.

— Je suis là, non ? dit-il en saluant son père d'un geste de la main. Où est Josie ?

— A l'intérieur. Tu as l'air épuisé. Qu'en penses-tu, Sheila ? Il n'a pas l'air épuisé ?

Derrière le dos de Fiona, la jeune femme adressa à son beau-frère un clin d'œil complice.

— Moi, je le trouve plutôt mignon, répondit-elle.

— Oh, toi alors ! lança Fiona avec entrain.

Il trouva Josie dans la cuisine. C'était une belle femme brune, mince, intelligente. En plus, elle avait du cœur. Il n'était pas normal qu'elle reste seule. Conor n'aimait pas savoir qu'elle passait toutes ses nuits dans cette maison vide. Et pourtant, c'était ainsi.

— Bon anniversaire, Josie ! dit-il en l'embrassant. Comment ça va ?

Sa sœur coupa le trognon d'une laitue, et se mit à l'effeuiller.

— Oh, tu sais ce que c'est ! Une année de plus, et je suis toujours aussi endettée.

Il s'appuya sur le comptoir et la regarda travailler. Un souvenir lui revint à l'esprit. Josie et Carolyn devaient avoir huit ans. Elles étaient agenouillées côte à côte sur le tapis du salon, chez sa mère. Josie était aussi brune que Carolyn était blonde. A l'époque, il aimait les taquiner, comme tous les grands frères. S'en souvenaient-elles encore ?

Quand elle eut fini de laver la salade, Josie leva les yeux vers lui.

— Seigneur, Conor, tu as une mine de déterré ! Tu travailles trop. Maman a dû avoir un choc en te voyant.

— Elle trouve que j'ai l'air fatigué, oui, répondit-il avec un sourire désabusé.

— Fatigué, tu parles ! Tu as vraiment une sale tête.

Josie se mit à trancher une tomate à l'aide d'un couteau impressionnant.

— Je ne te demande pas comment va ta vie, reprit-elle, étant donné que tu n'en as pas.

— Qu'est-ce que ça veut dire, ça ?

— Regarde-toi, Conor. Tu connais beaucoup d'hommes qui se pointeraient à une réunion de famille avec une arme ?

Son holster faisait tellement partie de lui qu'il avait oublié de l'enlever.

— Je dois retourner travailler dans quelques heures, avoua-t-il. Si tu veux, je peux ranger ça dans le coffre de la voiture.

— Tu sais, il existe une théorie sur les hommes qui ne peuvent pas se séparer de leur arme, reprit Josie en observant son frère d'un air innocent. Une histoire de sentiment d'impuissance. L'arme est un symbole phallique, une sorte de pénis de substitution.

Conor cligna des yeux. A cet instant, la porte de la cuisine s'ouvrit, et leur mère entra en trombe.

« Sauvé par le gong ! » songea Conor avec soulagement.

— Les steaks sont prêts ! s'exclama Fiona. Elle vient, cette salade ?

— Tout de suite, maman, répondit Josie. Tu peux prendre la pastèque ? Conor, passe-moi le poivron vert.

Il le lui lança, espérant qu'elle parlerait d'autre chose. Hélas, dès que leur mère fut ressortie, elle reprit :

— A propos de sexe, pourquoi n'as-tu pas amené Gwen ?

Cela faisait des mois qu'elle le harcelait pour qu'il amène Gwen à une réunion de famille, mais, pour une raison qu'il ignorait lui-même, il s'y était toujours refusé. Il n'aurait su dire ce qu'il redoutait le plus : Gwen face à sa famille de cinglés ou sa famille de cinglés face à Gwen.

— Je n'y ai pas pensé, répondit-il. De toute façon, je ne peux pas rester très longtemps. Cette enquête m'oblige à travailler jour et nuit.

— J'ai entendu parler de ça, oui. J'ai aussi entendu dire que Gwen était un vrai requin. Sur le plan professionnel, je veux dire.

— Qui t'a raconté ça ?

— Lester. Ils évoluent dans le même milieu.

— Lester Moskowitz ? dit Conor. Ce fouineur ?

Josie haussa les épaules. Elle savait que son avocat, qui était aussi un ami, n'avait pas une réputation des plus brillantes, mais ça ne la dérangeait pas.

— Dans le milieu judiciaire, tout le monde se connaît, reprit-elle. Les gens parlent.

Conor aurait aimé prendre la défense de sa belle,

mais la vérité était là : Gwen passait pour un procureur redoutable. D'ailleurs, même en dehors des tribunaux, elle avait l'habitude d'obtenir tout ce qu'elle voulait.

— Elle veut qu'on se marie, avoua Conor sans savoir pourquoi il se confiait brusquement à sa sœur.

Josie s'interrompit et le regarda fixement, l'air abasourdi.

— Tu ne vas pas épouser cette femme ?

— Ecoute, Josie, ne la juge pas sans la connaître. Elle te plaira peut-être. Et puis, de toute façon, je n'ai pas dit que j'allais l'épouser. J'ai dit qu'elle *voulait* qu'on se marie.

— Tu es amoureux d'elle ?

C'était une question sensée. En fait, il se la posait depuis que Gwen avait abordé le sujet du mariage. Il avait beaucoup de respect pour elle. Elle était entièrement dévouée à sa carrière, et l'ambition n'était pas son seul moteur. Elle croyait en la justice, et avait une conception précise du bien et du mal. Ses convictions, elle avait aussi tendance à les mettre en application dans sa vie personnelle. En conséquence, elle se montrait parfois un peu trop… directive. Mais Conor comprenait ce qui la motivait, et il l'aimait, en dépit de cela.

— Laisse tomber ! lança Josie d'un air écœuré. Le simple fait que tu y réfléchisses est édifiant.

Elle lui tendit le saladier.

— Tiens. Rends-toi utile.

Il s'attabla au milieu des membres de sa famille, et observa leurs échanges. Son père n'avait pas son pareil pour amuser une assemblée. Au bar, il entendait un tas d'histoires. La plupart des gens préfèrent confier leurs soucis au patron de leur café préféré plutôt qu'à un psychologue issu de Harvard.

Josie souffla ses bougies, et tout le monde prit une part du gâteau d'anniversaire. Puis les enfants se levèrent pour aller jouer, et la conversation tourna autour de Conor.

— Nous sommes inquiets pour toi, lui dit sa mère, sans préambule.

Il avala sa bouchée de gâteau au chocolat, et scruta les visages soucieux qui l'entouraient.

— Inquiets ? répéta-t-il. Mais pourquoi ?

— Tu t'investis trop dans cette enquête, expliqua Hugh. Ça va finir par te jouer des tours.

— Tu as une mine de déterré, affirma Josie.

— Et on ne te voit plus jamais ! ajouta Fiona. Tu vis au-dessus de chez nous, mais ton père et moi, nous ne t'entendons jamais partir, le matin, ni rentrer, le soir. Si je ne voyais pas la voiture garée dans la cour, je penserais que tu n'habites plus ici.

Conor posa tranquillement sa fourchette et s'essuya la bouche.

— Ne soyez pas ridicules. J'ai des horaires de dingue, c'est tout. Vous le savez bien. Je m'efforce simplement de ne pas faire de bruit pour ne pas vous déranger.

Il se tourna vers son frère, en quête de soutien, mais Frank se contenta de hausser les épaules. Il s'adressa donc de nouveau à sa mère.

— Qu'est-ce qui se passe ? C'est un interrogatoire en règle ?

Ignorant son ironie, son père prit la parole :

— A quand remonte ta dernière journée de repos ? Je veux dire une journée entière, pas quelques heures.

— Je ne peux pas me permettre de prendre une journée *entière*. Je suis le seul responsable de l'enquête. Je dois être présent.

— Tu n'as pas à être présent vingt-quatre heures sur vingt-quatre, rétorqua Josie. Bon sang, Conor, c'est seulement un boulot ! Le monde ne s'arrêtera pas de tourner si tu ne vas pas travailler pendant une journée.

Il balaya du regard leurs visages anxieux. Il se sentait touché par leur sollicitude. Comment leur faire comprendre que ce n'était pas un métier comme les autres ?

— Je vais bien, affirma-t-il. Je vous assure.

— Tu es têtu comme une mule ! lança Fiona. Tu tiens ça de moi. Et je ne te laisserai pas partir d'ici sans avoir obtenu la promesse que tu vas prendre un peu de repos.

Frank s'exprima enfin :

— On s'est dit que tu voudrais peut-être descendre au Cape pour une journée ou deux. Le *Lady* s'ennuie un peu, en ce moment.

Conor ouvrit la bouche pour protester, mais il devait bien reconnaître qu'il trouvait l'idée alléchante. Il n'avait pris le voilier que deux fois, depuis le début de l'été. Mais comment se libérer, à ce stade de l'enquête ? Il n'avait personne à qui confier les rênes, et un fou courait encore dans les rues, prêt à frapper de nouveau, à tout moment. Il y avait des pistes à vérifier, des interro...

— Je vais y réfléchir, promit-il.

Sa mère affichait une expression implacable.

— Ça ne me suffit pas, déclara-t-elle posément. Je veux une promesse.

Comme il était impossible de discuter les décisions de Fiona Rafferty, Conor finit par céder.

— D'accord, dit-il. Je ne sais pas comment je vais me débrouiller, mais je prendrai une journée pour descendre au Cape.

Durant tout le trajet du retour, il remua la question dans sa tête. Plus il y pensait, plus l'idée lui plaisait. Il avait acheté le *Painted Lady* trois ans plus tôt, pour deux mille dollars, à un jeune de Truro. Le premier été, il avait passé tout son temps libre sur ce voilier de sept mètres. Il l'amarrait dans la propriété du Cape que Sheila avait héritée de son père. En échange, le couple utilisait le bateau à sa guise.

Le quartier général était calme. Un personnel minimal répondait aux appels. « Quand on a une vie, on ne travaille pas, le dimanche », songea Conor.

Il salua d'un signe de tête l'inspecteur Aubrey Hailstock, puis entra dans son bureau et appela Gwen.

— Qu'est-ce que tu as de prévu, pour les semaines à venir ? lui demanda-t-il.

— C'est l'horreur, répondit-elle.

Il entendit un bruissement de papier, puis un juron étouffé.

— Des problèmes ?

— C'est ce foutu dossier Heffernan. Je croyais pouvoir le boucler en deux jours, mais, apparemment, il va traîner pendant des semaines. Figure-toi que je passe mon dimanche après-midi à parcourir une déposition de deux cents pages… Mais pourquoi cette question ? demanda-t-elle avec un soupir.

— Si j'arrive à m'arranger, je compte prendre une journée pour aller au Cape, faire un tour sur le *Lady*. Tu pourrais te libérer et venir avec moi.

— C'est absolument impossible. Je dois être au tribunal jusqu'à la conclusion de cette affaire, et Dieu sait combien de temps ça va durer. Ce sera pour une autre fois, d'accord ?

— Bien sûr. Je t'appelle.

Il raccrocha, un peu déçu. Soudain, il n'avait plus du tout envie de se trouver dans ce bureau étouffant, par un si beau dimanche. Dans le couloir, il s'arrêta devant la porte du placard à balais qu'Isabel, son assistante, avait trouvé pour Carolyn : un débarras aux murs d'un beige terne, éclairé par un néon qui clignotait de temps à autre, et où deux personnes pouvaient tenir, à condition de ne pas essayer de fermer la porte.

Carolyn était penchée sur un document, le front plissé par la concentration. Conor s'appuya au chambranle de la porte, les mains dans les poches, et observa d'un air rêveur la masse de cheveux blonds qui cascadaient sur ses épaules, tout en se demandant s'ils étaient aussi doux que dans son souvenir.

Sentant sa présence, la jeune femme leva les yeux.

— Lieutenant, dit-elle.

— Salut ! lança-t-il en jouant avec les pièces de monnaie qui se trouvaient dans sa poche.

— Je peux faire quelque chose pour toi, Rafferty ?

— Avec toi, c'est boulot boulot, hein ? Tu n'es pas très drôle.

— C'est vrai, répliqua-t-elle sèchement. Je constate que tu es là, toi aussi. Qu'est-ce que tu as trouvé, comme excuse ?

— D'après ma sœur, je n'ai pas de vie. Bon, si on allait manger une glace ?

— Au chocolat, oui, je veux bien.

Ils se rendirent à un stand de Quincy Market. Chocolat pour elle, fraise pour lui. Ils flânèrent un moment parmi les touristes, les ménagères et les adolescents exubérants. Puis ils allèrent s'asseoir sur un banc près de Faneuil Hall, domaine par excellence du shopping de grandes marques.

— Alors, dit la jeune femme, Josie t'a fait passer un mauvais quart d'heure ?

— Ma sœur n'est que la partie émergée de l'iceberg. Je suis allé fêter son anniversaire et, au bout du compte, ils en ont profité pour me tomber dessus à bras raccourcis. Ils sont allés jusqu'à me soumettre un ultimatum.

Il prit le temps de goûter sa glace à l'italienne qui coulait le long du cornet.

— Soit je prends une journée de repos, soit je m'expose aux foudres de Fiona Rafferty.

— La seconde option n'est même pas envisageable ! dit Carolyn en mordant dans son cornet. Je préférerais affronter un tueur en série que ta mère lorsqu'elle est en colère.

Conor sourit, et étendit les jambes devant lui.

— Ils ne comprennent pas que ce boulot puisse devenir notre raison de vivre. Et pourtant, la réalité est là : si on arrête, on ne sait plus qui l'on est.

— C'est un peu complexe, comme philosophie, pour un dimanche après-midi ! lança Carolyn. Tu es sûr que ça va ?

Il la dévisagea un instant.

— Tu comprends ce que je suis en train de raconter ?

Elle parut concentrer toute son attention sur sa glace. En face d'eux, un petit Chinois s'efforçait de manger une part de pizza sans en ôter tout le fromage d'une seule bouchée.

— Oh ! oui je comprends, répondit-elle enfin.

— Comment fais-tu pour t'en sortir ?

— Je suis comme toi. Je n'ai pas de vie.

— Et personne ne te le reproche ? Je parle de ta famille…

Elle haussa les sourcils d'un air surpris.

— Excuse-moi, reprit-il. C'est une question stupide. J'avais oublié que ta mère était la reine des tragédiennes.

— En fait, avoua Carolyn, les yeux baissés, j'ai fait une bêtise. J'ai eu une liaison avec mon chef. J'ai rompu juste avant de venir ici.

Il attendit la suite, mais elle n'en dit pas plus.

— Que s'est-il passé ? lui demanda-t-il.

Elle leva enfin les yeux vers lui.

— Sa femme n'a pas beaucoup apprécié.

Conor ne fit aucun commentaire. La jeune femme haussa les épaules.

— Il m'avait fait un tas de belles promesses, et j'ai été assez bête pour y croire. J'étais accro, jusqu'à ce que j'apprenne l'existence d'une bimbo de dix-neuf ans avec laquelle il avait commencé à s'afficher. Je suis retombée sur terre et j'ai rompu.

Conor ne savait comment réagir. Si elle cherchait à le choquer, c'était raté.

— Parfois, reprit-elle, quand on n'a rien, on se rabat sur ce qui est à portée de main.

— Ecoute, Carolyn, tu n'es pas obligée de te caser.

Elle se laissa aller contre le dossier du banc, et scruta le visage de son compagnon.

— On a fini par surmonter tout ça, hein ?

— Surmonter quoi ?

— Toi, moi. Il y a dix ans. Tu ne m'en veux plus, je le vois bien.

— Je ne t'en ai jamais voulu.

— Quand je suis arrivée ici, tu n'avais pas l'air ravi.

Il se leva, jeta sa serviette en papier dans une poubelle, avec ce qui restait de son cornet.

— C'était une réaction aussi professionnelle que personnelle, répondit-il. Je ne voulais pas que tu t'immisces dans mon enquête.

— Et maintenant ?

— Je me trouve dans une impasse. Au point où j'en suis, même si tu lisais dans le marc de café, je serais prêt à prendre en compte tes théories.

— Tu me flattes, Rafferty ! répliqua-t-elle avec un sourire désabusé.

Elle termina sa glace et s'essuya les lèvres.

— Au cas où tu te poserais la question, reprit-elle en jetant sa serviette, je ne suis pas très fière de ce que j'ai fait. Ma mère m'a élevée dans la religion catholique. L'adultère fait partie de ses interdits les plus stricts.

Il glissa les mains dans ses poches, et ils reprirent le chemin de l'hôtel de ville.

— Dans la vie, tout n'est pas tout noir ou tout blanc. Il existe de nombreuses nuances de gris.

— Je croyais que, dans la police criminelle, c'était tout ou rien.

— Je me suis peut-être trompé de métier, dit-il avec une désinvolture feinte.

Carolyn se tut un moment, puis reprit doucement :

— Ils ont peut-être raison, Conor.

Il se tourna vers elle, étonné. C'était la première fois qu'elle l'appelait par son prénom.

— Qui ça ?

— Les membres de ta famille.

Elle posa une main sur sa manche, et ce simple contact le troubla de façon inattendue.

— Tu as peut-être vraiment besoin de repos.

Ils retournèrent à l'hôtel de ville en silence, et chacun regagna son bureau.

Le téléphone sonnait. Conor s'écroula dans son fauteuil et décrocha.

— Lieutenant Rafferty ! lança une voix enjouée. Melanie Burke, du journal télévisé de Channel 5. Pourriez-vous nous parler des progrès de l'enquête concernant l'étrangleur ? Avez-vous des suspects pour le meurtre de Tonia Lavoie ?

Conor ravala ses propos acerbes et s'efforça de demeurer courtois.

— Comme vous le savez, madame Burke, il m'est impossible de vous fournir des renseignements précis sur une enquête en cours.

— Je crois savoir que le petit ami de Tonia Lavoie, Eric Dudley, a des antécédents de violences conjugales. Avez-vous un commentaire à faire sur ce sujet ?

— Nous étudions toutes les possibilités. Pour l'heure, M. Dudley n'est pas considéré comme suspect.

— Cela risque-t-il de changer ?

— Tout peut changer à tout moment. Nous recevons continuellement de nouvelles informations. Tôt ou tard, elles nous mèneront au coupable. Mais je vous le répète : M. Dudley n'est pas considéré comme suspect.

— Combien d'interrogatoires avez-vous…

— Au revoir, madame Burke.

Sur ces mots, il raccrocha.

Le lundi matin, Carolyn trouva le quartier général en pleine effervescence. Six bureaux supplémentaires avaient été installés dans la salle des inspecteurs, déjà très encombrée, et six nouveaux inspecteurs décrochaient des combinés flambant neufs qui ne cessaient de sonner.

Le vacarme était infernal, et la jeune femme songea que Conor devait être fou de rage. Mieux valait l'éviter tant qu'il n'aurait pas avalé cinq ou six tasses de café.

Carolyn fit un détour pour rejoindre son propre bureau.

En entrant, elle faillit trébucher sur une paire de longues jambes musclées moulées dans un jean. Un homme était couché sous son bureau.

— Pardon, dit-elle, son gobelet de café à la main.

L'homme dégagea sa tête et leva les yeux vers elle. Aussitôt, un sourire apparut sur son beau visage.

— Bonjour ! lança-t-il.

— Je peux vous aider ?

— Je ne crois pas, mais moi, par contre, oui : je peux vous aider. Ray Ortiz, de la compagnie du téléphone. Je suis en train de vous raccorder au reste du monde.

— Quelle chance !

— Moi aussi, j'ai de la chance de rencontrer une aussi charmante jeune femme, un lundi matin. Vous êtes mariée ?

Il émanait de cet homme une virilité puissante.

— Non, répondit Carolyn, amusée.

Sous sa moustache de Mexicain, son sourire s'élargit.

— Vous êtes engagée dans une relation sincère et durable ?

— Non plus, répondit-elle en buvant une gorgée de café.

Croisant les bras, elle ajouta :

— En quoi cela vous regarde-t-il ?

— Je dois savoir si vous êtes promise à un autre avant de vous faire ma proposition, *chica*.

— Quelle proposition ?

— Celle de vous faire des enfants, bien sûr !

Elle faillit avaler son café de travers.

— Merci beaucoup, Ray, mais je crois que le téléphone suffira, pour ce matin.

Il haussa les épaules, nullement vexé.

— Ça ne coûte rien d'essayer, dit-il avant de se remettre au travail.

Dix minutes plus tard, après son départ, la jeune femme avait un superbe téléphone flambant neuf. Elle décrocha, écouta la tonalité et raccrocha.

En relevant les yeux, elle découvrit Lorna Abrams sur le seuil de la pièce.

— Qui est le beau gosse qui est en train de draguer Isabel ? demanda Lorna.

— Je soupçonne qu'il s'agit de Ray Ortiz, le type qui installe les téléphones.

— Ortiz ? répéta Lorna. Il est plutôt mignon.

— Je vous croyais mariée.

— Je le suis. Mais ça ne rend pas aveugle, vous savez ?

— Eh bien, je vous le laisse, dit Carolyn. Je préfère les hommes moins machos et plus raffinés. Celui-là a la subtilité d'un rouleau compresseur.

— Bien sûr, dit Lorna en s'installant sur la chaise de bois qu'Isabel avait réussi à caser dans le réduit, à côté du bureau, si vous n'appréciez pas les charmes du *señor* Ortiz, c'est peut-être parce que vous vous intéressez à quelqu'un d'autre… un homme moins macho et plus subtil, précisément.

— Vous voulez bien être plus claire ? demanda Carolyn en la regardant dans les yeux.

— Je parle de Rafferty, bien sûr. Chaque fois que vous vous retrouvez dans la même pièce, l'atmosphère est électrique au point que j'en ai la chair de poule.

Carolyn demeura bouche bée.

— Rafferty et moi ?

Elle secoua la tête et ouvrit sa mallette.

— Non, dit-elle. Certainement pas.

— Vous auriez vu sa tête quand il a appris que vous alliez collaborer à cette enquête !

Carolyn se mit à fouiller le contenu de sa mallette. Conor Rafferty n'était pas son problème. Elle avait une mission à remplir, voilà tout. Dès qu'elle aurait terminé, elle remonterait dans sa voiture rouge et retournerait en Virginie. Sa liaison avec Rafferty appartenait au passé, et elle n'était pas assez stupide pour recommencer l'histoire.

Pourtant, elle ne put s'empêcher de demander à Lorna :

— Que voulez-vous dire exactement ?

— Quand il a appris que vous veniez, il a fait une tête d'enterrement pendant deux jours. Quand il daignait nous adresser la parole, c'était pour nous faire des réflexions désagréables. Tout ça à cause de vous.

— Mais non ! affirma Carolyn, le cœur battant à tout rompre. C'est impossible.

— Oh ! si, croyez-moi ! Je l'ai vu de mes yeux. J'ai rencontré Conor lors de ma première semaine à l'école de police. Nous avons été coéquipiers pendant six ans.

Il est le parrain de mes deux enfants. Et je peux vous dire que je ne l'ai jamais vu dans un tel état.

— C'est l'enquête. Il est sous pression.

— Nous le sommes tous. Mais, en ce qui le concerne, il s'agit d'autre chose. C'est une affaire personnelle.

Le téléphone se mit à sonner.

— Tiens ! lança Carolyn en fixant le combiné. Il y a dix minutes, je n'avais même pas de numéro, et voilà qu'on m'appelle.

— Mieux vaut décrocher. Vous avez peut-être gagné au loto.

Sur ces mots, Lorna sourit à Carolyn, et disparut comme elle était venue.

Carolyn prit l'appel d'un ton méfiant.

— Carolyn Monahan, fit une voix masculine pleine d'entrain.

La jeune femme recula son fauteuil jusqu'au moment où il heurta le mur. Au moins, elle ne risquait pas de tomber à la renverse.

— Tommy Malone ? demanda-t-elle. Comment diable avez-vous obtenu mon numéro ? La ligne ne fonctionne que depuis dix minutes.

— J'ai appelé le standard, et une dame à l'accent espagnol m'a passé votre poste.

— C'est Isabel. Alors, comment se porte votre torchon ?

— A vous de me le dire. Vous avez lu mon article paru ce matin ?

— Je n'aurais manqué cela pour rien au monde. Vous

décrivez les scènes de crime jusque dans les détails les plus sordides… Que puis-je faire pour vous, Malone ?

— J'attends toujours mon exclusivité. Et, avant que vous ne m'envoyiez promener, n'oubliez pas que Bradford vendrait sa mère pour un peu de publicité. Je le connais. D'après lui, plus les médias couvriront l'affaire, plus il y aura de chances qu'un témoin vous apporte des informations sur notre tueur. Alors, je vous propose mes services. Je peux vous fournir la couverture médiatique dont vous avez besoin.

— Vous auriez dû devenir flic, Malone. Vous en avez la mentalité.

— Je préfère rester en coulisses et décrire les détails sordides, plutôt que les affronter directement. Que diriez-vous d'une interview, agent spécial Monahan ? Nous ferions plaisir à Bradford, tout en soulignant votre implication dans cette enquête.

Carolyn était persuadée que cela ferait sortir Conor de ses gonds. Cependant, Bradford avait clairement exprimé la volonté des autorités supérieures.

— Je vous rappelle, dit-elle.

Elle trouva Conor au téléphone, les lèvres pincées, les sourcils froncés.

— Hmm, fit-il en faisant signe à la jeune femme d'entrer. Je sais, c'est un scandale. Ecoute, je dois te laisser. J'ai de la visite… D'accord, c'est promis. Je te rappelle.

Il raccrocha et passa une main lasse dans ses cheveux.

— Ma mère, dit-il.

— Elle veut toujours t'obliger à te reposer ?

— Oui, mais là, elle m'appelait pour se plaindre du vétérinaire.

— Le vétérinaire ? répéta Carolyn en haussant les sourcils.

— Ce matin, elle a emmené son chat en consultation pour le faire vacciner contre la rage. Le vétérinaire lui a affirmé qu'il avait besoin d'un détartrage. Alors, ma mère a pris rendez-vous, et ça va lui coûter quatre-vingts dollars.

— Eh bien !

— Je lui ai dit…

Il se laissa aller contre le dossier de son fauteuil, et croisa les mains derrière sa nuque.

— Je lui ai dit que si elle n'avait pas l'intention d'embrasser son chat sur la bouche, elle ferait mieux de garder ses quatre-vingts dollars.

En pensant à Fiona Rafferty, Carolyn ne put réprimer un sourire.

— Tu avais quelque chose à me dire ? lui demanda Conor.

— J'ai une question de stratégie à te soumettre. Tommy Malone me harcèle pour obtenir une interview. Il veut écrire un article sur mon parcours, mon travail, comment j'aide les flics à capturer les malfrats. Le tout avec notre enquête comme toile de fond, bien sûr. Je me suis dit que, si j'acceptais, il me laisserait tranquille, ensuite, mais je sais ce que tu en penses. Je songe aussi aux recommandations de Bradford, qui tient à faire le maximum de tapage médiatique... Bref, je préfère te demander ton avis avant de répondre.

Conor parut très étonné.

— Tu es en train de me demander une permission, Monahan ? Ça ne te ressemble pas.

— Je ne te demande aucune permission. Je veux juste éviter de trop te contrarier.

— Je suis ravi que tu te soucies de mon humeur, dit-il en esquissant un sourire.

— Il est tellement plus facile de travailler avec toi quand tu ne fais pas la tête.

— O.K. ! lança-t-il, vaincu, va lui parler ! De toute façon, on ne peut pas lutter contre les décisions qui viennent d'en haut. Parfois, je me demande qui est le véritable responsable de cette enquête. Tu as vu ces foutus téléphones ?

— Difficile de ne pas les voir. Sans compter qu'ils n'arrêtent pas de sonner.

— Avant, on ne recevait que quelques appels de cinglés. Et voilà qu'ils se mettent tous à appeler en même temps. Tu imagines le nombre de dingues qui doivent vivre à Boston ?

— Il doit y en avoir pas mal.

— En effet. Pour nous aider, on nous envoie trois inspecteur des Stups et trois autres de la Mondaine. J'espère que notre tueur va se mettre à vendre de la drogue ou à prendre des paris. Comme ça, au moins, nos distingués collaborateurs auront l'occasion de se rendre utiles.

Carolyn secoua la tête en riant. Puis elle regagna son bureau et appela Malone.

— Alors ? lui demanda le journaliste. Dieu le Père a-t-il donné sa bénédiction ?

— Oui, mais à contrecœur. Comment savez-vous que j'ai demandé son avis à Rafferty ?

— Vous êtes limpide, agent Monahan. Et vous aimez respecter les règles du jeu. Ça doit venir de votre formation fédérale.

Elle le retrouva à midi et demi à l'Union Oyster House. Il l'attendait, un verre de vin blanc à la main. A son arrivée, il se leva.

— Je peux vous offrir un verre ?

— Un café, ça ira. Je travaille, cet après-midi, et j'aimerais garder la tête froide.

— La bisque de homard est délicieuse, affirma Malone en étudiant la carte.

Carolyn préféra une sole grillée.

— Je parie que l'équipe est sur les dents, dit le journaliste.

Carolyn ramassa distraitement une miette de pain.

— Le QG est une vraie ruche. Rafferty s'arrache les cheveux.

— Il est dépassé, c'est évident. Je ne comprends pas pourquoi on lui a confié une telle enquête. Un lieutenant qui n'a que dix ans d'expérience dans la police…

— C'est un bon flic, affirma la jeune femme. Equilibré, prudent et consciencieux.

— Vous vous empressez de voler à son secours ! constata Malone en dépliant sa serviette.

— Je lui confierais ma vie.

— Ça, c'est une déclaration ! J'espère qu'il ne vous décevra pas.

Loin de mordre à l'hameçon, Carolyn répondit :

— Comment souhaitez-vous procéder, monsieur Malone ?

— En fait — il sortit un petit magnétophone —, si vous n'y voyez pas d'inconvénient, je vais brancher cet appareil, le poser sur la table, et nous pourrons discuter. Pour écrire mon article, je ferai la synthèse de notre entretien.

Durant tout le repas, Carolyn parla de sa formation, de ses années passées au FBI, racontant des anecdotes sur certaines affaires. Malone l'écouta avec beaucoup d'attention. Ses questions étaient intelligentes et incisives, si bien qu'il remonta dans l'estime de la jeune femme.

— Vous êtes un bon journaliste, lui dit-elle. Que faites-vous dans un torchon comme la *Tribune* ?

— Je m'y plais, répondit-il en faisant signe à la serveuse de leur apporter du vin blanc. Je suis très indépendant, et leur politique éditoriale me permet d'écrire ce que je veux. Jamais je ne jouirais d'une telle liberté au *Globe* ou au *Herald*. Voilà pourquoi je reste.

— Je suppose qu'il y a une certaine logique dans tout ça.

La serveuse apporta le vin et servit un café à la jeune femme. Malone s'installa plus confortablement.

— Vous vous rendez compte, dit-il, que le public est fasciné par les profileurs, depuis *Le Silence des agneaux* ?

A leurs yeux, votre mission est un peu mystique, comme si vous aviez un don de sorcellerie.

— Le grand public n'est pas le seul à penser cela, répondit Carolyn en faisant la moue. J'ai souvent entendu des flics chevronnés parler de sorcellerie.

« Y compris Conor Rafferty », songea-t-elle, en se gardant bien de l'exprimer à haute voix.

— Il n'y a, pourtant, rien de mystique dans tout ça. Il s'agit de psychologie comportementale.

Malone appuya le menton sur sa paume.

— Parlez-moi du profilage en général. Comment ça fonctionne ?

— En deux mots, le comportement d'un être reflète sa personnalité. Au terme de nombreuses années de recherches et d'interrogatoires de tueurs en série déjà condamnés, nous avons vu ressortir des schémas de comportement. Ces schémas se répètent, dossier après dossier. Au lieu d'étudier la personnalité individuelle et de prévoir le comportement d'un individu, nous procédons en sens inverse. Nous observons son comportement, et nous en tirons des conclusions quant à sa personnalité. Les résultats sont étonnamment fiables.

Le journaliste hocha lentement la tête, l'air pensif.

— Quel genre de schémas ?

Elle but une gorgée de café.

— Je pense, par exemple, à ce que nous appelons la triade. En étudiant l'enfance et l'adolescence des tueurs en série, nous découvrons souvent des comportements révélateurs : cruauté envers les animaux, voyeurisme, pyromanie… Dès leur plus jeune âge, ces hommes sont sur la mauvaise voie. Hélas, ils ne la quittent jamais.

— Inné ou acquis ? Biologie ou environnement ? Qu'est-ce qui crée un tueur en série ?

— Si je connaissais la réponse à cette question, je serais très riche, à l'heure qu'il est, dit Carolyn en soupirant.

— En effet. Et, dans ce dossier précis, que recherchez-vous ? Vous avez établi le profil de ce tueur. Qui est-il, sur le plan comportemental ?

Elle dégusta sa dernière bouchée de sole et réfléchit à la question.

— Hélas, il s'agit d'une affaire en cours. Je ne peux pas vous fournir d'informations précises, à part les éléments évidents. Vu la facilité avec laquelle il a réussi à tuer cinq femmes sans résistance de leur part et sans se faire remarquer, il doit avoir une apparence des plus normales. C'est pour cette raison que ces tueurs sont si difficiles à capturer. S'ils avaient tous une allure de Quasimodo, la tâche serait bien plus aisée.

— Une dernière question, dit le journaliste avec un sourire. Est-il fou ou sain d'esprit, selon vous ?

Carolyn regarda par la fenêtre un long moment avant de rétorquer :

— Et les nazis qui ont commis tant d'atrocités dans les camps de la mort, étaient-ils fous ?

Malone eut un regard presque absent lorsqu'il répondit :

— De nos jours, on considère de façon presque unanime que Hitler était fou, en effet.

— Fou mais charismatique. Il était capable d'inciter des hommes, que l'on suppose sains d'esprit, à commettre des crimes contre l'humanité. Or, nul ne traite ces hommes-là de fous. On les traite de monstres, peut-être, mais pas de fous.

— Vous voulez dire que le tueur en série est une sorte de monstre ?

— Théoriquement, la plupart d'entre eux, du moins ceux que l'on dit organisés, comme dans le dossier qui nous occupe, ne sont pas fous. Même Jeffrey Dahmer, qui a commis les pires atrocités, a été jugé sain d'esprit. Mais nul ne peut affirmer que ce n'était pas un monstre. D'un point de vue très personnel, je ne sais pas ce qui les fait avancer. Est-ce la folie ou simplement le mal dans sa forme la plus absolue ? Tous ces tueurs, à un moment de leur vie, se sont découvert une sexualité inhabituelle ou dangereuse. Qu'on soit fou ou non, il n'est pas normal de placer la sexualité, qui crée la vie, sur le même plan que la mort. Je crains donc que votre question reste sans réponse. Chacun de nous a sa propre conception du mal et de la folie.

Malone éteignit le magnétophone et le glissa dans sa poche.

— Merci, dit-il. Merci de m'avoir accordé un peu de votre temps. Je sais que vous êtes très occupée. Nous avons de quoi écrire un bon article. Aimeriez-vous le lire avant qu'il ne parte à l'impression ?

— Est-ce que toutes les personnes que vous interviewez ont ce privilège ?

— Seulement celles qui me plaisent, répondit-il.

Son sourire avait quelque chose d'inquiétant, et la jeune femme se demanda s'il était en train de la courtiser.

— Oui, répondit-elle. J'aimerais y jeter un coup d'œil, avant.

— Très bien. Je vous appelle demain dans l'après-midi. Je pense que j'aurai terminé.

Il hésita.

— Dites-moi, qu'est-ce que vous faites quand vous n'êtes pas en service ?

Elle ne s'était pas trompée. Dommage, songea-t-elle en scrutant son visage. Il était intelligent, séduisant, agréable. Mais elle ne s'intéressait pas du tout à lui. Elle prit son sac, et sourit pour adoucir ses propos.

— Je suis agent fédéral, Malone. Je suis toujours en service. Merci pour le déjeuner.

Comme il faisait beau, Carolyn décida de faire un détour avant de regagner l'hôtel de ville. En remontant Sudbury Street, elle passa devant le commissariat, et contourna le bâtiment gris et morne qu'était le John F. Kennedy Building. Si l'hôtel de ville était l'édifice le plus laid de Boston, celui-là le suivait de près.

Un couple de touristes posait, bras dessus, bras dessous, devant une affreuse statue, à l'entrée, tandis qu'un troisième les photographiait. L'esplanade était attrayante, malgré les ivrognes qui traînaient près de la bouche de métro en faisant la manche. Quelques adolescents faisaient du skate-board le long d'un escalier. Sur un banc en brique, jambes tendues, les yeux fermés, Conor Rafferty était allongé. Il portait une chemise à fines rayures bleues et une cravate de travers. Il tenait un gobelet en carton dont dépassait une paille.

« Ne t'approche pas de lui, se dit Carolyn en songeant aux propos de Lorna. Cet homme ne t'attirera que des ennuis. »

Elle demeura immobile, tandis qu'un adolescent en skate-board la frôlait.

Mais, grâce à son intuition de flic, Conor sentit sa présence et ouvrit les yeux. Dieu, qu'il était beau ! Il ne dit rien, et se contenta de regarder la jeune femme avec ses yeux magnifiques. Une fois de plus, une douce chaleur envahit Carolyn.

— Tu sembles très à l'aise, lieutenant, lui dit-elle. J'ai bien envie de t'accrocher une pancarte autour du cou qui dirait : « Regardez à quoi servent vos impôts ! »

Il sourit.

— C'était sympa, ce déjeuner avec Malone ? demanda-t-il d'une voix traînante.

— Très sympa. J'ai l'impression que vous vous adorez, tous les deux. En l'espace d'une petite heure, il a réussi à te lancer quatre ou cinq piques.

Tandis qu'un peu plus loin, des haut-parleurs diffusaient une chanson de Smokey Robinson, les yeux verts du policier s'attardèrent sur la jeune femme avec un vif intérêt.

— Je suis sûr que tu as défendu mon honneur, dit-il.

— Naturellement. Il semble persuadé que tu n'es pas à la hauteur de cette enquête.

— Le salaud..., maugréa Conor en plissant les yeux.

— Ne t'inquiète pas. J'ai veillé à ce qu'il sache à quel point tu es fiable et compétent. Sans parler de ta vivacité, ton élégance et ta galanterie...

— Tant mieux.

Conor se leva, et ils marchèrent côte à côte en direction de l'hôtel de ville.

— Cette interview a donné autre chose ? demanda-t-il.

— A part le fait qu'il m'ait draguée, je ne sais pas encore.

Conor s'arrêta net, la saisit par le bras et l'obligea à se retourner.

— Il t'a draguée ?

— En quelque sorte, répondit-elle, étonnée par la vivacité de sa réaction. Ce n'était qu'un badinage sans conséquences. Il m'a demandé ce que je faisais quand je n'étais pas en service.

— Et qu'est-ce que tu lui as répondu ? demanda sèchement le policier.

— Que j'étais toujours en service. Bon sang, Rafferty, lâche-moi le bras !

— Je ne veux pas que tu sortes avec lui.

Stupéfaite par son culot, elle le dévisagea.

— Depuis quand dois-je te rendre des comptes ?

— Je n'ai aucune confiance en lui, Monahan. Cet enfoiré ne me dit rien qui vaille.

— Au risque de te surprendre, sache que je le trouve charmant.

— Alors, tu es vraiment naïve.

— Pourquoi ? Parce qu'il ne t'aime pas ? La vie n'est pas un concours de popularité, Conor.

— Je sais, rétorqua-t-il, irrité. Mais il ne s'agit pas de ça. Si ce type te drague, c'est pour une seule raison : l'article qu'il s'apprête à écrire grâce à toi va lui donner un sacré coup de pouce dans sa carrière. Ne te fais aucune illusion : il ne s'intéresse pas réellement à toi. Malone est un manipulateur. Tout ce qu'il veut, c'est une exclusivité.

La jeune femme en demeura bouche bée.

— Ce que tu viens de dire est vraiment insultant. Je n'en crois pas mes oreilles ! Et si tu ne lâches pas mon bras tout de suite, je te jure que je te fais mordre la poussière.

— Comment ? dit-il en écarquillant les yeux.

— Tu m'as entendue, Rafferty. Je suis ceinture noire de karaté, grâce à ce cher oncle Sam. Si tu me cherches, tu vas me trouver, et tu le regretteras. N'oublie pas les sanctions réservées à quiconque agresse un agent fédéral.

L'expression du policier passa de la surprise à la colère, puis à l'amusement. Enfin, il sourit.

— Tu te crois vraiment à la hauteur ?

Le sang de Carolyn ne fit qu'un tour.

— Tu n'es qu'un monstre d'égocentrisme ! lança-t-elle en se libérant de son emprise. Va te faire voir !

Sur ces mots, elle s'éloigna d'un pas décidé.

— Attends, Carolyn ! Reviens !

Ignorant son appel, elle franchit la porte d'entrée en

trombe, et traversa le hall sans se soucier des regards curieux.

— Nom de Dieu, Caro ! Je…

Elle gravit vivement les marches. Ses pas résonnaient dans la cage d'escalier, suivis de ceux de Conor, plus étouffés. Au troisième étage, elle passa devant la réception, contourna Isabel et continua son chemin vers son bureau. Isabel en demeura bouche bée, comme toutes les autres personnes présentes.

Rafferty suivait la jeune femme de près. Il jeta rageusement son gobelet dans une corbeille. Isabel recula d'un pas… puis chacun s'affaira de nouveau à sa tâche.

Carolyn jeta son sac sur son bureau, puis fit volte-face pour affronter Conor. Il se tenait sur le seuil, bloquant presque l'entrée de la pièce.

— Dehors ! lui ordonna-t-elle.

— Tu me fais une scène pour une broutille.

— Qu'est-ce qui se passe, aujourd'hui ? D'où vient le problème ? De l'air ambiant ? De la machine à café ?

Lui tournant le dos, elle se mit à trier son courrier.

— Tous les hommes que je croise depuis ce matin ont l'air surdosés en testostérone !

Elle déchira une enveloppe marron posée sur son bureau.

— Ils sont tous…

Elle s'interrompit en découvrant la photo qui venait de lui glisser des mains. D'abord, son esprit refusa d'enregistrer cette image. Puis elle eut l'impression de recevoir un coup de poing dans l'estomac. Son sang se glaça. Le souffle coupé, elle regarda la morte, et émit un gémissement imperceptible.

— Caro ? dit Conor en entrant.

— Mon Dieu !

Elle n'arrivait plus à respirer.

— Conor…

— Qu'est-ce qui se passe ?

Au moment où elle chancela, il bondit en avant et rattrapa le cliché.

— De quoi s'agit-il ?

— Meg…, souffla-t-elle enfin. Conor, c'est Meg…

8.

Dans un premier temps, il n'en crut pas ses yeux. Mais ils ne lui mentaient pas. Il avait vu les clichés pris sur la scène du crime. A l'époque, il n'était qu'une nouvelle recrue dans la police. Tous les détails lui revinrent à la mémoire, atroces et familiers.

Il sentit Carolyn s'écrouler près de lui. Lâchant la photo, il la saisit par les bras pour l'empêcher de tomber. Elle tremblait de tous ses membres. Son corps était glacé. Elle avait le souffle court, les lèvres bleuies.

— Je... j'étouffe ! balbutia-t-elle avec un regard implorant.

Conor chercha désespérément des yeux la chaise qui se trouvait là dans la matinée, mais un imbécile l'avait enlevée.

— Assieds-toi, dit-il à Carolyn en l'aidant à s'installer par terre.

Elle était aussi molle qu'une poupée de chiffon.

Cherchant à masquer son angoisse, il appela vivement Isabel et s'agenouilla près de Carolyn, impuissant. Recroquevillée sur elle-même, sa jupe courte remontée sur les cuisses, la jeune femme hoquetait, tout en serrant les doigts de Conor si fort qu'elle lui faisait mal.

— *Dios !* murmura Isabel, pétrifiée.

— Elle est en hyperventilation, expliqua Conor d'un ton sec. Ne restez pas plantée là, voyons ! Faites quelque chose !

— Va chercher un sac en papier ! dit Lorna qui venait de surgir derrière sa collègue.

Elle donna à Isabel une tape sur l'épaule pour la faire émerger de sa torpeur. La jeune femme s'éloigna, et revint très vite, munie d'un sac en papier froissé, vestige de quelque déjeuner. Lorna s'en saisit, l'ouvrit et s'agenouilla près de Conor.

— Respirez là-dedans, ma belle, dit-elle à Carolyn. Ne craignez rien. Ce n'est pas dangereux.

Le cœur battant à tout rompre, Conor tint Carolyn par les épaules, tandis qu'elle respirait dans le sac.

— C'est bien, dit Lorna en écartant ses cheveux de son visage. Continuez.

Enfin, le souffle de Carolyn se stabilisa.

— Ça va ? lui demanda Lorna.

Elle hocha la tête. Lorna lui reprit le sac. Fermant les yeux, Carolyn pencha la tête en arrière. Conor la sentait trembler. A moins que ce soit lui qui frissonnât de peur ? Elle s'humecta les lèvres du bout de la langue.

— Heu… Non…, gémit-elle. J'ai envie de vomir.

Il posa une main sur sa nuque.

— Mets la tête entre les genoux, lui dit-il en relevant franchement sa jupe pour lui écarter les jambes.

— Mais enfin ! protesta-t-elle en repoussant son bras. Un peu de pudeur, tout de même !

— Ecoute, Caro, je ne cherche pas à regarder sous

ta jupe. Les femmes désespérées et vulnérables, ce n'est pas mon truc.

Elle voulut redresser la tête pour lui répondre, mais il l'en empêcha. Lorna et Isabel échangèrent un regard entendu qui n'échappa pas au policier.

— Qu'est-ce qu'il y a ? lança-t-il.

— Rien, répondit Lorna. Rien du tout.

Il la fusilla du regard et reporta son attention sur Carolyn, qui serra sa main plus fort dans la sienne.

— Tu te sens mieux ? lui demanda-t-il gentiment.

Elle se redressa et s'efforça de baisser sa jupe.

— Tu as encore mal au cœur ?

— Non. Je vais me passer de l'eau fraîche sur le visage.

— Tu peux te lever ?

— Ça va. J'ai juste besoin d'un peu d'eau froide.

— Isabel, accompagnez-la! ordonna Conor. Assurez-vous qu'elle ne s'évanouit pas dans les toilettes.

Toujours agenouillé, il suivit des yeux les deux femmes qui s'éloignaient. Puis il ferma les yeux.

— Regardez-moi ce dur de dur ! lança Lorna. Bon sang, Conor, tu es blanc comme un linge. Tu es sûr que ça va ?

— Laisse-moi le temps de me remettre, et repose-moi la question.

Il respira profondément pour retrouver un rythme cardiaque normal.

— Où as-tu appris le coup du sac en papier ? demanda-t-il à Lorna en gardant les yeux fermés.

— J'ai fait des camps de vacances. Ça fait partie des choses à savoir.

— Regarde plutôt la photo, sur le bureau.

Tandis qu'il se levait, les jambes en coton, Lorna prit le cliché entre ses mains.

— Elle est différente des autres, déclara-t-elle. Ce n'est pas un Polaroid. Qui a bien pu la développer ?

Rafferty se passa les mains sur le visage.

— Ça se complique, expliqua-t-il. C'est la sœur de Caro.

Lorna le dévisagea, abasourdie.

— Ce n'est pas une photo de la police, reprit-il. Et je ne pense pas qu'elle soit truquée. Elle a plutôt été prise avec un de ces petits appareils bon marché qu'on trouve dans tous les supermarchés. Ce type doit avoir sa propre chambre noire. Du moins l'avait-il, il y a dix ans.

Conor se gratta la tempe.

— En tout cas, c'est mon impression.

— D'accord. Mais où diable était-il passé, pendant dix ans ? Et pourquoi resurgit-il maintenant ?

— C'est ce qu'il nous reste à déterminer.

Une demi-heure plus tard, un groupe de travail se réunit dans la salle de conférences, après que Conor eut passé bon nombre de coups de fil. A ses supérieurs, d'abord, pour les informer des derniers développements, discuter avec eux de la méthode à suivre, quémander des autorisations qui n'étaient pas nécessaires mais qui lui permettaient de ne froisser personne. Il s'entretint aussi avec Richard Armitage, à Washington, à propos de la participation de Carolyn à l'enquête.

A présent, assis à un bout de la longue table, il observait les mines décomposées des membres de son équipe : Abrams, Rizzoli, Lassiter, Mendez et Smith. Hailstock. Tous des gens bien, de bons flics.

Carolyn était installée à l'autre extrémité de la table. Hormis sa pâleur, rien ne laissait soupçonner ce qui venait de lui arriver.

— Au cas où cela vous aurait échappé, déclara Rafferty, nous venons de recevoir une pièce à conviction qui relie notre dossier à une affaire d'homicide non résolue, laquelle remonte à dix ans.

— Ce lien est solide ? demanda Greg Lassiter, stylo en main.

— Suffisamment pour que nous agissions comme s'il l'était, en attendant les résultats du labo.

— Selon vous, cela signifie que notre homme tue depuis dix ans ? demanda Mendez.

— Les tueurs de son espèce ne s'arrêtent pas comme ça. N'est-ce pas, agent Monahan ?

Il se tourna vers elle pour obtenir une confirmation. Elle s'éclaircit la gorge.

— Absolument. Si ce lien est avéré, nous pourrons en conclure que l'homme a été incarcéré dans l'intervalle, ou qu'il a tué, mais ailleurs.

— Merde ! dit Abrams.

Greg se pencha en avant et déclara d'une voix posée :

— Qu'est-ce que ça signifie, pour nous ?

— Qu'il faut repartir de zéro, répondit Rafferty. J'ai déjà demandé le dossier Monahan. Nous le prendrons comme point de départ, ainsi que le profil établi par l'agent Monahan et ce que nous avons sur les autres victimes. Et nous ne lâcherons pas le morceau avant d'avoir trouvé une piste.

— Bon sang, Conor…, grommela Rizzoli.

— Tu as un problème ? lui demanda Rafferty d'un ton glacial.

— Et comment, j'ai un problème ! On est tous crevés, on ne dort plus. Ça fait trois semaines que je n'ai pas pris une seule journée de repos. On n'est que des êtres humains, tu sais ?

— Je t'ai déjà expliqué que si tu souhaitais quitter l'équipe, tu n'avais qu'à le dire. C'est également valable pour les autres. Que ceux qui veulent s'en aller le disent tout de suite. Mais qu'ils ne viennent pas pleurnicher plus tard.

Nul ne rompit le silence pesant qui venait de s'installer dans la pièce.

— Bien, reprit Conor. Dorénavant, chacun d'entre vous devra prendre au moins une journée de repos par semaine. Nous sommes assez nombreux. Vous réfléchirez mieux si vous êtes reposés. Et j'ai besoin que vous ayez l'esprit clair.

— Et toi ? demanda Lorna.

— Ne t'en fais pas pour ça.

— Il faut bien que quelqu'un se préoccupe de ton sort puisque tu ne t'en soucies pas toi-même.

Il se promit d'avoir une petite conversation avec Lorna

à propos du respect de la hiérarchie. Pour l'heure, il avait d'autres chats à fouetter. Ignorant l'intervention de sa collègue, il croisa les bras.

— Le noyau de cette équipe est composé de nous sept, plus l'agent Monahan, dans la mesure où elle peut nous aider. Les nouveaux continueront à répondre au téléphone. Personnellement, je ne mets aucun espoir dans ce procédé, mais puisque ça fait plaisir à Bradford... En ce qui concerne l'aspect sérieux du travail, nous n'allons pas tarder à recevoir le dossier. Je le parcourrai ce soir. Réunion demain matin à 8 h 30. Apportez vos notes, tout ce que vous avez. A demain.

Tandis qu'ils se levaient, Aubrey Hailstock prit la parole, depuis le fond de la salle.

— A propos de cet homicide qui remonte à dix ans...

— Oui ? dit Rafferty.

— Vous avez prononcé le nom de Monahan.

Il jeta un rapide coup d'œil en direction de Carolyn.

— Je me demandais si...

— C'était ma sœur, déclara la jeune femme, avant de prendre sa mallette et de s'en aller.

Lorsque Conor débarqua dans son bureau, quelques minutes plus tard, elle avait disparu.

— Elle est partie, annonça Isabel. Elle m'a dit qu'elle reviendrait demain matin. Vous voulez que je l'appelle ?

— Non, non. Elle a eu une journée difficile. Ce n'est pas grave. Ecoutez...

Il hésita, ne sachant comment formuler ses excuses.

— Je sais que j'ai été un peu brusque avec vous, ces derniers temps. C'est à cause de cette enquête qui...

— Je sais, dit la jeune femme en posant la main sur son bras. Ce n'est rien.

— Je tenais à vous dire combien j'apprécie tout ce que vous faites. Sans vous, je serais perdu.

— Ce n'est pas vrai, répliqua Isabel en lui tendant une enveloppe marron. Tenez, c'est arrivé pour vous pendant la réunion.

Le dossier était épais de dix centimètres.

— Je l'emporte à la maison, dit Conor, sachant qu'il ne serait tranquille que chez lui. Si l'agent Monahan appelle...

— Oui ? dit Isabel.

— Non, rien. A demain.

Son appartement était frais et calme. Néron, son chien, sauta du lit pour venir l'accueillir. Il s'assit dans la cuisine en remuant la queue, et fixa les yeux sur son maître, tout en inclinant légèrement la tête.

Conor posa son dossier sur la table, et alla le caresser.

— Salut, mon vieux ! Je ne me suis pas beaucoup occupé de toi, ces derniers temps, hein ?

Néron battit le sol de sa queue. Depuis qu'il travaillait sur cette affaire, Conor payait un jeune voisin de quinze ans pour promener le chien deux fois par jour et lui donner à manger. Mais cela ne suffisait pas. Néron méritait mieux qu'un maître qui n'était jamais à la maison. Conor avait même songé à le confier à une famille qui s'occuperait mieux de lui. Mais ils vivaient ensemble depuis si longtemps qu'il n'avait pas eu le cœur de se séparer de lui.

Rafferty enfila un short et un T-shirt, et emmena son compagnon courir dans le quartier. A leur retour, Néron s'écroula sur le tapis, prêt à s'endormir, tandis que son maître se penchait sur le dossier Monahan.

Ce ne fut pas de tout repos. Toutes les pièces étaient en désordre. La personne qui avait constitué ce dossier avait un sérieux problème d'organisation. Quelqu'un avait même renversé du café sur le rapport d'autopsie.

Conor mit dix minutes à trouver les clichés pris sur la scène du crime. Ils étaient glissés au milieu de la transcription d'un interrogatoire de Clancy Donovan qui avait duré trois heures. Il en lut quelques pages, se demandant pourquoi l'inspecteur s'était acharné sur Clancy en excluant tous les autres suspects. Il n'existait pas la moindre preuve permettant d'impliquer Clancy dans le meurtre de Meg. Il fallait vraiment être un flic borné pour ne pas étendre davantage ses investigations.

Avec un soupir, Conor posa ses papiers et consulta sa montre. Il était presque 6 heures et demie. Cela faisait trois heures qu'il étudiait ce dossier. Il s'étira et alla chercher l'annuaire pour appeler le Boylston House.

— Salut, c'est moi ! dit-il dès que Carolyn eut décroché.

— Salut ! répondit-elle après une brève hésitation.

— Tu es partie très vite, tout à l'heure. Je voulais m'assurer que tout allait bien.

— J'ai été prise d'une migraine, alors je suis rentrée prendre un cachet. Ensuite, je me suis couchée.

Coinçant le combiné entre sa joue et son épaule, Conor ouvrit le réfrigérateur et en sortit une bouteille de Coca.

— Tu as toujours mal à la tête ?

— Non, répondit la jeune femme. Ecoute, je suis désolée pour cet après-midi. Ce n'était vraiment pas professionnel.

— Tu n'as aucune raison de t'excuser, affirma Conor en avalant une gorgée de soda. Tu as reçu un sacré choc.

— Toutes ces années de formation réduites à néant…

— Meg était ta sœur, Carolyn. Toute personne normale aurait été bouleversée, à ta place.

— Tu sais, depuis le départ, cette affaire me semble différente des autres. Maintenant, je comprends pourquoi. J'ai un compte à régler avec ce type, Conor.

— Je sais.

— Je ne le laisserai pas s'en tirer à bon compte, tu comprends ? Quoi qu'il arrive, je veillerai à ce que ce salaud soit arrêté.

— On l'aura, promit Conor. Tu as mangé ?

— Non, pourquoi ?

— Ça fait trois heures que je suis attablé dans ma cuisine, à étudier le dossier de Meg. Si tu te sens d'attaque, on pourrait se retrouver autour d'une pizza, pour en discuter…

— D'accord. Je veux voir le dossier.

En pensant aux photos prises sur la scène du crime et aux clichés de l'autopsie, il déclara :

— Il y a des choses que tu ferais mieux de ne pas regarder.

— C'est mon boulot. J'en ai vu d'autres.

— Mais il s'agit de ta sœur, cette fois, Carolyn !

— Tu ne comprends donc pas ? Il faut que je voie tout. C'est le seul moyen pour moi de tourner la page.

Conor voulut discuter, mais il se ravisa. Elle avait raison.

— Chez toi ou chez moi ? demanda-t-il.

— Chez toi. Il y a plus de place.

— Je commande les pizzas. Dans une demi-heure, ça te va ?

— C'est parfait. Rafferty…

— Oui ?

— Je veux une pizza pepperoni et olives. Ne te trompe pas.

Carolyn parcourut les clichés en silence. Elle s'efforçait de rester objective, de considérer ce dossier comme une affaire de plus. Sa pizza avait refroidi et son soda était éventé. Elle avait lu le rapport préliminaire du policier arrivé le premier sur les lieux, et parcouru la volumineuse transcription de l'interrogatoire de Clancy.

— Il n'y avait donc aucune preuve contre Clancy, conclut-elle en refermant le dossier.

En face d'elle, Conor leva les yeux.

— Pas de témoins ni de preuves tangibles. Rien.

— Pourquoi les flics se sont-ils acharnés sur lui ?

— Je me suis posé la question, et je ne vois qu'une seule explication : Meg et lui couchaient ensemble, et il n'avait pas d'alibi pour ce soir-là. Ça suffit à faire de lui un suspect. Mais pas l'unique suspect. Si tu veux mon opinion, ça m'a tout l'air d'une enquête bâclée.

Carolyn regarda le dossier posé devant elle.

— Je ne suis pas flic, et je n'ai jamais mené une enquête pour homicide, mais j'ai collaboré à bon nombre d'entre elles, et j'ai l'impression que tu as raison. Qui était responsable de cette enquête ?

Conor s'étira et se détendit.

— Un inspecteur du nom de Frawley. Bob Frawley. Je ne le connais pas. Il a pris sa retraite un peu avant que je n'entre à la Criminelle. C'est l'une des premières choses que j'ai vérifiées, tout à l'heure. Je voulais lui parler, voir s'il se souvenait de détails qui ne figurent pas dans le dossier. En ce moment, il fait du trekking au Tibet. Sa femme dit qu'elle n'aura sûrement pas de ses nouvelles avant au moins deux semaines.

— Au Tibet ? répéta la jeune femme, étonnée.

— Eh oui, dit Rafferty en haussant les épaules.

Ses beaux yeux verts se mirent à pétiller.

— Qui a hérité de l'affaire quand Frawley est parti ?

— Francis Kelley. C'est un bon flic. Mais il était débordé, alors il a laissé le dossier dans un coin.

— Et la piste s'est refroidie, conclut Carolyn avec un soupçon d'amertume.

— Je sais que ce n'est pas une excuse, reprit Conor, mais tous les flics sont débordés. Quand on prend en compte les statistiques sur l'augmentation de la criminalité, les restrictions budgétaires et la politique, le tableau n'est pas rose. Et ce n'est pas valable uniquement pour Boston. C'est le cas de toutes les grandes villes. On est en sous-effectifs.

— Je sais.

Elle pencha la tête en arrière, et écarta les cheveux de son visage.

— J'ai travaillé avec beaucoup de flics, reprit-elle. La situation est difficile partout. Mais, quand la victime fait partie de ta famille, tu vois les choses autrement.

— C'est normal. J'aimerais pouvoir te dire que le dossier de Meg est facile à boucler, mais tu connais la réalité aussi bien que moi. Au bout de dix ans, les chances de résoudre l'énigme sont infimes. Les témoins déménagent, meurent, oublient ; les flics qui se sentaient impliqués sont passés à autre chose.

— Moi, j'ai toujours la rage, affirma Carolyn en se penchant vers lui.

— Moi aussi. Et, cette fois, les choses sont un peu différentes. Si le labo confirme que la photo est authentique, et je pense qu'il le fera, nous saurons que notre homme frappe encore. Et on le coincera, je te le promets.

Il s'interrompit pour observer la jeune femme.

— J'aimerais avoir ton opinion, lui dit-il. Ton opinion de professionnelle. Meg connaissait-elle son agresseur ou a-t-il frappé au hasard ?

Carolyn réfléchit longuement.

— J'ai souvent réfléchi à cette question. Je crois qu'il

la connaissait, même si elle, elle ne le connaissait pas. C'était un endroit si improbable pour tuer quelqu'un… Il devait l'attendre et, quand elle est sortie du bar, il lui a sauté dessus. S'il avait ignoré qu'elle travaillait là-bas et qu'elle serait seule, ce soir-là, il n'aurait eu aucune raison d'attendre à cet endroit précis.

Une douleur lancinante revint la tourmenter à la base du crâne. Elle grimaça.

— Serait-ce une coïncidence ? demanda Conor.

— C'est toi le flic, répondit-elle en se massant la nuque. Tu crois aux coïncidences ?

— Pas vraiment.

— Moi non plus.

Il se balança sur sa chaise, en équilibre sur deux pieds.

— Nous devons trouver la réponse à une question cruciale. Meg était-elle sa première victime ou avait-il déjà tué ?

Carolyn rouvrit le dossier et en sortit les clichés pris sur la scène du crime, pour les étudier avec attention.

— D'après les informations que j'ai sous les yeux, elle était sans doute la première. Ce meurtre est bien moins sophistiqué que les autres. Le corps n'est pas mis en scène ; pas de petites touches personnelles, comme le foulard. Apparemment, il n'a pas pris de trophées, à part, bien sûr, la photo, ce qui implique la préméditation. Mais il n'avait pas encore peaufiné son style. La scène du crime est négligée, comme s'il avait été pris de panique en se rendant compte qu'il était passé à l'acte.

Conor cessa de se balancer.

— C'est bizarre de penser qu'il l'épiait, qu'il pensait à elle depuis un certain temps.

— Ce n'est pas rare. Meg travaillait au contact du public. Elle rencontrait, chaque jour, des tas de gens. Il y avait les habitués, mais aussi les clients de passage. D'ailleurs, c'était peut-être un flic. Ce bar grouille de flics.

— Ça me paraît un peu tiré par les cheveux.

— Qu'est-ce qui se passe, lieutenant ? Tu trouves inimaginable qu'un membre de ta chère corporation puisse être un assassin ? Réfléchis bien avant de me répondre.

— Je ne suis pas naïf à ce point, répliqua-t-il sèchement. Mais quand même ! Nous avons prêté serment pour protéger les gens. Si je découvrais que ce monstre est un flic, il ne survivrait peut-être pas jusqu'au procès.

Carolyn ferma les yeux et poussa un long soupir pour chasser la douleur qui lui vrillait les tempes.

— C'est ta migraine qui te reprend ? lui demanda Conor.

— Ça va aller.

— Ça t'arrive souvent, on dirait ! Je suppose que tu n'as pas consulté de médecin.

— En fait, si. Le très estimé Dr Farris, de l'hôpital universitaire de Georgetown.

Conor se leva et fit le tour de la table.

— Et qu'est-ce qu'il a dit ?

— Que c'était le stress. D'après lui, mon métier me tue à petit feu.

— Et qu'est-ce qu'il t'a prescrit ?

— Elle ! C'est une femme. Elle m'a proposé un tas de solutions. Démission pure et simple, méditation, stage de gestion du stress, bains chauds et bouillonnants, relaxation, sport... Et si rien de tout cela ne fonctionne, il reste le psy.

— En effet, tu as l'embarras du choix, souffla Conor à son oreille en soulevant une mèche de ses cheveux qui pendait sur sa nuque.

A son contact, elle sursauta comme s'il l'avait brûlée.

— Mais qu'est-ce que tu fais, Rafferty ? s'exclama-t-elle.

— Chut ! Détends-toi, dit-il en commençant à la masser.

— Aïe ! Tu me fais mal !

— C'est parce que je suis au cœur du problème. Accorde-moi dix minutes et ton mal de tête aura disparu.

Carolyn sentait son cœur battre la chamade.

— Tu as ton diplôme de kiné ?

— Non. Mais je suis sorti avec une masseuse. Elle m'a enseigné un tas de choses. Où as-tu mal, exactement ?

— Je suppose qu'elle ne t'a pas appris seulement à masser.

— Ce serait déjà beaucoup ! Mais tais-toi, maintenant, Monahan, et essaie de ne penser à rien.

Il reprit son massage, enfonçant doucement les pouces dans les muscles de ses épaules.

— Pas étonnant que tu aies mal à la tête ! dit-il. Tes

muscles sont tendus comme des cordes de violon. Tu as besoin de te détendre.

— J'essaie, mais je n'y arrive pas.

— Commence par détendre tes doigts et tes orteils. Puis remonte le long des jambes et des bras. Le reste de ton corps suivra.

Elle voulut protester, mais la voix de Conor l'hypnotisait. Et ses mains superbes, dont elle avait rêvé pendant des années, faisaient des merveilles. Ses doigts palpaient, massaient, brûlants sur sa peau. Elle faillit crier de douleur, mais sa douleur était proche du plaisir, et la chaleur qui se propageait dans tout son corps l'alanguissait.

Sous son chemisier de soie et son caraco en dentelle, elle sentit ses mamelons durcir. Elle dut même se mordre les lèvres pour ne pas gémir de plaisir. C'était presque aussi bon que de faire l'amour. Elle ignorait, jusqu'ici, que son cou et ses épaules étaient des zones aussi érogènes.

Les mains de Conor remontèrent vers sa tête.

— Laisse-toi faire, lui murmura-t-il.

Les yeux fermés, elle céda à sa magie. Son corps se rappelait d'autres temps et d'autres lieux, lorsque ces mêmes mains avaient provoqué des réactions tout aussi intenses en elle. Troublée par le désir qu'elle avait de lui et qu'elle n'avait jamais réussi à refouler complètement, elle chercha à se rappeler pour quelle raison exacte elle l'avait quitté.

Il s'éclaircit la gorge.

— Ça va mieux ? demanda-t-il.

Elle mit un moment à redescendre sur terre. Puis la réalité la submergea. Elle se rappela qui elle était et pourquoi toute relation entre eux était vouée à l'échec, même s'il avait encore le pouvoir de la faire chavirer. Ils n'avaient pas le même but, dans la vie. Il souhaitait passer le reste de ses jours dans le sud de Boston, alors qu'elle voulait conquérir le monde.

— Je n'ai plus mal à la tête, dit-elle. Merci.

Dès qu'il ôta ses mains de ses épaules, elle se leva en prenant appui sur la table, les jambes tremblantes.

— Il faut que j'y aille, balbutia-t-elle.

— Attends, dit-il, je te raccompagne jusqu'à ta voiture. De toute façon, il faut que je promène Néron.

Ils sortirent en silence.

Sans un mot, Carolyn monta dans sa Mitsubishi. Elle mit le moteur en marche et baissa sa vitre. Néron tirait sur sa laisse, impatient de se dégourdir les pattes. Mais son maître croisa les bras sur la portière. Dans la pénombre, ils se dévisagèrent, jusqu'à ce que Conor rompe enfin le silence.

— Dure journée…

— Oui, dure journée, répondit Carolyn.

Il effleura son épaule du bout des doigts, puis se redressa.

— A demain, conclut-il en tapant sur le toit de la voiture.

— C'est ça, bonne nuit !

Elle démarra en se demandant pourquoi elle avait envie de pleurer. Après toutes ces années, pourquoi avait-elle tant de mal à se séparer de lui ?

Au coin de la rue, elle osa enfin regarder dans le rétroviseur. Baigné dans la lumière d'un réverbère, la laisse du chien enroulée autour des jambes, Conor la regardait s'éloigner.

Le lendemain matin, Carolyn arriva au bureau à 8 h 30, les yeux rouges et la mine défaite, après une nuit hantée de cauchemars. Vers 4 heures, abandonnant tout espoir de dormir, elle s'était plongée dans la lecture du dernier roman de Sidney Sheldon.

L'article de Tommy Malone l'attendait sur son bureau, accompagné d'un message succinct : « Voilà. Désolé de ne pas vous avoir vue. Si vous souhaitez une explication ou un changement, appelez-moi. Il me reste encore quelques heures avant de l'envoyer à l'impression. T. »

La jeune femme parcourut l'article en se versant une tasse de café. Le journaliste avait parfaitement dépeint la réalité de son travail de profileur, et balayé quelques idées reçues. Il l'avait présentée sous un jour favorable sans, pour autant, la faire passer pour une héroïne. Aucune de ses paroles n'était déformée ou citée hors contexte. Il avait utilisé l'enquête en cours comme point de départ, puis s'était concentré sur la personnalité de Carolyn, son passé, sa carrière. Tommy Malone possédait une qualité rare : c'était un journaliste de talent qui préférait la vérité aux inventions, si « vendeuses » soient-elles.

Un bruit attira l'attention de la jeune femme. En levant les yeux, elle découvrit un homme d'une vingtaine d'années, au visage émacié, sur le seuil de la pièce. Il avait un appareil photo coûteux accroché autour du cou.

— Agent Monahan ?

— Oui, répondit-elle en posant l'article.

— Je suis Rick Jonah, de la *Tribune*. Malone m'envoie prendre une photo de vous pour son article.

Carolyn l'observa avec méfiance, et décrocha le téléphone.

— Attendez, lui dit-elle en composant le numéro de Malone.

Le journaliste était aussi agité que de coutume.

— Que pensez-vous de l'article ? demanda-t-il comme un chiot fougueux en quête d'attention.

— Il est excellent. Tous vos articles sont bons, Malone. Vous gâchez votre talent en travaillant pour ce torchon.

— Vous me donnez donc le feu vert pour le publier tel quel ?

— Oui, mais ce n'est pas pour ça que je vous appelle. J'ai devant moi un jeune homme armé d'un appareil photo, qui dit venir de votre part. Je voulais simplement m'assurer que c'était exact.

— Ça doit être Rick Jonah. Vous pouvez lui faire confiance. J'accompagne chacun de mes portraits d'une photo. Les lecteurs aiment bien voir la tête de la personne que je décris. Comme on dit, un bon portrait vaut mieux qu'un long discours.

Carolyn ne pouvait affirmer le contraire, à en juger par les clichés qu'elle avait vus de sa sœur.

— Merci, conclut-elle avant de raccrocher.

Rick Jonah lui demanda de s'asseoir à son bureau, et elle s'efforça d'avoir l'air strict et professionnel.

Puis, quand la séance fut terminée, elle rassembla tous ses documents et gagna la salle de réunion. Elle s'installa tout au fond, très loin de Conor qui était en grande conversation avec Lassiter. Quand leurs regards se croisèrent, malgré tout, Carolyn sentit son cœur battre plus vite. Puis le policier reporta son attention sur Lassiter, et tout redevint normal.

Mais elle ne pouvait plus nier qu'elle avait Conor dans la peau. Quelle tuile ! L'enquête était suffisamment complexe, de même que sa vie en général. Il ne fallait surtout pas que le souvenir des mains de cet homme sur son corps vienne la distraire de son travail, l'empêche de raisonner. Elle devait également songer au FBI. Washington manquait d'humour, sur ces questions. Ses supérieurs n'hésiteraient pas à la renvoyer s'ils apprenaient qu'elle se pâmait devant le lieutenant responsable de l'enquête.

Elle en était là de ses réflexions quand Ted Rizzoli fit son entrée. Comme toujours, il avait une mine de déterré. Il posa ses documents sur la table et s'affala sur une chaise, à côté de la jeune femme. Elle ignorait la nature de ses problèmes, mais ce type était un goujat. Chacune de leurs entrevues engendrait un incident. Quand ils se croisaient dans un couloir, il ne la saluait même pas. Avait-il quelque chose de précis à lui reprocher ? Ou était-il simplement affublé d'un caractère de cochon ?

Elle n'eut pas le loisir de s'attarder sur ces questions

car Conor alla fermer la porte de la salle et reprit sa place.

— Je viens de recevoir des nouvelles du labo, annonça-t-il en croisant les bras. D'après eux, la photo reçue hier est authentique. Cela signifie plusieurs choses. D'abord, notre tueur est à l'œuvre depuis longtemps. Au moins dix ans. Ensuite, le champ de l'enquête vient de s'élargir considérablement. Nous allons devoir revenir en arrière et étudier toutes les pistes.

— Quel est le plan d'attaque ? demanda Lassiter en griffonnant furieusement dans son calepin.

— Bonne question. D'abord, on fait le point sur ce qu'on sait et sur ce qu'on croit savoir. Ensuite, on dissèque le profil établi par l'agent Monahan point par point, jusqu'à ce qu'on ait tout mémorisé. Enfin, on travaillera en binôme pour aller plus loin.

— Et faire quoi ? demanda Lassiter en levant la tête.

— Il y a trois domaines que je veux explorer à fond. Abrams et Rizzoli travailleront sur le dossier Meg Monahan — Isabel est en train d'en faire une copie — et chacun de nos dossiers actuels, en cherchant le moindre détail susceptible de les relier les uns aux autres. Lassiter, Smith et toi allez étudier la liste des agresseurs sexuels des douze dernières années, en relevant les noms de tous ceux qui ont été incarcérés après l'homicide Monahan et libérés au cours des dix-huit derniers mois. Mendez et Hailstock, vous vous intéresserez aux témoins de l'époque. Essayez de savoir où ils étaient au moment du meurtre de Meg Monahan. Voyez si vous dénichez quelque chose.

Ils murmurèrent tous, et opinèrent en signe d'approbation.

— Je vais commencer par interroger les autres services de police, reprit Conor, pour voir s'ils ont des dossiers similaires non résolus. Si notre homme n'était pas en prison pendant les neuf années qui séparent les homicides Monahan et Magnusson, il se trouvait ailleurs, et on va le retrouver. L'agent Monahan et moi serons disponibles à tout moment pour écouter vos théories et répondre à vos questions.

— Attends un peu ! lança Ted Rizzoli. L'agent Monahan ne fait pas partie de la brigade criminelle. Elle n'est pas qualifiée pour me conseiller sur mon travail.

Rafferty le dévisagea froidement.

— Tu as un problème personnel avec l'agent Monahan ?

— Elle n'est pas flic, nom de Dieu ! Et sa sœur fait partie des victimes. Avec tout le respect que je te dois, lieutenant…

Il soutint le regard glacial de Conor sans sourciller.

— … on avance en terrain glissant. On frôle le conflit d'intérêts. Si le préfet de police a le moindre soupçon, ça nous reviendra sur le coin de la gueule, et notre tueur restera en liberté.

— Tu as raison, admit Rafferty. Et j'en prends bonne note. Mais sache qu'hier après-midi, dès l'arrivée de la photo, j'ai discuté avec mes supérieurs et ceux de l'agent Monahan sur l'éventualité de la remplacer. Tout le monde était d'accord : l'implication de l'agent Monahan ne met pas cette enquête en péril. Sa présence est même essentielle, d'autant plus que le tueur semble faire une fixation sur elle.

Il se tut un instant pour reprendre son souffle.

— De plus, tout le monde est d'accord pour affirmer que Monahan est assez professionnelle pour se retirer à tout moment si elle sent que sa présence est compromettante. Ça te suffit, Ted ?

Rizzoli foudroya Carolyn du regard.

— Je continue à penser qu'elle n'a rien à faire dans cette enquête, maugréa-t-il.

— A ma connaissance, *je* suis le responsable de cette enquête. Et j'ai décidé qu'elle restait. C'est clair ?

— Limpide, chef, répondit Rizzoli d'un petit air railleur.

— Tant mieux. Dès la fin de cette réunion, tu es libre pour le reste de la journée. En ce qui concerne les autres, j'afficherai un planning d'ici ce soir. Si vous ne voyez rien sur le panneau d'affichage, renseignez-vous auprès d'Isabel.

Il enchaîna sur le point suivant, laissant Carolyn fulminer à la pensée qu'il avait discuté avec Richard pour savoir s'il devait ou non la renvoyer.

Certes, il n'avait fait que respecter la procédure. Il s'était couvert, en quelque sorte. Mais elle lui en voulait de ne pas l'avoir, au moins, informée du problème avant d'en débattre devant tout le monde. Mais, bien sûr, elle n'aurait pas dû s'en émouvoir à ce point. Il s'agissait d'une affaire d'homicide, après tout, pas d'un rendez-vous galant. Une fois de plus, elle avait laissé ses sentiments personnels prendre le dessus, ce qu'un bon agent ne faisait jamais.

On passa en revue les détails concernant le profil du tueur. Carolyn répondit aux questions des inspecteurs. La réunion traîna en longueur. Quand Conor déclara que la séance était levée, ils avaient tous le regard vitreux. En sortant, Rizzoli faillit bousculer Carolyn, et elle sentit son haleine chargée d'alcool. Sans rien dire, elle rassembla ses documents et se dirigea vers la porte.

— Agent Monahan ? dit Conor d'un ton nonchalant.

Elle se figea et ferma les yeux, l'espace d'une seconde.

— Oui ?

— Tu as une minute ?

Occupé à griffonner quelques notes sur une feuille de papier, il ne prit pas la peine de lever la tête.

— J'aimerais te parler.

— D'accord.

Elle alla poser sa mallette dans son bureau, puis rejoignit celui du policier. Les bras croisés, elle fit les cent pas dans la pièce, en l'attendant. De quoi voulait-il donc lui parler ? Etait-ce personnel ou professionnel ? Elle n'aurait jamais dû se rendre chez lui, la veille. En se retrouvant seuls tous les deux, ils avaient ouvert la boîte de Pandore, et s'étaient exposés aux pires conséquences.

Lorsqu'il entra enfin, elle fit volte-face.

— Merci de m'avoir attendu, dit-il en fermant la porte. Assieds-toi, je t'en prie.

Elle resta debout.

— Qu'est-ce que tu comptes faire, pour Rizzoli ? J'ai senti son haleine. Il empeste l'alcool.

Conor semblait fatigué, au point qu'elle se demanda s'il avait passé une nuit aussi mauvaise que la sienne.

— Je vais lui parler une nouvelle fois. Je suis désolé qu'il se soit montré grossier avec toi.

— Ce n'est pas à toi de t'excuser.

— Je suis responsable de cette équipe. Ecoute, je ne cherche pas à justifier son attitude, mais il n'est pas toujours comme ça. C'est un bon flic. Il traverse actuellement une période difficile. Sa femme vient de le quitter, et il a le cœur brisé.

— Dans ce cas, il devrait s'efforcer de recoller les morceaux, au lieu de m'agresser, sous prétexte que je suis une femme.

— Je le lui ai déjà conseillé, mais il m'a répondu qu'il avait besoin de travailler pour ne pas perdre la raison.

— Ecoute, Rafferty, je compatis à son malheur, mais il empoisonne tout le monde avec ses états d'âme.

Conor soupira.

— Je vais lui en toucher deux mots. En attendant, je voulais te parler d'Eric Dudley.

Ainsi, il ne s'agissait pas d'un entretien personnel. Carolyn ressentit un soulagement teinté de déception.

— Alors ? demanda-t-elle.

— Ce lien avec le dossier de Meg semble rayer Dudley

de la liste des suspects. Je voulais m'assurer qu'on était d'accord sur ce point.

— Il a vingt-quatre ans, répondit-elle. A moins qu'il ne s'agisse d'un tueur très précoce qui aurait commencé à quatorze ans, je crois qu'en effet, on peut le rayer de la liste.

— Le problème, c'est qu'il n'y a personne d'autre, sur cette liste.

— Le téléphone n'a rien donné ?

— C'est une perte de temps. Je m'en doutais.

— Que puis-je faire pour t'aider ?

— J'ai rendez-vous à 10 heures avec Deborah Stavros. Elle a travaillé avec Tonia Lavoie, au Golden Pussycat. Je veux savoir ce qui s'est passé, le dernier soir. Elle sait peut-être quelque chose. Si on ne trouve pas une piste très vite, je vais me retrouver en uniforme, à faire la circulation.

— Allons, lieutenant, la situation n'est pas si désespérée !

Son sourire désabusé fit naître une onde de désir dans le corps de la jeune femme.

— Tu veux venir avec moi ? Stavros parlera peut-être plus facilement à une femme. J'aurais bien emmené Lorna, mais elle est débordée.

— C'est demandé si gentiment... Comment refuser ?

— Au fait, hier soir, j'ai oublié de te dire... Armitage veut que tu le rappelles. Il dit qu'il t'a laissé plusieurs messages mais que tu n'as jamais répondu.

— Merci, dit Carolyn. Je m'en occupe.

— Bien, conclut-il en regardant sa montre.

Pendant un long moment, ils se regardèrent au fond des yeux.

Puis quelqu'un frappa à la porte.

Carolyn s'éclaircit la gorge.

— Bon, je crois que je vais appeler Richard.

— D'accord, dit Conor sèchement.

Sur le seuil, elle croisa Ted Rizzoli. Il se raidit, hocha la tête et s'effaça pour la laisser passer. Dans son dos, elle entendit la porte se fermer un peu trop brutalement. Elle se redressa fièrement, et regagna son placard à balais pour téléphoner.

A Quantico, Penny décrocha dès la deuxième sonnerie.

— C'est moi, annonça Carolyn en s'installant confortablement. Qui est là, ce matin ?

— Salut ! Comment ça se passe, à Boston ?

— Ça avance. Richard est là ?

— Je crois qu'il est dans le couloir, en train de discuter avec Lou. Tu veux que j'aille voir ?

— Non. Je ne veux pas lui parler. Qui d'autre est là ?

— Trudy.

Carolyn fit la grimace.

— Trudy est la pire des commères. Non. Qui d'autre ?

— Jackson.

— Hum.

— Steinberg.

La jeune femme leva les yeux au ciel.

— Tu n'as rien de mieux à me proposer ?

— Dis donc, tu es bien exigeante ! Et Sully ?

— Oui ! C'est bien mieux. Passe-le-moi.

Quelques instants plus tard, elle entendit une voix masculine à l'autre bout du fil.

— Agent Sullivan.

— Sully, c'est Caro.

— Tiens, le retour de l'enfant prodigue !

— Très drôle. Dis-moi, sais-tu pourquoi Richard cherche à me joindre ? Il n'arrête pas de me laisser des messages, mais je n'ai pas vraiment envie de lui parler…

Elle se mit à faire des gribouillis sur une feuille de papier.

— Il n'a pas parlé de me retirer le dossier, j'espère ?

— En fait, il n'est pas très bavard, ces derniers temps. On raconte que sa dernière conquête vient de le laisser tomber.

Incapable de masquer sa jubilation, Carolyn déclara :

— Brandy l'a déjà largué ?

— Tu sais que je n'écoute jamais les rumeurs, dit Sully d'une voix traînante.

— Bien sûr ! Merci, en tout cas. Tu as illuminé ma journée.

— Ravi de t'avoir rendu service. Je transmets tes salutations à notre chef ?

— Pas la peine. A bientôt !

*
* *

Deborah Stavros vivait dans un appartement spacieux et lumineux, au troisième étage d'un immeuble réhabilité, sur Commonwealth.

— Je vous remercie d'avoir accepté de nous parler, lui dit Conor. J'espère que nous ne bouleversons pas votre emploi du temps.

— Non. Je souhaite autant que vous que ce type soit pris. Cette histoire est vraiment atroce. Je ferai de mon mieux pour vous aider.

Elle surprit le regard de Carolyn qui était en train d'examiner les livres alignés sur des rayonnages blancs.

— Au cas où vous vous poseriez la question, lui dit-elle, je prépare une licence d'économie des pays en voie de développement.

— Et vous êtes stripteaseuse ? demanda Carolyn en haussant les sourcils d'un air surpris.

Deborah glissa une mèche de cheveux bruns derrière son oreille, et leur adressa un sourire espiègle.

— Danseuse exotique, précisa-t-elle. Cela rapporte bien plus qu'un job d'étudiant.

— On dirait, oui, répliqua Carolyn en caressant le cuir du canapé.

— J'ai d'autres sources de revenus, expliqua Deborah. J'ai quelques... amis, qui me versent des sommes généreuses en échange de certains de mes talents.

— Vous êtes call-girl, résuma Conor.

— En quelque sorte. J'ai peu de clients, mais ils sont tous très riches et réguliers. Entre ça et le Golden Pussycat, j'arrive à payer mes études.

Une fois de plus, elle sourit.

— Mes parents, qui vivent dans l'Ohio, pensent que je suis secrétaire de direction. Je ne voudrais pas briser leurs illusions.

— Je comprends cela, dit Conor.

— Que voulez-vous savoir exactement, lieutenant ?

— Depuis combien de temps connaissiez-vous Tonia Lavoie ?

— Environ huit mois. Je crois qu'elle a commencé à travailler au Golden Pussycat juste avant Noël.

— Vous la connaissiez bien ?

Le chat siamois qui, jusque-là, dormait au soleil se leva et s'étira. Puis il s'approcha lentement de Conor. Lorsque le policier le gratta derrière l'oreille, il se frotta contre ses jambes.

Deborah haussa les épaules.

— On ne connaît jamais vraiment les gens. On travaillait ensemble, on se voyait tous les jours. On discutait un peu de nos vies personnelles, comme toutes les collègues de travail. Mais on ne se voyait pas en dehors du boulot. On n'avait pas grand-chose en commun, ajouta la jeune femme avec un sourire un peu triste.

— Vous m'avez dit au téléphone qu'Eric n'appréciait pas de la voir travailler là-bas, reprit Conor en caressant le chat. Que pouvez-vous nous apprendre sur leurs relations ?

— Eric est une ordure. Il la battait. Souvent, et pas à moitié. Les voisins appelaient régulièrement les flics, mais Tonia n'a jamais voulu porter plainte. Je lui aurais bien donné mon avis sur la question, mais elle n'aurait pas apprécié. On n'était pas si proches que ça.

— Vous a-t-elle déjà parlé d'autres hommes ?

— Personne en particulier, mais il y en avait pas mal. Je suis presque sûre que Tonia faisait des passes pour se payer de la drogue. Je crois qu'elle avait fait une cure de désintoxication ou quelque chose comme ça. Son passé était un peu douteux. Mais c'est comme ça, quand on travaille dans ces boîtes-là. Personne n'évoque son parcours. La plupart du temps, c'est préférable.

— Que s'est-il passé, le soir de sa mort ?

— C'était un soir comme les autres. Chaque fille danse pendant quarante minutes, puis elle fait une pause. Tonia a quitté la piste, elle est entrée dans le vestiaire, et elle a remis ses vêtements de ville. Elle m'a dit qu'elle avait croisé un vieil ami et qu'elle allait boire un verre avec lui. Elle avait l'air un peu abattu, mais elle n'a rien dit de plus, alors je ne lui ai pas posé de questions. J'ai pensé qu'elle avait besoin d'une dose et que cet *ami* était l'un de ses fournisseurs. Elle est partie à 10 heures moins le quart, et elle n'est jamais revenue.

Conor et Carolyn se regardèrent.

— Personne ne s'est préoccupé de son absence ? demanda Conor.

Deborah haussa les épaules.

— Il lui arrivait parfois de disparaître, surtout quand elle se droguait. Neal, le patron, lui faisait la leçon de temps en temps, mais il ne la virait pas parce que les clients l'appréciaient beaucoup. Elle avait un visage — si seulement j'étais née avec un tel visage ! — et un corps ! ... Elle était superbe, et sans avoir eu recours à la moindre opération. Les hommes étaient fous d'elle.

— Qu'a-t-elle déclaré à propos de cet ami ?

Deborah ferma les yeux, comme pour se rappeler une image.

— Elle a dit que c'était un type qui l'avait sortie du pétrin, autrefois. Elle ne l'avait pas revu depuis longtemps.

Ouvrant les yeux, elle ajouta :

— Ils devaient aller prendre un verre, mais elle n'a pas précisé où, ni quand elle reviendrait.

Conor caressait toujours le chat.

— Vous n'avez pas vu ce type ?

— Hélas, non.

— Et les autres filles qui travaillaient, ce soir-là ? Vous croyez que l'une d'entre elles a pu l'apercevoir ?

— C'est possible. Voyons, Darcy et Adrienne étaient de repos, mais il y avait Tanesha. Elle sait peut-être quelque chose.

— Où peut-on la joindre ?

— Neal doit le savoir. Attendez une minute, j'ai son numéro dans mon agenda électronique.

Neal Horton était âgé d'une cinquantaine d'années, et arborait un catogan d'une propreté douteuse. Ses yeux vifs étaient fuyants. Il éluda les questions jusqu'à ce que Conor se mette en colère.

— Ecoutez, nous ne faisons pas partie de la brigade des mœurs. Nous n'avons aucune intention de fermer votre boîte. Une femme a été assassinée, et nous voulons retrouver le type qui a fait ça. Nous avons besoin d'un minimum de coopération de votre part.

Horton se détendit enfin.

— Je ne sais pas comment elle est morte, dit-il. Je ne l'ai pas vue partir. J'étais ici…

Il désigna le bureau miteux dans lequel ils se trouvaient.

— … Je réglais mes factures. En découvrant qu'elle était partie, je me suis fâché. Je comptais lui remonter les bretelles dès le lendemain.

Il prit soudain un air maussade.

— Tonia était une fille sympa, mais c'était aussi une camée. Si je la gardais, c'est parce qu'elle attirait les clients, un point c'est tout.

Rafferty balaya du regard la pièce dépourvue de fenêtre, aux murs sales, le bureau jonché de gobelets vides.

— Vous couchiez avec elle ?

Horton rougit.

— Vous plaisantez ? Vous avez vu son mec ? Une armoire à glace !

— Et Tanesha ? demanda Carolyn. Deborah Stavros nous a dit qu'elle travaillait, elle aussi, ce soir-là. On peut la joindre ?

— Non. Elle est en voyage de noces ; elle ne rentre que la semaine prochaine.

Rafferty sortit une carte de sa poche et la tendit à Horton.

— Dès son retour, dites-lui que je veux lui parler.

Quand ils arrivèrent à l'hôtel de ville, Lorna les attendait dans le bureau de Conor.

— Il faut que je te parle, dit-elle, la mine grave, en

se tournant vers Carolyn. Autant que vous le sachiez, vous aussi.

Elle ferma la porte et s'appuya contre le panneau de bois.

— On a du nouveau. J'ai trouvé un lien entre trois des six meurtres.

Conor la dévisagea longuement.

— Pourquoi fais-tu cette tête ? lui demanda-t-il.

— Parce que ça ne va pas te plaire, répondit-elle en prenant une profonde inspiration. Je vérifiais les dossiers Lavoie et Magnusson. Je ne comprends pas comment ça a pu m'échapper. Mais on ignorait que le dossier Monahan était lié aux autres. C'est vite fait de laisser échapper un indice quand on ne le cherche pas.

— Bon, qu'est-ce que tu as découvert ?

— Lavoie et Magnusson étaient toutes deux prostituées. Elles ont vécu à la même adresse pendant un moment.

— Et alors ? demanda Conor d'une voix tendue.

— Cette adresse, c'est la maison Erin J. Donovan. Clancy Donovan les connaissait toutes les trois : Monahan, Magnusson et Lavoie.

9.

— Vous délirez ! s'exclama Carolyn. C'est tout simplement impensable !

Elle chercha un soutien auprès de Conor, qui semblait abasourdi.

— Impossible ! reprit-elle. C'est un prêtre, pour l'amour du ciel ! Pas un tueur !

Conor soutenait toujours le regard de Lorna. Sans se tourner vers Carolyn, il demanda :

— Est-ce qu'il correspond au profil ?

— Sûrement pas ! répondit Lorna sans la moindre hésitation. Cette idée est ridicule.

Quand il se tourna enfin vers elle, Carolyn lut dans ses yeux verts l'incrédulité et la stupeur.

— Réponds-moi, Monahan ! Est-ce qu'il correspond à ce foutu profil, oui ou non ?

La jeune femme passa mentalement les détails en revue : un homme blanc, la trentaine, qui présente très bien, qui travaille au contact du public. Apparence normale, rien d'extraordinaire ni de repoussant… Il roule dans une voiture de modèle récent. Bleue, peut-être. Il vit seul, il n'a pas de relation suivie avec une femme.

Oh, non…

Certes, toutes ces indications pouvaient s'appliquer à des milliers d'hommes. Mais il y en avait d'autres, bien plus éloquentes. Le cœur battant à tout rompre, Carolyn poursuivit son inventaire : père absent, manque d'autorité parentale, mère au comportement sexuel déviant, ayant eu de nombreux concubins, sans parler de la prostitution…

— Merde…, murmura-t-elle.

Le visage de Conor se durcit imperceptiblement.

— Allez le chercher ! ordonna-t-il à Lorna. Amenez-le-moi pour interrogatoire.

Lorna hocha vivement la tête et quitta la pièce. Carolyn s'écroula sur une chaise.

— Tu ne peux tout de même pas croire…, dit-elle en s'humectant les lèvres. Tu ne… Non, ce n'est pas possible.

Conor se leva et se mit à arpenter la pièce.

— Je n'avais même pas pensé à lui. Pas une seconde. Je suis vraiment un imbécile.

Carolyn réfléchissait aux conséquences de cette révélation.

— Conor ?

— Quoi ?

— Tu dois te retirer de l'enquête. Tu ne peux pas faire ça.

— Pourquoi ? Qu'est-ce que je ne peux pas faire ? Tu me crois incapable de rester objectif ?

— Il s'agit d'un de tes amis. Tu dois respecter une certaine éthique professionnelle.

— Ecoute, je suis flic, et je le suis jusqu'à la moelle.

Je me moque complètement du fait qu'il soit mon ami. Et aussi du fait qu'il soit prêtre. Il pourrait aussi bien être le pape ! S'il est coupable de ces crimes, je t'assure que j'aurai sa peau.

— Tu es fou ! Tu crois que le préfet de police va te laisser le dossier ? Ils vont te mettre sur la touche avant que tu aies le temps de dire ouf. Enfin, Conor, tu sais très bien que tu risques ta place, avec une histoire pareille !

Elle vit s'atténuer la lueur de défi qui brillait dans son regard.

— Merde ! dit-il en s'asseyant derrière son bureau.

Il se passa une main dans les cheveux. Carolyn avait raison.

La jeune femme se leva et vint s'asseoir près de lui.

— Ecoute, dit-elle, je comprends ce que tu ressens. Mais imagine ce que les gens vont penser de la situation.

— Tu n'as aucune idée de ce que je ressens, répondit-il, le regard voilé.

— Très bien. Alors, explique-moi.

— Je me sens trahi, avoua-t-il. C'est clair ?

— C'est normal. Clancy est ton ami. Mais tu ne peux pas être à la fois juge et partie. Ce n'est pas ton rôle.

— Tu n'y es pas, répliqua Conor d'un ton las. Il ne s'agit pas de lui. Il s'agit de moi. Je suis flic. Clancy ne m'a pas trahi. C'est mon instinct qui m'a trahi. Il y a dix ans, je n'ai même pas imaginé qu'il avait pu faire le coup. Manque d'instinct. Et j'ai toujours autant de mal à l'envisager. Pour les mêmes raisons.

Carolyn posa une main sur son épaule dans un geste de réconfort.

— Les années qu'on passe à l'école de police, les diplômes universitaires, les formations… Tout ça ne vaut pas un clou. Un flic doit avoir une qualité essentielle, et c'est l'instinct viscéral. Tout policier qui a travaillé sur le terrain sait ce que c'est. Cet instinct est ce qui fait l'étoffe d'un flic, ce qui lui permet de survivre dans la rue, jour après jour. C'est la différence entre nous et les autres. Mais, quand l'instinct n'est plus là…

Il se passa encore la main dans les cheveux.

— Quand on n'a plus l'instinct, autant tout laisser tomber et aller vendre des sandwichs. Parce qu'on n'est plus un flic.

Ne sachant que lui dire, Carolyn se contenta de serrer la main un peu plus fort sur son épaule.

— Je pourrais peut-être vendre des chambres à coucher pour mon frère Frank, dit-il avec amertume. C'est le roi du matelas !

En d'autres circonstances, la jeune femme aurait éclaté de rire.

— Je suis désolée, dit-elle avec sincérité.

— Pas autant que moi.

— Qu'est-ce que tu vas faire ?

— Je vais l'interroger.

— Tu cherches vraiment à faire capoter cette enquête, Rafferty ?

— Je cherche à établir la vérité, bon sang !

— Tu veux la vérité ? La vérité, c'est que tu es au

bord du précipice, et qu'il ne faudrait pas grand-chose pour que tu tombes dans le vide.

Le regard du policier se posa sur la main de la jeune femme, remonta le long de son bras, jusqu'à son visage. Plongeant ses yeux verts dans les siens, il déclara :

— Et c'est toi qui vas provoquer ma chute ?

Elle eut l'impression de recevoir un coup de poing dans le ventre. Il ne pouvait pas lui demander de taire une information essentielle, de choisir entre ce qu'elle croyait juste et ce qu'elle ressentait dans son cœur.

— Mais bon sang, Conor ! dit-elle en s'éloignant de lui pour regarder en direction de la fenêtre.

— Parfois, il y a des choses plus importantes que l'éthique.

Il se leva pour la rejoindre.

— La vérité, par exemple, reprit-il en la prenant par le bras. Ou mettre un tueur hors d'état de nuire.

En bas de la rue, dans le centre commercial de Faneuil Hall, des touristes aux tenues voyantes flânaient parmi les boutiques. Soudain, Carolyn sentit le souffle chaud de Conor sur sa nuque, et elle en eut la chair de poule.

— Tu voudrais que je mente pour toi ?

— Non, murmura-t-il à son oreille. Jamais je ne te demanderai une chose pareille. Ce que je te demande, c'est de m'aider à capturer l'assassin de ta sœur. Et de me faire confiance.

Qu'avait-elle déclaré à Tommy Malone, la veille ? Qu'elle était prête à confier sa vie à Conor Rafferty...

Elle fit volte-face et se redressa fièrement.

— Et si nous n'arrivons pas à le coincer ? demanda-t-elle. Et si c'est nous qui sommes pénalisés ?

— Nous saurons que c'était pour la bonne cause.

— Ce sera une maigre consolation.

Il caressa doucement ses cheveux.

— A toi de voir, dit-il. Soit tu es mon alliée, soit tu es mon adversaire. Mais tu sais que, sans toi, je suis coincé.

— Et Lorna ?

— Elle ferait n'importe quoi pour moi. Elle m'accordera le temps nécessaire pour trouver la vérité. Ecoute, je suis un bon flic, Carolyn. Je n'ai jamais enfreint les règles. Mais la situation est critique, cette fois. Respecter les règles ne suffira pas. Mon instinct me dit que Clancy est innocent, mais je peux me tromper. En tout cas, je te promets une chose : si je trouve la moindre preuve qui vienne contredire mon instinct, je laisserai l'enquête à quelqu'un autre.

— Il te faut combien de temps ?

— Quelques jours. Une semaine, tout au plus. Si, d'ici là, je vois que je me suis trompé, je me retire. J'endosserai l'entière responsabilité de mes erreurs. Lorna et toi, vous ne serez pas inquiétées. Si je perds mon insigne, tant pis. Ce qui est certain, c'est que je ne t'entraînerai pas dans ma chute.

Quelques jours. Il ne lui demandait de se taire que quelques jours.

— Et puis merde ! lança-t-elle, sachant qu'elle était sur le point d'aller à l'encontre de tout ce qu'on lui avait appris au FBI.

— Fais-moi confiance, dit-il encore. Je vais parler à Lorna.

Tout de noir vêtu, ses cheveux bruns et ondulés tombant sur son col amidonné, Clancy Donovan ressemblait davantage à un émissaire du diable qu'à un représentant de Dieu. Assis au bout de la table, dans la salle de réunion, il avait le visage fermé, les yeux voilés.

— Je suppose qu'il ne s'agit pas d'une invitation mondaine.

— Nous aimerions te poser quelques questions concernant les meurtres de Tonia Lavoie et Anna Magnusson.

Carolyn s'appuya contre le mur gris, et enfouit ses poings crispés dans les poches de sa veste.

— Je vois, dit le prêtre en étendant ses longues jambes devant lui. Cela signifie que je suis suspect ?

Rafferty tripotait son Dictaphone.

— Si tu n'y vois pas d'inconvénient, reprit-il sans répondre à sa question, je vais enregistrer notre entretien.

Clancy croisa les bras.

— Et si j'y vois un inconvénient ?

— Je vais enregistrer cet entretien, affirma Rafferty en soutenant son regard.

— Très bien, dit le prêtre d'un ton aimable. Comme tu voudras. De toute façon, je n'ai rien à cacher.

— Avant de commencer, je peux t'apporter quelque chose à boire ? proposa Carolyn. Du café, du thé, un soda ?

— Vous n'auriez pas un avocat en stock, par hasard ?

— Tu n'en as pas besoin ! affirma Conor. Tu viens de nous dire que tu n'avais rien à cacher, n'est-ce pas ?

Carolyn se crispa et ferma les yeux. Quand elle les rouvrit, Conor était en train de poser le Dictaphone au milieu de la table.

— Je crois savoir que vous connaissiez Tonia Lavoie et Anna Magnusson, de même que Meg Monahan. Est-ce exact ?

Clancy croisa les jambes et ajusta le pli de son pantalon.

— Oui, je les connaissais. Je connais aussi *monsignor* Fiorelli et la jeune fille qui travaille au pressing. Souhaitez-vous m'interroger à leur sujet, pendant que vous y êtes ?

— Cessez de faire le malin, et contentez-vous de répondre à ma question, répliqua le policier, visiblement agacé.

— Oui, dit froidement le prêtre. Je les connaissais.

— Toutes les trois ?

— Oui.

— Comment expliquez-vous cette étrange coïncidence, père Donovan ? Quelles étaient les chances pour que vous connaissiez trois de nos six victimes ? Une chance sur dix ? Sur cent ? Sur un million ?

— Je l'ignore, répondit sèchement le prêtre, mais je suis certain que vous allez vous faire un plaisir d'éclairer ma lanterne, lieutenant.

— Croyez-vous au hasard, mon père ?

— Compte tenu des circonstances, je suppose que je devrais dire oui. Toute autre réponse me ferait passer pour un imbécile, rétorqua Clancy sous le regard furibond du policier. Un imbécile ou un assassin.

— Personne ne vous traite d'assassin, assura Lorna avec le plus grand calme. Ce sont des questions de routine. Nous devons vous les poser.

— Quand j'aurai besoin d'une interprète, je vous le ferai savoir, inspecteur ! lui lança Clancy d'un ton menaçant.

Lorna rougit et recula pour s'appuyer contre le mur, à côté de Carolyn. Elle marmonna un juron que Conor n'entendit pas.

— Connaissiez-vous les autres victimes : Becky Shields, Lindsay Helms ou Katie Ann Perry ? reprit le lieutenant.

— Non.

— Vous n'aviez jamais rencontré aucune de ces jeunes femmes ?

— Non.

— Mais vous connaissiez Tonia Lavoie et Anna Magnusson. Quels étaient vos rapports avec elles ?

— Elles étaient toutes les deux prostituées. Elles sont passées à la maison Donovan. Je suis responsable de cet établissement. Je connais toutes les filles.

— Vous voulez dire qu'elles ont vécu là-bas ?

— Oui.

— Quand ?

— Je ne suis pas certain des dates. Il faudrait que je consulte mes dossiers.

— Au cours des six derniers mois ?

— C'est possible.

— Elles se sont trouvées là-bas en même temps ?

Clancy réfléchit, les sourcils froncés.

— Non, répondit-il. Enfin, je ne crois pas. C'est Tonia qui est arrivée la première. Anna n'est venue que bien après son départ. Tonia ne fait pas partie de mes réussites. J'ai perdu tout contact avec elle, ensuite.

— Quelle était la nature de vos relations avec Meg Monahan ?

Clancy se redressa sur sa chaise.

— Je suis déjà passé par là il y a dix ans. Existe-t-il une bonne raison pour que vous souhaitiez remuer le passé ? Parce que, voyez-vous, je préfère laisser les morts reposer en paix.

— Répondez à la question ! cria le policier d'un air exaspéré.

Il commençait à perdre son sang-froid. Carolyn dut se raisonner pour ne pas poser une main sur son épaule, en guise d'avertissement.

Clancy croisa le regard de la jeune femme, puis revint à Rafferty.

— Nous étions amants, déclara-t-il.

— Vous l'avez tuée ? demanda Conor d'une voix tendue.

— Non.

— Avez-vous déjà tué quelqu'un, père Donovan ?

Une étrange lueur apparut dans les yeux de Clancy, si furtive qu'elle faillit échapper à Carolyn.

— Je suis prêtre. Au cas où vous l'auriez oublié, ma religion m'interdit de tuer.

Conor se pencha en avant, et s'exprima d'une voix très basse.

— Ce n'est pas une réponse, mon père.

Clancy posa les coudes sur la table, et demeura silencieux.

— Vous allez répondre, bon sang ? hurla Conor. Avez-vous déjà tué quelqu'un, oui ou non ?

Pendant un long moment, les deux hommes se toisèrent. Carolyn sentait son cœur battre à tout rompre.

— Oui, avoua le prêtre, mais ça n'a rien à voir avec cette affaire.

Le silence était si pesant que Carolyn entendait le tic-tac de l'horloge.

— Nous vous écoutons, dit Rafferty d'un ton glacial.

— Après le lycée, j'étais un peu à la dérive. Rien ne me retenait ici. Un logement miteux, une mère ivre morte à longueur de journée. J'étais jeune, j'étais perdu, je me cherchais. En croisant le chemin d'un groupe paramilitaire, à Hong Kong, je me suis dit que j'avais découvert ma vocation : mercenaire. Il y avait des hommes venus du monde entier. La cohésion de ce groupe était telle que j'ai cru y trouver ce qui m'avait toujours manqué : l'impression d'être à ma place, d'avoir une famille. Pendant un moment, je me suis senti bien avec eux. Mais les tueries qui faisaient partie de nos missions me rendaient malade. Je n'ai pas mis longtemps à comprendre que je n'avais pas l'étoffe d'un soldat. A l'époque, j'étais déjà croyant. « Tu ne tueras pas », dit le commandement. Alors, je suis rentré aux Etats-Unis, j'ai tourné la page et je suis devenu prêtre. Fin de l'histoire.

— Pas tout à fait ! dit Conor. Avant de prêter serment, vous avez eu une liaison avec Meg Monahan. Six mois plus tard, elle était morte.

— Je ne l'ai pas tuée, affirma Clancy, avec une telle angoisse dans la voix que Carolyn en eut le cœur brisé. Je l'aimais. Je voulais l'épouser.

Conor se mit à tapoter la table du bout des doigts.

— Possédez-vous un appareil photo ?

Carolyn retint son souffle.

— Un appareil photo ? Oui. Pourquoi ?

— C'est moi qui pose les questions. Quel genre d'appareil ?

— J'en ai plusieurs. J'ai un Polaroid, pour les baptêmes. C'est facile à utiliser, et les parents aiment bien emporter un cliché tout de suite. J'ai aussi un 35 mm Minolta avec un objectif. Je photographie les oiseaux.

— Qui développe vos clichés ? Quel laboratoire ?

Carolyn crispa les poings si fort que ses ongles lui meurtrirent les paumes.

— Je n'ai pas besoin des services d'un labo. Je les développe moi-même. Pourquoi ?

La jeune femme se sentit prise d'une nausée.

— Décidément, vous avez de multiples dons ! lança le policier.

Au terme d'un silence pesant, Lorna intervint :

— Mon père, où vous trouviez-vous, vendredi soir, entre 9 et 11 heures ?

— Vendredi soir ?

Les yeux plissés, Clancy hésita pour la première fois.

— Je me promenais en voiture, au hasard.

— Au hasard ? répéta Lorna. Que cherchiez-vous ?

Ce ne fut pas le prêtre qui répondit, mais Conor.

— Des prostituées, dit-il d'un ton morne, abattu. Il cherchait des prostituées.

— Des prostituées ? répéta Lorna en croisant le regard de Carolyn.

— C'est ma façon de travailler, expliqua Clancy. Le soir, je sors ; je repère les jeunes filles en difficulté, et je les persuade de quitter le trottoir. Je les emmène à la maison Donovan pour leur donner une seconde chance.

— Ah bon…, répondit Lorna avec un soupir.

Conor éteignit le Dictaphone. Les deux hommes se toisèrent dans une atmosphère électrique. Puis le policier se pencha vers le prêtre.

— Est-ce que tu te rends compte du pétrin dans lequel tu te trouves ?

— Je n'ai tué personne.

— Tu savais que je travaillais sur ce dossier depuis des mois. Néanmoins, tu as préféré me cacher ce petit détail insignifiant : tu connaissais deux des victimes. Tu devais pourtant te douter que ça finirait par se savoir, un jour ou l'autre !

Le prêtre ne se laissa pas impressionner.

— D'après toi, je suis le seul à les connaître toutes les deux ? demanda-t-il. Je me doutais que tu réagirais de cette façon. Seulement, je n'ai rien à me reprocher. Au cas où tu l'aurais oublié, Tonia n'est morte que depuis quelques jours. Je ne pouvais pas te dire que je la connaissais, en tant que victime, avant qu'elle ne se fasse tuer. Je ne suis pas voyant ! Et je ne suis pas un assassin non plus.

— Mais, bordel, tu aurais pu me le dire, pour Anna Magnusson ! hurla Conor.

C'était la première fois que Carolyn le voyait sortir de ses gonds. Même lorsqu'il était en colère, il parvenait à conserver un calme apparent.

Lorna s'approcha de lui et posa une main sur son bras.

— Conor, tout cela ne nous mène à rien, dit-elle.

Il repoussa sa main.

— Nom de Dieu…, grommela-t-il en s'asseyant.

Il enfouit son visage dans ses mains.

— Nous avons besoin de savoir où vous étiez, dit Lorna au prêtre, et ce que vous faisiez, au moment de chaque meurtre.

— Comment voulez-vous que je me rappelle mon emploi du temps d'il y a six mois ?

— Vous devez bien avoir un agenda !

— Oui, en effet, admit-il en hochant la tête. Je n'y avais pas pensé.

— Nous allons devoir y jeter un coup d'œil, dit Lorna. Conor ? C'est terminé ?

Il leva la tête.

— Oui. Pour l'instant, ajouta-t-il avec un regard menaçant vers Clancy.

— Merci d'avoir coopéré, mon père, conclut vivement Lorna. Veuillez m'attendre dehors. Je vous rejoins tout de suite.

En se dirigeant vers la porte, Clancy croisa Carolyn. Son expression se durcit, et il s'éloigna sans un mot. La jeune femme sentit les larmes lui monter aux yeux.

Lorna ferma la porte et se tourna vers le lieutenant.

— Rentre chez toi, Conor ! lui lança-t-elle. A partir de maintenant, tu n'es plus en service. Je ne veux plus te revoir avant jeudi, c'est compris ?

— Il se trouve que je suis ton supérieur hiérarchique. Je pourrais te coller un blâme pour insubordination.

— Et moi, je pourrais te faire virer pour conflit d'intérêts ! rétorqua-t-elle.

Conor la fusilla du regard. Elle ne broncha pas.

— Je ne veux plus te voir ici, répéta-t-elle, jusqu'à ce que tu aies remis de l'ordre dans tes idées. Je vais régler ce problème avec le père Donovan.

Elle se tourna vers Carolyn, et fit la moue.

— Je suis mille fois plus objective que vous deux réunis, reprit-elle. Je vais raccompagner le suspect chez lui, et je jetterai un coup d'œil à son agenda. A mon retour, j'espère que tu seras parti, Conor.

Elle ferma la porte avec vigueur, et le silence s'installa dans la salle de réunion. Puis Rafferty s'éclaircit la gorge.

— Bon, dit-il.

Carolyn sentait ses mains trembler. Elle avait envie

de le toucher. Etait-ce pour le réconforter ou pour se rassurer elle-même ? Elle aurait été incapable de le dire. Lentement, elle s'approcha de lui et posa les mains sur ses épaules.

— Elle a raison, tu sais ? dit-elle d'un ton rauque.

— Je sais, répondit-il d'un ton las. Tu le crois toujours innocent ?

— Je *veux* qu'il soit innocent. Ce n'est pas la même chose.

Conor pencha la tête en arrière et soupira.

— J'ai été trop dur avec lui, hein ?

— Tu as fait ton boulot, répondit la jeune femme. Tu étais au courant de son passage chez les mercenaires ?

— Je l'ai eu au bluff. Je me doutais qu'il avait fait des choses un peu louches parce qu'il ne parlait jamais de son passé. Je savais juste qu'il avait passé quelques années en Asie.

— C'est vraiment important ? demanda Carolyn. En tout cas, nous n'avons aucune preuve tangible contre lui.

— C'est cette foutue coïncidence, Caro. Tu sais aussi bien que moi que les chances étaient minimes qu'il connaisse trois victimes.

Elle songea à Clancy Donovan, ancien mercenaire, à ses appareils photo, sa chambre noire, ses promenades nocturnes, en quête de prostituées… Aussitôt, elle se sentit mal à l'aise.

— Ça ne se présente pas très bien, dit-elle.

Puis elle laissa retomber ses mains le long de son corps.

— C'est très mal barré, admit-il en se levant. Bon, je m'en vais, puisqu'on me le demande si gentiment.

— Où vas-tu ?

— Je rentre chez moi, répondit-il amèrement. Avec un peu de chance, j'arriverai à me soûler, histoire de tout oublier.

Après son départ, Carolyn alla contempler la ville grise et morne par la fenêtre. De gros nuages s'amoncelaient à l'horizon, tristes reflets de son humeur. Etait-il possible qu'un homme en qui elle avait confiance, avec qui elle avait grandi, un homme qu'elle aimait comme un frère, puisse être un assassin ? Elle songea aux mains longues et noueuses de Clancy, et les imagina autour du cou de sa sœur. Cette image était terrifiante. La vérité, quand elle éclaterait enfin, serait insupportable.

Et puis, il y avait Conor, qui lui posait d'autres problèmes. Elle poussa un long soupir. Qu'allait-elle faire, à propos de Conor ? Une petite voix lui soufflait de se méfier de lui. Mais elle se refusait à l'écouter. Elle n'était à Boston que depuis quelques jours, et voilà qu'elle se retrouvait en fâcheuse posture. Dans la vie, il ne fallait jamais revenir en arrière, en dépit de toutes les tentations.

Elle regagna son bureau, mais fut incapable de travailler. Au bout de quelques minutes, elle baissa les bras et rangea ses affaires.

Arrivée à l'hôtel, elle prit une douche et se changea.

« Il ne faut pas retourner en arrière », se répéta-t-elle en enfilant ses chaussures de sport et un survêtement à capuche. D'accord, mais elle avait quelque chose à faire...

Le cimetière se dressait sur une colline, en lisière du quartier sud, sur la côte. Lorsque Carolyn descendit du bus, il se mit à pleuvoir à grosses gouttes. La tombe de Meg donnait sur la mer. Une pierre tombale toute simple, en granit, portait le nom de Margaret Monahan. Quelqu'un y avait planté des fleurs aux couleurs chatoyantes. Etait-ce sa mère ? Non. Roberta n'aurait pas créé un massif aussi magnifique. Qui d'autre avait pu apporter ces fleurs ? Meg les aurait aimées, car elles lui ressemblaient : elles étaient vibrantes et pleines de vie.

Carolyn ôta sa capuche et s'agenouilla dans l'herbe mouillée.

— J'ai besoin de ton aide, Meg, dit-elle. Toute cette histoire est si confuse... Toi et Clancy, Conor et moi... Dis-moi ce que je dois faire ! Sans toi, je n'y arriverai jamais.

Le doux bruissement de la pluie sur les fleurs était apaisant. Une goutte tomba sur la joue de la jeune femme, et coula jusqu'au coin de ses lèvres. Elle la happa du bout de la langue. Son goût salé lui indiqua qu'il s'agissait d'une larme.

— J'avais confiance en Clancy, reprit-elle. Quand tu es morte, je ne l'ai pas soupçonné un seul instant. A présent, je ne sais plus que penser. Je ne veux pas croire qu'il t'ait fait ça. Je suis tellement perdue, Meg...

C'est toi qui détiens la clé du mystère. Tu es la seule à connaître la vérité.

Elle écarta ses cheveux mouillés de son visage.

— Donne-moi un indice, n'importe quoi ! Aide-nous à le trouver avant qu'il ne tue une autre jeune femme.

Meg ne répondit pas. De l'autre côté du port, à Logan, une sirène retentit, couvrant le chant des oiseaux et le clapotis de la pluie.

Carolyn savait que certains l'auraient traitée de folle, en la voyant à genoux dans un cimetière, sous la pluie, en train de parler à une morte. Mais Meg, elle, aurait compris. Si elle ne pouvait pas répondre à sa sœur, elle pouvait, au moins, l'écouter.

— Et puis, il y a Conor, reprit Carolyn. Je croyais être guérie de lui depuis des années. Mais, chaque fois qu'il entre dans une pièce, je perds mes moyens.

Elle releva la tête et regarda au loin, vers le port. Un avion prit son envol et disparut dans les nuages. Malgré son survêtement en laine polaire, elle se mit à frissonner.

— Je mentirais en disant que je n'ai pas envie de lui.

Au milieu de tous les tourments qui la hantaient, cette prise de conscience fut sans doute la plus douloureuse.

— Oh, non..., gémit-elle. Je suis vraiment dans le pétrin.

Meg ne répondait toujours pas.

M Street se trouvait à moins de un kilomètre. Moins de un kilomètre d'une liaison sans avenir, sans autre espoir que le plaisir de le toucher, de le goûter, d'apaiser cette faim qui ne la quittait pas.

En se dépêchant, elle pouvait y être en un quart d'heure.

10.

Quand Conor lui ouvrit la porte, Carolyn entendit de la musique, un air langoureux et mélancolique, une chanson d'amour qui semblait épouser le rythme des gouttes de pluie martelant les vitres.

Conor portait un survêtement bleu marine, et il avait un téléphone sans fil collé à l'oreille. En la découvrant sur le seuil, il écarquilla les yeux.

— Bon, je te rappelle, conclut-il avant de couper la communication. Caro !

— Je peux entrer ? demanda la jeune femme en s'efforçant de sourire, malgré son trouble.

— Bien sûr !

Il s'effaça, puis referma la porte derrière elle.

— Quelle dégaine ! Tu es sûre que ça va ?

Devant cette réaction, elle se sentit déconcertée.

— Tu plaisantes, Rafferty ! lança-t-elle bravement en s'efforçant d'ignorer le tremblement de sa propre voix. Je suis un agent fédéral. Le contraire d'une mauviette !

Il s'approcha d'elle doucement, pour lui ôter sa capuche.

— Vraiment ?

Avec ses cheveux trempés et son maquillage qui avait

coulé, elle se dit qu'elle devait ressembler à la femme de Frankenstein.

— Chez nous, on croque du verre pilé au petit déjeuner ! ajouta-t-elle sur le ton de la plaisanterie. Et les balles de revolver rebondissent sur nous sans nous blesser.

Il baissa la fermeture Eclair de son haut de survêtement, et le laissa tomber à terre. Puis, d'un ton empreint d'une tendresse alarmante, il déclara :

— On dit que les fédéraux sont capables de sauter par-dessus les gratte-ciel.

Carolyn s'en voulut d'avoir la chair de poule. Sous son T-shirt mouillé, elle sentit ses mamelons se durcir. Conor était si proche d'elle qu'elle sentait la chaleur de son corps.

— Tu es trempée jusqu'aux os, lui dit-il. Où es-tu encore allée traîner, Monahan ? Tu t'es roulée dans une flaque d'eau ou quoi ?

— Je suis allée au cimetière, parler à Meg.

— Ah, je vois ! Et que t'a-t-elle répondu ?

Elle plongea dans son regard. Leurs visages n'étaient qu'à quelques centimètres l'un de l'autre.

— Elle m'a conseillé de me tenir à distance d'un certain flic aux yeux verts, très séduisant, qui travaille à la Criminelle.

Il prit entre ses doigts une mèche de cheveux mouillés.

— Et tu comptes suivre son conseil ?

Elle posa un doigt sur son bras et remonta jusqu'à

son épaule. Les yeux verts de Conor se teintèrent d'un gris métallique.

— Je n'ai jamais su faire ce qui était bon pour moi, avoua-t-elle en effleurant sa joue. C'est comme si je devais commettre des erreurs pour en tirer des enseignements.

— Tant mieux, dit-il, parce que je vais t'embrasser, Monahan, et je ne voudrais pas aller à l'encontre de tes principes.

Au bout de tant d'années, ses baisers avaient gardé la même saveur. S'il s'était agi d'un inconnu, elle aurait pu lui résister. Mais elle retrouvait avec lui ses rêves et ses tourments de jeune fille. Lorsqu'il la plaqua contre la porte, elle s'ouvrit à lui et, tels deux affamés, ils se fondirent l'un dans l'autre. Il enfouit les doigts dans ses cheveux mouillés, tandis qu'elle glissait les mains sous son sweat-shirt pour toucher son torse. Elle sentit sous ses paumes les battements effrénés de son cœur.

— Caro…, murmura-t-il, le souffle court. Oh, ma douce Caro…

Elle lui caressa les épaules, la nuque. Il posa les lèvres derrière son oreille, à un endroit qu'il savait sensible. Pantelante, elle crispa les doigts sur ses muscles saillants.

— Si tu ne veux pas, murmura-t-il contre sa peau, dis-le-moi tout de suite. Parce que, quand on aura commencé…

Tandis qu'il passait la langue derrière son oreille, elle cherchait son souffle.

— Plus question de s'arrêter…

Le cœur battant à tout rompre, Carolyn garda les mains sur son torse. Ses mamelons se dressèrent dès le premier contact. Puis elle explora les courbes de son dos. Lorsqu'elle saisit le bas de son sweat-shirt, Conor retint son souffle…

Elle le découvrit plus beau encore que dans ses souvenirs, car la maturité avait sculpté son corps. Elle effleura sa peau d'un baiser furtif qui le fit trembler de tous ses membres. Il avait les épaules lisses et douces comme de la soie. Elle s'y attarda un moment, puis remonta vers son visage qu'elle encadra de ses mains.

Leur baiser fut fébrile, passionné. Il la plaqua plus fort contre la porte et, lorsque ses lèvres s'aventurèrent vers ses seins pour les mordiller à travers le fin tissu humide, Carolyn ne put réprimer un gémissement de plaisir.

Aussitôt, il souleva son T-shirt mouillé. Agrippée à lui, elle laissa ses lèvres tracer un sillon de baisers brûlants le long de son corps. Il explora le puits de son nombril du bout de la langue, puis descendit encore. Elle sentit la chaleur de son visage entre ses cuisses.

Alors, il se redressa et la souleva contre lui.

— Passe les jambes autour de ma taille, lui dit-il, le souffle court.

Quand elle lui eut obéi, il la porta vers sa chambre. Sur le seuil, il s'arrêta. Néron était endormi sur son lit. Il lui ordonna de filer. Avec un soupir, le chien s'éclipsa.

Dès que Conor eut fermé la porte, Carolyn enroula les bras autour de son cou pour l'embrasser. Il parvint à la débarrasser de ses chaussures de sport, et la déposa sur le lit. Agenouillé devant elle, il lui enleva enfin son

T-shirt. Par la fenêtre ouverte, ils entendaient le doux bruissement de la pluie. Une brise légère faisait voleter le rideau, qui filtrait une lumière douce et tamisée. Pantelante, Carolyn regarda Conor dans les yeux, tandis qu'il glissait les mains sous sa ceinture. Leur contact sur sa peau nue la fit frissonner. D'un geste sûr, il finit de la dévêtir et baissa son jean.

Les yeux fermés, Carolyn le laissa glisser sa culotte en dentelle le long de ses jambes, puis sur ses chevilles. Une fois nue, elle s'agenouilla face à lui, tandis qu'il dévorait des yeux chaque courbe de son corps. Il se dévêtit à son tour, et ils s'allongèrent dans la pénombre. Conor la prit par la main.

— Caro…

— Quoi ?

— Rien.

Sans un mot, il la fit sienne.

Dans un cri, elle se cambra et serra les jambes autour de sa taille. Dix ans après, son corps n'avait pas oublié celui de Conor. Il se rappelait son contact, les sensations qu'il suscitait en elle. Il plaqua ses poignets sur le matelas, au-dessus de sa tête, et entama de longs mouvements de reins vifs et puissants. Pantelante, elle laissa monter le plaisir, jusqu'à ce qu'elle hurle son prénom avant de succomber à l'extase.

Conor ralentit, lâcha ses poignets pour enfouir les doigts dans ses cheveux emmêlés.

— Tes cheveux sont aussi soyeux que dans mes souvenirs.

Encore frémissante, la jeune femme fut incapable de

lui répondre. Elle se contenta de caresser ses épaules trempées de sueur.

— Tu crois que… ce qui vient de se passer était… inévitable ? lui demanda-t-il.

— Je n'en sais rien. Je n'ai pas envie de réfléchir. Je ne veux qu'une chose, c'est… recommencer.

— Tu as aimé ça, alors ? Tu veux qu'on le fasse plus lentement, cette fois ?

— Oh, Conor…, gémit-elle en crispant les doigts sur sa peau.

— Hmm… J'ai l'impression que oui. Caro ?

— Oui ?

— Regarde-moi.

Elle ouvrit les yeux, et croisa ses prunelles vertes voilées par la passion.

— Salut, dit-il.

— Salut, souffla-t-elle.

— Tu es toujours aussi belle.

— Toi aussi.

Elle caressa son visage, ses traits superbes qu'elle n'avait jamais réussi à oublier.

Dans la rue, une voiture freina sur la chaussée humide. Carolyn attira la bouche de Conor sur la sienne et, durant un long moment, ils ondulèrent ensemble, avec langueur, comme s'ils étaient seuls au monde. Plus rien n'existait que le contact magique de son membre lisse et brûlant en elle, son souffle chaud sur son visage, son corps ferme et doux à la fois, qui se fondait dans le sien avec une exquise harmonie.

Cette fois, elle l'entraîna avec elle dans le tourbillon

du plaisir. Ensuite, repus, ils restèrent enlacés, le cœur battant. La jeune femme se demanda en quoi c'était une erreur, sans trouver la moindre raison valable. Pas maintenant, pas encore, alors qu'il était blotti dans ses bras, moite et frémissant.

Il posa la tête de Carolyn sur son épaule. Avec un soupir d'aise, elle se lova contre lui et laissa ses pensées vagabonder.

« Plus tard, se dit-elle en savourant la chaleur de son corps. On réglera ça plus tard. »

Il ne s'était pas protégé.

Telle fut sa première pensée lorsqu'il retrouva enfin ses esprits. Pour deux adultes intelligents, qui avaient eu d'autres partenaires, ils s'étaient montrés d'une négligence impardonnable.

Ce n'était pas une excuse, Conor le savait, mais il n'avait songé qu'à une seule chose : s'unir à Carolyn pour apaiser ce désir qui brûlait en lui. Il suffisait qu'elle pose la main sur lui pour qu'il perde la raison. Elle devait avoir un pouvoir magique.

— Trois milliards de femmes, murmura-t-il, la tête dans son cou.

Elle se tourna vers lui.

— Qu'est-ce que tu dis ?

— Il y a environ trois milliards de femmes sur Terre, et tu es la seule…

Il écarta doucement une mèche de cheveux de son visage.

— … la seule dont je ne puisse pas me passer. Pourquoi, d'après toi ?

— Je n'en sais rien. J'ai le cerveau embrumé.

Il enfouit le nez dans sa chevelure pour humer son parfum.

— Je suis désolé, dit-il. J'ai foiré.

Elle sourit.

— Quelque chose a dû m'échapper, répondit-elle. Je me souviens juste d'être montée au septième ciel.

— J'ai oublié de me protéger.

— Ah…, fit-elle d'un air sérieux.

— C'est la première fois que ça m'arrive. Je ne comprends pas comment j'ai pu oublier. Je me protège toujours. Toujours.

— Moi aussi. Il y a donc peu de risques que l'un de nous soit porteur de quoi que ce soit.

Ses propos étaient logiques, mais ils ne disaient pas tout.

— Il existe un autre aspect, reprit-il.

— Ne t'inquiète pas pour ça non plus. Il n'y aura pas de problème. Je n'ai aucune intention de te faire ce genre de surprise.

Il se détendit. Pourquoi l'image d'une Carolyn au ventre arrondi lui plaisait-elle autant ? S'il n'avait jamais envisagé de faire des enfants à Gwen, il se voyait très bien fonder une famille avec Carolyn. Pour ne pas songer à ce que cela signifiait, il la reprit dans ses bras et la serra contre lui.

— Pourquoi m'as-tu quitté, il y a dix ans ?

Elle se crispa. L'espace d'un instant, il eut même

l'impression qu'elle n'allait pas lui répondre. Puis elle prit sa main dans la sienne.

— J'avais vingt-deux ans. On fait des bêtises, à cet âge-là. Ça n'avait rien à voir avec toi. Le problème venait de moi.

— A cause de Meg ?

Elle lui caressa doucement la paume de la main.

— Ma sœur est morte parce que j'étais trop occupée à fricoter avec toi pour aller la chercher. Je me sentais tellement coupable que je n'arrivais même plus à te regarder. Pas parce que je t'en voulais, mais parce que je m'en voulais à moi-même. J'étais complètement accro à toi, et c'est Meg qui en a payé le prix.

— Et, dix ans plus tard, tu es toujours rongée par la culpabilité.

— Oui. Et me voilà revenue au point de départ. Mais la culpabilité n'est pas la seule raison de mon départ. Je me sentais bien trop à l'étroit, ici. J'avais besoin de partir. J'étouffais.

Elle se tourna vers lui, et plongea dans son regard avec franchise et sans regret.

— Toi, je n'ai jamais cherché à te fuir. C'est plutôt ce que tu représentais.

— C'est-à-dire ?

— Un style de vie que je rejetais en bloc. J'étais terrifiée à l'idée de finir comme ma mère : irascible, amère, aigrie.

— Tu n'as rien de commun avec ta mère. Tu es aussi chaleureuse qu'elle est froide, aussi forte qu'elle est faible.

Tu aimes les gens. Je t'ai vue parler à la mère de Katie Perry avec compassion. Cela ne s'invente pas.

— N'empêche que j'ai toujours peur.

— Peur de quoi ? demanda-t-il avec tendresse.

— De l'échec. De me noyer dans un océan de médiocrité.

Elle se tut un instant.

— Je ne suis pas quelqu'un de bien, Conor. Je veux trop de choses auxquelles je ne suis pas certaine d'avoir droit.

— Ça, c'est ton point de vue. Je vais te donner le mien : tu es une femme intelligente, pleine de vie, qui n'est pas disposée à se contenter de pis-aller. Quant à la médiocrité, elle t'est totalement étrangère.

Elle poussa un long soupir.

— On est dans le pétrin, hein ?

— Pourquoi ?

— Tout est si confus… Toi et moi, Meg et Clancy, l'enquête… tout s'embrouille.

— Pour l'instant, il n'y a pas d'enquête, répondit-il en embrassant tendrement la paume de sa main. Il n'y a que toi et moi.

— Et Néron. Il ne faut pas l'oublier.

— Il va devoir se trouver une petite amie. Toi, tu es déjà prise.

Elle lui adressa un sourire qu'il trouva merveilleux.

— Tu as toujours su parler aux femmes, lieutenant.

*
* *

Quelques heures plus tard, Conor roula sur le dos, et demanda à sa compagne :

— Ça fait combien de temps que tu n'as rien mangé ?

Elle repoussa les cheveux qui lui tombaient devant les yeux.

— Je ne sais pas... Depuis le petit déjeuner.

— Il est 6 heures du soir, Monahan. Tu comptais jeûner jusqu'à demain ?

— J'avais autre chose en tête, figure-toi.

Il l'embrassa sur les lèvres et quitta le lit. Elle le regarda se pencher pour enfiler vivement son pantalon. Puis il alla fouiller dans son armoire.

— Tiens, dit-il en lui lançant une chemise bleue qu'elle rattrapa au vol.

— Très classe ! dit-elle.

Il ramassa les vêtements qui traînaient, et désigna la petite culotte en dentelle rouge de la jeune femme.

— Victoria's Secret ? demanda-t-il.

Elle s'assit, serrant la chemise contre sa poitrine.

— Comment le sais-tu ?

— Tu es une femme raffinée, dit-il.

— Et j'en suis fière. Ça te pose un problème, Rafferty ?

— Aucun ! répondit-il en souriant. Bon, je vais préparer le dîner.

Il quitta la chambre.

— Tu fais la cuisine ? cria-t-elle en boutonnant la chemise.

— Je vis seul, répondit-il sur le même ton. Il faut bien que je mange !

Elle partit à sa rencontre, foulant le plancher de ses pieds nus. Elle le trouva dans la cuisine, en train de fouiller dans les placards.

— Ta mère vit juste en dessous : tu ne devrais pas avoir trop de problèmes domestiques.

— A trente-quatre ans, il est grand temps de couper le cordon ombilical.

Il referma la porte d'un placard, puis saisit un sweat-shirt et l'enfila.

— Et toi, tu es bonne cuisinière ?

— Je suis la championne du micro-ondes.

— Quel malheur ! Accorde-moi quelques minutes : je cours chercher du lait au coin de la rue. Je vais te préparer des crêpes si délicieuses que tu auras l'impression d'être au paradis.

Elle voulut protester, mais son estomac émit un gargouillis significatif.

— Tu vois ? dit Conor d'un air triomphant. Tu meurs de faim. J'en ai pour dix minutes. Fais comme chez toi. Tu n'auras qu'à bavarder avec Néron, en m'attendant.

En entendant son nom, le chien leva la tête et remua la queue.

— Il adore qu'on s'occupe de lui, dit Conor.

Restée seule, Carolyn erra dans l'appartement. Il était charmant, bien rangé, sans prétention. Les meubles étaient vieux mais fonctionnels, les boiseries d'un ton miel, et le parquet avait été vitrifié récemment. Sur le rebord de la fenêtre, dans quelques pots de fleurs, poussaient des violettes. Il régnait ici une atmosphère chaleureuse qui était à mille lieues de son propre logement, à Alexandria, où chaque objet avait été choisi avec soin chez les créateurs en vogue et les boutiques branchées. Elle se sentit légèrement déplacée dans ce décor, avec ses tailleurs coûteux et ses chaussures hyper-branchées.

— C'est purement sexuel, tu sais ? dit-elle à Néron.

Elle mentait. Entre elle et Conor, il y avait bien plus que cela. Et depuis longtemps. Au-delà de deux corps fébriles, il y avait deux cœurs débordants d'émotions qu'ils ne savaient pas toujours comment gérer.

Néron observait la jeune femme d'un air sceptique. Elle n'y connaissait rien aux chiens. En dépit de ses suppliques, sa mère n'avait jamais voulu qu'elle en ait un. Elle affirmait que les chiens étaient sales, qu'ils laissaient des poils partout, qu'il fallait les promener. A l'époque, Carolyn avait trouvé la réaction de sa mère très injuste. Avec le recul, bien sûr, elle la comprenait.

— Il veut qu'on soit amis, dit-elle à Néron.

Que raconter à un chien ? C'était absurde. Elle s'accroupit et tendit la main vers lui. Néron la renifla délicatement. En le caressant derrière l'oreille, elle fut étonnée par la douceur de ses poils. Néron semblait apprécier ses attentions. Il ferma les yeux et frotta la tête contre sa main.

— Je suis contente : j'ai trouvé comment te faire plaisir !

Quelqu'un frappa à la porte. Carolyn se rappela qu'elle n'était vêtue que d'une chemise appartenant à Conor.

— Je n'attends pas de visite, dit-elle à Néron. Et toi ?

Les coups redoublèrent.

— Bon sang ! marmonna-t-elle.

Si Conor avait oublié ses clés, il n'allait pas apprécier d'attendre dehors, sous la pluie. Un peu inquiète, Carolyn gagna la porte.

— Oui ? dit-elle. Qui est là ?

— C'est Mme Rafferty. Ouvrez-moi, je vous prie !

Mme Rafferty ? La jeune femme cligna des yeux, puis ouvrit vivement la porte.

— Carolyn !

L'expression sévère de Fiona fit place à de la surprise, puis elle eut un large sourire.

— Caro, ma chérie !

Elle entra en trombe, faisant voleter les pans de sa tunique à fleurs, et tendit les bras pour enlacer la jeune femme.

— Tu es là ? Je n'en reviens pas !

« Moi non plus », songea Carolyn, gênée par la légèreté de sa tenue.

— Conor est sorti.

— Je sais, chérie. Je l'ai vu partir. Je suis venue voir qui était la minette qu'il avait ramenée chez lui pour une partie de jambes en l'air, sous le toit de ses parents, en pleine journée. J'ignorais que c'était toi.

Fiona la prit par le bras. Ses ongles rouge vif étaient parfaitement assortis à ses cheveux auburn.

— Tu n'as rien d'une minette, chérie. Ta mère m'a appris que tu étais en ville, mais je ne savais pas que Conor et toi, vous… vous vous revoyiez.

Mortifiée, Carolyn eut envie de lui expliquer que ce n'était pas ce qu'elle croyait. Mais pourquoi mentir ?

— Mes vêtements sont dans le sèche-linge, dit-elle, embarrassée. Je suis allée au cimetière sous la pluie ; j'étais trempée, et…

— Ne te fatigue pas, ma belle. Tu diras à Conor que, la prochaine fois, il pense à fermer la fenêtre de sa chambre.

Carolyn rougit violemment.

— Oh non ! souffla-t-elle.

— Ne sois pas gênée ! Tu ne peux pas imaginer combien je suis soulagée. Depuis que Josie m'a appris qu'il envisageait d'épouser cette Gwen, je me ronge les sangs. Dieu merci, il a retrouvé ses esprits.

Carolyn ferma les yeux, s'efforçant de garder son sang-froid.

— Ecoutez, Fiona, ne tirez pas de conclusions hâtives.

Mme Rafferty prit le visage de la jeune femme entre ses mains.

— Vous êtes faits l'un pour l'autre, assura-t-elle. Conor le sait très bien. Et toi aussi, d'ailleurs. Acceptez-le une fois pour toutes. L'amour est un parcours semé d'embûches. Il faut savoir les contourner et avancer. Le jeu en vaut la chandelle.

*
* *

A son retour, Conor trouva Carolyn dans la cuisine, attablée devant une tasse de thé. Elle le regarda poser son sac et déballer ses provisions.

— Qui est Gwen ? lança-t-elle en avalant une gorgée de thé.

Le policier se retourna et prit un air délibérément vague.

— Oh, c'est une femme avec qui je suis sorti...

— C'est sérieux ? demanda-t-elle, l'estomac noué.

— Mais non ! On est juste... enfin, tu vois...

Sa voix s'éteignit. Il s'affaira à déballer ses provisions.

— Voilà qui est intéressant, parce que ta mère pense que tu as l'intention de l'épouser, déclara-t-elle dans son dos.

Elle vit ses épaules se raidir.

— Encore un coup de Josie ! marmonna-t-il, la mâchoire crispée. Je vais l'étrangler, celle-là !

Il se remit au travail, rouge de colère et d'embarras.

— Voilà pourquoi je ne dis jamais rien à ma famille, reprit-il. Ils ont le don de déformer mes propos et d'en tirer des conclusions erronées. J'ai simplement confié à Josie que Gwen avait abordé le sujet du mariage. Je n'ai jamais dit que j'envisageais de l'épouser.

— Compte tenu de ta réputation, tu devrais connaître les femmes, Rafferty.

— Quelle réputation ? demanda-t-il, abasourdi.

— D'après ma mère, tu as séduit toutes les femmes de la côte Est et leur as brisé le cœur.

— C'est bien ce que je disais ! Les gens ont le don de tout déformer.

— Le problème n'est pas là, Conor. Si Gwen a abordé le sujet du mariage, c'est qu'elle est persuadée que tu vas lui passer la bague au doigt.

Il plia avec soin son sac en papier, et le rangea dans un tiroir. Puis il s'approcha de Carolyn et s'accroupit devant elle.

— Caro…

— Quoi ? demanda-t-elle, le cœur battant.

Il la prit par les hanches et l'attira au bord de la chaise. Puis il s'insinua entre ses cuisses.

— Vois-tu quelqu'un qui s'appelle Gwen dans cette cuisine ?

— Non, répondit-elle, troublée.

Très lentement, il dégrafa le premier bouton de la chemise, puis le deuxième. Il pencha la tête, et la nicha entre ses seins. Malgré elle, Carolyn l'entoura de ses bras.

— Alors, je propose que nous parlions d'autre chose, murmura-t-il.

— Tu as déjà tué quelqu'un ?

Leurs assiettes vides étaient gluantes de sirop d'érable. Cela faisait longtemps que Carolyn n'avait pas mangé avec autant d'appétit.

— Une fois, répondit Conor. J'étais dans la police depuis trois ans.

Elle tendit la main vers lui et la posa sur son poignet.

— Que s'est-il passé ?

Leurs doigts s'entrelacèrent.

— Il y avait eu un braquage chez un débitant d'alcool. Lorna et moi, on est arrivés sur place les premiers. Les deux suspects étaient sous l'emprise du crack. Ils avaient abattu le commerçant, un vieil homme, et dérobé la caisse. Ils avaient tué le malheureux pour deux cents dollars. On les a pris au moment où ils s'enfuyaient. L'un d'eux est parti à pied. Lorna s'est lancée à sa poursuite. L'autre a pointé son pistolet sur moi. J'ai fait les sommations d'usage, je lui ai ordonné de poser son arme, mais il était complètement défoncé. Il agitait son flingue dans tous les sens, et il y avait un monde fou dans la rue : des femmes, des enfants... Le type s'est mis à tirer dans la foule. Alors, je l'ai abattu.

— Tu as dû en baver, ensuite.

— Je me suis senti vidé. Je savais que je n'avais pas le choix. J'avais fait mon devoir. Mais c'était un gosse de dix-neuf ans. Longtemps, son visage est venu me hanter, la nuit. J'ai pris quelques jours de repos, j'ai consulté le psychiatre de la police... J'ai mis du temps à me remettre.

— Moi, j'ai eu de la chance, dit Carolyn. Je porte une arme et je suis une excellente tireuse. Mais, entre tirer sur une cible et abattre un homme, il y a un gouffre. Parfois, je me demande comment je réagirais dans une situation comme celle que tu as vécue. Je serais peut-être incapable de franchir le pas ?

— Tu y arriverais, assura Rafferty. Quand on se

retrouve dans ce genre de galère, la conscience professionnelle reprend le dessus, et on fait son devoir.

— Je me réjouis de n'avoir jamais eu à tirer.

Elle se leva et entreprit de débarrasser la table.

— Qu'est-ce que tu comptes faire, d'ici jeudi ?

— J'ai un voilier, répondit Conor en prenant les tasses et les verres. A Cape Cod. Ma famille me tanne pour que j'aille naviguer un peu, histoire de me détendre.

Il se leva à son tour, et déposa son assiette dans l'évier.

— Je vais certainement faire un saut là-bas, conclut-il.

Carolyn se mit à faire la vaisselle.

— Et si tu m'accompagnais ? lança-t-il.

Les mains dans l'eau savonneuse, Carolyn leva vers lui un regard surpris.

— A Cape Cod ?

— Frank a une maison, là-bas. On pourrait faire de la voile, se promener sur la plage, se comporter comme des gens normaux pendant quelques heures. Ça fait trop longtemps que je travaille sur cette enquête. J'ai presque oublié ce qu'est la vie ordinaire.

« Ce serait une erreur », songea la jeune femme. Elle était peut-être déjà allée trop loin. Mieux valait mettre un terme à cette folie pendant qu'il en était encore temps.

— Je ne peux pas prendre de congés, répondit-elle vivement en rinçant une assiette. L'un de nous doit rester.

— Qu'est-ce qui te prend, Monahan ?

Il prit enfin l'assiette qu'elle lui tendait, et l'essuya.

— Qui a dit que tu ne pouvais pas prendre de congés ? Tu es là depuis déjà une semaine, et tu n'as pas décollé de ce foutu dossier.

Carolyn préféra le laisser croire qu'elle se préoccupait surtout de l'enquête.

— Je suis une obsédée du travail, déclara-t-elle.

— Arrête ! Je sais parfaitement que c'est un prétexte bidon.

Elle se sentit flancher.

— Si on part ce soir, on aura toute la journée de demain pour lézarder sur la plage. On pourrait rentrer jeudi matin. Ça ne représente jamais que trente-six heures d'absence. Si ça peut te rassurer, tu laisseras ton numéro de portable à Lorna.

Comme elle s'y attendait elle-même, elle finit par céder.

— D'accord. Mais, avant de partir, j'aimerais passer chez mes parents pour fouiller la chambre de Meg. J'ai l'impression que j'y trouverai peut-être un indice utile.

— Je t'accompagne. A moins que tu ne préfères que je reste à distance de Roberta.

Elle vida l'évier, et l'eau s'écoula en gargouillant.

— De toute façon, je suppose que ma mère est déjà au courant du tour qu'a pris notre relation. Fiona le sait depuis presque deux heures !

A en juger par l'expression de Roberta lorsqu'elle ouvrit la porte, Carolyn avait mal jugé Fiona. Sa mère les regarda fixement, les yeux écarquillés, comme si elle trouvait incongru de les voir ensemble. Elle posa sur sa fille un regard chargé de reproche. Des rides apparurent aux coins de sa bouche. Un peu gênée, Carolyn en vint à se demander si ce qu'elle venait de faire avec Conor était inscrit sur son front. C'était à la fois absurde et agaçant. Au cours des sept années qu'elle avait passées au FBI, elle avait affronté sans broncher un grand nombre de tueurs, mais elle se laissait encore intimider par sa mère.

Roberta se tourna vers Conor. Aussitôt, ses traits s'adoucirent au point qu'elle rajeunit de plusieurs années.

— Conor ! s'exclama-t-elle avec un enthousiasme dont Carolyn n'avait pas été témoin depuis dix ans. Entrez donc !

— J'espère que nous ne vous dérangeons pas, madame Monahan, dit-il poliment.

— Bien sûr que non ! assura-t-elle en rosissant de plaisir. Mais entrez ! Entrez donc !

Carolyn n'en revenait pas. En présence de Conor, sa pisse-vinaigre de mère se transformait soudain en midinette.

— Bonjour, maman, dit-elle enfin.

— Carolyn, pourquoi ne m'as-tu pas prévenue que tu amenais un invité ? lança Roberta sur un ton de reproche. J'aurais préparé quelque chose. Je n'ai qu'un gâteau que j'ai acheté au supermarché.

De toute évidence, servir une pâtisserie industrielle était un péché mortel. Carolyn sentit que sa mère allait lui faire payer cette bévue.

— De toute façon, dit Conor, nous ne restons qu'un instant.

— J'insiste ! dit Roberta. Assieds-toi donc et donne-moi des nouvelles de ta mère.

Elle se percha sur le bras d'un fauteuil, en face de lui, et lui adressa un sourire radieux.

— Maman, dit Carolyn, nous sommes venus te demander une faveur. J'aimerais voir la chambre de Meg.

Roberta se figea, et les dévisagea tour à tour.

— Meg ? répéta-t-elle. Pourquoi ?

Carolyn n'était pas encore disposée à tout dire à sa mère.

— Je cherche des indices susceptibles de nous aider à résoudre l'affaire sur laquelle nous travaillons.

Roberta prit soudain un air très dur.

— Il n'est pas question que je te laisse profaner la mémoire de ta sœur pour jouer les détectives, répondit-elle. Il faut laisser les morts reposer en paix.

Etrangement, Roberta reprenait, sans le savoir, les propos de Clancy Donovan.

— Maman, dit Carolyn en se penchant en avant, c'est très important. Ça peut nous aider à trouver l'assassin de Meg.

Le visage de Roberta trahit alors des émotions contradictoires : colère et ressentiment, chagrin et culpabilité. Elle chercha un soutien auprès de Conor, mais il se contenta de hocher la tête. Alors, elle se résigna.

— Bien, dit-elle. Tout est resté en l'état.

*
* *

La chambre de Meg était orientée vers le sud-ouest. Le soleil couchant teintait les murs de rose. Pas un grain de poussière ne venait ternir la propreté immaculée des lieux, mais Carolyn décela une odeur de renfermé. Elle ferma la porte pour ne pas entendre le brouhaha des conversations, dans le salon. Un poster grandeur nature de Jon Bon Jovi était accroché au-dessus du lit, et la jeune femme songea que son blouson de cuir noir allait mal avec son sourire juvénile. Sur le bureau, elle vit une ballerine en porcelaine que sa mère avait offerte à Meg pour ses neuf ans. Deux souches de tickets de concert étaient glissées sous le miroir, près d'une photo représentant Meg et Clancy, lors d'un barbecue. En apercevant le peignoir en éponge rose de sa sœur, pendu derrière la porte, Carolyn fut submergée par une vague de tendresse et de chagrin. Cela faisait des années qu'elle n'était pas entrée dans cette chambre, et elle n'avait plus le même regard. Pour la première fois, elle mesura à quel point Meg était jeune et innocente.

Et la culpabilité l'assaillit violemment.

Bien sûr, elle savait que le responsable de la mort de Meg était celui qui l'avait étranglée. Mais elle ne pouvait s'empêcher de penser qu'elle-même était aussi coupable que si elle avait serré les mains autour du cou de sa sœur. Si elle avait agi autrement, Meg serait aujourd'hui une avocate débordée de travail, mère de trois enfants, avec un mari aimant : un exemple parfait de femme moderne. Clancy serait père de famille, au lieu de dire la messe tous les dimanches. En oubliant Meg, ce soir funeste, Carolyn avait déclenché une catastrophe. Du moins en était-elle persuadée. Il ne lui restait qu'une chose à faire : trouver le coupable et l'envoyer en prison pour longtemps.

Elle s'efforça de retrouver la maîtrise d'elle-même. Grâce à son excellente formation d'agent fédéral, elle était capable de fouiller une pièce en dix minutes, sans que personne s'aperçoive, ensuite, qu'elle était passée par là. Mais, cette fois, c'était différent. Il s'agissait de la chambre de sa sœur, et elle avait un peu l'impression de commettre un sacrilège. Pourtant, elle n'avait pas le choix.

Elle commença par l'armoire. En regardant les vêtements, elle revit Meg, un jour d'été, à Revere Beach, vêtue d'une robe blanche ornée de rubans de satin. Elle riait, insouciante, en tenant son chapeau de paille pour qu'il ne s'envole pas.

Carolyn se mordit la lèvre et se força à continuer. Dans la poche d'un pull bien trop grand et troué par les mites, elle trouva un ticket de caisse de librairie et un chewing-gum à la menthe desséché. Elle les remit en place. Après l'armoire, elle s'attaqua à la commode : elle prit les deux billets de concert et les retourna, avant de les remettre sous le miroir. Elle fit de même pour la photo du couple. Pas le moindre message secret, aucun indice sur l'identité du tueur.

Quelqu'un frappa doucement à la porte et l'entrouvrit. Gerald Monahan apparut. Il était toujours aussi robuste et large d'épaules, mais son crâne se dégarnissait à une vitesse inquiétante. Il balaya la chambre du regard, et ses épaules se voûtèrent.

— Elle devrait se débarrasser de tout ça, dit-il d'un ton las. Mais elle refuse. Elle prétend que c'est tout ce qu'il lui reste. Moi, je trouve ça malsain. Elle n'a pas toujours été comme ça, tu sais ?

— Ah non ?

— Elle était si jolie, si mignonne, ta mère. Elle riait tout le temps, comme Meg. Le samedi soir, on allait danser. C'était la reine du bal. Les garçons se battaient pour danser avec elle. Quand vous êtes nés, tout a changé. Elle a arrêté de rire, de sortir avec moi. Elle prétendait qu'on n'avait pas les moyens de payer une baby-sitter, mais ce n'était qu'un prétexte. Je crois que la vie l'a aigrie. Elle détestait mon métier, le fait que je doive travailler les jours fériés, les jours d'anniversaire. Elle avait l'impression d'élever ses enfants seule. Quand Meg est morte, une partie d'elle-même est morte avec elle.

— Papa, je suis vraiment désolée…

— Tu n'as rien fait de mal.

— Bien sûr que si ! Tout est ma faute. Jamais je ne me le pardonnerai.

— Nom d'un chien, Carolyn, c'est vraiment ce que tu crois ? Ta mère et moi, on ne t'en a jamais voulu. Jamais ! Personne ne te fait de reproches.

— Moi, je m'en fais. C'est suffisant.

— Cette mort est un terrible coup du destin, voilà tout.

La jeune femme ferma les yeux un instant. Puis elle les rouvrit, et déclara :

— Nous avons des raisons de penser que l'étrangleur que nous recherchons en ce moment a également tué Meg.

— Et quelles sont ces raisons ? demanda l'ancien policier.

— Il m'a envoyé des photos de ses victimes, après leur mort. L'un des clichés représentait Meg.

Elle assista à la lutte intérieure que se livraient le policier aguerri et le père qui, au bout de dix ans, n'acceptait toujours pas la mort violente de sa fille. Il prit une profonde inspiration et hocha la tête.

— Fais ce que tu as à faire, Carolyn. Je me charge de ta mère.

Il referma la porte derrière lui, et la jeune femme reprit ses recherches, ouvrant les tiroirs pour soulever méthodiquement culottes et soutiens-gorge.

— Allez, Meggie, murmura-t-elle. J'ai besoin de ton aide…

Elle s'agenouilla près du lit, et glissa la main sous le matelas. Ses doigts rencontrèrent un objet dur. Elle s'en saisit et le dégagea. Toujours à genoux, elle découvrit le journal intime de sa sœur, objet qui lui était familier.

— Mon Dieu ! souffla-t-elle.

11.

« 12 juin 1992

» Clancy me met la pression, et je ne sais pas quoi faire. Il veut se marier tout de suite, mais j'ai encore quatre ans d'études à l'université avant d'entamer ma formation d'avocat. J'ai essayé de lui en parler, mais, d'après lui, ce n'est pas un obstacle. C'est vrai que l'université regorge d'étudiantes mariées, mais moi, je n'ai que dix-huit ans. Et puis, comment avoir la certitude qu'il est vraiment l'homme de ma vie ? Car je veux être sûre de mon choix. Pas question de me marier si je n'ai pas la certitude que c'est pour la vie. Quand j'en ai parlé à Clancy, il a ri en affirmant qu'il savait depuis l'âge de quatorze ans que j'étais la femme de sa vie. Il a simplement attendu que je grandisse. Parfois, il me fait peur quand il tient de tels propos. Il est si sûr de lui ! Peut-être est-ce parce qu'il est plus mûr que moi, parce qu'il a beaucoup vécu. Je ne sais pas. J'ai encore un tas d'expériences à vivre avant de me caser… D'un autre côté, si je refuse, il risque de manquer de patience. Et je ne veux pas le perdre. »

— Si tu continues, tu vas t'abîmer les yeux !

Carolyn se tourna vers Conor. Avec un soupir, elle

éteignit la petite lampe de l'habitacle, et se laissa bercer par le ronronnement du moteur, tandis que la voiture filait au cœur de la nuit estivale.

— On dirait presque que Meg avait peur de lui.

— Tu aurais dû laisser ce maudit journal à Boston. Tu es supposée te reposer.

— Je ne me repose jamais.

— J'avais remarqué.

— Et si Clancy était coupable ? Et si c'était lui, le tueur ?

— Dans ce cas, on le fera enfermer pendant deux cents ans.

Ils roulèrent un moment en silence, puis la jeune femme reprit la parole.

— Cette perspective devrait me réconforter, alors pourquoi suis-je toujours aussi angoissée ?

Sans répondre, Conor mit son clignotant et quitta l'autoroute. La petite route de campagne serpentait parmi les pins et les marais salants. Puis ils s'engagèrent sur un chemin de terre bordé de joncs qui se balançaient dans la brise marine.

— Nous sommes arrivés, annonça Conor en tournant dans une allée.

Un panneau indiquait : « Propriété privée. Défense d'entrer sous peine d'être dévoré. »

— C'est amusant, dit Carolyn. Bizarre, mais amusant.

— Frank a un humour un peu particulier.

L'allée aboutissait à une clairière. Une maison sur pilotis était nichée parmi les dunes parsemées de hautes herbes. Dès que le moteur se tut, Carolyn entendit le bruit des vagues. Elle descendit de voiture et s'étira. Néron se mit à renifler frénétiquement, et disparut derrière la maison. Rafferty prit les bagages. Carolyn le suivit sous le porche, puis dans la cuisine.

Pendant qu'il allait chercher les provisions, la jeune femme explora la maison de plain-pied. Elle était propre, aérée, simple et pleine de charme. Les meubles en rotin étaient assortis aux rideaux fleuris. Il y avait un téléviseur, un magnétoscope et une chaîne stéréo, ainsi qu'une bibliothèque garnie de livres de poche.

Carolyn posa son sac et le journal de sa sœur sur le canapé. Conor gravit les marches du perron, portant leurs provisions. Elle le laissa déballer le tout et alla contempler la plage, derrière la baie vitrée. Elle fit coulisser le panneau de verre, ôta ses chaussures et sortit sur la terrasse.

La pleine lune luisait haut dans le ciel, teintant la mer d'une lumière bleutée. Au bord de l'eau, Néron reniflait les algues. Si, à Boston, la soirée était douce, à Cape Cod, la brise marine était fraîche. La jeune femme ne put réprimer un frisson.

Elle entendait Conor s'affairer dans la cuisine, puis il mit de la musique : un air de blues. Et, soudain, il fut derrière elle.

— Tiens, dit-il en lui tendant un pull. Les nuits peuvent être froides, par ici.

— Merci.

Elle enfila le pull, et roula les manches qui étaient

trop longues pour elle. Conor posa deux verres sur la balustrade, et déboucha une bouteille de vin.

Carolyn prit son verre sans un mot. Dans un silence complice, ils burent côte à côte, en admirant la mer au clair de lune.

— Demain, on pourra faire une sortie en mer : il va faire un temps de rêve, dit Conor.

— Comment le sais-tu ?

— Il y a du vent ; le ciel est dégagé, sans un nuage. Les conditions idéales.

La jeune femme but une gorgée de vin, et s'appuya à la balustrade.

— Depuis combien de temps fais-tu de la voile ? demanda-t-elle.

— Cinq ans, dont deux sur ce voilier. Cette année, je ne suis sorti qu'une fois. S'il était amarré à Boston, je pourrais naviguer le soir, de temps en temps, dans le port ou sur le fleuve. Mais Cape Cod, c'est un peu loin. Je n'ai pas le temps de venir aussi souvent que je le voudrais. En ce moment même, je suis en train de penser à tout le travail qui m'attend à mon retour.

— Tu vois, c'est toi, l'obsédé du travail, lieutenant !

Il leva son verre et but une gorgée de vin.

— Je n'ai jamais su cloisonner ma vie, avoua-t-il.

— C'est inhérent au métier.

— Un métier qui finit par nous miner. A force d'être confronté à la mort violente, on devient blasé. Au début, on est touché, mais on s'endurcit très vite. Il le faut bien, pour supporter cette pression. Et puis, un jour, sur une scène de crime, en découvrant une mare de sang, on se rappelle qu'on doit passer chez le teinturier avant de rentrer chez soi. A ce moment-là, s'il nous reste un minimum de lucidité, on se demande si l'on est encore un être humain.

Elle glissa un bras sous le sien, rassurée par sa force et sa chaleur.

— Il faut être quelqu'un de très spécial pour faire ce que tu fais, pour se mettre en danger chaque jour, dit-elle.

— Je ne suis pas un héros, répondit-il d'un ton grave. Seulement un flic qui essaie de faire son boulot.

Les cheveux de la jeune femme voletaient sur son visage. Elle les écarta.

— C'est aussi ce qu'affirmait mon père.

— Et toi ? reprit Conor. Ton travail n'est pas de tout repos.

— Ce n'est pas la même chose. On n'est pas sur le terrain. Je passe le plus clair de mon temps dans un bureau, à analyser des données. Le pire danger qui me guette, c'est l'embonpoint.

Il lui adressa un sourire des plus troublants.

— En tant que lieutenant, je suis censé rester dans mon bureau, moi aussi.

— Tu parles ! dit-elle. En rentrant à Boston, rappelle-moi de te montrer où se trouve ton bureau.

Tenant toujours son verre, elle se blottit dans ses bras. Il enfouit le visage dans ses cheveux. Elle sentait les battements de son cœur, tandis que s'élevait la voix suave de Barbra Streisand.

— Tu sens bon, dit-il.

Elle enroula les bras autour de son cou, et ils se balancèrent au rythme langoureux de la musique. Conor avait toujours été un excellent danseur. Elle se laissa entraîner dans des ondulations si souples qu'ils ne renversèrent pas une goutte de vin. En croisant son regard, elle lut dans ses yeux des émotions qui étaient aussi les siennes. Par quel miracle se retrouvait-elle sur une plage de Cape Cod, en train de danser pieds nus avec un homme qu'elle n'avait jamais réussi à oublier ? Dans ses bras, elle n'avait plus peur de se tromper. Elle oubliait que, quand le dossier serait bouclé, elle retournerait en Virginie. Dans ses bras, plus rien n'existait : ni l'enquête ni la raison. Ils n'étaient plus qu'un homme et une femme aux prises avec leurs sentiments.

— Tu te souviens de nos dimanches soir ? murmura-t-il. Tu te souviens de ce qu'on faisait ?

Le cœur battant à tout rompre, Carolyn feignit une légèreté qu'elle était loin d'éprouver.

— Tu veux parler de nos parties de jambes en l'air torrides dans l'appartement de ton copain, pendant qu'il était de service au cimetière ? Comment s'appelait-il, déjà ?

Les yeux de Conor pétillaient de malice, mais son visage demeura sérieux.

— O'Halloran. Dennis O'Halloran. Et je pensais moins à nos parties de jambes en l'air qu'à ce qui les précédait.

Elle se rappela alors couleurs, sons et parfums.

— Le dancing de Revere. Ça faisait si longtemps que je n'y avais pas songé !

Il posa sa joue sur la sienne.

— On passait des heures à danser le slow. On était ivres de désir. Il fallait attendre que O'Halloran parte travailler pour pouvoir aller chez lui.

Carolyn ferma les yeux, soudain envahie par l'émotion.

— C'était le seul endroit où nous pouvions être seuls.

— Caro…

— Oui ?

— On est seuls, ici.

Elle ouvrit les yeux et croisa son regard. Puis elle posa son verre sur la balustrade et prit le visage de son amant entre ses mains.

— C'est vrai, murmura-t-elle.

Il siffla le chien, qui se mit à courir dans le sable pour regagner la maison. Puis il referma la baie vitrée, et éteignit les lumières.

Main dans la main, ils se dirigèrent vers la chambre.

Au milieu de la nuit, la jeune femme fut réveillée par Néron. Elle se retourna, désorientée par cette pièce inconnue, ce lit qui n'était pas le sien et ce corps masculin blotti contre elle. Rafferty l'enlaça et la serra dans ses bras.

— Conor, chuchota-t-elle, le chien aboie.

— Hmm, gémit-il.

Rafferty ne faisait jamais rien à moitié. Surtout pas dormir, tant les occasions étaient rares.

Carolyn se redressa, et l'observa au clair de lune, attendrie par sa barbe naissante, son souffle régulier.

Aucun autre homme ne la rendait aussi vulnérable. Si elle avait l'habitude de maîtriser ses émotions, Conor avait réussi à pénétrer la forteresse qu'elle avait dressée autour d'elle.

C'était leur première nuit ensemble. A vingt ans, ils vivaient encore chez leurs parents. Après chaque tête-à-tête chez O'Halloran, ils se rhabillaient et retournaient dans leurs chambres respectives. Cette intimité nouvelle ravit Carolyn, surtout parce qu'elle impliquait une confiance totale. Faire l'amour était une chose merveilleuse, mais dormir ensemble représentait un abandon tout aussi miraculeux.

Dans le salon, Néron aboyait toujours. Carolyn se libéra de l'emprise de son amant et se leva. En enfilant son pull, elle sentit son odeur musquée, et se remémora leurs ébats.

Néron jappait et grattait furieusement la porte de la cuisine. Carolyn scruta la pénombre. Rien. Elle alluma la lumière extérieure, mais ne décela que le mouvement des hautes herbes sur la plage. Dès qu'elle ouvrit la porte, le chien se précipita dehors. Museau à terre, il contourna la clairière, puis disparut dans les bois, derrière la maison.

— Néron ! appela la jeune femme en sortant à son tour.

Le vent fit voleter ses cheveux et lui donna la chair de poule.

— Néron ! répéta-t-elle. Reviens !

Pas de réaction, à part un bruissement dans les herbes sèches. Carolyn croisa les bras pour essayer de se réchauffer. Elle avait oublié combien les nuits pouvaient être fraîches, en Nouvelle-Angleterre, surtout sur la côte.

— Néron !

Le chien avait disparu, avalé par la pénombre. Les pieds dans le sable fin, elle demeura perplexe. Elle ne pouvait pas lui courir après, avec toutes les créatures qui traînaient dehors : chauves-souris, serpents, araignées, voire pire. Carolyn était une fille de la ville. Pas question pour elle de s'aventurer dans les bois en pleine nuit.

Soudain, elle eut l'impression qu'on l'observait. Mais elle refusa de s'y arrêter.

« Tu deviens parano ! » se dit-elle.

— Elégante, ta tenue, agent Monahan.

— Conor ! s'exclama-t-elle en sursautant. Tu m'as fait peur !

Sur le seuil, vêtu d'un simple jean, Conor avait tout d'un beau brun ténébreux.

— Qu'est-ce que tu fais là ? demanda-t-il.

— J'ai entendu Néron aboyer. J'ai essayé de te réveiller, mais tu étais KO. J'ai laissé sortir le chien, et il est parti.

— Rentre vite avant de prendre froid. Il va revenir.

En gravissant les marches, elle frôla le torse de Conor.

— Je crois qu'il y avait quelque chose, là-bas…

— Sans doute un raton laveur. Ils adorent venir fouiller les poubelles de Frank, la nuit.

Le policier émit un sifflement puissant. Quelques instants plus tard, le chien surgit des bois, débordant d'énergie, comme s'il était midi et non 3 heures du matin.

— Très efficace, ta technique ! dit Carolyn. Il faudra m'apprendre.

— Pour anéantir à jamais ta féminité ? Pas question.

Il balaya les alentours des yeux avant de refermer la porte.

— Rien à signaler, conclut-il en actionnant le verrou. On retourne se coucher.

C'était une journée magnifique pour une sortie en mer. Installée à la proue du voilier qui fendait les eaux, Carolyn ferma les yeux, le visage tourné vers le soleil, savourant le contact de l'écume salée, la caresse du vent dans ses cheveux.

— Je dois t'accorder cette qualité, Rafferty, déclara-t-elle : on ne s'ennuie jamais avec toi.

Conor, qui s'affairait autour de la voilure, leva la tête et lui sourit. Avec ses cheveux en désordre, il ressemblait à quelque dieu païen. Comment avait-il réussi à bronzer en passant l'été enfermé dans son bureau ?

— Tu veux dire que tu t'amuses ?

— Beaucoup.

Il l'observa avec attention, puis se pencha de nouveau vers ses cordages. Carolyn ignorait qu'il savait aussi se détendre. La métamorphose était saisissante. Dès qu'il avait posé un pied sur le *Lady*, le flic avait disparu pour laisser la place à un plaisancier du dimanche, libre et insouciant.

Ils étaient entourés de bateaux de toutes sortes, mais ils furent les seuls à s'aventurer parmi les îlots verdoyants, les criques ourlées de sable. Dans les marais, les hérons montaient la garde. Mouettes et cormorans tournoyaient au-dessus des vagues. Carolyn aperçut même une famille de phoques en train de lézarder au soleil, sur un rocher.

Tenaillés par la faim, ils jetèrent l'ancre dans une petite crique, gagnèrent la plage, et s'installèrent sur un rocher pour déjeuner.

Après leur pique-nique, ils allèrent s'allonger dans un champ de fleurs sauvages. La tête posée sur l'épaule de Conor, Carolyn se demanda comment il pouvait exister un tel paradis, à quelques heures de Boston.

— Le ciel est si bleu, dit-elle. Et si grand.

— Voilà ce qu'on voit quand on quitte la pollution et les gratte-ciel.

— Dis-moi, lieutenant, comment se fait-il que tu ne te sois jamais marié ? demanda-t-elle en se blottissant plus fort contre lui.

— Je suis marié avec mon boulot. Difficile de séparer vie professionnelle et vie privée.

— Encore ce fameux cloisonnement qui te pose tant de problèmes !

— C'est un problème pour nous tous, tu le sais bien. C'est pour ça qu'il existe un tel taux de divorces chez les flics. Nous sommes absents quand nos proches ont besoin de nous. La femme de Rizzoli, par exemple, elle est partie. Même quand il était à la maison, il était ailleurs.

Carolyn s'appuya sur son avant-bras, et cueillit distraitement une fleur.

— Je croyais que c'était à cause de son caractère de cochon qu'elle l'avait quitté.

— C'est vrai en partie, admit Conor avec un sourire. Et toi ?

— Moi ?

Elle se mit à lui chatouiller le nez avec la fleur qu'elle venait de cueillir. Il la repoussa gentiment.

— Oui, toi. Pourquoi es-tu toujours célibataire ?

— J'ai l'impression d'entendre ma mère. Il y a trente ou quarante ans, on m'aurait traitée de vieille fille.

Les yeux verts de Conor se mirent à pétiller. Un sourire apparut au coin de ses lèvres.

— Et quelle vieille fille ! Un véritable Clint Eastwood en jupons !

Il prit une mèche de ses longs cheveux blonds entre ses doigts, et ajouta d'un air beaucoup plus sérieux :

— Je n'apprécie pas du tout la façon dont ce type fait une fixation sur toi. A vrai dire, ça me terrifie.

— Ça n'est pas très professionnel, comme réaction, lieutenant !

— Tant pis. Il se trouve que tu comptes beaucoup pour moi. Sans doute un peu trop, au vu de notre passé.

Un long silence s'installa entre eux, le temps que Carolyn mesure toute la portée de ces propos.

— Je sais, dit-elle finalement. Toi aussi, tu comptes beaucoup pour moi.

Il fut le premier à retrouver ses esprits.

— Alors dis-moi, Monahan, pourquoi n'es-tu pas mariée et mère de famille ?

Elle s'écarta de lui et s'assit.

— En partie pour les mêmes raisons que toi. Le boulot. Je passe deux cents jours par an sur la route.

Elle se tut pour observer un chalutier, à l'horizon.

— J'ai vécu avec un homme pendant quelques années, reprit-elle. Il voulait se marier, pas moi. Alors, il est allé chercher ailleurs. Et il a trouvé. Je leur ai envoyé un cadeau de mariage. Ensuite, je suis restée seule un bon moment, jusqu'à ma liaison avec Richard.

— Ton chef.

— Mon chef. J'ignore comment et pourquoi c'est arrivé. Je n'ai pas l'habitude de coucher avec des hommes mariés et, normalement, je ne suis pas crédule. Je devais être particulièrement fragile, au moment où c'est arrivé. En tout cas, je me suis trompée. Ce n'était pas du tout mon genre d'homme.

— Et quel est ton genre d'homme ?

— D'abord, un homme qui ne ment pas.

— C'est un bon point de départ.

— Et toi, Rafferty ? Quel genre de femme recherches-tu ?

Il roula son T-shirt en boule et s'en servit d'oreiller.

— Je ne cherche pas.

— Mais si c'était le cas ?

— Si c'était le cas…

Il regarda en direction de son voilier, qui se balançait doucement sur l'eau.

— Elle ressemblerait sans doute beaucoup à ma mère.

— Ta mère ? dit Carolyn en haussant les sourcils d'un air stupéfait. Seigneur, Rafferty, tu vas passer le reste de ta vie à la chercher. Fiona est unique !

— Justement ! répliqua-t-il avec un petit sourire ironique.

En fin d'après-midi, ils décidèrent de rentrer au port. Carolyn aida Conor à tirer le voilier sur le sable. La maison était si calme qu'elle entendait le tic-tac de la pendule de la cuisine. Epuisé, Néron s'écroula sur le tapis, devant le canapé.

— Il fait encore chaud. Si on allait se baigner, avant le dîner ?

Dans la chambre, Carolyn enfila son Bikini, puis vérifia son image dans le miroir. Elle avait les cheveux secs comme de la paille, et sa peau avait légèrement rougi au soleil. Si elle ne s'enduisait pas de crème hydratante avant de se coucher, elle allait le regretter amèrement.

Elle remarqua alors un détail étonnant, au point qu'elle se pencha vers le miroir pour s'assurer qu'elle ne s'était pas trompée : elle avait l'air heureuse. Ça ne lui était pas arrivé depuis si longtemps qu'elle avait presque oublié à quoi elle ressemblait, dans ces moments-là. Mais elle venait de passer une journée parfaite, et elle préférait ne pas se poser de questions.

Conor l'attendait au bord de l'eau, son pantalon roulé sur ses mollets, les mains dans les poches. Tournant le dos à la mer, cheveux au vent, il la regarda venir vers lui.

— Coucou ! lança-t-elle.

Il glissa un doigt sous une bretelle de son Bikini.

— J'aime bien cette couleur, dit-il. Comment ça s'appelle ?

— Mandarine.

— Et cette chose à grosses fleurs…

Sa main glissa sur son ventre, vers l'intérieur de sa cuisse. Elle retint son souffle.

— Cette chose nouée sur tes hanches… ça s'appelle comment ?

— Un sarong, répondit-elle, pantelante. Tu sais, tu devrais sortir plus souvent.

— Mais je sors !

— Il paraît, oui.

Il sourit et l'attira dans ses bras.

— Il ne faut pas croire tout ce qu'on te raconte, dit-il avant de l'embrasser.

Elle posa une main sur son épaule, et enfouit l'autre dans ses cheveux. Sa peau avait un goût salé, et il sentait bon l'air du large. Ses longues mains entreprirent de détacher le haut de son Bikini.

— Qu'est-ce que tu fais ? murmura-t-elle.

— La situation n'est pas équitable : je suis en train d'arranger ça.

Il détacha sans peine le haut de Bikini et le lança au loin.

— Voilà. Nous sommes à égalité, maintenant.

— Tu es fou ! s'exclama-t-elle en regardant autour

d'elle. Au cas où tu ne l'aurais pas remarqué, il fait encore jour.

— C'est une plage privée. Il n'y a personne à des kilomètres à la ronde.

— Vraiment privée ? demanda la jeune femme, méfiante.

— Là-bas, il y a une réserve naturelle, expliqua-t-il. Et Frank est propriétaire des terrains environnants. Nous sommes les seuls êtres humains dans un rayon de cinq kilomètres.

— Tu veux dire que ton frère possède cinq kilomètres de plage à Cape Cod ? dit-elle, abasourdie.

— Ça paraît incroyable, je sais.

Il se pencha pour l'embrasser dans le cou. Fermant les yeux, elle se plaqua contre lui.

— Comment t'expliquer ? Disons que Frank a fait un beau mariage.

— J'en ai l'impression, souffla-t-elle.

— Beacon Hill, poursuivit-il entre deux baisers. Une vieille famille. Sheila était fille unique. A la mort de son père, elle a hérité de tout.

Il s'interrompit pour prendre ses seins dans ses paumes et les caresser à loisir.

— Ce n'est pas par hasard que Frank est devenu le roi du matelas. Son beau-père a financé son entreprise.

Les vagues venaient mourir à leurs pieds.

— Je croyais que tu voulais te baigner, lieutenant, dit Carolyn en rouvrant les yeux.

— Tout à l'heure. Pour l'instant, j'ai autre chose en tête.

— Tu es vraiment terrible, Rafferty.

— Si tu as des réclamations à faire, remplis un formulaire en triple exemplaire.

Il s'agenouilla devant elle, et traça du bout de la langue un sillon brûlant, partant de la vallée de ses seins jusqu'à son nombril.

— A déposer sur mon bureau demain matin sans faute…

Elle ne put s'empêcher de rire, saisie d'une bouffée de bonheur.

Conor leva la tête pour la regarder dans les yeux.

— Est-ce bien un rire que je viens d'entendre ? demanda-t-il. De la part de l'agent Monahan, si cynique, si sérieuse ?

— Je suis désolée. J'ignore ce qui m'a pris. Je vais tâcher de ne pas recommencer.

— Viens, dit-il en lui tendant la main. L'eau est excellente.

Dès qu'elle lui prit la main, il l'attira vers lui. Ils roulèrent dans le sable, sous les vagues, et s'embrassèrent à perdre haleine. En rouvrant les yeux, elle lut une lueur étrange dans son regard qui avait perdu toute espièglerie.

— Mon Dieu, Caro…, souffla-t-il.

Elle repensa aux paroles de Fiona : « Vous êtes faits l'un pour l'autre »… Elle lui ouvrit les bras, et ne pensa plus à rien pendant un long moment.

*
* *

Cela faisait bien dix ans qu'elle n'avait pas mangé un hot dog. Décidément, la cuisine du lieutenant Rafferty était succulente.

Quand elle fut rassasiée, elle s'écroula dans un fauteuil, à côté de lui. L'air frais, le soleil, sans oublier leurs ébats torrides… tout cela l'avait épuisée. Elle n'avait plus la moindre envie de lire le journal de sa sœur ou de reprendre ses recherches. Tout ce qu'elle voulait, c'était rester près de Conor, comme un vieux couple, et contempler le coucher de soleil.

Elle était sur le point de retomber follement amoureuse d'un homme qui n'était pas pour elle. Certes, il l'avait fait rire, alors qu'elle ne riait plus depuis longtemps, et il suffisait qu'il la frôle pour qu'elle s'embrase. Et puis, elle avait énormément de respect pour lui car il était resté humain, en dépit de son métier. Hélas, ils n'avaient aucun avenir ensemble. Il avait sa vie à Boston, une carrière brillante, une famille aimante… et une petite amie prénommée Gwen.

Quant à elle, dès son retour en Virginie, elle allait devoir chercher un emploi.

Rafferty était parfaitement intégré dans son quartier, alors qu'elle avait toujours eu l'impression d'y être une martienne.

De plus, il ne cherchait pas l'âme sœur.

Elle non plus, d'ailleurs. Elle sortait tout juste d'une liaison désastreuse. Elle n'allait pas se jeter une nouvelle fois dans la gueule du loup.

Elle songea à ce vide qui demeurait en elle, ce vide que Richard n'avait su combler, mais qui ressemblait fort à Conor Rafferty... Elle s'en voulut de son hypocrisie. Elle ne pouvait pas retenir Conor, point final.

Cependant, elle pouvait passer une dernière nuit avec lui, avant de revenir à la dure réalité. Demain, il serait temps de retrouver raison et logique. Demain, le carrosse redeviendrait citrouille. Mais, ce soir, elle dormirait dans ses bras, bercée par le bruit des vagues et les cris des mouettes.

Conor écrasa un moustique.

— Ces bestioles commencent à être féroces. Tu devrais enfiler des vêtements longs, sinon elles vont te dévorer.

Dans la maison, un téléphone se mit à sonner. Leurs regards se croisèrent, furieux de cette intrusion dans leur univers.

— C'est le tien ou le mien ? demanda Conor avec un soupir.

— Le tien.

Il alla répondre. Elle finit par lui emboîter le pas. Penché sur le comptoir de la cuisine, une main dans les cheveux, il semblait tendu.

— On arrive ! lança-t-il avant de raccrocher.

Il se retourna, le regard impénétrable. Carolyn connaissait cette expression.

— Conor ?

— On a un autre cadavre. Cette fois, il a laissé un message sur le corps. Un message qui t'est adressé personnellement.

— Je m'habille, dit la jeune femme, l'estomac noué.

— Il y a autre chose.

Elle se figea, alertée par une lueur dans son regard, une inflexion de sa voix. Elle eut envie de s'enfuir, mais c'était impossible. Elle avait une mission à accomplir.

— Elle n'a pas été étranglée, et le meurtre n'a pas eu lieu à Boston.

Le cœur de la jeune femme s'emballa. Elle devinait ce qu'il allait lui révéler, mais ne put s'empêcher de poser la question.

— Où ?

— A Manhasset. C'est à environ sept kilomètres d'ici. Il est là, Monahan. Il nous a suivis jusqu'ici.

12.

La scène du crime ressemblait à toutes celles qu'elle avait déjà vues en ville : l'effervescence, les querelles administratives, les curieux qui avaient foulé les lieux, détruisant le peu d'indices exploitables.

Un représentant des forces de l'ordre avait été dépêché sur place. Il était en grande discussion avec l'adjoint du shérif, et les deux hommes semblaient sur le point de s'entretuer.

Ils étaient en compagnie d'un troisième larron, vêtu d'un pardessus bleu marine et d'un pantalon au pli impeccable. Les bras croisés, bien campé sur ses jambes, il paraissait prêt à s'interposer s'ils en venaient aux mains. Il devait s'agir d'un inspecteur de police, songea Carolyn. L'arrivée de deux fonctionnaires de plus allait encore compliquer une situation déjà confuse. Officiellement, ils n'étaient pas en service. De plus, ils ne se trouvaient pas dans leur juridiction. Cependant, le tueur avait envoyé à Carolyn une invitation, et elle n'aurait manqué cela pour rien au monde.

En descendant de voiture, elle perçut une odeur âcre et familière qui se mêlait à celle de l'air marin. L'odeur de la mort. Combien de temps ce cauchemar allait-il encore durer ?

Carolyn et Rafferty montrèrent leur insigne à l'agent qui montait la garde, puis ils foulèrent le sable pour rejoindre les trois hommes. Interrompant leur discussion, ils se tournèrent vers les nouveaux arrivants, tels des chiens de chasse humant la brise.

— Monahan, FBI, annonça la jeune femme. Voici le lieutenant Rafferty, de la police de Boston. Vous avez quelque chose pour moi, je crois.

Les autres la dévisagèrent, bouche bée, comme s'ils venaient de voir un fantôme. Carolyn avait conscience que son apparence était peu adaptée aux circonstances : chaussures de sport, jean usé et sweat-shirt immense, emprunté à Conor.

— Je vous prie d'excuser ma tenue, messieurs. Je suis de repos.

L'homme au pardessus bleu fut le premier à se remettre de son étonnement.

— Nichols, dit-il en tendant la main à Conor. Brigade criminelle de la police d'Etat.

Les cheveux blond filasse, la mâchoire volontaire, l'inspecteur Nichols dégageait une autorité naturelle qui n'était pas sans suggérer une certaine compétence. Hélas, on ne pouvait pas en dire autant de ses compères.

— Qu'est-ce qu'on a ? demanda Conor.

— Une jeune femme de vingt et un ans, qui travaillait à la Pilcher's Tavern, un bar local que nous connaissons bien. De même que les membres du bureau du shérif. Elle a quitté son travail à minuit et demi, hier soir. D'après ce que nous savons, nul ne l'a revue, depuis. C'est une plage privée, ici : il n'y vient pratiquement personne. Et le corps était dissimulé par les hautes herbes. Elle a dû passer toute la journée sur place avant qu'on la découvre.

— Qui l'a trouvée ? demanda Carolyn, la gorge nouée.

— Un couple d'adolescents qui cherchaient un peu d'intimité. Cette découverte a dû calmer leurs ardeurs.

— Où est le message ? demanda Conor.

Il était rédigé sur une feuille de papier d'un modèle courant. L'écriture était assurée, audacieuse, et le contenu tout aussi direct :

« Celle-ci est un cadeau que je t'offre, Carolyn, en gage de ma haute estime. Nous nous verrons bientôt. Faites de beaux rêves, agent Monahan. »

Rafferty étouffa un juron.

Nichols s'éclaircit la gorge.

— Vous voulez sans doute jeter un coup d'œil à la victime ?

La jeune fille gisait parmi les hautes herbes qui se balançaient autour d'elle. A mesure qu'ils s'approchèrent, l'odeur de la mort se fit plus intense. Lorsqu'ils se penchèrent vers la malheureuse, Carolyn se crispa légèrement. Elle sentit la main rassurante de Conor sur son épaule.

La victime était nue. Elle avait un petit papillon tatoué sur l'épaule droite. Sur l'extérieur de sa cuisse, on distinguait nettement une morsure humaine. Elle avait l'arrière du crâne enfoncé, sûrement par un objet contondant. En revanche, il n'y avait pas beaucoup de sang. Elle n'avait pas été tuée sur place, simplement jetée là comme un vulgaire sac d'ordures.

Un assistant du coroner attendait de pouvoir l'envelopper dans un sac.

— Retournez-la, dit Nichols.

L'assistant obéit. La tête de la victime roula, comme si son cou était en caoutchouc.

— Le salaud ! murmura Conor en découvrant son visage.

Carolyn n'en croyait pas ses yeux. Cette jeune fille était sa copie conforme. Elle comprenait enfin pourquoi les policiers l'avaient tous dévisagée, quelques instants plus tôt : la victime lui ressemblait trait pour trait.

« 7 juillet 1992

» Johnny prétend que Clancy n'est qu'un égoïste, qu'il se fiche pas mal de mes sentiments. Il pense que je devrais faire ce que je veux, au lieu de me laisser influencer par Clancy. Johnny est l'homme le plus raisonnable que je connaisse. Lui, au moins, il se préoccupe vraiment de ce que je ressens. Il ne me dit jamais ce que je dois faire. Il m'écoute, il m'accorde de l'importance en tant que personne. On ne peut pas en dire autant de Clancy, qui ne me considère que par rapport à lui. A ses yeux, je ne suis pas une personne autonome : je ne suis que sa petite amie, un prolongement de lui-même. Mais il n'est pas au bout de ses surprises, car je ne passerai pas ma vie dans son ombre. »

Carolyn éteignit sa minuscule lampe de poche, et la glissa dans le journal pour marquer la page. Puis elle scruta la pénombre qui régnait autour de la voiture. Qui pouvait bien être ce Johnny ? Sa sœur ne lui avait jamais parlé de lui. Il devait s'agir de l'un de ses nombreux admirateurs. Meg avait un tas d'amis, et beaucoup de prétendants. Elle attirait les gens comme le miel attire les abeilles.

Caro s'étira la nuque et roula les épaules, cherchant à se détendre. En vain.

— C'est lui qui est venu, cette nuit, près de la maison, n'est-ce pas ? C'est lui qui a fait aboyer Néron.

Conor ne lui répondit pas. En se tournant vers lui, elle reconnut son expression fermée, sa mâchoire crispée. Il devait être épuisé.

— Je sais que tu n'as pas envie d'entendre ça, dit-il enfin, mais tu devrais peut-être te retirer de l'enquête. Faire tes bagages et retourner en Virginie. Garder un profil bas jusqu'à ce que le dossier soit clos.

— Tu es fou ? On est sur le point de l'avoir ! Ce meurtre est différent des autres. Il est plus brutal, moins contrôlé.

— Ce n'était qu'une répétition générale du tien, Monahan. Tu n'as pas l'air de bien t'en rendre compte.

— Je ne suis pas d'accord avec ça, Rafferty. Notre homme commence à se dissocier. J'ai déjà assisté à des cas similaires. Bundy a fait la même chose, et c'est ce qui l'a perdu. Il a commencé à être négligent. Il est passé de la strangulation aux coups mortels. Et c'est à ce moment-là qu'il s'est fait prendre.

— Ecoute, je connais cette affaire, moi aussi. Si notre type est en train de se *dissocier*, comme tu dis, plus aucune femme n'est en sécurité. Et je préfère que tu ne figures pas sur la liste des victimes potentielles.

— Tu oublies une chose, Rafferty. Je n'ai rien d'une jeune fille naïve. Je suis une professionnelle aguerrie qui a déjà eu affaire à des tueurs comme celui-ci. Je sais très bien ce que je fais.

— Et combien de ces tueurs t'ont prise pour cible ?

Elle ouvrit la bouche, mais se rendit compte qu'il avait raison.

— C'est bien ce que je pensais, reprit le policier. Ce type épie le moindre de tes gestes. Il nous a suivis jusqu'ici. Je ne crois pas qu'il soit question de Meg. Peut-être n'a-t-il jamais été question d'elle. C'est à ton propre passé que nous devrions nous intéresser, et non au sien.

Au-dessus des arbres, le ciel commençait à s'illuminer. Ils roulèrent en silence, tandis que la jeune femme retournait mille questions dans sa tête, en quête d'un détail qui aurait pu leur échapper. Mais elle ne trouva rien. Les pièces du puzzle étaient trop éparpillées.

— J'y ai déjà songé, admit-elle. Au fil des années, j'ai fait enfermer bon nombre de tueurs... Mais tout cela ne rime à rien. Comment aurait-il pu savoir que j'étais chargée de ce dossier ? Et puis, la photo de Meg était authentique. Ce type joue un jeu, et il a décidé que j'étais l'unique adversaire digne de son attention.

— C'est flatteur !

Carolyn se tut et ferma les yeux, cédant à l'épuisement. Puis elle reprit :

— Parfois, je me dis que je devrais ressentir davantage de compassion.

— Pour les victimes ?

— Non, pour les tueurs.

— Ils ne méritent pas de compassion. Ce sont des monstres.

Elle rouvrit vivement les yeux.

— Peut-être, mais ils n'agissent pas de leur plein gré. Ils sont mus par des pulsions qu'ils ne maîtrisent pas.

— Nous sommes tous responsables de nos actes, Caro.

— C'est vrai tant que nous sommes à même de distinguer le bien et le mal. Sur le plan éthique, je suis d'accord avec toi. Mais, sur le plan psychologique, je n'en suis pas certaine. Qu'est-ce qui pousse un homme à tuer encore et encore ? Qu'est-ce qui crée cette compulsion si puissante qu'il ne peut que lui obéir ? Nous ne le saurons sans doute jamais.

— Mais la loi reste la loi. Et la mort est irrémédiable.

— Tu parles vraiment comme un flic ! Moi, je ne suis pas seulement flic. Je suis aussi psychologue. Je n'ai pas forcément le même point de vue que toi.

— Je vois. Tu fais partie de ces humanistes qui versent dans l'angélisme et considèrent qu'il faut réhabiliter tous les détenus et les remettre en liberté.

Elle ne put s'empêcher de sourire.

— Tu oublies une autre facette de ma personnalité,

Conor. La radicale, qui prône l'autodéfense et la libre circulation des armes à feu.

— Je suis ravi qu'on ait clarifié la situation.

— Un jour, j'ai rencontré Ed Kemper, dit-elle. J'étais toute jeune dans le métier, et je travaillais en Californie avec des agents aguerris. Ils ont voulu faire un saut à Vacaville pour saluer Kemper, et ils ont accepté que je les accompagne. Ed est l'un des hommes les plus impressionnants que j'aie jamais rencontrés. Non seulement il était énorme, mais je l'ai trouvé intelligent, clairvoyant, avenant. Et il avait beaucoup d'humour. Il m'a plu, figure-toi. Tu as entendu parler d'Ed Kemper ?

— Ce nom me dit quelque chose.

— Quand il était adolescent, il a abattu ses grands-parents, comme ça, sans raison apparente. Il a passé un certain temps dans une structure pour adolescents. Les médecins estimaient qu'il ne fallait pas le rendre à sa mère. Mais les autorités de Californie l'ont déclaré guéri. Dès sa majorité, ils l'ont renvoyé chez lui. En l'espace d'un ou deux ans, il a violé et étranglé une demi-douzaine de ses camarades. Il a même trimbalé la tête de l'une d'elles dans sa voiture, pendant un moment. Ensuite, il a frappé sa mère à mort, et a tué la meilleure amie de celle-ci, avant d'appeler les flics pour se rendre.

Elle s'interrompit un instant.

— Un type vraiment sympa, Ed. Un prisonnier modèle. Mais il reconnaît lui-même qu'il a un monstre en lui. Il sait pertinemment que si un imbécile commettait la folie de le libérer, il recommencerait à tuer. C'est dans sa nature.

Quand ils arrivèrent au Boylston House, le ciel se teintait de rose. Julio, le portier, fit mine de ne pas remarquer que la jeune femme rentrait à 5 heures et demie du matin, en compagnie d'un homme fort séduisant. La discrétion était le maître mot, au Boylston.

Conor se gara, puis se tourna vers Carolyn et la prit par l'épaule. Elle avait déjà préparé son petit discours. Elle avait eu tout le temps de réfléchir, durant le trajet.

— Merci, lui dit-elle. En dépit des événements, j'ai passé un très bon moment.

— Il y a un mais, je suppose.

— Oui. Le *mais*, c'est qu'il ne faut pas continuer sur cette voie. Tu as ta vie, j'ai la mienne… Nous risquons de nous faire du mal.

L'espace d'un instant, elle se plongea dans ses yeux verts et faillit s'y noyer.

— Et nous travaillons ensemble, reprit-elle. La situation peut devenir délicate. Il ne faut pas se laisser distraire de l'enquête. Voilà pourquoi je pense qu'il vaut mieux s'arrêter là.

— Je suis d'accord, répondit-il. Tu as parfaitement raison.

Abasourdie, elle cligna des yeux. Elle ne s'attendait pas à une telle réaction. Elle pensait, au contraire, qu'il chercherait à la faire changer d'avis.

— Bon, dit-elle, se sentant un peu stupide.

— On a déjà essayé, une fois, il y a longtemps, reprit Conor. Ça n'a pas marché. Ce n'est pas un drame.

— Non, en effet.

— Alors, à plus tard, conclut-il en se penchant pour ouvrir la portière. Essaie de dormir.

Il la congédiait comme une domestique ! Il la chassait de sa voiture et de sa vie, comme ça, alors qu'elle pensait être l'initiatrice de cette rupture. Il la larguait sans ménagement et avec une telle habileté qu'elle n'avait rien vu venir. Atterrée, mortifiée par cet affront, elle prit son sac, le journal de Meg, et descendit de voiture. Quand elle eut claqué la portière, ils se dévisagèrent longuement à travers la vitre.

Puis Conor démarra.

Conor raccrocha et s'adossa au dossier de son fauteuil. Tout en jouant distraitement avec son stylo, il regarda par la fenêtre. Dans la rue, la circulation était toujours aussi intense. De gros nuages sombres s'amoncelaient dans le ciel, à l'image de son humeur. Il pivota pour observer les clichés accrochés au panneau d'affichage. Il y en avait six. Sept, avec la victime de Manhasset. Sept jeunes femmes mortes. Et combien à venir, s'il ne capturait pas rapidement le tueur ? Etait-ce une illusion, un effet de sa propre culpabilité, ou bien ces regards étaient-ils accusateurs ?

L'enquête se dirigeait droit dans le mur. Il avait l'impression d'errer au cœur d'un labyrinthe. Il posa son stylo et se passa les mains dans les cheveux. S'il ne trouvait pas une piste sérieuse très rapidement, l'enquête allait capoter. Sa carrière serait ruinée.

Carolyn n'allait pas apprécier ce qu'il venait de faire. Elle citait souvent son expérience au FBI, comme si cela la rendait invincible. Or, le tueur ne semblait guère impressionné par sa carte de visite. Il avait déjà assassiné sept jeunes femmes, peut-être davantage. Ses intentions étaient claires : il voulait Carolyn, et il ferait tout pour l'avoir. Mais il n'était pas question de la laisser à la merci de ce monstre. Dans la matinée, il avait passé des coups de téléphone afin d'organiser sa protection. Elle allait piquer une crise, mais il ne céderait pas. Tant que l'affaire ne serait pas résolue, elle devait être protégée jour et nuit.

Il ne voulait même pas songer à la nature de leurs relations. Il existait entre eux une sorte d'attraction fatale sans rapport avec la raison, la logique, leur passé, le rôle qu'ils jouaient dans l'enquête. Cette attirance existait depuis ce fameux soir, dix ans plus tôt, où il était entré dans le bar de son père pour trouver l'amie d'enfance de Josie en train de servir de la bière avec un sourire irrésistible.

Il ne pouvait pas s'engager dans une histoire vouée à l'échec. Ils avaient bien fait de se séparer tout de suite. C'était la seule solution.

Alors, pourquoi était-il si contrarié ?

— Merde ! grommela-t-il pour lui-même.

— Bonjour ! lança Lorna, depuis le seuil. Tu as passé une bonne journée de repos ?

Les yeux plissés, il observa sa silhouette élancée.

— Je passais un très bon moment, jusqu'à ton coup de fil qui a tout gâché.

— Tu me connais : quand je peux rendre service...,

répliqua-t-elle avec un large sourire. Au fait, j'ai gagné le concours.

— Quel concours ?

— Au bureau, on a tous parié sur le temps que tu mettrais à coucher avec le ravissant agent Monahan, et j'ai gagné.

« Nom d'un chien ! » songea-t-il en prenant sa tasse pour boire une gorgée de café. Il était froid.

— Ce n'est pas ce que vous croyez, affirma-t-il.

— Allons, Conor, ne me dis pas que tu n'as pas couché avec elle !

— Ce n'est pas ce que vous croyez, répéta-t-il sèchement.

— Je vois, dit Lorna d'un air entendu.

Irrité, il posa vivement sa tasse.

— Il n'y a rien à voir ! Tu comptes rester devant la porte toute la journée ? Je peux espérer te voir travailler un peu ?

— Tu es bien susceptible, aujourd'hui.

— Qu'as-tu trouvé dans l'agenda de Clancy ?

Elle écarta une pile de documents, et se percha sur un coin du bureau.

— Rien. Il n'a d'alibi pour aucun des meurtres.

— Et pour mardi soir ? Vérifie ce qu'il a fait, s'il s'est rendu à Manhasset. Je veux des témoins, des certitudes.

— J'ai déjà vérifié. Je l'ai appelé, ce matin, à la première heure. Il m'a dit qu'il était seul chez lui, mardi soir, et qu'il avait regardé la télé avant d'aller se coucher.

Pas de témoins, pas d'alibi. D'après son assistant, il était au travail à l'heure habituelle, hier matin.

— Génial. Rien d'autre ?

— J'ai pensé que tu trouverais ça intéressant, dit Lorna en ouvrant un dossier pour lui tendre une liasse de feuillets. C'est arrivé hier. Des réponses des autres juridictions.

Conor parcourut la première page, se figea, et leva les yeux vers sa collègue.

— Trois homicides non résolus, confirma Lorna. Daytona Beach, Milwaukee, Chapel Hill. Tous identiques aux nôtres. Il semble que notre homme ait voyagé.

— Tu as vérifié les dates ? demanda Conor tout en parcourant les autres comptes rendus.

— Ils ont tous eu lieu après l'affaire Monahan et avant notre premier dossier. Il est tout à fait possible qu'il s'agisse de l'homme que nous recherchons.

— Pourquoi aurait-il voyagé de cette façon, pendant neuf ans, pour revenir ensuite à Boston ? Une mutation professionnelle, peut-être ?

— Peut-être. Dans ce cas, quel métier pouvait-il bien exercer ?

— Militaire de carrière ? Commercial ?

— Routier ?

— Cadre moyen qui change de poste tous les deux ans ?

— Forain ?

— Pilote de ligne, steward, conducteur de bus ? Bon sang, dit Conor en rangeant le dossier. Si, au moins, on avait son ADN ! Ce type est très fort. Pas de sang, pas de cheveux, pas de sperme, pas même une goutte de salive. A croire qu'il porte une combinaison étanche.

— Il est certainement de Boston, dit Lorna. Il a dû grandir ici. Il est peut-être revenu pour s'occuper d'un parent âgé.

— Ou pour conclure.

— Conclure ?

— Il est venu boucler la boucle. Il faut peut-être y voir un symbole. Il a besoin de finir là où il a commencé.

— Seigneur, Conor, ça ne te réussit pas de dormir avec une profileuse !

— Laisse tomber, Lorna ! Ce que je cherche à découvrir, c'est ce qui fait agir ce type. Les tueurs en série sont complexes. Ils ne tuent pas uniquement par jalousie, avidité ou vengeance. La plupart du temps, leurs mobiles sont même incompréhensibles.

Il tapota le bureau du bout des doigts.

— J'ai chargé un flic en civil de surveiller Monahan, confia-t-il à sa collaboratrice. Elle ne va pas apprécier.

— Tu crois qu'il est à ses trousses ? demanda Lorna en le regardant droit dans les yeux.

— Il nous a suivis à Cape Cod. Là-bas, il a tué une fille. Elle et Carolyn se ressemblaient comme deux gouttes d'eau. Et il lui a laissé un message personnel... Oui, je crois qu'il a fait une fixation sur elle, et je ne veux pas qu'elle coure le moindre risque.

Il réunit toute l'équipe pour faire le point. Carolyn brilla par son absence.

— Le rapport sur la voiture de Katie Perry est arrivé ce matin, annonça-t-il. Il y avait des empreintes partielles sur le tableau de bord, les poignées de portières et même le pare-chocs, mais elles n'ont rien donné. Katie Perry avait dix-huit ans. Elle a dû trimbaler un tas de copains dans sa voiture. Mais aucun d'eux n'a un casier. Elle a soulevé le capot elle-même. Il y avait ses empreintes partout. On ne s'attendait pas à un résultat probant. Notre homme est trop malin.

— Ça valait le coup d'essayer, dit Greg Lassiter.

— Oui. D'autant plus qu'on a quelque chose qui va peut-être nous permettre d'avancer, dit Conor.

Il évoqua les trois affaires non élucidées.

— J'ai demandé les rapports complets aux juridictions concernées. Je vais les décortiquer moi-même avec soin.

Il saisit son presse-papiers de verre.

— Du nouveau sur l'affaire Monahan ? demanda-t-il.

Hailstock poussa un soupir et se gratta la tête.

— C'est laborieux. Mendez et moi, on a passé deux jours à relire les dépositions prises depuis le mois d'avril. On a pu éliminer quelques suspects qui ne vivaient pas ici à l'époque de la mort de Meg Monahan. Certains étaient en prison. Mais il va nous falloir un temps fou pour revenir dix ans en arrière. Mendez a pris sa journée. Je suis tout seul, ce qui n'arrange rien.

— O.K. Abrams, Rizzoli ?

— On a étudié le dossier Monahan, répondit Ted. Rien, pour l'instant, mais on va recommencer.

— D'accord. Lassiter et Smith ?

— On arrive en fin de liste, répondit Smith. On devrait avoir du concret cet après-midi.

— Les gars, vous avez bien travaillé. Réunion demain matin. Entre-temps, vous savez où me trouver.

13.

« 11 août 1992

» Ce soir, j'ai annoncé à Clancy que tout était fini entre nous. Dire qu'il l'a mal pris serait encore loin de la vérité. Je ne l'avais jamais vu dans un tel état. Il était totalement hors de lui. Il m'a affirmé que je fichais ma vie en l'air. Il est persuadé que je reviendrai vers lui dès que j'aurai compris à quel point je me suis trompée. Il me fait peur avec ses sautes d'humeur. Johnny est si différent… Il me permet d'être en accord avec moi-même. Je suis vraiment amoureuse de lui. Vivement que je puisse lui dire que j'ai rompu avec Clancy et que je suis libre pour lui ! »

Cela faisait deux heures que Carolyn était plongée dans le journal de sa sœur. Elle dut revenir en arrière et relire cet extrait précis pour bien en mesurer les implications. Oubliant la migraine qui ne la quittait plus, elle se redressa.

Moins d'une semaine avant sa mort, Meg avait rompu ses fiançailles. Il devait y avoir un rapport entre les deux événements. Carolyn ne croyait guère aux coïncidences. D'autant plus que la jeune fille n'avait pas cru bon de parler de cette rupture à sa famille.

Etait-il possible que Clancy l'ait tuée dans un accès de jalousie ? Carolyn s'efforça de se rappeler Clancy à vingt-quatre ans, mais ses souvenirs étaient flous. Elle ne revit qu'un jeune homme impétueux, au caractère changeant.

Mais qui était donc ce mystérieux Johnny ? Il avait fallu qu'il soit très persuasif pour arriver à s'insinuer entre Meg et Clancy. Aimait-il sincèrement la jeune fille ou l'avait-il simplement utilisée pour servir ses propres intérêts ? S'il avait eu des intentions honorables, il serait venu voir la police, après la mort de Meg. Et pourquoi n'était-il pas présent, lors de ses funérailles ? Pourquoi n'était-il pas allé frapper à la porte de sa mère ?

Mille questions se bousculaient dans la tête de Carolyn. Quelqu'un, quelque part, connaissait toutes les réponses. Un homme savait ce qui était arrivé à Meg. Tapi dans l'ombre, il jubilait en regardant les flics se prendre les pieds dans le tapis. Carolyn devait l'admettre : il était intelligent. Intelligent, sournois et rusé, car il avait, jusqu'à présent, réussi à échapper à la police. Seulement, tôt ou tard, il allait commettre une erreur fatale et se faire épingler.

Elle devait absolument faire part de sa découverte à Conor. En tant que professionnelle, elle ne pouvait laisser ses sentiments personnels entraver l'enquête. N'était-ce pas la raison pour laquelle elle avait décidé de rester à distance de Conor, dès le départ ? Elle l'avait appris à ses dépens avec Richard : le lieu de travail n'était pas l'endroit idéal pour vivre une histoire d'amour.

Mais pourquoi souffrait-elle autant ? Elle n'était,

pourtant, plus une midinette en proie à ses premiers émois amoureux. A trente-deux ans, elle avait connu d'autres hommes. Elle n'avait jamais manqué de prétendants. En quoi Conor Rafferty était-il différent des autres ? Pourquoi était-il le seul homme au monde à lui déchirer le cœur ?

Etouffant un juron, elle décrocha le téléphone et composa un numéro qu'elle connaissait par cœur. Elle n'avait pas le temps de se lamenter sur son sort. Elle se laisserait aller plus tard, quand l'enquête serait bouclée et que Conor ne serait qu'un lointain souvenir. Pour l'heure, elle avait du pain sur la planche.

— Rafferty, répondit-il un peu distraitement.

Sa voix donna des frissons à la jeune femme, qui se redressa fièrement.

— J'ai quelque chose à te dire, déclara-t-elle. Figure-toi que Meg avait rompu avec Clancy.

Le silence s'installa.

— Qu'est-ce que tu racontes ? demanda-t-il enfin.

— Environ une semaine avant sa mort, Meg a rompu avec Clancy. Elle l'a largué pour ce Johnny dont elle parle sans cesse dans son journal. Je n'aime pas ça. Cette rupture est un peu trop proche de sa mort pour que ce soit une coïncidence.

— Merde… Ça se complique.

— Mais non, ça s'éclaircit, au contraire ! Apparemment, Clancy l'a très mal pris.

— Formidable…

La jeune femme poussa un long soupir.

— Tu l'ignorais, toi aussi ?

— Oui. Clancy n'en a jamais rien dit.

— Il faut absolument découvrir qui est ce Johnny. J'ai l'impression qu'il détient la clé de l'énigme… Quelqu'un doit bien savoir de qui il s'agit. Meg s'est certainement confiée à un proche.

— Ta mère, peut-être ?

— J'en doute. Elle aurait eu trop peur de se faire rabrouer à cause du mal qu'elle faisait à Clancy.

— Elle a peut-être parlé à Mike, ou à une copine.

Meg n'avait pas l'habitude de faire des confidences à leur frère aîné. Il n'était pas impossible qu'elle ait parlé à Mike, mais c'était quand même fort improbable, songea Carolyn. C'était à elle que Meg s'était toujours confiée. Or, cet été-là, elle était trop accaparée par sa propre histoire d'amour pour accorder du temps à sa cadette.

Une fois de plus, la jeune femme se sentit submergée par un sentiment de culpabilité terrible. Meg s'était peut-être tournée vers Mike, finalement. En tout cas, elle se serait plutôt confiée à lui qu'à leur mère. Il l'avait toujours adorée.

— J'en parlerai à Mike, déclara-t-elle. Quant aux copines, Meg en avait des tas. Mais elle n'était vraiment proche que d'une seule, Louise Doherty. J'ignore où elle se trouve, aujourd'hui. Je ne l'ai pas revue depuis l'enterrement de Meg.

— Moi, je le sais. Elle est mariée à Bobby Moriarty, et elle vit toujours dans le quartier sud. Il est peut-être temps pour moi de renouer avec d'anciennes connaissances. Caro…

Elle ne dit rien, mais son cœur battait à tout rompre.

— Moi aussi, j'ai quelque chose à te dire, reprit-il. Ce matin, je t'ai fait mettre sous protection policière.

Elle crispa les doigts sur le combiné.

— Comment ?

— Il y a un inspecteur en civil devant ta porte. Il s'appelle Policzki. Il ne te quittera pas d'une semelle. Sois sympa, ne lui rends pas la tâche trop difficile. Il fait son boulot, rien de plus.

Carolyn sentit une vague de colère monter en elle.

— Nom d'un chien, Conor, je ne suis pas une citoyenne lambda ! Je n'ai pas besoin d'une nounou.

— Fais-moi plaisir, comporte-toi comme s'il n'était pas là.

— Cela signifie-t-il qu'il va dormir dans ma chambre, sur un lit d'appoint ? Devra-t-il me suivre dans la salle de bains ? On ne sait jamais qui peut se cacher derrière le rideau de douche !

— Je suis sûr qu'il restera discret. Il vérifiera qu'il n'y a personne derrière le rideau, puis il te laissera seule.

— Conor !

— Je plaisante. Tu as vraiment perdu ton sens de l'humour. Ecoute, tu ne remarqueras même pas sa présence. Je fais ça dans ton intérêt, tu sais ?

Le téléphone à la main, la jeune femme gagna la porte de sa chambre et regarda dans le judas. Un homme vêtu d'un costume anthracite et d'une cravate rouge se tenait dans le couloir. Son attitude semblait nonchalante, mais son regard indiquait qu'il était en alerte permanente.

— Seigneur, Conor, c'est un gamin ! Il ne ferait pas de mal à une mouche.

— C'est un flic décoré qui vient de passer inspecteur, et il a vingt-cinq ans. Sois sympa avec lui. Tu es son premier agent spécial.

— Quoi ? hurla-t-elle.

— Tu ne changeras jamais. Appelle-moi plus tard.

Sur ces mots, il raccrocha.

Quand elle ouvrit la porte, le jeune homme se redressa vivement.

— Inspecteur Policzki, je présume.

— Agent Monahan.

— Votre insigne, je vous prie.

Policzki sortit son insigne de sa poche et le lui tendit. Carolyn l'examina avec soin, puis toisa son propriétaire avant d'opiner.

— Le lieutenant Rafferty a ordonné une protection sur votre personne. Il a des raisons de croire que votre vie est menacée.

— Je sais ce que pense le lieutenant. Et je ne dis pas qu'il se trompe. Mais je trouve insupportable d'être traitée comme une petite chose fragile. Je n'ai rien d'une poupée Barbie, alors ne vous mettez pas sur mon chemin, Policzki, et tout se passera bien. C'est compris ?

Il croisa les bras.

— Compris. Mais il faut que vous compreniez une chose, vous aussi : je n'ai pas d'ordre à recevoir de vous. Vous n'avez aucune autorité sur moi. J'en réfère au lieutenant Rafferty et à personne d'autre. Alors, tant que vous n'essaierez pas de me semer ou de me faire tourner en bourrique, tout ira bien, c'est compris ?

Elle devait l'admettre, ce gamin avait du cran.

— Nous nous comprenons parfaitement, répondit-elle.

Une partie de la rue était rendue inaccessible par des barrières de sécurité. A l'intérieur du périmètre, deux robustes ouvriers attaquaient le trottoir à coups de marteaux piqueurs, soulevant un nuage de poussière qui formait une couche brune autour d'eux. Une bétonneuse garée au bord du trottoir déversait son contenu dans les entrailles du sol. Une grue souleva une poutre d'acier, au milieu de la cacophonie des travaux.

A un étage supérieur de la charpente du bâtiment, le contremaître s'approcha d'un ouvrier coiffé d'un casque jaune, et lui cria quelques mots à l'oreille. Sa perceuse se tut soudain, et l'ouvrier se tourna vers Carolyn. La jeune femme lui adressa un signe de la main. Les deux hommes échangèrent quelques mots, puis le frère de Carolyn posa son outil et se dirigea vers le monte-charge.

Elle le regarda venir à sa rencontre, contournant brouettes et tuyaux. Mike était le seul de la fratrie à avoir hérité des cheveux roux et du teint rubicond de leur père, sans parler de sa silhouette trapue. Carolyn n'avait pas vu son frère depuis six ans. Il avait vieilli. A trente-cinq ans à peine, il en paraissait cinquante, et il semblait guetté par la crise cardiaque. Trop d'années passées en plein air, sans doute, et deux paquets de cigarettes par jour…

— Carolyn, dit-il.

— Mike…

Elle ne savait comment le saluer. L'embrasser était trop intime, alors elle se contenta de lui prendre les mains et de les serrer dans les siennes. Il ne les serra pas en retour.

— C'est un chantier impressionnant, dit-elle en levant la tête pour scruter la tour. Ce sera quoi ?

— Un hôtel de luxe. Pour les touristes fortunés…

Il se tut, examina son tailleur, ses chaussures, son foulard.

— … qui ont du fric à jeter par les fenêtres.

Déterminée à ignorer cette pique, la jeune femme enchaîna :

— Comment tu vas ? Et Mandy et les enfants ?

De ses yeux bleus, les mêmes que leur père, il la fixa intensément.

— Bien. Je peux faire quelque chose pour toi ? Je suis un peu occupé.

Elle refoula son chagrin.

— Il faut que je te parle. On peut aller prendre un café quelque part ?

— Je suis en plein boulot.

Elle perçut chez lui une certaine irritation.

— Ton contremaître m'a dit que tu allais prendre une pause. Allez, Mike, je ne te demande que dix minutes de ton temps. Ensuite, tu pourras continuer à faire comme si je n'existais pas.

Il céda, et la suivit dans la rue. Ils s'arrêtèrent dans une boutique qui vendait des cartes téléphoniques, des pellicules photo, des billets de loterie et des boissons, puis en ressortirent avec deux cafés servis dans des gobelets en plastique.

Caché derrière ses lunettes noires, Policzki les suivait à distance, les mains dans les poches, faisant mine de flâner.

Près d'un parking bondé, Mike s'assit sur une rambarde poussiéreuse.

— De quoi tu veux me parler ?

Carolyn épousseta la rambarde, et prit place à côté de lui.

Posant son gobelet en équilibre, elle répondit :

— De Meg.

— Meg est morte. Il n'y a plus rien à dire.

— Ecoute, Mike, j'ai appris quelque chose, aujourd'hui. Avant de mourir, Meg avait rompu avec Clancy. Elle l'a largué pour un autre type, un dénommé Johnny. J'espérais que tu saurais quelque chose sur lui : qui il est, où il se trouve aujourd'hui.

Mike prit son temps pour ôter le couvercle de son gobelet.

— Pourquoi veux-tu savoir ça ?

Carolyn se pencha en avant et tenta d'ignorer la dureté de son ton.

— La police a rouvert le dossier. Nous sommes persuadés que l'homme que nous recherchons, celui qui a étranglé toutes ces jeunes femmes, est aussi celui qui a tué Meg.

— Sa mort remonte à dix ans, répondit Mike en

avalant une gorgée de café. Difficile de croire que c'est le même type.

— Nos pistes sont très convaincantes.

— Je ne peux pas t'aider.

— Tu ne *peux* pas ou tu ne *veux* pas ?

Mike poussa un soupir exaspéré.

— Je ne veux pas remuer tout ça, déclara-t-il. Ce qui est fait est fait. Laisse tomber.

— Pas question ! Des femmes sont mortes, d'autres vont mourir. Il faut arrêter ça !

— Le chagrin a failli détruire nos parents, je ne sais pas si tu t'en souviens ! Il suffit de remuer le passé pour que tout recommence. Je ne veux pas qu'ils revivent cette épreuve. Si tu leur dis un mot là-dessus, je te jure que je t'étrangle de mes propres mains.

— Papa est déjà plus ou moins au courant.

— Bon sang, Caro ! Pourquoi faut-il que tu remues la boue ? C'est quoi, cette mission ? Tu ne peux pas nous foutre la paix ?

— C'est très important, Michael. Je te demande de m'aider. Cela te laisse donc indifférent ?

— Je ne veux pas que mes parents revivent cet enfer. Bien sûr, tu ne peux pas savoir : tu n'étais pas là pour voir ça. Ce n'est pas toi qui as dû recoller les morceaux. Tu as provoqué les dégâts et tu as foutu le camp. C'est moi qui suis resté pour tout subir.

— Mike, ça fait dix ans ! Tu vas donc m'en vouloir toute ta vie ?

— Oui, répondit-il, le regard dur.

— Tu es injuste.

— Ah oui ? Et ce qui est arrivé à Meg, c'était juste ?

Il changea de position sur la rambarde.

— Le problème, avec toi, Caro, c'est que tu t'es toujours considérée comme meilleure que nous. Avec tes diplômes prestigieux, tes vêtements de luxe, ton boulot…

Il coinça son gobelet entre ses cuisses, et tendit vers elle ses mains calleuses d'ouvrier, aux ongles noirs, barrées de cicatrices et d'égratignures.

— Tu vois ces mains ? C'est mon doctorat à moi. Je n'ai pas fréquenté l'université ! Chaque sou que je gagne, c'est par mon travail, et j'en suis fier. Je n'ai pas honte de mes origines. Je ne cherche pas à les fuir.

— Mais moi non plus ! Je sais d'où je viens ! Je ne fuis rien du tout !

— Vraiment ? Tu as l'intention de rester ici, quand ton enquête sera bouclée ? Ou est-ce que tu vas sortir de notre vie, une fois de plus ?

Elle ouvrit la bouche mais ne trouva pas les mots.

— Depuis le jour de ta naissance, Caro, c'est la fuite en avant. Tandis que tu partais, je suis resté là pour faire mon devoir.

— Parce que tu as fait le choix de rester, Michael ! Nous faisons tous des choix, dans la vie. Ça s'appelle le libre arbitre. Rien ne t'obligeait à rester ici et à jouer les martyrs. C'était *ta* décision, comme la mienne a été de partir. J'avais le droit de vivre ma vie.

— Arrête tes conneries ! Tu crois vraiment que j'avais le choix ?

Il se leva d'un bond, et jeta son gobelet dans une poubelle.

— Il fallait bien que quelqu'un s'occupe d'eux.

— Fais-leur un peu confiance ! Ce sont des adultes : ils n'ont pas besoin qu'on les materne ! Ils ne sont pas gâteux, ils ont à peine soixante ans.

— Va-t'en ! dit-il, les poings crispés. Retourne d'où tu viens. Ce sera mieux pour tout le monde.

Sur ces mots, il tourna les talons et s'éloigna.

— Va au diable ! lui cria-t-elle, sans se soucier d'être entendue par tout le monde. Si tu sais quelque chose et que d'autres filles meurent parce que tu n'auras pas parlé, tu devras vivre avec ça sur la conscience !

Il ne s'arrêta pas. Carolyn jeta son café et lui courut après.

— Nous ne sommes pas seuls dans cette histoire, reprit-elle en s'efforçant de rester à sa hauteur. Des jeunes filles se font tuer, Mike.

Elle en était malade de devoir l'implorer de la sorte.

— Des jeunes filles comme Meg, qui avaient la vie devant elles, et dont la seule faute a été de se trouver au mauvais endroit au mauvais moment. Elles ont toutes laissé des parents éplorés, des frères, des sœurs. Ces gens-là souffrent, comme toi et moi. Si tu sais quelque chose qui peut nous aider à l'arrêter, il faut le dire. Sinon, tu risques d'avoir du mal à te regarder dans la glace pour le reste de tes jours.

Il cessa de marcher, mais ne se retourna pas.

— Si tu te fous de ces pauvres filles, pense au moins à

Meg, poursuivit Carolyn. Tu représentes peut-être notre seule chance d'arrêter le salaud qui lui a fait ça.

Mike fit enfin volte-face. Sous son casque, ses yeux étaient sombres et tristes.

— J'ignore qui c'était, mais…

— Mais quoi ?

— Il était marié, c'est tout ce que je sais.

— Marié ? répéta Carolyn. Meg sortait avec un homme marié ? Tu le savais et tu n'as rien dit à la police ?

— Ça n'aurait pas ramené Meg, de toute façon, rétorqua-t-il avec amertume.

Sans un mot de plus, il se dirigea vers le chantier.

— Ça va ? fit la voix étonnamment douce de Policzki, derrière elle.

Enfer et damnation. Elle l'avait oublié, celui-là.

— Oui, répondit-elle avec une désinvolture forcée. Ça va.

— Il a été plutôt dur avec vous.

— Vous trouvez ? Il a été adorable, au contraire ! Au moins, il m'a parlé. C'est la première fois depuis presque dix ans.

— Votre frère ne vous a pas adressé la parole depuis dix ans ?

— Bienvenue dans mon univers ! lança Carolyn avec un rire froid. Venez, inspecteur, allons-nous-en d'ici. Il faut que je parle à quelqu'un.

— Terry Finnegan, dit l'inspecteur Greg Lassiter en tendant le cliché à Conor.

C'était un jeune homme brun et maussade auxquels

ses yeux enfoncés dans les orbites donnaient un air menaçant.

— Et voici Marvin Williamson. Ce sont nos favoris. Tous les deux ont été condamnés pour agression sexuelle, incarcérés après l'homicide Monahan, et relâchés au cours des dix-huit mois précédant le meurtre de Magnusson.

Conor examina les photos. Williamson avait un visage long et anguleux.

— Tous les deux blancs, fit remarquer l'inspecteur Kayla Smith. Entre trente et quarante ans, et vivant toujours dans la région de Boston.

— Finnegan a un casier long comme le bras, déclara Lassiter. Attentats à la pudeur, agressions sexuelles, viol aggravé, etc.

— Il a pourtant une belle gueule ! Qu'est-ce qu'il fait dehors ?

— Il a été libéré pour bonne conduite. Un détenu modèle. Que dire de plus ?

Conor poussa un soupir.

— Tant pis. Question idiote. Bon, vous avez bien travaillé.

Il posa les clichés.

— A présent, vous allez me les chercher. On verra bien. Avec un peu de chance...

Les deux inspecteurs se levèrent. Greg redressa sa cravate couleur framboise.

— A vos ordres, lieutenant, déclara-t-il avec un sourire.

Resté seul, Conor examina les photos étalées sur son

bureau. Tout cela était sans doute parfaitement inutile. Aucun de ces types n'avait tué. Mais le genre d'homme qu'il recherchait faisait souvent ses classes en commençant par des délits mineurs. Il passait ensuite au viol, et finissait par un homicide…

Le téléphone de Conor se mit à sonner. Scrutant toujours les traits de Williamson, il décrocha et marmonna :

— Rafferty.

— On peut dire que tu es difficile à joindre, lieutenant !

Il s'adossa dans son fauteuil. Cela faisait une éternité qu'il ne lui avait pas parlé.

— Gwen, dit-il en se passant une main dans les cheveux, comment se présente le dossier Heffernan ?

— Je préfère ne pas en parler, chéri. Et ton enquête ?

— Je préfère ne pas en parler.

— Je t'appelle pour te signaler que demain est le troisième vendredi du mois.

Seigneur, il avait complètement oublié ! Ça n'aurait pas pu tomber plus mal. Il venait de prendre une journée de repos, et se retrouvait dans la mélasse jusqu'au cou. Il n'avait pas le temps de passer avec Gwen une soirée qui commencerait par un dîner et finirait au lit. Du reste, il n'était même pas certain d'en avoir envie. Mais le troisième vendredi du mois était un rituel. S'il se défilait, Gwen aurait des soupçons.

— Je passe te prendre à 6 heures, dit-il en s'éclaircissant la voix.

— 6 heures, c'est parfait. Conor ?

— Oui ?

— Prévois de passer la nuit chez moi ! ajouta-t-elle d'une voix suave.

Il raccrocha, regarda la pendule et soupira. Il n'était pas encore 11 heures, et la journée s'annonçait catastrophique. Il appela Lorna.

— Oui, dit-elle. Qu'est-ce qui se passe ?

— Tu es libre pour déjeuner ? Je t'invite.

— Tu as gagné au loto ?

— En quelque sorte.

— C'est bien ce que je craignais. Je te vois venir, avec tes gros sabots. La dernière fois que tu m'as invitée, il a fallu que je t'assiste pour une arrestation.

— Ça te fera des souvenirs à raconter dans tes mémoires. Tu pourrais les appeler *Lorna Abrams, inspecteur de choc.*

— C'est ce que je préfère en toi, Conor : ta compassion pour le sort des femmes. Heureusement que tu es à l'autre bout du fil, sinon je t'aurais déjà étranglé de mes mains pour t'apprendre à être macho.

— Si tu es gentille, je t'offre aussi le dessert.

— Attends un peu, mon grand ! Qu'est-ce que je vais devoir faire pour toi ?

— Pas grand-chose. Je voudrais que tu viennes avec moi interroger quelqu'un.

— Génial ! Un dealer, un suspect d'homicide, un proxénète ?

— Non. Une femme au foyer, répondit-il avant de raccrocher.

*
* *

Le sang de l'agneau.

En entrant dans l'église, le regard de Carolyn fut attiré par le crucifix accroché derrière l'autel. Le Christ avait les yeux baissés vers elle, l'air un peu réprobateur et étonné de voir tant de sang couler de ses paumes. Son visage déformé par la douleur exprimait l'idée de son sacrifice. Carolyn frissonna et détourna les yeux, incapable de le regarder plus longtemps. Quand elle était petite, elle avait très peur de lui. Désormais, il la mettait simplement mal à l'aise, comme si elle avait commis quelque péché impardonnable et qu'elle l'avait ainsi terriblement déçu.

La dernière fois qu'elle était entrée à Saint-Bart remontait à dix ans. L'église avait peu changé. Les bancs en chêne, les prie-Dieu rembourrés en velours bordeaux, les chandeliers ouvragés… Un tapis rouge amortissait toujours les pas des fidèles qui s'alignaient pour communier. Le plafond voûté renvoyait le moindre son, magnifié dans le silence. La jeune femme ressentit cette même impression d'infini qui lui donnait la chair de poule quand elle était petite et qu'elle croyait encore que Dieu se cachait derrière la splendeur des vitraux.

Près d'elle, Policzki toussota. Carolyn oublia aussitôt la petite fille perdue.

— Par ici, dit-elle doucement en l'entraînant vers une pièce située dans l'aile nord de l'église.

Derrière un énorme bureau en acajou, une jeune femme

téléphonait, le combiné coincé entre son oreille et son épaule, tout en tapotant les touches de son clavier.

— Nous disons donc le samedi 12 novembre, déclara-t-elle. De midi à 5 heures. Très bien, monsieur Finley. A dimanche.

Elle raccrocha. Ses yeux gris, qui semblaient énormes derrière ses grosses lunettes, pétillaient d'intelligence.

— Bonjour, dit-elle à ses visiteurs. Que puis-je faire pour vous ?

— Le père Donovan est là ? J'aimerais lui parler.

— Je crains qu'il ne soit occupé, en ce moment. Il travaille sur son discours de demain, au Rotary.

Elle leur adressa un sourire plein de bonne volonté.

— Si vous voulez prendre rendez-vous, je suis certaine qu'il pourra vous recevoir demain, dans l'après-midi.

Carolyn jeta un coup d'œil à la plaque posée sur le bureau, où figurait le nom de la jeune femme. Puis elle sortit tranquillement son insigne.

— Il faut que je lui parle tout de suite, Melissa. Dites-lui simplement que Caro est là. Il me recevra.

La secrétaire scruta l'insigne.

— Un instant, dit-elle en se levant.

Derrière le bureau, sur une étagère, trônait un aquarium. Les murs étaient ornés d'affiches colorées. Carolyn songea qu'à son époque, jamais le père O'Rourke n'aurait toléré de telles frivolités. Elle s'approcha de la fenêtre. Une vieille Chevrolet bleue poussiéreuse était garée le long du trottoir…

— Caro ?

Elle se retourna. Le prêtre se tenait sur le seuil,

emplissant tout l'espace de sa carrure imposante. Il portait un pull bordeaux et un vieux jean délavé. Ses cheveux étaient en désordre, et il avait les yeux cernés. Il devait manquer de sommeil. Près de lui, la fidèle Melissa semblait monter la garde. Le prêtre savait-il que la jeune femme avait le béguin pour lui ?

— Peux-tu me consacrer quelques minutes ? demanda Carolyn à Clancy.

Sans un mot, il s'écarta pour la laisser entrer dans son sanctuaire.

— Attendez-moi ici, ordonna-t-elle à Policzki. Vous tiendrez compagnie à Melissa.

Clancy referma la porte du bureau. Les murs étaient tapissés de livres traitant, pour la plupart, de théologie.

— Tu les as tous lus ? lui demanda-t-elle.

— Non. Certains seulement. La plupart étaient déjà là quand je suis arrivé. L'héritage du père O'Rourke. Qu'est-ce que je peux faire pour toi, Caro ? Il ne se passe pas une journée sans que j'aie la visite des autorités.

— Je ne suis pas ici en tant qu'agent du FBI. C'est personnel. Voilà pourquoi j'ai laissé Policzki dehors. Ce que nous allons nous dire ne franchira pas cette porte.

Elle alla regarder par la fenêtre, puis fit volte-face.

— Je connais la vérité, déclara-t-elle.

Le prêtre croisa les bras et s'appuya contre le mur.

— Quelle vérité ?

— J'ai lu le journal de Meg. Je suis au courant de votre rupture.

— Et alors ? répliqua-t-il, impassible.

— Elle est morte quelques jours plus tard. C'est un peu troublant, non ?

— Je te vois venir. Elle a rompu avec moi, alors je l'ai tuée, c'est ça ?

— Tu sais aussi bien que moi que la plupart des meurtres sont commis par un proche de la victime.

— Vraiment ?

— Ecoute, Clancy…

Elle leva les yeux au ciel, se rappelant qu'elle se trouvait dans une église.

— Je veux connaître la vérité, tu m'entends ? Il n'y a que nous, dans cette pièce. Avec Dieu. As-tu tué ma sœur ?

Il s'approcha d'elle, et se pencha vers son visage.

— Non.

Soudain, la jeune femme sentit sa détermination s'envoler.

— Je voudrais te croire. Je voudrais tant te croire…

— Je vais te dire une chose. Avant que Meg n'entre dans ma vie, j'étais perdu. Je n'avais pas de but, pas d'idéal ; je ne trouvais aucun sens à mon existence. Ta sœur a tout changé. Elle m'a sauvé. A sa mort, j'ai cherché un responsable. Comme je n'en trouvais pas, j'en ai voulu à Dieu. Comment un Dieu bienveillant pouvait-il permettre un tel malheur ? J'ai sombré dans l'alcool. C'était, pour moi, le seul moyen de gérer ma douleur et ma colère. Un matin, je me suis retrouvé devant cette église. J'avais la gueule de bois. J'ai eu le courage d'entrer. J'ai remis ma douleur et ma rage à Dieu. Depuis, il s'occupe de moi.

Carolyn déglutit péniblement, et chercha une façon diplomate d'exprimer ce qu'elle avait à dire. Mais elle n'en trouva pas.

— Meg t'a-t-elle indiqué la raison de cette rupture ?

— Elle n'a pas eu besoin de me la dire. Elle avait dix-huit ans, elle était trop jeune pour se marier. Mais j'ai mis longtemps à le comprendre. J'ai trop insisté. Elle n'était pas prête.

— Ce n'est pas ça, dit Carolyn. C'est peut-être ce qu'elle a voulu te faire croire, mais ce n'était pas la véritable raison.

Elle observa ses yeux au moment de porter l'estocade.

— Il y avait un autre homme dans sa vie, reprit-elle.

Ses yeux d'ambre se plissèrent, trop incrédules, trop peinés pour ne pas être sincères. Clancy Donovan était prêtre, mais il était aussi un homme. Elle venait de lui décocher une flèche en plein cœur, et elle le regrettait amèrement.

— Un autre homme ? dit-il. Mais qui ?

— C'est justement ce que je cherche à savoir. T'a-t-elle jamais parlé d'un certain Johnny ? Ce nom te dit quelque chose ?

— C'était il y a si longtemps. Je… non.

Il se tourna pour regarder par la fenêtre.

— Je suis désolé.

— C’est à moi de m’excuser. Il fallait que je t’en parle pour en être certaine.
— Certaine de quoi ? demanda-t-il en se retournant.
— Que tu ne l’avais pas tuée, répondit-elle en soutenant son regard.
Le visage de Clancy exprima une foule de sentiments confus : colère, gratitude, chagrin.
— Tu crois..., bredouilla-t-il, qu’il...
Pour la première fois de son existence, Clancy ne trouva pas ses mots.
— Qu’il l’a tuée ? Disons que, si ce n’est pas toi, il y a de fortes chances pour que ce soit lui.
— Caro... il faut que tu arrêtes ce type.

14.

Louise Moriarty portait un bébé dans les bras, et un autre bambin tirait sur son jean. Ses cheveux blonds étaient détachés, pas très propres. Mais son énergie était intacte. Son sourire radieux en témoignait.

— Conor Rafferty ! s'exclama-t-elle. Quelle surprise ! Qu'est-ce qui peut bien t'amener ici ?

Louise avait cinq ou six ans de moins que lui, mais ils se connaissaient depuis toujours. A bien des égards, Boston était une petite ville. Naguère, on rencontrait toujours les mêmes personnes à l'église, chez le teinturier, à la pizzéria du coin.

— On peut entrer ? demanda le policier. On aimerait te poser quelques questions sur Meg Monahan.

Son sourire s'estompa.

— Meg, répéta-t-elle. Seigneur, ça fait bien longtemps que je n'ai pas pensé à elle. Vous avez rouvert le dossier ?

— Oui, répondit Conor sans entrer dans les détails.

— Eh bien, entrez. Faites comme chez vous. Je vais installer les petits devant la télé ; comme ça, on pourra discuter. Vous voulez boire quelque chose ? Café, thé, soda ?

— Non, merci. On vient de déjeuner.

Le souvlaki que Lorna avait réussi à lui faire avaler avait du mal à passer. Décidément, il ne rajeunissait pas…

En s'asseyant sur le canapé, il sentit un objet dur. C'était une figurine en plastique. Il la posa sur la table basse. Puis il leva la tête, et croisa le regard de Lorna. Elle semblait amusée, ce qui le mit en colère.

— Ne me regarde pas comme ça : ça m'énerve ! bougonna-t-il.

— J'imagine simplement une ribambelle de petits Rafferty en train de courir partout. J'ai hâte de voir ça !

— Ce jour ne viendra pas.

— Vraiment ? J'espère que tu n'as pas oublié de le préciser à l'agent Monahan.

Le retour de Louise lui évita de répondre. Elle s'était donné un coup de peigne, et avait enfilé un pull bleu qui moulait avantageusement ses seins fermes et généreux. « Comme ceux de Carolyn », songea Conor.

Elle prit place dans un fauteuil et rejeta ses cheveux en arrière.

— Alors, en quoi puis-je vous aider ? demanda-t-elle.

Conor chassa de son esprit l'image de Carolyn pour se concentrer sur les raisons de sa présence chez Louise.

— Avant sa mort, Meg fréquentait un dénommé Johnny. Que sais-tu de cette histoire ?

Louise haussa les sourcils d'un air surpris.

— Ouah ! s'exclama-t-elle. Tu vas droit au but !

Elle s'interrompit pour réfléchir, puis déclara :

— N'oublie pas qu'on n'était que des gosses. A dix-huit ans, on se sent invincible ; on voit la vie comme une grande aventure.

Elle sourit avec nostalgie.

— Meg en avait marre de tous les interdits que lui imposait sa mère. Elle n'en parlait pas souvent, mais je sais que ça la minait. Moi, à sa place, j'aurais fichu le camp dès l'âge de douze ans. Roberta ne la lâchait pas une seule seconde.

Louise fit la grimace et adressa un regard d'excuse à Lorna.

— Tu connais Roberta, dit-elle à Conor. Toujours en train de râler, de critiquer. Elle en demandait beaucoup trop à Meg.

— Continue, s'il te plaît, dit Conor.

— Malheureusement, Clancy lui mettait la pression, lui aussi. Il était plus âgé que nous. A vingt-quatre ans, il avait envie de se caser. Meg voulait s'éclater un peu, profiter de sa jeunesse. Elle aimait bien s'amuser. Ne vous méprenez pas : c'était une fille bien. Elle avait la tête sur les épaules. En tout cas, jusqu'à ce qu'elle rencontre ce type. Elle a complètement craqué pour lui.

Conor sentit une tension monter en lui.

— Qui est-ce, Louise ?

— Si seulement je le savais ! Hélas, je n'en ai aucune idée, répondit la jeune femme avec un sourire plein de regret. Je me doutais qu'il se passait quelque chose, mais elle ne m'en a parlé que vers la fin. Elle redoutait sûrement que Clancy l'apprenne, et elle ne voulait pas précipiter les choses. D'après ce que j'ai compris, ce Johnny la courtisait très habilement : il lui offrait des fleurs, il l'emmenait partout où il voulait… et elle lui est tombée dans les bras. Quand elle m'en a parlé, elle était déjà accro. Mais elle ne m'a pas dit son nom. Je n'ai jamais connu que son prénom. Je ne sais même pas où elle l'a rencontré. Ça peut être n'importe où. Elle croisait un tas de gens, au pub. Et, comme elle avait besoin d'argent pour ses études, elle faisait aussi du baby-sitting. Et puis elle avait un tas d'amis. N'importe qui a pu lui présenter ce type.

L'exaltation de Conor retomba comme un soufflé. Lorna se pencha en avant.

— Pourriez-vous nous faire une liste de toutes les personnes qu'à votre connaissance elle fréquentait ?

— Bien sûr, si vous m'accordez un peu de temps. Je vais peut-être devoir consulter mon album-photos. Ça remonte à dix ans.

— Tu ne vois rien qui puisse nous aider ? demanda Conor. Même un détail ?

— Pas pour l'instant, répondit Louise en secouant la tête. Mais je t'appellerai si quelque chose me revient.

Il remit sa carte à la jeune femme, puis les deux policiers regagnèrent la voiture en silence. Au moment de tourner la clé de contact, Conor se figea.

— Tu sais ce qu'il y a de plus frustrant, dans cette histoire ? Nous partons du principe que le type qui a tué Meg la connaissait. Mais ce n'est pas une certitude. Elle pourrait tout aussi bien avoir été tuée par un inconnu.

— Et Smith et Lassiter ? demanda Lorna. Ils n'ont encore rien trouvé ?

— Ils ont sélectionné deux belles gueules qui sont sorties de prison comme on quitte un palace. Je leur ai dit d'aller me les chercher. Nom d'un chien, j'ai vraiment l'impression de tirer à l'aveuglette !

Lorna lui tapota gentiment l'épaule.

— Ce n'est pas si grave, dit-elle. De toute façon, tu es un excellent tireur, même dans le noir.

— Ah oui ? dit-il en démarrant enfin. Pourtant, je n'arrive pas à faire mouche.

A peine avaient-ils franchi la porte du bureau qu'Isabel les accosta. Elle tenait une liasse de messages à la main et affichait un air furibond.

— *Dios !* Si ça continue comme ça, je vais me faire muter aux archives : je serai plus tranquille.

— Mauvaise journée ?

— Ne m'en parlez pas !

Elle le suivit dans le couloir en agitant ses messages.

— Il y a trois journaux, deux chaînes de télé et une station de radio qui veulent des déclarations.

— Réunissez-les.

— Votre mère a appelé, aussi ! Ses toilettes sont bouchées : elle voudrait que vous passiez les réparer ce soir.

— Nom d'un chien, elle pourrait appeler Frank !

— C'est ce que je lui ai suggéré. Je lui ai dit que vous étiez débordé, en ce moment.

— Je suppose que cette information ne l'a pas impressionnée ?

— Pas vraiment. Ensuite, il y a eu un inspecteur de la police d'Etat qui voulait vous parler. Il s'appelle Nichols. C'est à propos de la morte de Cape Cod.

Elle lui adressa un regard accusateur.

— Vous ne m'en aviez pas parlé, de celle-là.

— Je n'en ai pas eu l'occasion. Quoi d'autre ?

— Le bureau du maire. Ils ont appelé hier après-midi pour vous inviter à prendre le thé, et vous guillotiner, par la même occasion.

— Merde.

— Mais je leur ai dit que vous étiez en déplacement et que vous ne rentreriez qu'aujourd'hui. Jeannie Rizzoli aimerait que vous la contactiez chez sa sœur, en Californie. Le numéro est inscrit sur le message.

Elle lui remit la liasse dans la main, presque de force.

— Le reste peut attendre.

— Isabel, qu'est-ce que je ferais sans vous ?

— Vous seriez dans la panade jusqu'au cou, répondit-elle d'un air si sérieux qu'il ne put s'empêcher de rire.

— Appelez ma mère, s'il vous plaît, et dites-lui que je passerai ce soir. Je m'occupe des autres messages.

Avant qu'il ne puisse passer un seul appel, la sonnerie du téléphone retentit.

— Lieutenant ! s'exclama une voix enjouée. C'est Pete Reardon.

Conor se redressa et rectifia mentalement sa cravate.

— Monsieur le maire…

— Avez-vous lu le *Globe* d'aujourd'hui, lieutenant ?

Il faillit demander à Reardon s'il plaisantait. Il avait à peine le temps de manger, alors lire le journal…

— Non, désolé. Pourquoi ?

— Il y a un éditorial qui réclame votre remplacement à la tête de l'équipe. Wilt O'Malley met en doute vos capacités à diriger cette enquête.

— Wilt O'Malley est un vieux grigou.

— Mais il vend beaucoup de journaux. Ecoutez, lieutenant, dit Reardon d'un ton plus familier, comme s'il s'adressait à un ami, vous ne seriez pas à ce poste si vos supérieurs ne vous jugeaient pas capable de mener cette enquête.

— Mais ? dit Rafferty en se redressant.

— Il n'y a pas de mais. Je vous accorde toute ma confiance. Je suis sûr que vous parviendrez à résoudre cette affaire dans un délai raisonnable.

— Merci, monsieur, dit simplement Conor.

— Toutefois, je suis inquiet. Cela fait six jours que Tonia Lavoie a été assassinée, et vous n'avancez pas dans vos recherches. La situation est de plus en plus difficile à gérer. Il faut progresser, et vite.

— Nous sommes en train de traiter de nombreuses informations, monsieur le maire. Nous allons aussi vite que nous le permettent les circonstances. Notre homme ne nous laisse aucun indice. Nous avons l'impression de chercher une aiguille dans une botte de foin.

Reardon toussota.

— Bon ! conclut-il avec entrain. Je suis certain que vous allez œuvrer avec l'efficacité qui fait la fierté de la ville de Boston et de sa police. Je vais peut-être appeler le vieux O'Malley pour lui demander de publier un démenti et lui dire que vous êtes sur le point de procéder à une arrestation.

Une migraine commençait à tenailler les tempes du lieutenant.

— Je vous laisse juge, dit-il. Moi, je fais mon boulot.

Le silence s'installa, puis Reardon se mit à rire.

— Je vous rappellerai, lieutenant.

— Je n'en doute pas, monsieur le maire, marmonna-t-il avant de raccrocher.

Aussitôt après, il composa le numéro de Nichols. Les deux hommes échangèrent quelques informations, convinrent d'un rendez-vous pour discuter de l'affaire en détail. Puis Conor prit le message de Jeannie Rizzoli. Il avait rencontré la femme de Ted à plusieurs reprises, mais il ne la connaissait pas très bien. Quelle pouvait bien être la raison de son appel ?

Au bout du fil, elle lui parut méfiante.

— Jeannie, c'est Conor Rafferty.

— Ah ! fit-elle. Merci de répondre à mon message. Je sais que vous êtes très occupé. J'ai beaucoup hésité à vous appeler. Je ne voulais pas vous embêter avec mes problèmes. Et puis, finalement, je me suis dit que, comme vous étiez le supérieur de Ted, vous deviez être informé de ce qui se passe. Je regrette tellement, pour Ted. Vous avez certainement remarqué qu'il avait un comportement étrange, ces derniers temps.

Quelqu'un frappa à la porte du bureau. Conor découvrit Greg Lassiter, sur le seuil. Il lui fit un signe. Greg opina.

— J'ai remarqué qu'il n'était plus lui-même, répondit le policier à Jeannie. J'ai mis ça sur le compte de… Enfin, de vos problèmes de couple. Et j'ai préféré ne pas trop le brusquer.

— Ce n'est pas tout. Je veux dire… bon nombre de nos difficultés proviennent du comportement de Ted.

— Ah bon ?

— Cette enquête l'obsède, Conor. Il est obsédé au point que je ne le reconnais plus.

— Nous le sommes tous un peu, vous savez ? La pression est énorme.

— Je le sais bien. Ça fait quinze ans que je suis femme de flic. Mais, cette fois, c'est différent. J'ai l'impression qu'il prend l'affaire de façon trop personnelle. Il ne parle que de ça, il ne pense qu'à ça. Cette enquête lui bouffe la vie. Quand j'essaie de discuter avec lui, il s'emporte et affirme que le problème vient de moi et non de lui. Il est toujours de mauvaise humeur, il s'énerve pour un rien, il ne dort pratiquement plus. Quand il ne travaille pas, il boit.

Elle hésita.

— Et l'alcool le rend méchant. Voilà pourquoi je suis partie avec les enfants. Je sais que Ted adore ses filles et qu'il ne leur ferait jamais de mal délibérément, mais quand il a bu... enfin, il devient un autre homme.

Conor avait déjà rencontré des cas similaires. La brigade criminelle était une maîtresse pleine de vice qui avait anéanti plus d'un bon flic. Les horaires, le stress, la confrontation quotidienne avec l'horreur...

— En quoi puis-je vous aider ? demanda-t-il à Jeannie.

— Vous pourriez peut-être lui parler. Il a sans doute besoin d'être déchargé de...

Elle s'interrompit.

— Hier, c'était l'anniversaire de Kim. Toute la journée, elle a attendu l'appel de son papa, en vain. J'étais tellement furieuse que j'ai essayé de le joindre, hier soir, pour lui dire ce que je pensais de son attitude. Mais il n'a pas décroché.

— Je lui parlerai. On verra bien.

Conor raccrocha et se frotta les yeux. Lassiter attendait toujours sur le pas de la porte.

— Tu n'as pas vu Rizzoli ? lui demanda-t-il d'un ton irrité.

— Il est malade, répondit Lassiter. Il paraît qu'il a une grippe carabinée.

— Génial. Notre petite conversation devra attendre. Alors, vous avez interpellé Williamson et Finnegan ?

— Eh bien, patron, j'ai une bonne nouvelle et une mauvaise. La bonne, c'est que Finnegan est dans la salle de réunion. La mauvaise, c'est que Williamson n'a pas pointé chez son officier de probation, hier.

— Je savais bien que la mauvaise nouvelle n'allait pas me plaire.

Lassiter sourit.

— En voyant qu'il ne venait pas pointer, ils ont envoyé quelqu'un chez lui. L'appartement est vide. Notre homme est parti sans laisser d'adresse. On a lancé un avis de recherche sur sa voiture.

Rafferty poussa un soupir.

— J'aurais mieux fait de rester au lit, ce matin. Monahan est là ?

Il avait prononcé son nom avec une nonchalance feinte qui ne trompait personne, surtout pas lui-même.

— Oui, je l'ai vue dans son bureau, en passant.

— Va la chercher ! Je veux qu'elle voie ça.

Carolyn aurait dû se douter qu'une journée qui avait si mal commencé allait se poursuivre sous les pires auspices. Elle posa son sac sur la table et prit connaissance de ses messages. Le premier émanait de Richard. Sa voix métallique était teintée d'irritation.

— Carolyn, disait-il d'un ton lugubre, il ne sert à rien de m'éviter comme tu le fais. Nous sommes tous les deux des adultes. C'est ridicule. Il faut que je te parle. Rappelle-moi.

— Adulte, tu parles ! marmonna la jeune femme en décrochant le combiné. Tu n'es jamais dans ton maudit bureau, de toute façon.

Elle leva les yeux vers Policzki, qui traînait à l'entrée de la pièce parce qu'il n'y avait pas assez de place pour s'asseoir, dans ce placard à balais.

— Vous n'arrêtez donc jamais ? lui dit-elle. Pour l'amour du ciel, lâchez-moi un peu !

— Je suis censé ne pas vous quitter d'une semelle.

— Ecoutez, Policzki, j'admire votre sens du devoir, mais soyons réalistes. Je suis entourée de flics, ici. Ils portent tous un flingue chargé, et sont prêts à voler à mon secours au moindre problème. Allez vous chercher un café ou une barre chocolatée…

Elle prit soudain conscience qu'elle n'avait pas encore déjeuné. Son estomac criait famine. Elle fouilla dans son sac, et tendit à son ange gardien un billet de cinq dollars.

— Prenez-moi un sandwich, pendant que vous y êtes. Dinde et pain complet, laitue, tomate. Sans mayonnaise. Avec un thé glacé sans sucre.

Le jeune homme se dandina, hésitant.

— Allez ! lui ordonna Carolyn. J'ai un coup de fil à passer.

Quand il se fut éloigné dans le couloir, elle appela Quantico. Penny répondit, toujours aussi énervée.

— Si c'est Richard que tu cherches, il se trouve à New Haven.

— New Haven ? Qu'est-ce qu'il fabrique là-bas ?

— Il assiste à une conférence. Il est plutôt remonté contre toi, en ce moment. Il ne cesse de te laisser des messages auxquels tu ne réponds pas.

— A ton avis, qu'est-ce que je suis en train de faire, en ce moment ? Ce n'est pas ma faute s'il n'est jamais là.

— D'après ce que je sais, tu n'es jamais là non plus.

— Je travaille sur une enquête. Il y a beaucoup d'interrogatoires. Hier, j'ai pris ma journée.

— Attends une minute ! Tu as pris une journée de repos, en plein milieu d'une enquête ?

— Ne t'énerve pas comme ça. Ce n'est pas si grave.

— Mais si ! Je suis sûre qu'il y a un homme, là-dessous. Rien d'autre ne pourrait t'inciter à prendre une journée alors que tu es submergée de travail.

— Je ne parlerai qu'en présence de mon avocat… Bon, écoute, on m'appelle sur une autre ligne. Je te rappelle plus tard.

Elle raccrocha et prit l'autre appel.

— Monahan !

— J'adore votre façon d'aboyer votre nom. Ça me donne des frissons.

Carolyn poussa un soupir.

— Thomas, dit-elle, si vous m'appelez pour me soutirer des infos, je n'ai rien à vous donner.

— Je vous appelle pour entendre le son si doux de votre voix.

— D'accord. Qu'est-ce que vous voulez, Malone ?

— J'ai deux places pour une conférence sur l'art asiatique, demain soir, au musée des Beaux-Arts. Ma petite amie me fait faux bond. Ça vous dirait de m'accompagner ?

Elle se mit à frotter une tache d'encre qui maculait son bureau.

— Je ne sais pas, Tommy. Je ne pense pas que ce soit une bonne idée.

— Ne pensez pas, dites oui !

— L'art asiatique..., dit-elle, sceptique.

— Il y aura même des diapos. Ne me dites pas que vous n'aimez pas les vases Ming, je ne vous croirais pas.

— J'adore les vases Ming, mais je travaille sur une enquête. Il m'est impossible de m'engager si longtemps à l'avance.

— Vingt-quatre heures ? Allons, Carolyn, il faut sortir un peu, vous cultiver, regarder autre chose que des mares de sang.

Il avait raison. Et puis, il était gentil, inoffensif, et elle ne serait pas obligée d'entretenir la conversation : il parlait pour deux. Enfin, en passant la soirée avec lui, elle ne penserait pas à Conor.

— Je vais sans doute le regretter, mais j'accepte, dit-elle.

— Génial. Je passe vous prendre à 6 heures. On aura le temps de manger un morceau avant. Au Boylston, c'est ça ?

— Qui vous a dit que j'étais descendue au Boylston ?

— Je ne sais pas. Vous avez dû m'en parler. A demain.

En levant les yeux, Carolyn découvrit Greg Lassiter sur le seuil.

— Le lieutenant va interroger un suspect, dit-il. Il voudrait que vous veniez.

Elle consulta sa montre et songea au sandwich que Policzki n'allait pas tarder à lui rapporter.

— Tout de suite ?

— Tout de suite.

La perspective de revoir Conor aussi vite lui noua l'estomac, à tel point qu'elle se sentit incapable d'avaler quoi que ce soit, de toute façon.

— Très bien, Lassiter, dit-elle en se levant. Mettez-moi au parfum.

Dans le couloir, ils croisèrent Policzki, assis sur une chaise, devant le bureau de Carolyn, les bras croisés, les yeux fermés, l'air concentré.

— Policzki ! Où est mon sandwich ?

Il rouvrit vivement les yeux et se redressa.

— J'ai envoyé Isabel le chercher.

Il n'avait pas quitté son poste, finalement. Carolyn ignorait si elle devait le lui reprocher ou le féliciter.

— Dès qu'il arrivera, mettez-le au réfrigérateur, dans la salle de repos. Vous croyez pouvoir le protéger des vautours pendant une heure ou deux ?

— Je monterai la garde au péril de ma vie.

Dans la salle de réunion, Terry Finnegan était avachi sur une chaise, l'air morose, le visage fermé. Il avait clairement l'air d'un homme qui avait fait de la prison. Dix ans plus tôt, il avait dû être séduisant, mais les épreuves l'avaient usé. Son regard évoquait celui d'un prédateur.

— Je veux un avocat, dit-il.

Carolyn s'installa près de la porte. Conor approcha une chaise, et s'assit à califourchon.

— Allons, Terry, dit-il en roulant les manches de sa chemise. Du calme. L'interrogatoire n'a pas encore commencé.

Il régnait dans la pièce une chaleur étouffante. Conor avait sans doute éteint le climatiseur. C'était une astuce bien connue des policiers qui cherchaient à mettre un témoin mal à l'aise. C'était étonnant comme certains cédaient facilement.

— Vous vous trompez de client. Je ne sais rien ! lança Finnegan, la mâchoire crispée.

Son regard se posa sur Carolyn.

— Qui c'est, celle-là ?

— C'est l'agent Monahan, du FBI. Je lui ai demandé d'assister à l'interrogatoire.

— Ah oui ? dit Finnegan, plus intrigué qu'énervé. C'est la première fois que je vois un agent du FBI.

Conor posa une pile de photos sur la table, devant Finnegan, et les éparpilla.

— Oublie-la, tu veux ? Dis-moi, Terry, tu connais certaines de ces femmes ?

Finnegan plissa les yeux et scruta les clichés un à un.

— Non. Je les ai jamais rencontrées.

— Ça fait combien de temps que tu es sorti de taule ?

— Six mois. Et je suis clean.

— Ouais, je parie que tu es devenu un citoyen modèle.

— Hé, si vous me croyez pas, demandez à mon officier de probation. Pete Boudreau. Il vous le dira, lui !

Rafferty désigna les photos.

— Regarde encore, Terry. Prends ton temps. Et réfléchis bien avant de répondre.

Finnegan se saisit des clichés et les examina de nouveau.

— Je vous dis que je connais aucune de ces femmes.

Conor rassembla les photos comme un jeu de cartes, et les posa sur un coin de la table.

— Alors, on va parler d'autre chose. Tu es tombé pour quoi, la dernière fois ?

— Viol... Viol aggravé.

— Et combien de fois étais-tu allé en prison, auparavant ?

— Deux fois, répondit Terry sans sourciller.

— Pour agression, n'est-ce pas ? Viol. Attentat à la pudeur.

Il opina.

— J'ai de mauvaises nouvelles pour toi, Terry.

— Merde, à la fin ! Comment je pouvais savoir qu'elle était mineure ?

— Parle-moi de cette inculpation pour agression.

— Elle le méritait bien, cette garce ! Elle me répondait toujours. Elle ouvrait trop sa grande gueule, et elle a eu ce qu'elle méritait.

L'estomac de Carolyn se mit à gargouiller. Une goutte de sueur perla dans son dos. L'absence de climatisation n'agissait peut-être pas sur Finnegan, mais elle-même en ressentait les effets néfastes.

Conor s'installa plus confortablement, et croisa les mains derrière sa nuque.

— Tu as déjà tué quelqu'un, Terry ? demanda-t-il d'un ton désinvolte.

Pour la première fois, Finnegan parut déstabilisé.

— Ça va pas ? Vous plaisantez, j'espère ! J'ai jamais tué personne !

— Dis-moi si je me trompe, reprit le policier. Tu violes des femmes, tu les tabasses, mais tu leur laisses toujours la vie sauve. Tu es vraiment grand seigneur, Terry.

— Je pourrais pas le dire plus simplement, répliqua Finnegan. Je suis pas un tueur, et je connais aucune de ces femmes.

La tension était palpable. L'interrogatoire ne menait nulle part. Conor annonça enfin une pause, et Carolyn s'épongea le front et la nuque. Lassiter emmena le témoin.

— Rallume le climatiseur avant qu'on ne tombe tous dans les pommes ! lança Conor à l'adresse de Lorna. Alors, Carolyn, que penses-tu de Finnegan ?

La jeune femme savoura le retour bienfaisant de la fraîcheur.

— Je trouve que ce type est une bénédiction pour l'humanité, répondit-elle.

— Mais encore ?

— Tu veux savoir si je le trouve crédible dans le rôle du tueur ?

Elle repoussa ses cheveux en arrière.

— Non. Il n'a pas bronché en regardant les photos.

— Merde. Je pensais que tu remarquerais un détail qui m'aurait échappé.

— En plus, je ne le crois pas assez intelligent pour nous mener en bateau. A mon avis, ce type est simplement une belle ordure. Celui que nous recherchons est un peu plus sophistiqué.

Lorna se percha sur le bord de la table.

— Qu'est-ce qu'on fait, alors ? demanda-t-elle.

— On continue à surveiller de près Clancy Donovan, répondit Conor. Et on commence à travailler sur la liste que nous a fournie Louise Moriarty.

— Clancy n'est pas coupable, affirma Carolyn.

Les deux autres se tournèrent vers elle.

— Qu'est-ce qui te fait dire ça ? demanda Conor.

— Je lui ai parlé de Johnny, ce matin. Je voulais voir sa réaction. S'il avait été au courant, je l'aurais lu dans ses yeux. Il ignorait que Meg voyait un autre homme. Clancy est innocent.

— Uniquement parce que tu l'as lu dans ses yeux ?

Elle croisa les bras.

— Parce que je lui ai demandé, de but en blanc, s'il avait tué ma sœur, et qu'il m'a répondu *non*.

— Voilà qui change tout. Les tueurs ne mentent jamais, c'est bien connu !

— Tu es libre de ne pas me croire. Mais, si tu concentres tous tes efforts sur Clancy, tu ne trouveras jamais l'assassin.

— Je ne peux pas l'éliminer en tant que suspect. Il demeure notre unique piste sérieuse.

— Peut-être… J'ai aussi parlé à Mike, ce matin. Il semble croire que l'homme que fréquentait Meg était marié.

Conor et Lorna affichèrent tous deux le même air stupéfait.

— Marié ? répéta Conor. Tu en es certaine ?

— Il ne m'a pas fourni de précisions, mais il semblait sûr de lui.

Conor hocha lentement la tête.

— Voilà qui explique certaines choses, notamment pourquoi elle n'avait parlé de lui à personne.

— Et cela risque d'ouvrir la porte à un tas de possibilités que nous n'avions pas envisagées. J'ai un pressentiment, Conor. A mon avis, quand nous aurons retrouvé ce Johnny, nous tiendrons notre tueur.

Ils se turent un moment pour réfléchir.

— Le baby-sitting, dit enfin Lorna.

— Quoi ? demanda Conor.

— Louise nous a dit que Meg faisait du baby-sitting pour gagner un peu plus d'argent. Si ce Johnny était marié, elle a très bien pu garder ses enfants.

— C'est une piste à creuser. Caro, tu sais chez qui elle faisait du baby-sitting ? Si elle avait des clients réguliers ?

— Ma mère le saurait peut-être.

— Tu veux bien le lui demander ?

— D'accord. Demain matin, après le petit déjeuner. J'ai besoin de prendre des forces avant d'affronter de nouveau Roberta Monahan.

Conor consulta sa montre et fit la grimace.

— Très bien, c'est fini pour aujourd'hui. J'ai un rendez-vous.

Aussitôt, Carolyn sentit son estomac se nouer. Elle se pencha pour essuyer une trace sur sa chaussure.

— Un rendez-vous torride ? demanda-t-elle d'un air faussement désinvolte.

Le policier ne dit rien. En se relevant, elle décela une lueur étrange dans son regard, qui se durcit aussitôt.

— Oui, répondit-il. En quelque sorte.

Elle s'efforça de ne pas trahir sa déception. Il avait donc mis moins de douze heures pour passer à *autre chose*. Voilà qui en disait long sur l'importance de leur brève liaison !

— Fais-moi part de ce que tu apprendras, conclut-il avant de sortir.

Quand les deux femmes se retrouvèrent seules, Lorna dit à Carolyn :

— On dirait que vous avez reçu un coup de poignard dans le cœur. Si on allait boire un verre ou deux pour noyer notre chagrin ?

Carolyn ferma les yeux et déglutit.

— Allez, venez ! Je vous assure que vous vous sentirez mieux, après.

— S'ils servent à manger, je vous suis. Je n'ai rien avalé de la journée. Mais nous allons devoir emmener mon ombre avec nous.

— Policzki ? Je l'avais oublié, celui-là ! Pas moyen de s'en débarrasser ?

— Vous plaisantez ? C'est une vraie sangsue.

— Espérons qu'il a l'estomac solide parce que j'ai l'impression que les hommes vont en prendre pour leur grade, ce soir.

*
* *

— Le problème, avec Conor, expliqua Lorna, c'est qu'il traîne sa mauvaise réputation depuis si longtemps qu'il a fini par croire que ce qu'on raconte sur lui est vrai.

Elle prit une bouteille de Miller et la tendit en direction de Carolyn.

— Et cette réputation n'est vraiment pas méritée. On le traite de coureur de jupons sans scrupule parce qu'il est sorti avec un tas de femmes, mais il n'a rien d'un macho. Il est plutôt du genre à acheter des fleurs et à faire sauter les enfants sur ses genoux. Je suis bien placée pour le savoir : c'est la manière dont il se comporte avec mes propres gamins.

— Je savais que c'était une erreur de ressortir avec lui, dit Carolyn sombrement, mais je n'ai pas pu résister à la tentation.

Elle prit une frite et mordit dedans.

— Je suis abonnée aux comportements autodestructeurs, reprit-elle.

— Je te comprends. Conor n'est vraiment pas mal. Si on pouvait mettre ce type en bouteilles et le vendre, les femmes se bousculeraient au portillon.

Carolyn plissa les yeux et observa de près sa compagne.

— Et toi, tu ferais la queue ?

Lorna s'adossa dans le fauteuil en cuir rouge.

— Je suis heureuse en ménage, mais ça ne signifie pas que je suis morte. Je suis parfaitement capable d'apprécier le charme d'un homme. Cela dit, je te rassure tout de suite : il n'y a rien entre Conor et moi. Il est mon meilleur ami, et je l'admire en tant que flic. On a été coéquipiers pendant des années. Ça crée des liens très particuliers. Je sais qu'il est prêt à risquer sa vie pour moi, et j'en ferais autant. J'aimerais tant le voir enfin heureux ! Je vais te dire une chose, Monahan : il est prêt à se caser. Il est mûr. A toi de le cueillir.

— Je ne suis pas certaine qu'il ait envie de se laisser cueillir.

— Je ne vais quand même pas te placer face à un miroir pour te montrer à quoi ressemble une femme amoureuse.

— Ce n'est pas si simple. On a un passé trop lourd, tous les deux. Et puis, nous menons des vies différentes, dans deux villes différentes, à des centaines de kilomètres l'un de l'autre. Nous avons des responsabilités. Nous n'attendons pas les mêmes choses de la vie. Sans oublier notre passé commun. Et quel passé !

— Tout ça, ce ne sont que des prétextes. Tu dresses des barrières entre vous, et tu t'en sers pour fuir parce que tu as peur. Oublie tout ça, l'espace d'un instant. S'il n'y avait que vous deux, et si rien ne vous séparait, que ferais-tu ?

— C'est injuste, comme question.

— Mais non ! C'est une question honnête. A présent, je veux une réponse sincère.

L'alcool aidant, Carolyn se laissa aller aux confidences.

— Je me jetterais à son cou, avoua-t-elle. Je le dévorerais tout cru.

— Tu vois ! Alors, cesse de te trouver des excuses, et fonce !

Carolyn sourit.

— Pour danser le tango, il faut être deux. Or, il ne veut pas de moi.

— Là, tu te trompes, ma belle. Il te veut. Il ne le sait peut-être pas encore, mais il te *veut*. Il a peur, lui aussi, c'est tout. A toi de lui montrer qu'il n'a rien à craindre.

Policzki toussota pour rappeler sa présence. Les deux femmes se tournèrent vers lui. Il s'était montré si discret que Carolyn l'avait oublié.

— Si je peux vous donner mon avis, dit-il, et avec tout le respect que je vous dois, il faudrait être fou pour ne pas vouloir de vous.

— Oh ! fit Lorna en posant son menton dans sa paume. C'est pas mignon, ça ? Il a raison, ce petit, Monahan !

Carolyn prit le verre de soda du jeune homme et le renifla.

— Vous êtes sûr que vous n'êtes pas ivre, Policzki ?

— J'ai trois sœurs, répondit-il. Cela fait vingt-cinq ans que je m'entraîne à être un homme de mon temps, un homme qui assume sa sensibilité.

Il prit une frite et la mangea. Puis il s'essuya les mains et se dirigea vers le juke-box.

— Au secours ! dit Lorna. S'il nous met du rap, je lui tire dessus. Aucun tribunal n'osera me condamner.

Le jeune homme se pencha pour lire les titres proposés, ce qui fit remonter la veste de son costume.

— Belles fesses ! déclara Lorna.

Carolyn fit mine d'être choquée.

— Tu n'as pas honte ? Tu pourrais être sa mère.

— On peut apprécier. Ça n'engage à rien.

La musique s'éleva alors. De quoi réveiller un mort. *Twist and Shout*, des Beatles.

Les deux femmes échangèrent un regard entendu.

— Seigneur ! dit Lorna. Il me plaît, ce petit. Il me plaît beaucoup.

Il était plus de 23 heures lorsqu'ils quittèrent le bar. Lorna prit le train pour rentrer chez elle, tandis que Policzki et Carolyn regagnaient le Boylston à pied. Malgré l'heure tardive, en cette soirée estivale, il faisait trente degrés. Policzki prit la jeune femme par le bras pour marcher sur les pavés irréguliers.

Elle l'observa du coin de l'œil.

— Dites-moi, vous avez une femme, une petite amie qui vous attend à la maison ?

— Non. Je vis chez ma mère. Quand mon père est mort, l'an dernier, je suis retourné habiter chez elle pour lui tenir compagnie.

— Eh bien, vous n'êtes pas seulement un gentleman, vous êtes aussi un fils dévoué. J'admire beaucoup les fils dévoués. Il se trouve que mon frère en est un. Moi, en revanche, je suis la fille prodigue. Votre mère a-t-elle une fille prodigue, Policzki ?

— Non. Nous sommes simplement une famille unie et heureuse.

— Vous avez de la chance.

Au Boylston, Julio les salua, fidèle au poste, et leur ouvrit la porte.

— Bonsoir, madame, monsieur.

S'il trouvait étrange qu'elle rentre à 11 heures et demie avec un homme différent de celui qui l'avait déposée le matin, il ne laissa rien paraître de sa surprise.

Dans le couloir, devant la porte de la jeune femme, un policier en uniforme était assis sur une chaise. Crayon à la main, il faisait les mots croisés du *New York Times*.

— Qui est-ce ? demanda Carolyn en s'arrêtant net.

— Mon remplaçant, expliqua Policzki. Mon service est terminé depuis deux heures.

— Vous m'abandonnez ? Dommage, on commençait seulement à s'apprécier.

— Je reviendrai demain matin.

— C'est promis ?

Elle eut soudain l'impression d'être une enfant qui se retrouve brusquement dans un camp de vacances, loin de son environnement familier.

— Promis. Je vous présente Stuart.

La jeune femme tendit la main à l'agent en uniforme.

— Carolyn Monahan.

Stuart posa son journal pour la saluer.

— Prends bien soin d'elle ! lui lança Policzki avec un regard d'acier. Sinon, tu auras affaire à moi.

Avant de partir, il inspecta la chambre à fond.

— N'ouvrez la porte à personne, à part Stuart et moi, d'accord ?

— Je connais la chanson, inspecteur.

— Ecoutez, je sais combien la situation est pénible pour vous. Mais je tiens à vous dire que je vous ai trouvée très bien, aujourd'hui.

— Moi aussi, je vous ai trouvé très bien, Policzki. A demain !

Carolyn s'enferma à double tour. Puis elle se déshabilla et enfila un peignoir de soie, tout en regrettant d'avoir bu autant. L'alcool la rendait sensible et vulnérable.

Elle éteignit la lumière et se tint devant la fenêtre ouverte, dans le noir, pour s'imprégner de l'ambiance de la ville. Dans la rue, en contrebas, les voitures étaient encore nombreuses à circuler. Au loin, une sirène se mit à hurler. Les gratte-ciel étaient parsemés de lumières. Carolyn se demanda qui pouvait bien travailler à cette heure tardive. Les équipes de nettoyage, peut-être ? Ou des cadres débordés, des accros au travail, sans aucune vie personnelle. Des gens comme elle…

Furieuse, elle essuya une larme. Mike avait peut-être raison. Avait-elle délibérément oublié qui elle était ? Elle s'était enfuie parce qu'elle avait honte de ses origines. Et aussi parce qu'elle s'en voulait d'avoir survécu à sa sœur. D'autant que Meg valait mieux qu'elle… Dire qu'elle allait devoir passer le reste de ses jours à vivre avec ce sentiment.

« J'aurais dû être à sa place. »

Cette constatation lui fit l'effet d'un coup de poignard en plein cœur. Sa douleur lui servait de moteur dans son travail, mais ses efforts ne la soulageaient pas. Comme Mike l'avait dit de façon si éloquente, elle pouvait mettre des milliers de tueurs derrière les barreaux, elle pouvait sauver des milliers de vies, cela ne changerait rien au passé. Rien ne pourrait jamais lui ramener Meg.

En se frottant la nuque, elle se rappela les mains de Conor sur ses épaules, sur tout son corps. Peut-être avait-elle renoncé à lui trop facilement ? Elle aurait dû accorder une autre chance à leur histoire. Hélas, il était trop tard. Conor était déjà dans les bras d'une autre femme, et elle ne pouvait s'en prendre qu'à elle-même. Conor Rafferty ne serait qu'un regret de plus à ajouter à sa liste déjà longue.

La bière la rendait mélancolique, et sa migraine était déjà bien installée. Elle avala deux cachets, en priant pour qu'il n'y ait pas d'interaction fâcheuse avec l'alcool. Puis elle se glissa entre les draps, et enfouit la tête sous l'oreiller.

Elle dormit d'un sommeil profond et sans rêves, jusqu'à ce que la sonnerie du téléphone la fasse émerger de l'inconscience. Elle mit un certain temps à retrouver ses esprits, puis chercha le combiné à tâtons.

— Monahan, marmonna-t-elle.

— Salut.

Le monde cessa de tourner. Une sensation étrange naquit en elle, une chaleur qui se propagea dans son ventre pour descendre vers ses cuisses. Elle avait la bouche sèche. L'alcool, sans doute. Elle dut s'humecter les lèvres.

— Salut.

— Je voulais simplement te dire…

Conor s'interrompit. Elle perçut son souffle.

— … que mon rendez-vous torride de ce soir, c'était pour réparer la plomberie chez ma mère.

Elle s'efforça de décrypter le sens de ses paroles, mais elle avait l'esprit trop embrumé. Le silence se prolongea, lourd de sens, tandis qu'elle cherchait une réponse à lui donner.

— Voilà, c'est tout, conclut-il. Je suis désolé de t'avoir réveillée. Rendors-toi.

Elle ouvrit la bouche pour lui répondre, mais il avait déjà raccroché.

15.

Le café la réveilla, mais ne dissipa pas le sentiment de honte qui l'habitait. D'après ses souvenirs, elle n'avait rien fait de trop embarrassant, la veille, à part imposer à Policzki des heures supplémentaires. Elle ne se montrait pas particulièrement sympathique avec lui, et pourtant, il faisait des efforts pour l'aider. Quand tout serait terminé, elle lui revaudrait ça. Un dîner dans un bon restaurant, peut-être, ou des places pour un match des Red Sox.

Evitant le groupe de journalistes postés devant l'hôtel de ville, elle prit l'escalier jusqu'au troisième étage. Ted Rizzoli était de retour, le teint cireux, la joue visiblement écorchée par une lame de rasoir. D'une main tremblante, il tenait un gobelet de café, tout en lisant la rubrique sportive du *Globe.* Il avait dû souffrir d'une grippe vraiment carabinée. Carolyn ne put s'empêcher de le plaindre.

— Bonjour, Rizzoli ! lança-t-elle vivement en passant devant lui.

Il leva les yeux, l'observa un instant pour juger de sa sincérité, puis se tourna vers Policzki.

— Bonjour, bredouilla-t-il avant de reprendre sa lecture.

La jeune femme ressentit une satisfaction presque puérile à l'idée d'avoir obtenu de lui une réaction à peu près civilisée. Puis Isabel la fit vite redescendre sur terre.

— Le lieutenant veut vous parler, annonça-t-elle.

Carolyn posa sa mallette sur son bureau, et jeta son sac à main sur sa chaise. Lissant des plis imaginaires sur sa jupe, elle inspira profondément.

— Attendez-moi ici ! ordonna-t-elle à Policzki.

Le cœur battant, elle se dirigea vers le bureau de Conor.

Pour la première fois de sa vie, elle avait les mains moites. Peut-être avait-elle attrapé la grippe de Rizzoli ? Peut-être aurait-elle la chance de tomber raide morte avant d'atteindre la porte ?

Elle n'eut pas cette chance. Depuis le seuil, elle regarda Conor signer un tas de formulaires, tout en songeant à ce qu'elle avait confié à Lorna, la veille. *Je le dévorerais tout cru.* Elle se sentit rougir. L'alcool lui avait fait raconter n'importe quoi.

Sentant sa présence, Conor leva la tête. Leurs regards se croisèrent longuement. Il semblait fatigué, ce matin, comme s'il n'avait pas dormi. Elle eut soudain envie de passer une main dans ses cheveux bruns. Que lui arrivait-il donc ?

— Tu voulais me voir ? bredouilla-t-elle.

— Oui. Entre et assieds-toi.

Elle obéit et attendit qu'il ait terminé de signer ses

documents. Puis il écarta la pile de papiers, posa son stylo, et ramassa un trombone qu'il se mit à torturer.

— Je suis désolé, pour hier soir.

En croisant de nouveau son regard, Carolyn crut que son cœur allait s'arrêter de battre.

— Je n'aurais pas dû t'appeler aussi tard. J'ai été stupide.

Le trombone se brisa. Il jeta les débris de métal dans la corbeille, avec les autres.

— Ce n'est rien, dit la jeune femme d'une voix morne.

— Heu, je…

Il se racla la gorge et se mit à tripoter son stylo.

— Les toilettes de Fiona ne fonctionnaient plus. La chasse d'eau. J'ai dû la réparer.

— Bien sûr. Comment va ta mère ?

Elle se comportait comme une gamine. Elle avait vu Fiona trois jours auparavant.

— Bien. Comme toujours.

Il se redressa et regarda derrière elle.

— Oui ? dit-il, impatient.

— Il faut que je te parle, marmonna Ted Rizzoli, sur le seuil.

— On est occupés. Ça ne peut pas attendre ?

Carolyn respira enfin, et se leva.

— Pas de problème. J'allais partir.

— Non ! dit Rizzoli. Restez. Il faut que je vous parle à tous les deux, en fait.

Carolyn n'avait qu'une envie : prendre ses jambes à son cou. Mais les dieux n'étaient pas avec elle. Elle se rassit, tandis que Conor faisait signe à Rizzoli d'entrer. Ted ferma la porte et prit place à côté de la jeune femme.

— Qu'est-ce qui se passe ? lui demanda Conor.

Rizzoli croisa les bras.

— Je n'ai pas eu la grippe, avoua-t-il. Il y a trois jours, j'ai arrêté l'alcool. C'est un enfer.

— Je vois, dit Conor en s'acharnant de plus belle sur son stylo.

— Les choses commençaient à mal tourner, à la maison. Ensuite, je me suis plongé dans cette enquête, et tout a explosé. Voilà pourquoi Jeannie m'a quitté. Elle ne me l'a pas dit franchement, mais j'ai compris.

Le silence était tel que Carolyn percevait les battements de son propre cœur.

— Quand j'ai commencé à avoir des absences, reprit Rizzoli, j'ai eu la peur au ventre. Il manquait des tronçons entiers de ma vie. Ils avaient disparu, comme ça. J'ai eu l'impression que tout s'écroulait autour de moi. J'étais un mauvais mari, un mauvais père, un mauvais flic, un être mauvais sur toute la ligne. Je passais mon temps à boire, aussi bien au travail qu'en dehors. Alors, il y a deux semaines, j'ai pris la décision de quitter la police.

Carolyn se mit à remuer sur sa chaise.

— Je vais peut-être vous laisser, dit-elle. Cette conversation devient un peu trop…

— Non ! dit Rizzoli. Restez. Il faut que vous entendiez ce que j'ai à dire, parce que vous êtes concernée.

Il se tourna vers Conor.

— J'ai donc pris la décision de quitter la police. Il y

a quelques jours, je suis allé chez toi, un soir, pour te remettre mon insigne et mon arme de service. J'étais garé de l'autre côté de la rue. Je cherchais le courage de frapper à ta porte, quand une Mitsubishi rouge est arrivée. Elle roulait au pas. Elle s'est arrêtée un instant, puis elle est repartie. J'ai eu un pressentiment de flic, et je l'ai suivie.

— Quoi ? s'exclama Caro. C'était donc vous ?

— C'était moi.

— Je ne comprends pas. Quand je me suis arrêtée et que je vous ai menacé de mon arme, vous vous êtes enfui. Pourquoi ne vous êtes-vous pas fait connaître ?

— J'avais absorbé pas mal d'alcool. Si je m'étais présenté à vous dans cet état, j'aurais été viré de la police. Or, en vous suivant, j'ai compris que j'étais, avant tout, un flic, et que je ne voulais pas démissionner. Alors, je me suis enfui. Voilà pourquoi je suis ignoble avec vous. Au début, je vous en voulais d'être une fédérale. Après ce soir-là, je vous en ai voulu parce que vous me rappeliez à quel point je m'étais ridiculisé.

— Je peux toujours te faire virer, déclara Conor. C'est d'ailleurs ce que je devrais faire.

— Ecoute, reprit Rizzoli. Je suis flic. Je ne sais rien faire d'autre. J'essaie de m'en sortir. Je me suis inscrit aux Alcooliques anonymes. J'ai parlé à Jeannie. Si j'accepte de consulter un psy, elle rentrera à la maison et me donnera une seconde chance. Mes filles me manquent, Conor. J'ai besoin de retrouver une vie normale. Et j'ai besoin de mon boulot, pour ça. Si tu m'en prives, j'aurai tout perdu.

Conor pianotait nerveusement sur le bureau.

— Je ne peux pas me contenter de faire comme s'il ne s'était rien passé.

— J'aurais pu garder le silence sur cette histoire, et tu n'aurais jamais rien su.

— C'est vrai, mais il s'agit d'une faute grave, Rizzoli. Boire de l'alcool pendant le service est inadmissible... Et tu me demandes d'étouffer l'affaire ?

— Je te demande de m'accorder une autre chance.

— J'ai besoin d'y réfléchir. Et il faudra aussi que je parle à ton accompagnateur aux AA. Il va sans dire que, si tu bois encore une fois pendant le service, je te prends ton arme et ton insigne sur-le-champ.

— Tu es un homme juste, dit Ted. Et je viens de placer mon avenir entre tes mains.

La main sur la poignée de la porte, il s'arrêta.

— Je m'en remets à toi, conclut-il.

Après son départ, le silence s'éternisa.

— Je n'y crois pas, dit enfin Conor. Qu'est-ce que je vais bien pouvoir faire de lui ?

— Tu es intelligent, dit Carolyn en se levant pour se diriger à son tour vers la porte. Je suis certaine que tu trouveras une solution.

— Pas si vite, Monahan ! Où vas-tu, comme ça ?

Elle se figea, le cœur battant à tout rompre.

— Au cas où tu l'aurais oublié, Rafferty, nous sommes en pleine enquête. J'ai du travail.

Conor la regarda intensément.

— Tu m'as raconté qu'on t'avait suivie dans le quartier sud, mais tu t'es bien gardée de me préciser d'où le type était parti.

Carolyn avait le choix entre s'écrouler et fanfaronner pour sauver la face. Or, sa réputation de courage n'était pas usurpée.

— Tu ne m'as jamais posé la question.

— Que fabriquais-tu devant chez moi ?

— Simple curiosité, dit-elle. N'en tire surtout pas de conclusions hâtives !

Dans le couloir, elle passa devant Policzki, qui traînait devant son bureau.

— Si vous laissez entrer qui que ce soit, je vous fais fusiller ! lui dit-elle.

Sur ces mots, elle claqua la porte derrière elle.

Le placard à balais qui lui avait été alloué était vraiment étouffant. Elle ne pouvait même pas y faire les cent pas. Elle s'écroula sur sa chaise, et se prit le visage à deux mains.

« Détends-toi, respire doucement ! »

Cela ne servit à rien. Son sang bouillonnait dans ses veines. Elle était prête à se battre contre n'importe qui. Puisqu'elle ne parvenait pas à se calmer, autant mettre sa rage à profit. Tremblant de tous ses membres, elle composa le numéro de sa mère.

— Maman, dit-elle sans préambule, il me faut les noms des personnes pour qui Meg faisait du baby-sitting.

— Mais cela remonte à dix ans ! Je ne peux pas…

Roberta s'interrompit brutalement.

— Pourquoi veux-tu ces noms ?

— Parce que je pense que l'une de ces personnes peut être l'assassin.

— Comment ? Qu'est-ce que tu racontes ?

— Je parle d'une jeune fille de dix-huit ans qui avait une liaison avec un homme marié. J'ignore qui est cet homme, et je ne sais pas ce qui s'est passé entre eux. Je sais simplement que ma sœur ne méritait pas de mourir, et je vais arrêter le salaud qui l'a tuée !

Après dix ans de silence, de souffrance, de rage et de culpabilité, rien ne pouvait endiguer le flot de ses paroles.

— Je suis consciente de ne pas être la fille dont tu rêvais, reprit-elle. Je n'ai jamais été à la hauteur de tes espoirs. Il aurait mieux valu que ce soit moi qui meure. Mais c'est Meg qui a disparu, et je ne peux rien y changer.

Elle se pencha en avant, et posa le front sur sa paume.

— Tu sais quoi, maman ? Moi aussi, je l'aimais. Je l'aimais, et elle est morte à cause de moi. Il ne se passe pas une journée sans que je me demande pourquoi. Pourquoi elle et pas moi ? Tu ne m'as jamais aimée autant que tu l'aimais, et tu as cessé d'être ma mère le jour de sa mort. Mais je suis encore ta fille, bon sang ! Et je suis là, à trente-deux ans, en train de mendier ton amour !

Elle chercha un mouchoir en papier dans son sac, et se moucha bruyamment.

— Nom d'un chien, maman, j'ai besoin de toi, moi aussi !

A l'autre bout du fil, le silence était assourdissant. Puis sa mère déclara :

— Pour l'amour du ciel, Carolyn, tu ne penses tout de même pas que j'aurais échangé la vie de Meg contre la tienne ?

— Pourquoi pas ? Elle était une fille modèle. Moi, je suis la méchante.

— Tu perds la tête. Tu crois vraiment que cela aurait été plus facile pour moi, si tu étais morte ?

— Je l'ai tuée, maman. Je l'ai tuée par mon comportement égocentrique.

— C'est ridicule. Personne ne t'a jamais reproché la mort de ta sœur.

— Moi, je me la reproche. Mike aussi.

Elle se moucha encore.

— Mais vous vous trompez, tous les deux, reprit Roberta. Je n'ai jamais aimé Meg plus que toi. C'était peut-être l'impression que tu avais, parfois. Mais c'est juste parce que je ne savais pas comment être ta mère.

Carolyn renifla et se tapota les yeux de son mouchoir.

— Qu'est-ce que tu veux dire par là ?

— Tu n'étais pas ce qu'on appelle une enfant facile. Quand tu as eu quatre ans, j'ai su que le sud de Boston ne te suffirait pas. Tu étais curieuse de voir le monde, au contraire de Meg et de Mike. Quand on allait se promener, tu retournais chaque pierre pour voir ce qu'il y avait en dessous. Je n'arrivais pas à te suivre. Tu étais trop intelligente, et cela te nuisait.

— Je n'étais pas la seule à être intelligente ! Meg l'était tout autant. Elle voulait être avocate, souviens-toi !

— Meg était casanière. La petite fille à sa maman. Elle serait peut-être devenue avocate, mais elle n'aurait pas quitté le quartier. Elle se moquait éperdument de ce qui se passait ailleurs. Toi, tu voulais conquérir le monde.

Sa voix s'adoucit.

— Tu te souviens quand je vous lisais des histoires, le soir ? Meg adorait ça. Elle m'implorait de lire toujours le même livre. Toi, tu te lassais très vite. Tu t'en allais. Je te retrouvais dans la cuisine, en train de discuter avec ton père. Tu étais fascinée par ses histoires de flic.

Carolyn sourit à travers ses larmes.

— Je me mettais en colère contre lui, reprit Roberta. J'avais peur que tu aies des cauchemars.

— Je n'en ai jamais eu.

— Naturellement ! Tu es la fille de Gerald Monahan.

— Tu ne voulais pas que je sois flic.

— Non. Ce n'est pas une vie. On met ses jours en danger chaque fois qu'on franchit le seuil de la maison. On voit les atrocités que les gens font subir à leurs semblables. On rate les anniversaires, les fêtes, les réunions de famille parce que le travail passe avant tout le reste. Et ne me dis pas que c'est différent, au FBI. Un flic, c'est un flic. Je suis bien placée pour le savoir. Ça fait trente-six ans que je suis femme de flic. Même à la retraite, ils ont encore ça dans le sang. Un flic reste un flic jusqu'à sa mort. Je voulais mieux pour toi.

— Et moi, maman, sais-tu ce que je voulais ?

— Non, Caro. Tu es la seule à le savoir. Tu as ce que tu voulais ?

Elle songea à Conor, et se dit qu'elle n'était pas prête à répondre à cette question.

— Pourquoi as-tu été aussi dure avec moi, ces dernières années ? demanda-t-elle à sa mère, les doigts crispés sur le combiné.

— Par ressentiment, je suppose.

— Du ressentiment ? Mais pourquoi ?

— Tu avais une façon d'affronter le monde... comme si tu n'avais peur de rien. Tu me donnais l'impression d'être inutile. Tu n'avais pas besoin de moi. Et moi, je ne savais faire qu'une chose : être mère. Avec toi, je n'y arrivais même pas.

— Mais tu te trompes ! J'ai besoin de toi ! Et tu n'as jamais été là pour moi.

— Tu ne me permettais pas d'être là ! Quoi que je dise, tu affirmais le contraire. Si je disais que le ciel était bleu, tu répondais qu'il était noir. Tout ce que je faisais pour toi, il fallait que tu l'analyses, au lieu de simplement l'accepter. Parfois, j'avais l'impression que tu faisais tout pour ne pas être aimée, que tu me défiais de t'aimer.

— Oh, maman !

Carolyn se sentit soudain submergée par une tristesse infinie.

— Tu passes ton temps à tout critiquer ! lança-t-elle à sa mère.

— Si je fais ça, c'est parce que tu comptes pour moi. Je n'ai pas envie que tu passes ta vie à pourchasser des malfaiteurs. Je veux que tu aies un mari et des enfants. J'ai peur qu'un jour, en regardant en arrière, tu regrettes tes choix.

— C'est à moi d'en décider, non ?

— Je ne prétends pas être une mère parfaite, mais si je t'ai harcelée, si je t'ai critiquée, c'était pour ton bien. Je ne veux pas que tu restes seule toute ta vie.

Carolyn ferma les yeux.

— Qui es-tu pour me dire ça ? On ne peut pas affirmer que ta vie de couple ait été un conte de fées !

Il y eut un silence. De toute évidence, elle avait fait mouche.

— Peut-être pas, reprit Roberta avec dignité, mais, quand je vais me coucher, le soir, ton père est là. Il tire toutes les couvertures à lui, et il ronfle comme un sonneur, mais si nous sommes toujours ensemble après toutes ces années, c'est que nous avons, au moins, réussi quelque chose. C'est ce que je te souhaite. Voilà pourquoi j'étais si heureuse de te voir arriver avec Conor, l'autre soir. J'espérais que vous étiez de nouveau ensemble.

— Je ne te comprends pas, maman. En quoi est-il différent des autres ? Il est flic, lui aussi !

— Sans doute. Seulement, quand il entre dans une pièce, tu t'illumines.

Carolyn faillit annuler son rendez-vous avec Malone. Après cette conversation épuisante sur le plan émotionnel, elle n'était pas certaine de supporter l'enthousiasme de Tommy. Elle passa le reste de la journée à éviter Conor et à rechercher quelques personnes ayant engagé Meg comme baby-sitter, du moins les rares personnes dont Roberta se souvenait. En dépit de la réprobation de sa mère, la jeune femme était assez efficace quand il s'agissait de recueillir des informations. Elle savait les analyser et remettre les pièces du puzzle à leur place pour obtenir un ensemble cohérent. Elle aimait chercher, fouiller. Etait-ce vraiment si terrible ? Malgré le stress et la pression, elle aimait son travail. Peut-être avait-elle eu tort de donner sa démission ? Depuis quelques jours, la perspective de retravailler avec Richard lui paraissait moins intolérable. Richard Armitage n'exerçait plus le moindre pouvoir sur elle, et elle avait conscience que leur relation était déjà terminée bien avant la rupture proprement dite.

Elle quitta le bureau de bonne heure, et prit un long bain chaud qui la détendit, au point qu'elle se sentit soudain pleine d'espoir. Roberta et elle n'avaient peut-être pas fait énormément de progrès, mais le dialogue qu'elle avait entamé avec sa mère était un premier pas vers une réconciliation. Elles avaient toutes deux admis leur souffrance et le besoin qu'elles avaient l'une de l'autre. C'était un début.

Carolyn n'avait apporté qu'une seule robe avec elle : un fourreau rouge vif. Elle se regarda dans la glace pour voir si elle n'était pas trop audacieuse, puis se dit que sa tenue convenait à une conférence. Elle ébouriffa ses cheveux, mit du rouge à lèvres, puis se vaporisa de parfum, déterminée à se comporter comme s'il s'agissait d'un rendez-vous galant et non d'une tentative pour oublier un certain lieutenant aux yeux verts.

Tommy arriva à 6 heures précises, et l'étudia d'un œil approbateur.

— Qui est le type qui attend dans le couloir ? demanda-t-il. Il m'a fait subir une fouille au corps, et m'a clairement montré son flingue pour que je saisisse l'allusion.

— C'est mon garde du corps. Il s'appelle Policzki.

Elle prit son sac en bandoulière et y glissa sa clé.

— Et, s'il croit qu'il va nous accompagner, ce soir, il se met le doigt dans l'œil.

— Un garde du corps ? répéta Tommy, éberlué. Vous avez reçu des menaces ?

— Pas ouvertement. Rafferty me surprotège, même s'il sait que ça m'énerve.

— Pour une fois, je suis tenté de dire qu'il n'a pas tort.

Il lui ouvrit la porte, puis la referma derrière elle.

En les voyant sortir, Policzki se leva.

— Je n'aurai pas besoin de vous, ce soir, déclara la jeune femme.

— Ce n'est pas comme ça que ça marche, agent Monahan ! répliqua-t-il avec une certaine irritation. Vous le savez bien.

Elle se prépara à un affrontement.

— Vous ne venez pas avec nous ! dit-elle en détachant chaque syllabe.

— Si, il vient, intervint Tommy en la prenant par le bras.

Carolyn se dégagea d'un geste rageur.

— Pour l'amour du ciel, Malone, personne ne s'attaquera à moi tant que je serai avec vous ! Ce type s'en prend aux femmes seules. Vous arriverez bien à me protéger.

— Je suis journaliste, pas flic. Au moindre coup de feu, je me planque sous la table. Si Rafferty considère que vous avez besoin d'être protégée, l'agent Policzki doit nous accompagner.

— Inspecteur, corrigea-t-elle, les dents serrées. L'inspecteur Policzki.

— Peu importe. Essayez de voir les choses avec philosophie. Tant que nous aurons un chaperon, vous n'aurez pas à redouter mes avances.

— Si vous me faites des avances, Malone, vous risquez de vous retrouver avec certaines parties du corps en moins.

Ils dînèrent dans un élégant restaurant italien du North End, avec des chandelles et de la musique douce. L'atmosphère était merveilleusement romantique. Du moins l'aurait-elle été pour Carolyn, si elle avait été accompagnée d'un autre homme que le bouillonnant Tommy Malone. Quelques tables plus loin, Policzki dégustait un minestrone à l'aide d'une cuillère en argent.

— Que s'est-il passé, après votre divorce ? demanda-t-elle à son compagnon, histoire d'entretenir la conversation.

Malone prit un petit pain qu'il entreprit de beurrer.

— J'ai quitté Boston. J'ai pas mal bougé. J'ai travaillé dans des petits journaux, sur la côte Est. Mais je ne restais jamais très longtemps au même endroit. C'était comme si Boston ne cessait de me rappeler. C'est ici que vit mon gosse, et j'en avais assez de ne le voir que quinze jours, l'été. Il y a trois ans, la *Tribune* m'a proposé une place, alors je suis rentré.

— Je pense toujours que vous méritez mieux que ce torchon.

Il mastiqua lentement une bouchée de pain.

— Je suis comme ça, dit-il. Je vis en dessous de mes moyens. Mais racontez-moi plutôt ce qui se passe entre vous et Rafferty.

— Il n'y a rien à raconter, répondit la jeune femme en buvant une gorgée de vin.

— Ce n'est pas ce qu'on dit. J'ai appris, par une source sûre, que vous formiez un couple torride.

— Seigneur, Malone, qui a pu vous raconter une chose pareille ?

— Nous sommes dans l'ère de l'information. Et je suis journaliste. C'est mon boulot.

— Eh bien, pour votre information, sachez que Rafferty et moi, c'est de l'histoire ancienne. Vous pouvez le noter dans votre calepin.

— Cela signifie-t-il…

Il enroula ses spaghettis autour de sa fourchette.

— … que vous êtes libre ?

— Nous étions convenus que vous ne me feriez pas d'avances, ce soir.

— C'est vous qui en avez décidé ainsi, pas moi, rétorqua-t-il avec un sourire juvénile.

— Attention, Thomas, je suis armée !

— Cela ne vous rend que plus attirante. J'aime les femmes dangereuses.

Il posa sa fourchette et lui tendit ses poignets.

— Passez-moi les menottes, agent Monahan. Arrêtez-moi, je suis à vous.

— Vous êtes vraiment cinglé, Malone ! lança-t-elle en étouffant un rire.

— Certes, mais je vous ai, au moins, fait rire. Vous devriez rire plus souvent.

Il posa le menton sur sa paume.

— Vous savez, vous ressemblez beaucoup à votre sœur, tout en étant très différente d'elle.

Carolyn se figea.

— Vous connaissiez Meg ?

— Je vous ai dit que j'avais fréquenté le même lycée que vous.

Il chipa un champignon dans l'assiette de la jeune femme.

— Meg et moi, on sortait ensemble, de temps en temps.

— Très bien, Malone, je mords à l'hameçon. En quoi sommes-nous différentes ?

— Meg était douce. Un vrai soleil, pleine de gentillesse. Elle riait beaucoup. Elle n'avait pas encore eu l'occasion d'être déçue par la vie. Vous, en revanche, vous avez un côté sombre, quelque chose de mystérieux. C'est très attirant. Je parie que vous avez tous les hommes à vos pieds.

— Ce ne sont jamais les bons, avoua-t-elle tristement.

Ce qui le fit sourire.

— Vous voyez ce que je veux dire ? Vous avez l'esprit acéré comme une lame de couteau.

La salle de conférences était bondée. Carolyn scruta la foule avec stupeur. Jamais elle n'aurait cru que les Bostoniens étaient si nombreux à s'intéresser à l'art asiatique. Le conférencier était un spécialiste des antiquités chinoises. Il parvint à transmettre à l'auditoire sa passion et son enthousiasme. Carolyn sortit même une vieille facture de téléphone de son sac afin de prendre quelques notes sur l'enveloppe. Jamais elle ne pourrait s'offrir un vase authentique, mais pourquoi pas une reproduction ?

A 22 heures, la foule quitta la salle. Policzki les suivait de loin. Tommy prit Carolyn par le bras et l'entraîna vers le hall. Par petits groupes, les visiteurs commentaient la conférence à laquelle ils venaient d'assister. Une vitrine contenant des pièces africaines attira l'attention de la jeune femme.

— Excusez-moi une minute, dit-elle à Malone en s'éloignant de lui.

Une femme vêtue de noir la rejoignit devant la vitrine.

— Intrigant, non ? Ce mélange si vivant de passion et de naïveté… Vous êtes collectionneuse ?

— Très peu, hélas, répondit Carolyn. Et uniquement de reproductions.

La femme se retourna pour s'adresser à l'homme qui l'accompagnait, et qui bavardait avec un ami, non loin de là.

— Conor chéri, viens voir !

Il fit volte-face. Carolyn se retrouva alors en présence de Conor Rafferty.

16.

Elle eut l'impression de recevoir une gifle, au point qu'elle en eut le souffle coupé. Ils se dévisagèrent longuement dans une souffrance terrible. Avec son élégant costume noir, sa cravate noire sur une chemise d'un blanc immaculé, elle le trouva terriblement séduisant. Luttant pour reprendre son souffle, elle se tourna vers la jeune femme. Superbe, gracile, elle avait un teint de porcelaine. Elle soutint son regard, puis scruta le visage de Conor. D'instinct, elle lui agrippa le bras dans un geste manifestement possessif.

— Chéri ? dit-elle. Vous vous connaissez, tous les deux ?

Ils ne disaient rien, comme pétrifiés. Carolyn connaissait la sensation d'avoir Conor en elle, elle connaissait les mots qu'il prononçait dans le feu de la passion, elle se rappelait la couleur exacte de ses yeux au moment de l'extase. Elle goûtait encore la saveur de sa peau, elle connaissait ses petites cicatrices, l'expression de son visage lorsqu'il dormait. Elle avait dansé pieds nus avec lui, au clair de lune, au bord de l'océan. Jamais elle n'oublierait ces détails. Et elle ne supportait pas l'idée que cette femme ait partagé les mêmes sensations.

Gwen observa une nouvelle fois Conor, évalua rapidement la situation, et prit les choses en main.

— Gwen Sloane, dit-elle en tendant la main à Carolyn. Et vous êtes… ?

Retrouvant enfin ses esprits, Carolyn prit une profonde inspiration.

— Carolyn Monahan, répondit-elle en serrant la main de Gwen un peu froidement.

— Naturellement, répondit sa rivale d'un ton acerbe. L'agent du FBI. Conor m'a parlé de vous.

— Oui. Il m'a parlé de vous, aussi.

Tommy s'approcha, et prit nonchalamment le bras de Carolyn.

— Rafferty ! lança-t-il. Le monde est petit, n'est-ce pas ?

— Malone, répondit le policier sans sourciller.

Nul ne savait que dire. Ils demeurèrent figés dans un silence pesant, tel un tableau vivant qui aurait pu s'intituler *Ménage à trois*.

— Excusez-moi, dit Carolyn. Je ne me sens pas très bien.

Sur ces mots, elle tourna les talons et s'enfuit avec un tel empressement qu'elle faillit heurter Policzki sur son passage. Tant pis si elle était ridicule. Conor n'aurait qu'à expliquer à sa petite amie pourquoi l'agent du FBI avait détalé comme si elle avait le diable à ses trousses. Elle s'en moquait.

Dehors, elle prit une profonde inspiration. Voir Conor en compagnie de Gwen Sloane l'avait profondément ébranlée. Elle entendit un bruit de pas derrière elle, puis une main se posa sur son bras.

— S'il vous plaît, Tommy, accordez-moi une minute pour…

Elle leva les yeux et découvrit non pas Tommy mais Policzki.

— Ça va ? lui demanda-t-il gentiment.

Elle se mordit la lèvre, puis secoua la tête, tandis que les larmes lui montaient aux yeux.

— Où est Malone ?

— Je lui ai dit que je vous raccompagnais.

— Et vous avez réussi à vous en tirer comme ça ?

Le jeune homme avait les yeux d'un marron foncé et chaleureux qu'elle n'avait jamais remarqué.

— Je suis armé, répondit-il avec l'esquisse d'un sourire. Pas lui. Venez, nous allons prendre le métro.

A cette heure tardive, la rame était presque vide. Il n'y avait que quelques visiteurs du musée et deux ou trois étudiants. Carolyn s'assit à côté de Policzki, triste et abattue, tandis que la rame s'ébranlait.

Ils descendirent à Arlington, puis marchèrent jusqu'à l'hôtel. Julio n'était pas de service. Carolyn sourit distraitement à l'inconnu en uniforme bordeaux qui lui ouvrit la porte.

Dans le couloir, Stuart lisait un roman.

— Bonsoir, leur dit-il avec son accent prononcé de Boston.

Carolyn lui adressa un petit signe, puis ouvrit la porte de sa chambre.

— Attendez ! ordonna Policzki. Je dois effectuer les vérifications de routine.

Quand il fut certain que tout allait bien, il fit signe à la jeune femme d'entrer.

— Vous voulez que je reste avec vous ?

— Inutile, répondit-elle. Je préfère être seule. Merci pour tout.

— Si vous avez besoin de quoi que ce soit, appelez Stuart : il ne sera pas loin.

Après le départ du jeune homme, Carolyn se retrouva donc seule. Elle s'enferma à clé et appuya le visage sur le panneau de bois.

— Imbécile ! murmura-t-elle pour elle-même. Quelle imbécile !

Elle aurait dû faire demi-tour et rentrer en Virginie à la seconde où elle avait appris qu'elle devrait travailler avec Conor Rafferty. Au lieu de cela, elle était restée, et avait joué avec le feu. Par sa propre faute, elle s'était brûlée. Elle s'en voulait d'être follement amoureuse d'un homme qu'elle ne pouvait avoir.

Elle se rendit dans la salle de bains. L'éclairage impitoyable soulignait les rides de son visage. Son mascara avait coulé sur ses joues. Elle se débarbouilla, tout en essayant de chasser Conor de son esprit.

En vain. Elle avait meilleure mine, mais sa douleur lancinante était toujours là. A tout moment, son cœur risquait de se briser en mille morceaux. Elle se mit à se brosser les cheveux avec vigueur, en songeant à Gwen Sloane et aux mille façons de la mettre hors jeu.

En entendant frapper à la porte, elle se figea. C'était peut-être Policzki qui voulait savoir si elle se sentait mieux. Ou Tommy, venu lui proposer son réconfort. Pourvu que ce ne soit pas Conor, en tout cas ! Elle avait beau être forte, il y avait des limites à ce qu'elle pouvait endurer. Les mains tremblantes, elle posa sa brosse et alla voir.

L'homme qu'elle découvrit dans le judas portait un costume Armani vert foncé, et affichait une expression impatiente sur son beau visage. Atterrée, la jeune femme songea un instant à regagner la salle de bains et à s'y enfermer jusqu'à ce qu'il s'en aille. Mais ça n'aurait servi qu'à repousser l'échéance. Elle le connaissait bien : il allait rester posté devant sa porte jusqu'à ce qu'elle accepte de lui parler.

La pire journée de sa vie n'était pas encore terminée.

Elle ouvrit la porte.

— Richard, dit-elle d'un ton las. Qu'est-ce que tu fais là ?

Chez Gwen, Conor regardait par la fenêtre du salon, les épaules crispées, les poings serrés dans ses poches. Dehors, les lampadaires projetaient des ombres irréelles sur le parking. Dans la cuisine, Gwen préparait du café. Conor était tellement énervé qu'une dose de caféine suffirait sans doute à le propulser dans l'espace.

Il avait toujours su que, tôt ou tard, ils en arriveraient là. Qu'il devrait faire un choix. Mais il supposait que, quand ce jour viendrait, les choses se dérouleraient de façon courtoise et réservée. Jamais il n'aurait soupçonné que le seul fait de voir Carolyn Monahan dans cette robe rouge à couper le souffle, au bras de Tommy Malone, lui ferait l'effet d'un coup de poignard dans le ventre. Ses sentiments pour Carolyn n'avaient rien de réservé, rien de courtois. Il aurait dû avoir l'intelligence de le comprendre avant ce soir.

Gwen l'enlaça par-derrière.

— Tu n'as pas prononcé un mot, depuis que nous avons quitté le musée, susurra-t-elle.

Il ouvrit la bouche pour lui répondre, mais ses paroles ne furent pas celles qu'il avait prévues.

— Tu m'aimes ? demanda-t-il.

Elle resserra son étreinte. Soudain, le grondement de la cafetière parut assourdissant.

— Pardon ?

Il se dégagea de ses bras, et se retourna pour voir son expression abasourdie.

— Tu m'as très bien entendu, Gwen, mais je vais répéter ma question. Est-ce que tu m'aimes ?

— Je...

Elle s'humecta les lèvres.

— Tu es séduisant, intelligent, de bonne compagnie. Tu es aussi un amant merveilleux... Je ne suis pas certaine de comprendre ta question.

— Ce n'est, pourtant, pas si compliqué, madame le procureur. Fais comme si tu étais au tribunal, dans le box des témoins, lors d'un contre-interrogatoire mené par un avocat particulièrement féroce. Un type comme toi. Il vient de te poser la question à un million de dollars : « Est-ce que vous aimez Conor Rafferty ? » Quelle est ta réponse ?

Elle le dévisagea, cherchant peut-être une réponse qu'elle ne trouvait nulle part ailleurs. Elle avait l'air d'une bête traquée.

— Tu es terriblement séduisant, Conor. Je te respecte et, surtout, je t'aime beaucoup. Je crois que nous formerions un beau couple. Non, j'en ai la certitude. Mais, en toute honnêteté, je n'ai jamais considéré que l'amour faisait partie du tableau.

— Je suis soulagé de l'entendre, répondit-il. Parce que, pour te dire la vérité, je ne t'aime pas, moi non plus.

C'était bon de pouvoir le dire enfin à haute voix, de reconnaître ce qu'il savait au fond de son cœur, depuis le départ.

— Mais ce n'est pas grave, reprit Gwen posément. L'amour n'est pas indispensable à la réussite d'un mariage. L'amour ne dure pas, Conor. Tu peux demander à n'importe quel avocat spécialisé dans les divorces. Ils te diront tous la même chose : ce sont les mariages d'amour qui se soldent, le plus souvent, par des divorces.

— Je n'en suis pas certain, dit Conor. Je doute que ces avocats soient les meilleurs spécialistes en matière de mariages réussis.

— Si tu as peur que je profite de toi, nous pouvons conclure un accord prénuptial. J'ai un ami qui…

— Gwen !

Elle se tut. Il aperçut une larme dans ses yeux.

— Quoi ?

— Pourquoi tiens-tu absolument à te marier avec un homme qui vient de t'avouer qu'il ne t'aimait pas ?

— Je te l'ai dit, Conor. Ça n'a pas d'importance, pour moi.

— Pour moi, si.

— C'est à cause d'elle, n'est-ce pas ? Cet agent du FBI ? Tu es amoureux d'elle, c'est ça ?

— Bien sûr que non !

Il se mit à marcher de long en large, l'air pensif.

— Je ne sais pas, en fait. Peut-être.

Il réfléchit encore, et soupira.

— Probablement.

— Cela fait combien de temps qu'elle est là ? demanda Gwen. Dix jours ? Tu ne la connais même pas.

Il s'appuya contre le mur, et croisa les bras.

— Je la connais depuis toujours, ou presque. Nous avons un passé commun.

Il leva les yeux vers Gwen.

— C'est peut-être pour cette raison que j'ai tant de mal à m'engager avec une femme. Je n'ai sans doute jamais cessé de l'aimer.

— Alors, c'est fini ? conclut Gwen d'une voix sans émotion. Juste comme ça.

— Oui. C'est fini. Je regrette. Il faut que tu saches que je ne m'attendais pas à ça.

— Ne prends pas cet air accablé, Conor. Ce n'est pas la fin du monde. Nous avons passé six mois agréables. Je devrais me sentir flattée. A en juger par ce que j'ai entendu dire sur toi, j'ai battu un record. Tu sais comment les gens te surnomment ? Le tombeur.

— Seigneur ! dit-il en grimaçant.

— Elle est très belle, reprit Gwen d'un ton acerbe. Vous aurez des enfants superbes.

Il la regarda, bouche bée. Elle se mit à rire.

— Dommage que je n'aie pas un appareil photo sous la main. Tu fais une de ces têtes ! J'imagine que tu ne veux plus de café ?

— Non. Je te remercie.

— Alors, tu devrais rassembler toutes tes affaires et t'en aller tranquillement. J'attendrai que tu sois parti pour pleurer.

— Tu ne rappelles donc jamais les gens ? lança Richard en entrant en trombe dans la chambre de Carolyn, comme s'il était chez lui. Je n'ai pas arrêté de t'appeler, et…

— Le moment est mal choisi, Richard. Tu ne peux pas attendre demain ?

— Non. Ferme la porte et assieds-toi. Il faut que je te parle.

— Je préfère rester debout.

— Comme tu voudras. Mais moi, je vais m'asseoir.

Il regarda le lit, puis se ravisa et opta pour le climatiseur installé près de la fenêtre.

— Je te croyais à New Haven.

— J'y étais. Mais, comme je n'arrivais pas à te joindre par téléphone, j'ai loué une voiture et je suis venu. La circulation est difficile, ici.

Elle croisa les bras et afficha un sourire forcé.

— Bienvenue à Boston. Ecoute, Richard, j'aimerais

que tu ailles droit au but. Il est tard, et je crois que je couve une grippe.

Elle mentait, dans l'espoir de le décourager.

— Je quitte l'agence, Caro. On m'a proposé un poste au département d'Etat, et je l'ai accepté.

Il parvint enfin à capter son attention.

— Tu pars ? dit-elle, incrédule. Quand ?

— La semaine prochaine. Voilà pourquoi je t'appelais. Mes supérieurs veulent que tu prennes ma place.

La jeune femme fut assaillie par une poussée d'adrénaline. Le moment qu'elle espérait depuis des années était arrivé.

— Mais c'est impossible ! dit-elle. J'ai déjà donné ma démission.

Richard ajusta le pli de son pantalon.

— Elle est toujours sur mon bureau.

— Tu ne l'as pas transmise ?

Le sourire de Richard était trop lisse, son menton trop fuyant. Quant à son sourire, il était faux… Comment avait-elle pu croire une seconde qu'elle aimait cet homme ?

— Tu as démissionné pour des raisons personnelles, reprit-il. A cause de ce qui s'était passé entre nous. Mais je savais bien qu'une fois l'affaire tassée, tu regretterais ta décision. J'ai voulu t'accorder le temps de réfléchir. Quand je serai parti, tu n'auras plus aucune raison de fuir.

— Attends une minute ! dit-elle. Tu veux bien répéter, s'il te plaît ?

Il cligna des yeux.

— Quand je serai parti, tu n'auras plus aucune raison…

— Voilà ! Voilà ce que je voulais entendre. Depuis combien de temps es-tu au courant, Richard ?

Pour la première fois, son sourire disparut.

— Trois semaines.

— Trois semaines ! Trois semaines, et tu n'as pas pris la peine de m'en parler ? Tu m'as laissée démissionner en sachant pertinemment que tu allais quitter le bureau et que le poste que je convoitais depuis des années allait m'être proposé ?

— Je ne pouvais en parler à personne avant d'en avoir la confirmation.

— Ne dis pas n'importe quoi ! Tu as simplement voulu garder un atout en main pour le jouer au bon moment. Tu es l'être le plus manipulateur que j'aie jamais rencontré !

Il pinça les lèvres.

— Maintenant que nous en avons terminé avec les amabilités, je suis venu te proposer ce poste, Caro. C'est une promotion en or, avec une augmentation de salaire en conséquence. Tu comptes l'accepter ?

— Pourquoi moi ? cria-t-elle. Pourquoi nos supérieurs tiennent-ils à ce que ce soit moi ?

Elle se mit à arpenter nerveusement la pièce, avant de faire volte-face.

— Pourquoi pas Sully ou Lou ? Ce sont d'excellents agents, et ils ont plus d'ancienneté que moi. Sully est là depuis quinze ans. C'est lui qui mérite ce poste, pas moi.

— J'ai plaidé ta cause. Je pensais que c'était ce que tu voulais.

Richard avait, à présent, l'air d'un petit garçon vexé et boudeur.

— Tu es l'un des meilleurs agents avec qui j'aie jamais travaillé, Carolyn. J'ai passé des années à te former, à te façonner. Je t'ai enseigné tout ce que tu sais.

— Non, Richard. Tu t'es servi de moi pour flatter ton ego. Jouer les Pygmalion te donnait de l'importance. Tu as pris une pauvre fille ignorante, née du mauvais côté de la barrière, et tu en as fait ce que tu voulais. Tu m'as appris à marcher, à m'habiller, à reconnaître un bon vin. Tu m'as initiée aux plaisirs raffinés de la vie, et tu m'as appris à les aimer. Je suis à présent diplômée de l'académie Richard Armitage pour jeunes filles. Rien de tout cela n'était en rapport avec mon travail.

— Tu te trompes, Carolyn. A certains égards, tu es toujours très naïve. Si tu comptais gravir les échelons de la hiérarchie, tu devais connaître toutes ces choses. Qu'importe ce que tu en penses, la haute société accorde de l'importance à ces détails.

— Je l'emmerde, la haute société !

— Je reconnais bien là ma petite Caro, rétorqua-t-il sèchement. Tu n'as jamais songé qu'à tes propres intérêts.

— Je ne suis plus ta *petite Caro* depuis longtemps ! S'il y avait une chose à laquelle tu ne t'attendais pas, c'est que je me révèle plus intelligente que toi. Eh bien, tu sais quoi ? Je t'ai repéré, Richard. Je connais tes faiblesses, et je n'hésiterais pas à m'en servir si le besoin s'en faisait sentir.

Elle crut le voir pâlir.

— Tu veux ce poste, oui ou non ? Washington me met la pression pour avoir ta réponse.

— J'ai besoin de temps pour réfléchir.

— Je n'ai pas de temps à t'accorder. Si tu refuses, je n'ai qu'une semaine pour trouver quelqu'un d'autre.

— Et tu étais certain de ma réponse, n'est-ce pas ? Eh bien, je te répondrai dans vingt-quatre heures, pas avant.

Quelqu'un frappa à la porte.

— Quoi, encore ? lança Carolyn. Qui peut bien me rendre visite à 11 heures du soir ?

Richard croisa les bras et observa la jeune femme d'un air curieux.

— Tu ne vas pas ouvrir ?

A contrecœur, elle alla regarder par le judas. C'était Conor. Le cœur battant à tout rompre, elle actionna le verrou…

Il portait les mêmes vêtements qu'au musée. Il était toujours aussi superbe. Mais il semblait aussi abattu qu'elle.

— Salut, dit-il en hésitant.

Elle appuya la tête contre le panneau de bois. Pourquoi fallait-il toujours qu'elle succombe au charme des hommes séduisants ?

— Salut.

Il se mit à tripoter des pièces de monnaie dans sa poche.

— Il faut qu'on parle.
— Oui, je suppose.
— Tu crois que je peux entrer ?
Certaines femmes savaient tirer un enseignement de leurs erreurs. De toute évidence, Carolyn n'en faisait pas partie.
— Pourquoi pas ? dit-elle en reculant. Autant te joindre à la fête !
Dès qu'il aperçut Richard, Conor se figea.
— J'ignorais que tu avais de la compagnie.
Elle referma la porte.
— Richard Armitage, dit-elle d'un ton las. Lieutenant Conor Rafferty.
Conor se raidit davantage, mais Richard s'approcha avec aisance.
— J'espérais bien avoir l'occasion de parler de l'enquête avec vous. Carolyn n'a pas daigné répondre à mes messages.
L'enquête. Il y avait donc encore une enquête. Au cours des jours qui venaient de s'écouler, la vie personnelle de la jeune femme l'avait totalement éclipsée.
Les deux hommes échangèrent une brève poignée de main.
— Appelez-moi demain, dit Conor un peu sèchement. Je vous tiendrai au courant des derniers développements.
Carolyn croisa les bras et regarda Richard avec insistance. Il les observa tous deux, et haussa les sourcils.
— Bon, conclut-il en se frottant les mains. Je vais y

aller. Ravi de vous avoir rencontré, Rafferty. A demain, ajouta-t-il à l'intention de Carolyn.

Le parfum de son eau de toilette coûteuse s'attarda dans son sillage. La jeune femme referma la porte à clé, en cherchant à calmer les battements effrénés de son cœur.

— Qu'est-ce qu'il fait là ?

Elle prit une profonde inspiration, et se retourna enfin. Conor avait enlevé sa cravate et l'avait laissée tomber sur le lit. Il déboutonnait son col de chemise.

— Le travail, répondit-elle. Et toi ?

— Caro, arrête de me regarder comme ça.

— Je te regarde comment ?

— Tu me regardes comme si j'étais une saleté dont tu aimerais bien te débarrasser.

— Mais non, je...

— Arrête ! Je ne t'ai jamais rien promis. Nous sommes-nous engagés l'un envers l'autre ? Est-ce moi qui ai décidé que, finalement, nous n'avions rien à faire ensemble ?

Elle ouvrit la bouche, mais la referma aussitôt.

— Non, admit-elle enfin.

— Alors, pourquoi es-tu aussi fâchée contre moi ?

— Je ne le suis pas.

Elle était au bord des larmes, ce qui, pour elle, était un péché impardonnable.

— Nom d'un chien ! marmonna Conor en se détournant d'elle pour aller regarder par la fenêtre. Rien de tout cela n'aurait dû arriver.

Il fit volte-face et se mit à arpenter nerveusement la chambre.

— On a tout faux. C'était le mauvais moment, la mauvaise personne, le mauvais endroit. Jamais je ne laisse une femme me posséder. Je les prends et je les jette. C'est ce que Gwen m'a dit, tout à l'heure.

Il s'immobilisa enfin.

— Je viens de rompre avec elle.

Carolyn s'attendait à tout sauf à ça. Son cœur s'emballa.

— Pourquoi ? demanda-t-elle.

— Mais bon sang, Monahan, c'est ce que j'essaie de te dire ! Tu ne m'écoutes pas ?

— Si, je t'écoute, mais je comprendrais mieux si tu t'exprimais plus simplement.

— Je ne vais pas te mentir : ça ne m'a pas fait plaisir, dit-il, comme pour lui-même. Mais c'est comme ça, et il faut que je l'accepte.

— Conor, qu'est-ce que tu racontes ?

— Je parle de nous, répondit-il, étonné qu'elle n'ait pas saisi. Toi et moi ! J'ai rompu avec Gwen parce que je suis amoureux de toi !

Elle ignorait si elle devait en rire ou en pleurer.

— Seigneur ! dit-elle en croisant les bras pour réfléchir à ce qu'elle allait répondre. Très bien, Rafferty, voilà comment les choses se présentent. Nous avons très mal choisi notre moment. Richard est venu me voir, ce soir, pour m'annoncer qu'il quittait l'agence. On me propose de le remplacer.

Elle observa l'expression de Conor, tandis qu'il mesurait les conséquences de cette promotion.

— A Quantico ?

— A Quantico.

Ce fut au tour de la jeune femme de faire les cent pas.

— Richard me forme pour ce poste depuis le jour où j'ai commencé à travailler avec lui. Ça fait quatre ans que j'espère cette promotion. Quant à toi, ça fait dix ans que je m'efforce de te fuir… Le moment est vraiment mal choisi…

— Qu'est-ce que tu es en train de me dire, au juste ?

Elle essuya rageusement une larme qui coulait sur sa joue.

— Tu es vraiment obtus, ma parole ! Je suis en train de te dire que je t'aime aussi !

Il se précipita vers elle et la prit dans ses bras. Fermant les yeux, elle appuya la joue sur le revers de sa veste, et écouta les battements frénétiques de son cœur.

Conor enfouit le visage dans ses cheveux.

— Qu'as-tu répondu à Richard ? demanda-t-il d'une voix rauque.

Elle posa une main sur sa poitrine.

— Je lui ai demandé vingt-quatre heures de réflexion.

— Ce serait idiot de refuser une telle proposition.

— Je sais.

— Monahan, tu es en train de barbouiller ma chemise de mascara !

— Aucune importance. Je t'en offrirai une autre.

Il effleura la fine soie rouge de sa robe qui couvrait à peine ses épaules.

— C'est pour Malone que tu t'es habillée comme ça ? demanda-t-il, visiblement blessé.

— Non, c'est pour toi, répondit-elle.

Il la prit par le menton et l'obligea à croiser son regard.

— Pour moi ?

— Pour te faire un pied de nez. Tu imagines ce que j'ai ressenti quand tu m'as laissée tomber ?

— C'était par instinct de conservation. Tu étais sur le point de me larguer. Ma fierté de mâle ne l'aurait pas supporté. Il fallait que j'agisse le premier.

— Je ne peux rien te promettre. Si j'accepte ce poste, je ne serai pas très disponible. Washington, ce n'est pas la porte à côté.

— Ce n'est pas le bout du monde, non plus. Il y a des avions qui font la navette.

Il caressa sa joue.

— Et j'ai entendu parler d'une nouvelle invention qu'on appelle le téléphone.

Elle prit sa main dans la sienne.

— Un amour à distance. Comme c'est palpitant ! Je laisserai des messages à Isabel. Toi, tu en laisseras à Penny. Mieux : on échangera des mails. Tu verras, le cybersexe, c'est formidable.

— Ecoute, il faut que je te dise une chose... Depuis ton arrivée, je n'ai pas couché une seule fois avec Gwen.

— Conor, s'il te plaît ! Pourquoi faut-il que tu me déstabilises, chaque fois que j'essaie d'être solide ?

— Je me contente d'être franc. Caro, je veux que tu fasses tes bagages. Tu quittes cet hôtel dès ce soir.

— Pour aller où ?

— Tu rentres à la maison, avec moi. Ta place est là-bas.

Conor avait vidé la moitié de ses tiroirs et fait de la place dans son armoire. Pendant qu'il promenait Néron, Carolyn s'installa. C'était une étape effrayante, même s'il ne s'agissait que d'un arrangement provisoire. Ses produits de maquillage prenaient bien trop de place sur la commode. En posant sa brosse à dents dans le gobelet, à côté de celle de Conor, elle eut l'impression de sceller son destin à jamais.

Elle entendit les pas de Néron dans l'escalier. Puis la porte s'ouvrit.

— Cette promenade n'a pas duré bien longtemps, dit-elle.

— Je surveillais la maison, répondit Conor en posant sur elle des yeux incroyablement verts. Ce soir, c'est moi ton garde du corps.

— Dans ce cas, on peut vraiment parler de protection rapprochée ! Lieutenant, je croyais que le règlement interdisait aux flics de coucher avec les personnes qu'ils étaient censés protéger.

— En effet, dit-il en s'approchant d'elle d'un pas nonchalant. Qu'allons-nous bien pouvoir faire ?

Elle glissa les mains sous son T-shirt pour caresser sa peau.

— Je vais devoir t'arrêter.

Il s'appuya au chambranle de la porte, au-dessus de la tête de la jeune femme.

— Mais, dites-moi, agent Monahan, vous n'êtes pas dans votre juridiction...

— Sauf si vous commettez un crime fédéral, répliqua-t-elle en remontant les mains le long de son torse.

— Et dans le cas contraire ? souffla-t-il à son oreille.

— Je suis armée, dit-elle en s'attaquant aux boutons de son jean.

— Mais moi aussi !

Sur ces mots, il l'embrassa à perdre haleine.

« Rien ne vaut l'amour pour bien commencer la journée ! » songea Carolyn.

Tandis que Conor se rasait, elle gagna la cuisine pour chercher de quoi préparer un semblant de petit déjeuner. Mais elle ne trouva rien.

— Je me contente d'avaler quelque chose au fast-food, expliqua-t-il, les joues barbouillées de mousse à raser. Le matin, je n'ai pas le temps.

Ses artères ne devaient pas être en très bon état, avec toutes ces graisses. La jeune femme se promit de faire un saut à l'épicerie, en rentrant.

Ils se rendirent au bureau ensemble, ignorant les regards entendus que suscita leur arrivée. Carolyn se rendit directement dans son placard à balais.

— Bonjour, Isabel ! lança-t-elle, tandis que le rythme latino de Gloria Estefan s'élevait d'un poste de radio.

Isabel observa Carolyn, puis Conor, et sourit.

— Bonjour à vous ! répondit-elle d'un ton chargé de sous-entendus.

Posté devant la porte de la jeune femme, Policzki feuilletait un magazine.

— Bonjour, Policzki ! Belle journée, n'est-ce pas ?

Elle posa son sac à main et sa sacoche sur son bureau, et s'installa sur son fauteuil pivotant. Elle regardait le plafond d'un air béat quand Isabel lui apporta son courrier.

— Vous avez bien dormi ? demanda-t-elle, non sans malice.

— Oh oui !

Elle avait dormi peu mais très bien.

— Le lieutenant va peut-être se montrer de meilleure humeur, dorénavant, reprit Isabel, un sourire aux lèvres. En fait, je suis sûre que c'est le moment propice pour demander une augmentation.

Sur ces mots, elle s'éloigna, tandis que Carolyn prenait connaissance de son courrier.

Une grosse enveloppe blanche, d'abord, qui portait le cachet du gouvernement. Elle la garda pour plus tard. La seconde enveloppe, en revanche, l'inquiéta immédiatement. Elle était froissée et cornée, comme si elle avait été emportée dans une tornade. Les étiquettes avaient été arrachées puis recollées. Son nom et son adresse étaient tracés en lettres capitales, bien nettes.

Carolyn l'ouvrit délicatement et déversa le contenu sur son bureau.

Une demi-douzaine de photos en couleurs s'éparpillèrent devant elle. L'un des clichés la représentait à bord du *Painted Lady*, le voilier de Conor, les yeux fermés, le visage au soleil, un bras posé sur la proue. Il avait été pris de loin, à l'aide d'un zoom. Malgré la rapidité du voilier, l'image était nette.

Ses mains se mirent à trembler. Elle lâcha la première photo et en prit une autre. Elle se vit sur la plage, avec Conor. Il avait la main posée sur son épaule. Ravalant son angoisse, les entrailles nouées, Carolyn passa au troisième cliché. Cette fois, elle était torse nu. Agenouillé dans le sable, Conor embrassait son ventre.

Elle jeta un rapide coup d'œil aux autres photos. Les scènes étaient de plus en plus intimes. La sixième et dernière image montrait le couple entièrement nu. Carolyn était assise à califourchon sur lui, le dos cambré, la tête rejetée en arrière. Ses seins ressortaient sous la lumière du soleil couchant. Le photographe avait parfaitement su capter l'extase qui se lisait sur son visage.

Carolyn faillit s'étouffer de rage. Le tueur avait transformé des moments d'une grande beauté en images vulgaires et dégradantes.

Elle s'empressa d'appeler Conor.

— Viens dans mon bureau tout de suite, s'il te plaît ! lança-t-elle d'une voix angoissée.

Il arriva quelques secondes plus tard, le visage tendu. Elle eut toutes les peines du monde à ne pas se jeter dans ses bras. Il s'agissait d'une enquête concernant des meurtres, et il fallait rester professionnelle.

— Qu'est-ce qui se passe ? demanda-t-il.

Elle ferma les yeux pour chasser la nausée qui s'était emparée d'elle.

— Ferme la porte, dit-elle tout bas. Je ne veux pas que quelqu'un d'autre voie ça.

Un peu gênée, elle le regarda prendre connaissance des clichés. Son expression passa de l'inquiétude à la gravité, puis à la colère.

— Le salaud ! grommela-t-il en découvrant la dernière scène. Quand on aura mis le grappin dessus, je le tuerai de mes propres mains. Je veux que tu sois dessaisie de l'affaire immédiatement. Tu seras sous protection permanente, et tu iras te cacher quelque part jusqu'à la fin de l'enquête.

— Non !

— Monahan, je suis encore responsable de cette affaire, il me semble.

— Tu n'as aucune autorité sur moi, Rafferty, et j'ai l'intention de mener cette enquête jusqu'au bout !

— Mais enfin, Caro, on n'a aucune idée de l'identité de ce tueur ! Il peut s'agir de n'importe qui. Je ne peux prendre un tel risque.

Il saisit l'enveloppe pour y ranger les clichés, puis se figea soudain.

— Qu'est-ce que c'est que ça ?

Il sortit de l'enveloppe un petit bout de papier.

— Quoi ?

Il le jeta sur le bureau, devant la jeune femme.

— Je pense que c’est la réponse que nous cherchions.

Il s’agissait d’un reçu de teinturerie. Carolyn découvrit le nom imprimé dessus.

T. Malone.

17.

Malone n'était pas à son bureau. La rédactrice en chef de la *Tribune* ignorait tout de l'endroit où il pouvait se trouver.

— Tommy est un esprit libre, expliqua-t-elle à Carolyn. Il n'en fait qu'à sa tête, et je lui laisse carte blanche. Il connaît son travail, et il le fait bien, alors je ne vais pas m'inquiéter s'il disparaît quelques heures. Surtout qu'en général, il revient avec un article génial.

Carolyn raccrocha, face aux visages fermés des flics réunis dans le bureau de Conor.

— Il est introuvable, pour l'instant, dit-elle, mais j'ai réussi à obtenir son adresse. De même que l'adresse de son ex-femme, à Brookline.

— Bon, dit posément Conor. Travaillons sur ce que nous avons. Lorna, Lassiter et toi allez vous rendre chez lui. Smith, Mendez, vous vous occupez de la *Tribune.* Traînez dans le coin pour voir s'il revient à la rédaction. Rizzoli, toi et…

Il balaya l'assemblée du regard.

— Où est passé Hailstock ?

— C'est son jour de congé, répondit Lorna.

— Rizzoli, trouve quelqu'un pour t'accompagner, et

filez chez l'ex-femme, à Brookline, pour voir ce que vous pouvez en tirer.

— J'y vais ! déclara Carolyn. J'accompagne Rizzoli.

Les yeux verts de Conor s'assombrirent.

— Je n'aime pas ça, dit-il.

— Je suis aussi impliquée dans cette enquête que n'importe lequel d'entre vous, peut-être même davantage, quand on y réfléchit. Si tu crois que je vais rester les bras croisés pendant que vous arrêtez ce type, tu te mets le doigt dans l'œil, Rafferty.

Ils échangèrent un regard lourd de sens.

— Très bien, dit-il d'un ton brusque.

Il s'abstint de lui conseiller la prudence, mais elle devina sans peine ce qu'il pensait.

— Soyons aussi discrets que possible, reprit-il. Il ne faudrait pas le faire fuir avant de resserrer l'étau sur lui. S'il s'échappe, on aura du mal à le rattraper.

— Rizzoli, vous venez avec moi ? demanda Carolyn.

Ted avait meilleure mine, depuis la veille, et il ne tremblait plus.

— On y va, répondit-il.

Policzki se leva aussitôt. Rizzoli lui adressa un regard de dédain.

— On n'a pas besoin de toi, petit ! lança-t-il. Si on se pointe à trois, Mme Malone risque de se méfier.

— Il a raison, renchérit Carolyn en prenant son sac. Pas de problème, Policzki. Si quelqu'un s'attaque à moi, Rizzoli lui réglera son compte. Vous avez quartier libre pour quelques heures. Sortez prendre un peu le soleil, regarder les filles… Il y a un tas de secrétaires qui prennent leur pause déjeuner sur l'esplanade.

Policzki voulut protester, mais, en voyant l'arme étincelante de Rizzoli dans son holster, il y renonça.

— Veillez sur elle ! dit-il avant de s'éloigner en direction du bureau de Conor.

Tandis que Rizzoli se frayait un chemin dans les embouteillages, Carolyn baissa sa vitre.

— J'aurais dû comprendre, dit-elle. Je m'en veux terriblement. Il était bien trop impliqué dans cette enquête : il voulait tout savoir.

Rizzoli s'arrêta à un feu rouge. Une vieille femme avec un Caddie de supermarché faisait la manche.

— Il connaissait Meg, reprit-elle. Ce détail aurait dû attirer mon attention. Cela dit, tout le monde connaissait Meg. Elle était très populaire.

La voiture démarra.

— Il savait que je séjournais au Boylston House. Pourtant, je ne le lui avais jamais dit. Il a voulu me faire croire que j'y avais fait allusion lors d'une conversation, mais je sais que c'est faux. Il savait même que Conor et moi étions sortis ensemble. J'aurais dû rassembler les pièces du puzzle et en tirer des conclusions. Mais j'ai tout mis sur le compte de son zèle de journaliste.

— Vous vous êtes donné beaucoup de mal sur cette enquête, affirma Ted. Ne soyez pas trop dure envers vous-même. Personne n'avait fait le rapprochement.

— Peut-être, mais…

— Mais quoi ?

Ils passèrent devant Copley Square, et s'engagèrent sur Huntington Avenue.

Mais moi, j'aurais dû le faire. Cette idée avait surgi de nulle part.

— Je crois que je vais devoir corriger ma tendance à vouloir tout contrôler.

— Comme n'importe quel flic, dit Rizzoli en riant.

— Rien, déclara Lorna. On a frappé à la porte, mais personne n'a répondu. La proprio affirme qu'il est parti à l'heure habituelle, ce matin. Elle a pris soin de nous faire savoir quel type admirable il est. A l'entendre, Malone est un saint.

— Lucifer est le plus bel ange de Dieu, dit Conor au téléphone. Traînez un peu dans le coin, mais restez discrets.

— La maison voisine est vide. Elle est à vendre.

Conor s'enfonça un peu plus dans son fauteuil.

— Allez regarder par la fenêtre. Faites comme si vous étiez intéressés.

— C'est compris, dit Lorna. Greg dit que, si la situation devient gênante, tu n'auras qu'à tout expliquer à mon mari.

Conor raccrocha et se dirigea vers le bureau d'Isabel.

— Faites-moi une recherche sur Tommy Malone. Tout ce qui le concerne au cours des dix dernières années : son travail, ses anciennes adresses, ses finances. Voyez s'il n'a pas d'antécédents. Où est Policzki ?

— Il est parti. Je croyais que vous lui aviez dit de s'en aller.

— Je ne lui ai rien dit. Il est venu se plaindre à moi parce que Rizzoli lui avait piqué son boulot, alors je l'ai envoyé promener. Je n'avais pas le temps d'écouter ses jérémiades.

Conor consulta sa montre.

— Ce gosse disparaît en pleine crise. Ça n'est pas très bon pour son dossier.

En levant les yeux, il se trouva face à un homme mince aux cheveux bruns. Le père Clancy Donovan. Il avait l'air particulièrement fatigué.

Trente ans d'amitié et une trahison semblaient planer entre eux. La tension était presque palpable.

— Je cherchais Caro, dit Clancy, un peu nerveux.

— Elle n'est pas là. Ecoute, Clancy…

— Je m'inquiète pour elle. La dernière fois que je lui ai parlé, elle était bouleversée. Bon, je la verrai une autre fois.

Rafferty regarda Isabel, qui ne perdait pas une miette de leur conversation.

— Tu veux bien venir dans mon bureau, une minute ?

— Je dois m'en aller. J'ai un rendez-vous…

— Ecoute, Clancy, il faut que je te parle en privé.

Les yeux d'ambre de Clancy étaient indifférents. Sans un mot, le prêtre tourna les talons et précéda Conor dans le couloir.

— Nous avons une piste, annonça le policier en fermant la porte.

— Quelle chance pour nous tous !

— Je ne peux pas encore te fournir de détails, mais

nous avons découvert une preuve qui risque de nous mener directement au tueur.

— Que cherches-tu à me dire ?

— Nom d'un chien, Clancy !

Il se passa une main dans les cheveux.

— Ecoute, je cherche à te demander pardon sans trop me ridiculiser !

Clancy glissa les mains dans ses poches. La croix qu'il portait autour du cou scintillait sous le soleil qui entrait par la fenêtre.

— Je suis impatient d'entendre ça. Vas-y, excuse-toi.

— Je suis désolé. Je suis désolé de ce que je t'ai fait endurer. Je suis désolé si cette histoire a détruit notre amitié. Mais je n'ai fait que mon devoir. Si c'était à refaire, je recommencerais. C'est mon boulot. Parfois, c'est dur, mais je dois le faire.

Clancy parut se détendre un peu.

— Je comprends, dit-il. Moi aussi, je fais un travail difficile. Tu diras à Caro que je suis passé la voir.

Sur ces mots, il s'éloigna.

— Donovan ! lança Conor avec un soupir.

Le prêtre s'arrêta, la main sur la poignée de la porte, puis se retourna lentement.

— Accorde-moi un peu de temps, dit-il. Il faut que cette histoire chemine dans mon esprit. Appelle-moi dans quelques semaines. Je serai peut-être d'humeur à jouer au squash. La maison Donovan a besoin d'argent.

Il referma la porte d'un geste décidé.

Avec un soupir, Conor alla s'asseoir et se mit à contempler le ciel par la fenêtre. Il songea à ces trente ans d'amitié, au gosse maigrelet qu'il ramenait chez Fiona, soir après soir, pour dîner, parce qu'il avait besoin de se remplumer. Pour la mère de Clancy, un repas équilibré se composait d'une bouteille de whisky et d'un paquet de cigarettes.

Ils s'en remettraient. Ils avaient traversé des épreuves pires que celle-là. D'une façon ou d'une autre, ils s'en remettraient.

Dix minutes plus tard, Isabel apporta les renseignements concernant Tommy Malone. Le journaliste n'avait jamais eu ne serait-ce qu'une contravention pour stationnement interdit. Depuis dix ans, il avait changé d'adresse au rythme de ses emplois. Rien d'extraordinaire. Il avait travaillé pour des quotidiens, dans le Maine, puis dans le Maryland. Il avait passé six mois au *Miami Herald*, mais c'était deux ans après le meurtre de Daytona. Trois ans plus tôt, il avait quitté Miami pour revenir à Boston travailler à la *Tribune*. Depuis, il habitait au premier étage d'une maison du quartier sud. Rien ne reliait Malone aux autres homicides.

Conor parcourait le rapport pour la troisième fois quand Isabel l'appela.

— Oui ? lança-t-il, impatient.

— Une dame demande à vous voir. Elle dit que c'est à propos des meurtres.

— Je suis occupé. Elle ne peut pas parler à quelqu'un d'autre ?

— Je lui ai expliqué que vous étiez très occupé, mais elle est en possession de votre carte de visite. Il paraît que vous voulez la voir.

Conor fouilla dans sa mémoire pour se rappeler à qui il avait pu laisser sa carte.

— Qui est-ce ?

— Elle s'appelle Tanesha Livingston. Elle travaille au Golden Pussycat.

Le policier se rappela aussitôt. Neal Horton et son bureau miteux, dans les coulisses de la boîte. Il lui avait remis sa carte à l'intention de cette danseuse qui devait rentrer de voyage de noces.

Il alla l'accueillir. C'était une belle femme noire élancée, aux yeux en amande. Avec ses hauts talons, elle dépassait le mètre quatre-vingts de Conor.

— Neal m'a dit que vous vouliez me parler du soir où Tonia est morte.

— Oui. Merci d'être venue.

Il l'accompagna dans son bureau et l'invita à s'asseoir. Lui-même se percha sur un coin de son bureau.

— J'ignore si vous pouvez nous aider dans notre enquête, mais j'aimerais que vous me racontiez tout ce dont vous vous souvenez.

— Je me souviens de pas mal de choses. J'ai vu l'homme avec qui elle est partie, ce soir-là.

Conor, qui était en train de tripoter une gomme, s'immobilisa. S'ils avaient un témoin oculaire, ils pourraient faire enfermer Malone à vie.

— Vous l'avez vu ? Et vous pourriez le reconnaître ?

— Je crois. Je l'ai bien regardé, au moment où ils sortaient, parce qu'elle m'avait déjà parlé de lui. D'après Tonia, il s'occupait d'elle et elle s'occupait de lui.

— Que voulait-elle dire par là ?

— Elle lui donnait gratuitement ce qu'elle faisait payer aux autres et, en échange, il lui évitait la taule.

Conor ne comprenait pas.

— Comment pouvait-il lui éviter la prison ?

Tanesha croisa ses longues jambes.

— Comme vous, je suppose. Il était flic.

Conor eut l'impression de recevoir un coup de poing dans le ventre.

— Un flic ? Vous êtes sûre ?

— Elle m'a dit qu'il avait travaillé à la brigade des mœurs et qu'il aimait les blondes. Mais elle avait peur de lui. Depuis quelques mois, il était de plus en plus bizarre. Il exigeait d'elle des trucs tordus, du genre sado-maso. Par exemple, il faisait mine de l'étrangler, et il lui demandait de faire semblant d'être morte. La dernière fois qu'elle l'avait vu, elle était revenue avec des ecchymoses dans le cou. Je les ai remarquées. Le soir de sa mort, elle allait rompre avec lui. Il lui faisait peur et, de toute façon, il ne pouvait plus la protéger.

— Comment ça ?

— Il ne travaille plus à la Mondaine. Il y a quelques mois, il est passé à la Criminelle.

— Laissez tout tomber ! ordonna Conor à Lorna. Et revenez tout de suite ! En route, appelez Jeannie Rizzoli, et demandez-lui si le nom de Meg Monahan lui dit quelque chose.

— Conor ?

— Fais ce que je te dis, Lorna !

Il raccrocha et appela Isabel.

— Vous savez ouvrir les dossiers du personnel sur l'ordinateur ?

— Evidemment ! Vous me prenez pour une idiote ou quoi ?

— Sortez-moi le dossier de Rizzoli. J'arrive.

Il s'adressa ensuite à Tanesha.

— Je reviens tout de suite. Servez-vous un café, si vous voulez.

Il s'appropria la chaise d'Isabel, et plissa les yeux, face à l'écran. La photo de Rizzoli apparut en haut de la page, accompagnée d'un nom qui le fit bondir : John Theodore Rizzoli.

Johnny !

— Merde ! lança-t-il.

Sa stupéfaction ne fit que grandir à mesure qu'il parcourait le dossier. Rizzoli travaillait dans la police de Boston depuis quinze ans. C'était un élément fiable, mais il ne s'était jamais distingué. Il avait été envoyé une quinzaine de fois en stage ou en conférence, dans des villes comme Milwaukee, Chapel Hill, Daytona Beach. Les dates coïncidaient. Toutes. Depuis le départ, ils cherchaient un homme qui avait beaucoup bougé, mais Ted s'était montré plus malin que les autres. Il se trouvait juste sous leur nez. Il menait deux vies parallèles, avec deux personnalités distinctes. A Boston, il était marié, père de famille, bon flic. Ce n'est que lorsqu'il se sentait en sécurité, à des centaines de kilomètres de chez lui, que le monstre resurgissait.

En levant les yeux vers Isabel, Conor vit son inquiétude.

— Vous pouvez m'imprimer cette photo ?

— Bien sûr.

Elle effectua plusieurs manipulations qui échappaient totalement au policier. Quelques secondes plus tard, l'imprimante cracha un portrait en couleurs de John Theodore Rizzoli. Conor s'en saisit et regagna son bureau où l'attendait Tanesha.

— Vous reconnaissez cet homme ?

— Oui. C'est bien lui ! dit la jeune femme en hochant la tête.

Conor entendit un bruit de pas dans le couloir. Lorna surgit en trombe, suivie de Greg Lassiter.

— Conor ? Qu'est-ce qui se passe, bon sang ?

— Tu as parlé à Jeannie Rizzoli ? demanda-t-il, le souffle court.

Elle scruta son regard. Ils n'avaient pas besoin de mots pour se comprendre.

— Oh, non ! s'exclama-t-elle.

— Elle faisait du baby-sitting pour eux, n'est-ce pas ?

— Oui.

— C'est Ted, conclut Conor. Ted est notre tueur.

— C'était une perte de temps, déclara Caro, tandis que Rizzoli faisait démarrer la voiture. Elle s'est moquée de nous. Vous vous rendez compte, elle s'est moquée de nous !

Lorsqu'ils s'étaient présentés en expliquant les raisons de leur visite, Barbara Malone Kingsbury avait éclaté de rire, tout en rejetant sa crinière blonde en arrière.

— Tommy ? Mêlé à un homicide ? C'est la meilleure !

— Qu'est-ce qui vous amuse autant ? avait demandé Carolyn.

— Je suis désolée, avait répondu Mme Kingsbury en essuyant une larme au coin de son œil. Mais, si vous croyez que Tommy est impliqué dans un meurtre, vous faites complètement fausse route. Il s'intéresse à ces choses-là uniquement pour son travail. Il est fasciné par les motivations des criminels. Il a, d'ailleurs, fait des études de psychologie, à Columbia. Mais il n'a pas les tripes pour faire une chose pareille. Ça, je peux vous le garantir.

— Qu'est-ce qui vous fait dire ça ?

— Quand nous sommes allés faire les examens d'usage, avant de nous marier, il a tourné de l'œil en voyant une goutte de son propre sang.

En refermant la porte, Barbara riait encore.

Tandis que la voiture parcourait les rues des quartiers résidentiels, Carolyn baissa la vitre et soupira.

— Et maintenant ?

— Maintenant, on attend, répondit Rizzoli. Tôt ou tard, il va se montrer, et on l'aura.

— On n'a pas grand-chose. Juste un reçu de blanchisserie. Est-ce que ça suffira à monter un dossier ?

— Ça justifie, au moins, une perquisition, répondit Ted. Quand on aura trouvé d'autres preuves, on pourra l'arrêter.

Le téléphone portable de la jeune femme se mit à sonner. Elle le sortit de son sac.

— Monahan.

— Affiche ta plus belle tête de flic ! lui dit Conor. Et écoute bien ce que je vais te dire. Réponds à voix basse, par oui ou par non. Tout va bien, on discute tranquillement, d'accord ?

— Oui, répondit la jeune femme, soudain tendue.

— Tu es armée ?

— Bien sûr !

— Le nom entier de Ted est John Theodore Rizzoli. Il y a dix ans, ta sœur faisait du baby-sitting pour lui et Jeannie. Il insistait toujours pour la raccompagner chez elle.

— Je vois, dit Carolyn, la gorge nouée.

— Depuis dix ans, il a participé à des conférences dans six villes. Dans au moins trois d'entre elles, une jeune fille a été assassinée au moment où il s'y trouvait. Lorna vérifie pour les autres villes. Tu me suis ?

— Oui, souffla-t-elle, abasourdie par ce qu'elle venait d'apprendre.

— Nous avons aussi un témoin qui a reconnu Ted comme étant l'homme avec lequel Tonia a quitté le Golden Pussycat, le soir de sa mort. Caro, j'ai lancé une recherche sur la voiture de Ted. Je sais que vous êtes entre Brookline et le centre-ville. J'ai appelé Barbara Kingsbury qui m'a appris que vous étiez déjà partis. On va vous localiser. Je me moque éperdument de Rizzoli. Tout ce que je veux, c'est te retrouver saine et sauve. Rien d'autre n'a d'importance, c'est compris ?

— Conor ? souffla la jeune femme en fermant les yeux.

— Oui.

Quelques secondes précieuses s'égrenèrent. Toute une vie de déclarations tacites. Elle l'entendait respirer à l'autre bout du fil.

— Je t'aime, dit-elle.

— Moi aussi, répondit-il avant de raccrocher.

Elle éteignit son téléphone et prit une profonde inspiration. Un peu tard, elle se rendit compte que Rizzoli s'était garé au bord du trottoir. Il avait quitté Huntington Avenue sans qu'elle s'en rende compte. Ils se trouvaient au bord de Back Bay Fens, oasis de verdure au milieu du béton.

— C'était très touchant, déclara Rizzoli. Donnez-moi ce téléphone.

Elle se tourna vers lui. Depuis qu'elle travaillait pour le Bureau, elle ne s'était jamais retrouvée face à un collègue en train de pointer son arme sur elle. C'était une expérience surréaliste, mais elle se sentait étrangement calme.

— Rizzoli, vous me décevez beaucoup.

— Donnez-moi ce téléphone, et doucement.

Elle le lui tendit. Il le jeta aussitôt par la fenêtre.

— Et maintenant, les mains au-dessus de la tête.

Elle lui obéit. Sans cesser de la menacer de son arme, il prit le Glock dans son holster d'épaule, puis le glissa sous le siège du conducteur.

— A présent, on va descendre de voiture pour aller faire un petit tour.

Caro se redressa, et serra la bandoulière de son sac.

— Et si je refuse ?

— Je vous tue sur-le-champ. C'est pourtant simple,

agent Monahan. Même une fédérale peut comprendre ça.

C'était une journée superbe. Les jardins étaient magnifiques, les oiseaux chantaient, et la rivière serpentait au milieu de toute cette verdure. Les rares fois où la jeune femme avait pensé à la mort, elle ne s'était jamais imaginée partir par une aussi belle journée, sous un ciel parfaitement bleu.

Côte à côte, dans un pas de deux un peu étrange, ils s'enfoncèrent dans le parc, loin des mamans promenant leurs bambins et des amoureux occupés à s'embrasser.

— Bonne idée, le coup du reçu de blanchisserie ! dit-elle. Comment l'avez-vous obtenu ?

En le faisant parler, elle pensait avoir une chance de s'en tirer. Il fallait que ça marche parce que, malgré les années qu'elle avait passées à travailler les techniques d'autodéfense, elle se retrouvait totalement impuissante. Même une ceinture noire de karaté ne pesait pas lourd, face à une arme chargée.

Bien sûr, tous les flics de Boston devaient être à leur recherche, mais arriveraient-ils à temps ?

— Je suis passé voir mon ami Malone à la *Tribune,* l'autre jour. Le reçu était au milieu du foutoir qui encombrait son bureau.

— Vous avez tué ma sœur, dit Carolyn amèrement.

— Meg, douce Meg. Ma première.

— Comment avez-vous pu lui faire une chose pareille ? Elle vous aimait !

— Meg, c'était un accident, répondit-il. Je ne voulais pas la tuer. Mais j'avais des images plein la tête, que je n'arrivais pas à chasser. Des choses que je voulais faire, que j'avais besoin de faire. J'étais hors de moi, vous comprenez ? Et c'est arrivé, comme ça. J'ai eu très peur. En même temps, j'étais excité. J'y pensais depuis si longtemps…

Carolyn lutta contre la nausée qui menaçait de la submerger.

— Vous avez pris des photos d'elle. Comment pouvez-vous parler d'accident, alors que vous aviez votre appareil photo sur vous ?

Le regard de Rizzoli s'adoucit. Il semblait même éprouver un certain plaisir.

— Cela faisait partie de mon fantasme. J'avais besoin des photos pour pouvoir les regarder, ensuite, et me rappeler ce que j'avais ressenti. Quand j'ai constaté que Meg était morte, j'ai pensé à l'appareil photo de Jeannie, dans la boîte à gants. Ça a marqué le point de départ de mon nouveau hobby.

— Vous êtes complètement dingue.

Il éclata d'un rire qui provoqua chez la jeune femme un frisson d'effroi.

— Parfois, reconnut-il.

Ils approchaient de la limite orientale du parc. Il l'entraîna vers les roseaux qui formaient un écran dense au bord de la rivière. Leurs tiges étaient aussi épaisses que le pouce d'un homme. C'était un lieu de drague homosexuelle, de vente de drogue. Et de meurtre, parfois.

— Je ne voulais pas que vous sachiez, dit Rizzoli d'une voix teintée de regret. Pas avant que je ne sois prêt pour vous. Notre petit jeu du chat et de la souris se déroulait à merveille... Je voulais faire monter la tension, jusqu'au moment où j'aurais été prêt à vous posséder. Il y avait une forme de justice très poétique dans ce geste. Meg, la victime innocente. Vous, la vengeresse. J'aurais eu les deux sœurs, et la boucle aurait été bouclée.

Son ton se durcit.

— Les choses ne se passent pas comme je l'avais prévu. Dans ce parc, en plein jour, on n'a pas le temps, pas d'intimité. L'ambiance n'est pas idéale...

Il appuya plus fort le canon de son arme sur ses côtes, si bien qu'elle fit la grimace et se mordit la lèvre.

— Je ne veux pas être obligé de vous tuer comme ça.

Il la poussa dans un sentier, vers les profondeurs du bosquet. Carolyn s'y perdit vite. Elle ne voyait plus que du ciel bleu et de l'herbe sèche. Le sol était jonché de détritus : une bouteille de bière cassée, un préservatif usagé, et même une couche de bébé. Pour la première fois, elle eut peur. Ce n'était pas un jeu. Ted Rizzoli allait vraiment la tuer.

Le vent faisait bruisser les roseaux. Ted s'arrêta au cœur d'une petite clairière. Il écarta son arme. La jeune femme inspira profondément. Doucement, elle se tourna vers lui. Ses yeux brillaient d'un éclat dément.

— Je ne comprends pas. Pourquoi devez-vous me tuer ?

— Pour mon salut, bien sûr !

— Votre salut ?

— Vous ne voyez pas que c'est le seul moyen ? Je dois boucler la boucle. Ensuite...

Il s'interrompit. Son regard exprimait le regret. Et la résignation. De sa main libre, il caressa son arme avec tendresse, comme s'il s'agissait d'une femme.

— Ensuite, je pourrai détruire le monstre qui vit à l'intérieur de moi.

— Ecoutez, Ted, vous n'êtes pas obligé de me tuer. On va vous aider. Vous pourrez plaider la démence. Vous n'irez même pas en prison.

— Personne ne peut m'aider. Vous ne le voyez donc pas ? C'est fini, Carolyn. Tout est fini.

Il semblait abasourdi, comme s'il ne comprenait pas lui-même comment il en était arrivé là.

— Je n'y pouvais rien, vous savez ? Vous n'imaginez pas ce que l'on peut ressentir. C'est une force qui monte peu à peu à l'intérieur de vous. On ne pense plus qu'à ça. Des voix qui hurlent dans votre tête. Il faut absolument agir. Ensuite, les voix se taisent.

— Mais le silence dure de moins en moins longtemps, n'est-ce pas, Ted ?

— Oui. C'est drôle : avant, je pouvais rester un an ou plus sans tuer. J'y pensais rarement, sauf quand les voix se réveillaient dans ma tête. Maintenant, je dois repartir à la chasse au bout de quelques jours.

Derrière lui, les roseaux s'écartèrent en silence. Policzki apparut dans la clairière, arme au poing. Le jeune flic qui avait escorté Carolyn au musée avait fait place à un homme à la mine implacable. Lorsque leurs regards se croisèrent, elle serra son sac contre elle.

— Comment avez-vous su ? reprit-elle à l'adresse de

Ted. Pour l'appel de Conor. Comment avez-vous su qu'il m'avait mise au courant ?

Rizzoli esquissa un sourire cruel.

— Vous vous êtes trahie en lui disant que vous l'aimiez. Ce n'était pas très professionnel. Cette déclaration ne vous ressemblait pas du tout. C'est comme ça que j'ai compris. C'était votre façon de lui dire au revoir.

— Rizzoli ! lança Policzki, dans son dos.

Ted fit volte-face et tira. Le jeune homme chancela, puis s'écroula. Carolyn se jeta à terre, et sortit son 38 de son sac. Sans hésiter, elle fit feu.

La balle toucha Rizzoli au moment où il se retournait. Elle lut sa surprise sur son visage.

— Pour Meg, lui dit-elle. Espèce de salaud !

Elle vida sur lui son chargeur. Le corps tressauta mollement comme une poupée de chiffon. Carolyn resta un moment à terre, à bout de souffle, les doigts crispés sur son arme. Elle prit alors conscience qu'elle venait de tuer un homme.

Lentement, elle s'assit. Son collant était en lambeaux, tout comme son tailleur, sans doute, mais *elle* était en vie. Lâchant son arme, elle rampa vers Policzki.

— Si vous me claquez dans les mains, je vous assure que je ne vous adresserai plus jamais la parole ! Vous êtes gravement touché ?

Il avait le teint blême, mais il était encore conscient.

— Ma jambe…, balbutia-t-il.

La balle lui avait traversé la jambe. Sans doute avait-il le fémur brisé. Mais le saignement n'était pas aussi intense que la jeune femme l'avait d'abord redouté.

— Vous avez un prénom, Policzki ? demanda-t-elle en ôtant sa veste pour en envelopper la cuisse du jeune homme.

Il sourit, et pâlit davantage.

— Doug, murmura-t-il.

Elle noua les manches de sa veste en guise de garrot. Il devait souffrir le martyre, mais demeurait de marbre.

— Eh bien, Doug, puisque vous venez de me sauver la vie, je crois que vous pouvez m'appeler Caro.

En dépit de sa pâleur, il tenta de sourire encore. Elle songea qu'elle n'avait jamais rien vu d'aussi beau.

— Caro ?

— Quoi ?

— Vous êtes vraiment pénible.

L'espace d'un instant, elle crut qu'elle allait pleurer.

— Moi aussi, je vous adore, Policzki. Comment diable m'avez-vous retrouvée ?

— Je vous ai suivie. Il m'avait énervé.

— Heureusement que vous avez un sale caractère. Où est votre portable, Douglas ?

— Dans la poche de ma veste.

Elle composa le 911 pour appeler les secours.

— Ici l'agent spécial Monahan du FBI, annonça-t-elle. J'ai besoin d'une ambulance le plus vite possible. Une blessure par balle sur un policier. C'est urgent. Nous sommes à Back Bay Fens, à l'est, dans les roseaux. Je viens d'abattre l'agresseur. J'ai besoin de renforts. Pendant que vous y êtes…

Elle s'épongea la tempe du revers de sa manche. Elle saignait.

— … prévenez le lieutenant Conor Rafferty, de la police de Boston. Dites-lui que sa présence est requise sur les lieux.

En arrivant, Conor vit trois voitures de police garées n'importe comment, des gyrophares, deux ambulances et des policiers en uniforme un peu partout. Le cœur battant à tout rompre, il descendit de la Taurus et foula l'herbe en direction du sentier. Le corps de Rizzoli gisait à terre, les yeux fixes. Conor dénombra six impacts de balles.

— Lieutenant Rafferty ?

Il leva les yeux vers un jeune agent de police.

— Oui.

— Je m'appelle Giberson, lieutenant. Je suis le premier arrivé sur la scène du crime. Nous n'avons encore appelé personne. J'attendais vos instructions.

Sans répondre, Conor revint sur ses pas.

— Où est sa voiture ?

— Garée près du musée, lieutenant.

— Mettez-la sous scellés pour l'identité judiciaire. Que personne n'y touche !

— Bien, monsieur.

— Qui l'a tué ?

— L'agent Monahan. A mon arrivée, elle…

— Où est-elle ? demanda-t-il vivement.

— Dans l'ambulance. Nous devrions peut-être appeler…

L'agent continua à parler, mais Conor n'entendit plus un mot de ce qu'il disait. Il se retourna lentement, scrutant la scène des yeux. Son regard s'arrêta sur une ambulance dont les portières étaient ouvertes. Carolyn était assise à l'arrière, sur un brancard.

Pendant une seconde ou deux, Conor crut que ses jambes ne lui obéiraient pas. La jeune femme avait une couverture sur les épaules et un gobelet dans la main. Un médecin lui appliquait sur la joue un produit qui la faisait grimacer. Elle croisa enfin le regard de Conor. Alors, il parvint à mettre un pied devant l'autre.

— Lieutenant ! lança Giberson. Qu'est-ce que je fais, pour le légiste ?

— Appelez-le ! répondit Conor sans se retourner.

Carolyn se leva et quitta l'ambulance. Le médecin la suivit du regard. En voyant le visage de Rafferty, il se rappela qu'il avait du travail ailleurs.

Sans prendre le temps d'ôter la couverture qui lui couvrait les épaules, la jeune femme brandit son gobelet.

— Les flics connaissent, décidément, les meilleures adresses pour trouver du bon café !

Elle lâcha le gobelet et se précipita dans les bras de Conor.

— Je l'ai tué, murmura-t-elle contre sa poitrine. Conor, je l'ai tué…

Sans se soucier des gens qui pouvaient les voir ou les entendre, il la serra contre lui, terrifié à l'idée de ce qui aurait pu lui arriver.

— Tu as fait ce qu'il fallait. C'est fini, maintenant.

C'était fini, mais il savait, d'expérience, que le visage de Ted Rizzoli allait hanter ses nuits pendant longtemps.

— Comment va Policzki ? demanda-t-il.

— Ils l'ont emmené à Brigham. Il a pris une balle

dans la cuisse. Ils vont sans doute devoir l'opérer, mais il survivra. Il s'est montré très courageux, Conor.

Elle leva vers lui son visage maculé de boue et de larmes. Elle était toujours la plus belle femme du monde, même avec son tailleur déchiré et ses bas déchiquetés.

— Je crois qu'il mérite une promotion.

— Je vais y réfléchir, promit Conor en esquissant un sourire.

— Un long hiver à Boston se prêterait à la rédaction d'un rapport détaillé. Qu'en penses-tu ?

— Réfléchis bien parce que, si tu restes, je ne te laisserai jamais repartir.

Elle lui prit la main.

— Ma place est ici, auprès de toi.

Il enfouit le visage dans ses cheveux. Elle sentait l'antiseptique.

— On ne va pas rentrer tout de suite à la maison, dit-il. J'ai un flic à l'hôpital et un autre en route pour la morgue. J'ai encore quelques heures de travail.

Il ôta un peu de boue de son visage.

— Je t'attends depuis si longtemps, Rafferty, que quelques heures ne changeront pas grand-chose. Je ne suis pas pressée. J'ai toute la vie devant moi, maintenant...

Elle lui sourit, et il lut son avenir dans ses yeux bleus.

DANS LA MÊME COLLECTION

Par ordre alphabétique d'auteur

LAURIE BRETON	*Ne vois-tu pas la mort venir ?*
BARBARA BRETTON	*Le lien brisé*
JASMINE CRESSWELL	*La Manipulatrice*
JASMINE CRESSWELL	*Le secret brisé*
JASMINE CRESSWELL	*La mort pour héritage*
JASMINE CRESSWELL	*Soupçons mortels*
MARGOT DALTON	*Amnésie*
MARGOT DALTON	*Kidnapping*
MARGOT DALTON	*Le sceau du mal*
WINSLOW ELLIOT	*L'innocence du mal*
LYNN ERICKSON	*Le Prédateur*
TESS GERRITSEN	*Présumée coupable*
TESS GERRITSEN	*Crimes masqués*
HEATHER GRAHAM	*L'invitation*
HEATHER GRAHAM	*L'ennemi sans visage*
HEATHER GRAHAM	*Le complot*
HEATHER GRAHAM	*Soupçons*
HEATHER GRAHAM	*La griffe de l'assassin*
GINNA GRAY	*Le voile du secret*
GINNA GRAY	*La cavale*
KATHRYN HARVEY	*La clé du passé*
CHRISTIANE HEGGAN	*Miami Confidential*
CHRISTIANE HEGGAN	*L'Alibi*
CHRISTIANE HEGGAN	*Intime conviction*
CHRISTIANE HEGGAN	*Labyrinthe meurtrier*
GWEN HUNTER	*Faux diagnostic*
GWEN HUNTER	*Virus*
GWEN HUNTER	*Les mains du diable*
GWEN HUNTER	*Le triangle du mal*
PENNY JORDAN	*De mémoire de femme*
PENNY JORDAN	*La femme bafouée*
R.J. KAISER	*Qui a tué Jane Doe ?*
ALEX KAVA	*Sang Froid*
ALEX KAVA	*Le Collectionneur*
ALEX KAVA	*Les âmes piégées*
ALEX KAVA	*Obsession meurtrière*

.../...

DANS LA MÊME COLLECTION
Par ordre alphabétique d'auteur

RACHEL LEE	*Neige de sang*
RACHEL LEE	*Le lien du mal*
CARLA NEGGERS	*L'énigme de Cold Spring*
MEG O'BRIEN	*Le piège*
MEG O'BRIEN	*En lettres de sang*
MEG O'BRIEN	*Pluie de sang*
MEG O'BRIEN	*La déchirure*
MEG O'BRIEN	*Spirale meurtrière*
SHIRLEY PALMER	*Zone d'ombre*
EMILIE RICHARDS	*Le refuge irlandais*
EMILIE RICHARDS	*Mémoires de Louisiane*
EMILIE RICHARDS	*Le testament des Gerritsen*
EMILIE RICHARDS	*L'héritage des Robeson*
EMILIE RICHARDS	*L'écho de la rivière*
EMILIE RICHARDS	*Promesse d'Irlande*
EMILIE RICHARDS	*Du côté de Georgetown*
HELEN R. MYERS	*Mortelle impasse*
HELEN R. MYERS	*Les ombres du doute*
NORA ROBERTS	*Le cercle brisé*
NORA ROBERTS	*Possession*
NORA ROBERTS	*Et vos péchés seront pardonnés*
NORA ROBERTS	*Tabous*
NORA ROBERTS	*Coupable innocence*
NORA ROBERTS	*Maléfice*
NORA ROBERTS	*Enquêtes à Denver*
NORA ROBERTS	*Crimes à Denver*
NORA ROBERTS	*L'ultime refuge*
FRANCIS ROE	*L'engrenage*
FRANCIS ROE	*Soins intensifs*
M. J. ROSE	*Rédemption*
JOANN ROSS	*La femme de l'ombre*
SHARON SALA	*Sang de glace*
SHARON SALA	*Le soupir des roses*
TAYLOR SMITH	*Le carnet noir*
TAYLOR SMITH	*La mémoire assassinée*

.../...

DANS LA MÊME COLLECTION
Par ordre alphabétique d'auteur

ERICA SPINDLER	*Rapt*
ERICA SPINDLER	*Black Rose*
ERICA SPINDLER	*Le venin*
ERICA SPINDLER	*La griffe du mal*
ERICA SPINDLER	*Trahison*
ERICA SPINDLER	*Cauchemar*
ERICA SPINDLER	*Pulsion meurtrière*
ERICA SPINDLER	*Le silence du mal*
ERICA SPINDLER	*Jeux macabres*
ELISE TITLE	*Obsession*
CHARLOTTE VALE ALLEN	*L'enfance volée*
LAURA VAN WORMER	*La proie du tueur*

6 TITRES À PARAÎTRE EN NOVEMBRE 2006

MIRA

Composé et édité par les
éditions Harlequin
Achevé d'imprimer en août 2006
par
LIBERDÚPLEX

Dépôt légal : septembre 2006
N° d'éditeur : 12305

Imprimé en Espagne